CARIN MÜLLER

High Heels und Hundekuchen

GOLDMANN
Lesen erleben

Buch

Eigentlich lief alles gerade so richtig gut für Antonella: frisch verheiratet mit ihrer großen Liebe Adrian, stolze Mutter einer kleinen, äußerst süßen Tochter. Selbst Mops Hugo – anfangs eher widerwillig akzeptiertes Erbe einer reichen Tante – war ihr ans Herz gewachsen. Doch dann geht ihre Freundin Georgia, Mitinhaberin von Antonellas florierender Inneneinrichtungsfirma »Hugo's Affairs«, ausgerechnet nach New York. Und in Frankfurt bricht das Chaos aus.

Derweil erlebt Katia – zu Schulzeiten Antonellas beste Freundin, dann wegen eines Mannes schlimmste Feindin – eine ihrer dunkelsten Stunden. Nachdem sie direkt nach dem Abitur als Au-pair nach London geflohen war und sich dort einen schon recht betagten, aber unermesslich reichen Ehemann geangelt hatte, steht sie jetzt vor einem Scherbenhaufen. Denn auf einer Geschäftsreise nach Frankfurt betrügt sie ihr griechischer Gatte Aris nicht nur mit einer noch Jüngeren, er besitzt auch noch die Unverschämtheit, in deren Armen zu sterben – und Katia ohne einen Cent sitzen zu lassen. Geblieben ist ihr nur ihre zweijährige Hündin Olga, ein liebenswerter Airedale-Terrier mit viel Temperament. Aus ihrem Luxushotel herausgeworfen, landen die beiden schließlich ausgerechnet vor Antonellas Tür.

Die erbarmt sich der ehemaligen Freundin und lässt sie vorübergehend bei sich wohnen. Der Beginn einer äußerst turbulenten Zeit. Bald läuft nichts mehr, wie es soll – nicht nur in Liebesdingen ...

Autorin

Die 1971 geborene Münchnerin Carin Müller wünscht sich häufig, dass sie etwas Anständiges gelernt hätte. Floristin zum Beispiel oder Anwältin. Doch ziemlich schnell war klar, dass sie deutlich besser schreiben kann als Sträuße binden, und Gesetzestexte waren auch nicht so ihr Ding. Daher fügte sie sich ihrem Schicksal und arbeitet seit ihrem Germanistik-Studium und einigen Jahren in PR-Agenturen als freie Journalistin und Autorin. Carin Müller lebt mit Mann und Hund in Frankfurt und schreibt täglich in ihrem Blog www.11spielerfrauen.de über Fußball, Promis, Männer, Frauen und Hunde.

Von Carin Müller ist im Goldmann Verlag außerdem lieferbar:

Carin Müller/Micha Goebig, Mopsküsse. Roman (46951)

Carin Müller

High Heels und Hundekuchen

Roman

GOLDMANN

MIX
Papier aus verantwortungsvollen Quellen
FSC® C014496

Verlagsgruppe Random House FSC-DEU-0100
Das FSC®-zertifizierte Papier *München Super* für dieses Buch liefert Arctic Paper Mochenwangen GmbH.

1. Auflage
Originalausgabe Mai 2012

Umschlaggestaltung: UNO Werbeagentur, München
Umschlagmotiv: © FinePic®, München;
© getty images/vectorsedge
Th · Herstellung: Str.
Satz: omnisatz GmbH, Berlin
Druck und Bindung: GGP Media GmbH, Pößneck
Made in Germany
ISBN 978-3-442-47484-4

www.goldmann-verlag.de

Für meinen Vater –
weil er damit bestimmt nicht rechnet!

Prolog

»Bleibe lustig, bleibe froh
wie der Mops im Haferstroh.
Unsere Freundschaft endet nicht,
eh der Mops französisch spricht!
Alles Liebe von Deiner besten Freundin Antonella«

»Du falsche Hexe!«, schluchzte Katharina auf, als sie in ihrem alten Poesiealbum blätterte und den albernen Eintrag ihrer – ehemals! – allerbesten Freundin las. Anschließend feuerte sie das zerfledderte Büchlein in eine Pappkiste, in der schon stapelweise Fotos, Postkarten, einige liebevoll verzierte Musikkassetten und ein paar Souvenirs vom Gardasee lagen. Alles, was sie an Antonella erinnerte, musste weg. Und zwar schnell! Sie rappelte sich von ihrem Bett hoch, auf das sie sich vorhin geworfen hatte, kramte in ihrem Schreibtisch nach Streichhölzern und schnappte sich den Karton. Im Hinterhof ihres Elternhauses stand ein alter Metallbottich. Sie legte die Schachtel hinein und stopfte noch ein paar zerknüllte Zeitungsseiten dazu. Es sollte schließlich ein schönes, großes Feuer geben. Die Tränen liefen ihr übers Gesicht, als sie ein brennendes Streichholz hinterherwarf. Doch statt der erwarteten auflodernden Flammen kokelte zunächst lediglich das Zeitungspapier und qualmte fürchterlich. Katharina heulte immer hysterischer. Das Zeug musste weg! Fahrig entzündete sie ein weiteres Streichholz und dann noch eines und noch eines.

Endlich brannte es richtig. Weinend sah sie zu, wie die Flammen an der Schachtel züngelten. Sie hatte das Gefühl, gerade ihr ganzes bisheriges Leben in Flammen aufgehen zu sehen. Und irgendwie war es ja auch so. Sie und Antonella kannten sich seit dem Kindergarten und hatten bisher alles gemeinsam erlebt: den ersten Schultag, die ersten ausgefallenen Zähne, das erste Popkonzert, wilde Haarfärbe-Experimente, Mathe-Agonien, Triumphe in der Theatergruppe und gerade in den Pfingstferien den ersten Urlaub ohne Eltern – sie hatten mit Antonellas großen Brüdern zum Campen an den Gardasee fahren dürfen. Doch an dem nächsten Schritt, der ersten großen Liebe, war die Freundschaft gescheitert! Katharina hatte seit ein paar Wochen ein Auge auf Stefan aus der Parallelklasse geworfen. Er war Bassist in der Schulband und einfach total cool. Allerdings hatte sie ihre Schwärmerei gegenüber Antonella vehement abgestritten, als die neugierig nachbohrte. Ihre Freundin flirtete nämlich ständig mit irgendwelchen älteren Jungs, Kumpels von ihren Brüdern, und hätte entweder dumme Witze über »den blutjungen Schluffi« gerissen. Oder – noch schlimmer! – sie wäre schnurstracks zu Stefan marschiert und hätte ihm brühwarm erzählt, dass Kathi auf ihn stand. Das alles hatte sie sich in den schillerndsten Farben ausgemalt, aber nicht, was wirklich passiert war: Vorhin hatte sie Antonella und Stefan knutschend in der Eisdiele gesehen! Und als wäre das nicht schon schrecklich genug, hatte Antonella ihr dann auch noch freudestrahlend mitgeteilt, dass sie und Stefan jetzt zusammen seien. Von wegen blutjunger Schluffi – die miese Schlange!

»Kathi, bist du wahnsinnig¿!¿«, riss eine energische Stimme sie aus ihren melodramatischen Gedanken. Es folgte ein lautes Platschen, als sich ein Eimer Wasser über das Feuer ergoss. »Willst du hier alles abfackeln¿« Ihre Großmutter hatte sich vor ihr aufgebaut und sah sie mit ihren hellblauen Augen aufmerksam an. Dann strich sie ihrer Enkelin eine rote Locke von der nassgeweinten Wange und nahm sie in die Arme. »Was ist los, mein Schatz?«

»Lass mich in Ruhe!« Katharina machte einen halbherzigen Versuch, sich aus der Umarmung zu befreien, ließ ihre geliebte Großmutter dann aber doch gewähren und ihren Tränen freien Lauf in Omas Kittelschürze. »Es ist so unfair!«, jammerte sie schließlich und erzählte mit stockender Stimme die wichtigsten Eckdaten ihrer verzweifelten Lage.

Währenddessen hatte die alte Frau angefangen, die erst angebrannten und jetzt durchnässten Sachen aus der Kiste zu bergen.

»Ich will das Zeug nie wiedersehen! Und ich will Antonella nie wiedersehen!«, schrie Kathi auf und wollte ihrer Großmutter alles wieder aus der Hand reißen.

»Dass du Antonella wiedersehen wirst, wird sich wohl nicht vermeiden lassen. Rede noch mal mit ihr, ihr wart doch immer die besten Freundinnen. Ich kann mir wirklich nicht vorstellen, dass sie dir absichtlich den Freund gestohlen hat.«

»Doch, das hat sie wohl! Diese intrigante Kuh …«

»Ach Kathi«, seufzte die Großmutter, »ich weiß, der erste Liebeskummer ist eine Katastrophe, aber ich kann dir versichern, es werden noch schlimmere kommen. Irgendwann wirst du merken, dass die Welt nicht so ist, wie man es sich mit sechzehn vorgestellt hat. Und dann wirst du dich freuen, wenn du noch ein Andenken an deine Jugend hast!« Mit diesen Worten nahm sie die Sachen und ging damit ins Haus zurück.

KAPITEL 1
Klassentreffen

Neunzehn Jahre später

Du liebe Güte, was mache ich da bloß? Katia Kolidis fuhr sich nervös durch die lange kastanienrote Mähne, als ihr Taxi vor dem Wirtshaus in der Au hielt. »Klassentreffen im Valentins-Saal« stand auf dem großen Schild über dem Eingang. Sie zahlte, stieg aus dem Wagen und kuschelte sich tief in ihren langen Zobelmantel. Sollte sie wirklich?

Vor fünfzehn Jahren hatte sie am Münchner Asam-Gymnasium ihr Abitur gemacht und kurze Zeit später die Stadt verlassen. Bis heute war sie nicht mehr zurückgekommen. Sie hatte auch überhaupt keinen Kontakt mehr zu ihren ehemaligen Mitschülern, und dass sie von dem Termin erfahren hatte, war nichts als blanker Zufall. Auf Facebook war sie über die Gruppe »Asam-Abi-94« gestolpert und hatte dort die Ankündigung gelesen. Gut, ganz zufällig war es nicht gewesen, seit einiger Zeit schon googelte sie immer mal wieder nach alten Bekannten. Menschen, die sie seit der Schulzeit nicht mehr gesehen hatte und eigentlich auch nicht vermisste, oder? Schon seltsam, welche Finten sich das Leben so ausdachte, dass sie ausgerechnet jetzt wieder ihre Vergangenheit entdeckte. Katia seufzte. Wenn sie ehrlich war, kannte sie den Grund für ihre nostalgischen Anwandlungen sehr wohl. Sie war mit ihrem Leben momentan schlicht und ergreifend ziemlich unglücklich.

Unmittelbar nach dem Abitur hatte sie ihre Sachen gepackt, um als Au-pair nach London zu gehen. Sie wollte versuchen, einen der heiß begehrten Studienplätze an der Mode-Akademie der britischen Metropole zu bekommen. Das war die Idee gewesen. Und zunächst war auch alles planmäßig verlaufen. Sie war bei der reichen griechischen Familie Kolidis untergekommen, und da die beiden Kinder Athina und Leandros fast den ganzen Tag in der Schule waren, hatte sie unter der Woche nicht viel zu tun gehabt. Bis zu dem Tag jedenfalls, an dem Papa Aristidis ein Auge auf sie geworfen hatte und ihr Aufgabengebiet signifikant erweiterte. Am Anfang ging das Versteckspiel noch gut. Mutter Xenia war mit ihrem Beauty-, Shopping- und Society-Programm derart ausgelastet, dass ihr die außerplanmäßigen Aktivitäten von Gatte und Au-pair-Mädchen ein ganzes Weilchen gar nicht auffielen. Doch dann wurde es scheußlich. Nach einer formidablen Schlammschlacht saß Xenia gut versorgt mit ihren Kindern in einer schicken Villa in Kensington – und aus der kleinen Kathi Fuchs aus Untergiesing war Katia Kolidis, dritte Ehefrau des fünfunddreißig Jahre älteren Aristidis, geworden.

»Kathi, bist du das?«

Ein schlanker Mann mit Stirnglatze und ungläubigem Gesichtsausdruck war gerade aus dem Restaurant herausgekommen. Er zündete sich eine Zigarette an und sah sie erwartungsvoll an. Katia kannte ihn nicht.

»Du bist Katharina Fuchs!«, stellte er jetzt schon entschlossener fest. »Unglaublich, dass du zum Abi-Treffen kommst. Zu wem hast du denn noch Kontakt? Angemeldet hast du dich jedenfalls nicht, zumindest stehst du nicht auf der Teilnehmerliste.«

»Zu niemandem. Es war reiner Zufall«, murmelte sie. »Habe im Internet eine Ankündigung entdeckt.«

»Echt? Auf Facebook? Aber warum hast du dich denn bei niemandem gemeldet?«

»Tja …« Gute Frage, doch Katia musste ihm und sich selbst eine schlüssige Antwort schuldig bleiben. Wer war dieser Typ bloß?

»Jedenfalls bist du jetzt da, und das ist doch das Wichtigste.« Der Mann saugte einige gierige Züge an seiner Zigarette und trat sie dann aus. »Komm mit rein. Ich will alles von dir wissen! Wie geht's dir? Was ist aus dir geworden? Du bist doch damals mit diesem griechischen Großreeder nach Paris durchgebrannt? So war's doch, oder? Ich erinnere mich, dass das ein Riesenskandal war. Stand sogar in der Zeitung.«

Nach so langer Zeit war die Gerüchteküche also immer noch am Brodeln, unfassbar. »Aris ist in der Energiebranche tätig«, erwiderte sie kühl, »wir sind seit vierzehn Jahren verheiratet und leben die meiste Zeit in London. Und mit wem habe ich das Vergnügen?«

»Ich bin's doch, der Stefan! Stefan Schreiber. Erinnerst du dich nicht mehr?« Er klang eine Spur gekränkt. Doch ehe sie darauf reagieren konnte, öffnete er die Tür zum Valentins-Saal und rief in die Runde: »Schaut mal, wen ich draußen gefunden habe!«

Stefan Schreiber?? Das konnte doch wohl nicht wahr sein. Katia nahm zunächst kaum wahr, für welche Reaktionen sie im Raum sorgte. Stefan Schreiber, das war exakt die vorletzte Person, auf die sie an diesem Abend Wert legte. Sie war sechzehn gewesen und er ihre erste große Liebe. Genauer gesagt hätte er es werden sollen, wenn nicht … Doch daran wollte sie im Augenblick gar nicht denken. Sie schlüpfte aus ihrem Mantel und warf das edle Stück nachlässig über eine Stuhllehne. Jetzt, wo sie schon mal da war, konnte sie genauso gut auch Spaß haben. Ihre Nervosität war verflogen, denn auf Gesellschaften aller Art fühlte sie sich wie zuhause. Und schlimmer als der jährliche Diplomatenball der griechischen Botschaft konnte das Klassentreffen ja wohl kaum werden. Sie setzte ihr strahlendstes Lächeln auf und sah sich um. Von den gut hundertzwanzig Abiturienten waren an die achtzig zum fünfzehnjährigen Jubiläum erschienen. Und die standen oder saßen nun in Grüppchen herum und schwelgten in alten Zeiten. Einige starrten sie neugierig an. Zu Recht, dachte Katia zufrieden. Sie trug ein dunkelgrün gemustertes, knielanges Seidenjerseykleid, das ihre langen roten Haare leuchten ließ und ihre Kurven perfekt in Szene setzte. Ein auffälliges Smaragd-Collier auf dem makellos milchweißen Dekolleté sorgte für den nötigen Glamour. Sind die alle alt geworden, befand sie eine Spur boshaft, als sie etliche graue Schläfen und Krähenfüße entdeckte. Dankbar dachte sie an Federico und Dr. Gilbert, die bei ihr selbst für ein konstantes tizianrotes Leuchten auf dem Kopf und einen botoxglatten Porzellan-Teint sorgten.

»Du siehst wirklich toll aus!« Stefan war gerade mit einem Glas Prosecco – für Champagner reichte es wohl immer noch nicht – zurückgekehrt und bestätigte ihr bewundernd die unbescheidene Selbsteinschätzung.

»Danke«, sie lächelte ihn freundlich an, »und jetzt erzähl du mal. Was hast du die letzten fünfzehn Jahre so getrieben?«

»Nach dem Abi und der Bundeswehr habe ich eine Lehre zum Versicherungskaufmann gemacht. Seit drei Jahren habe ich meine eigene Allianz-Agentur in Fürstenried, und letztes Jahr sind wir in unser Reihenhäuschen gezogen. Ich bin verheiratet, und Sabine und ich haben zwei Jungs«, fügte er stolz hinzu.

»Ach ...« Sie konnte es kaum glauben. Die coolste Sau im ganzen Jahrgang entpuppte sich als Versicherungsmakler mit piefigem Reihenhaus. »Und was ist aus deiner Musiker-Laufbahn geworden? Du warst doch Bassist in dieser Indie-Rock-

Band. Und wolltest du nicht auch Musik studieren oder alternativ wenigstens die Welt retten?« Katia sah Stefan mit einem ironischen Lächeln an.

»Tja, so ist das halt mit Jugendträumen. Wer kann die schon verwirklichen?«, sinnierte er weise.

Auch wieder wahr, dachte sie. Trophy-Wife hatte ursprünglich jedenfalls nicht ganz oben auf ihrer Lebenswunschliste gestanden. »Und zu wem hast du noch Kontakt?«, wechselte sie das Thema.

»Zu etlichen. Viele sind ja in München geblieben, und da haben wir uns gar nicht so sehr aus den Augen verloren. Außerdem ist das hier ja jetzt schon unser drittes Klassentreffen – fünf und zehn Jahre haben wir auch gefeiert. Komm mit«, er nahm sie am Arm, »lass uns die Runde machen. Da gibt es bestimmt einige, die unbedingt hören wollen, was du so treibst.«

Gut zwei Stunden später hatte sie mit fast allen aus ihrer früheren Clique nett geplaudert und Geschichten ausgetauscht. Unglaublich, was aus allen geworden war: Britta, die immer eher ein schüchternes und stilles Mauerblümchen gewesen war, lebte heute in Australien, hatte am Institut für Meeresbiologie in Sydney einen Lehrauftrag und verbrachte offenbar ihre gesamte freie Zeit auf und unterm Wasser. Sie sah toll aus, wirkte durch und durch glücklich und buchstäblich in ihrem Element. Der einst so anarchische Klaus war doch tatsächlich Lehrer geworden und unterrichtete jetzt an seiner alten Schule, wohl um die verbliebenen eigenen Pädagogen zu ärgern und eine neue Generation von Schülern mit seinen subversiven Theorien in Mathematik und Physik in den Wahnsinn zu treiben?! Nur Max hatte seinen Jugendtraum verwirklichen können – zumindest für eine gewisse Zeit. Er war bis vor fünf Jahren Profifußballer beim TSV 1860 gewesen, bis ihn hartnäckiges Verletzungspech in die Marketingabteilung eines

Sportartikelherstellers verfrachtet hatte. Sarah betrieb einen angeblich unglaublich hippen Coffee-Shop in Schwabing und zog ihre von drei verschiedenen Männern stammenden Kinder alleine groß. Eine Tatsache, die bei ihrer früheren Busenfreundin Anna für heftiges Naserümpfen sorgte. Die schöngeistige Buchhändlerin war für ihre zweijährigen In-vitro-Zwillinge Baldur und Björna und ihren Mann »aus Leidenschaft und Überzeugung Hausfrau und Mutter«. Und genauso siehst du auch aus, dachte Katia für sich. Fehlte eigentlich nur noch die Person, die vom Kindergarten bis zur zehnten Klasse ihre beste Freundin gewesen war und sich dann ihre ewige Feindschaft gesichert hatte.

Katia hatte Antonella De Anna bereits beim Ankommen erspäht, was kein Wunder war, denn die große Halbitalienerin mit dem farbenfrohen Outfit war weder zu übersehen noch zu überhören. Noch vor wenigen Stunden war sich Katia sicher gewesen, dass Antonella definitiv die allerletzte Person aus der Runde ihrer Mitschüler war, die sie treffen wollte. Wobei es wahrscheinlich im Nachhinein ein Glück gewesen war, dass die ihr einst den großartigen Stefan ausgespannt hatte – wäre sie sonst heute Versicherungsmaklersgattin? Natürlich hatte sich Katia damals für diesen Vertrauensmissbrauch adäquat gerächt, und die beiden Mädels hatten die Fehdehandschuhe bis zum Abitur nicht mehr ausgezogen. Katia hätte geschworen, dass neben ihren kleinbürgerlichen und vor allem kleingeistigen Eltern auch Antonella zu den Menschen gehörte, die sie am allerwenigsten vermisste. Doch nachdem sie nun die Lebensgeschichten all ihrer früheren Freunde gehört hatte, war sie auch neugierig, was aus ihrer Erzfeindin geworden war. Sie goss sich ein weiteres Glas Prosecco ein, entschuldigte sich bei Anna und Sarah und ging zum Buffet, wo sich Antonella gerade einen großen Teller mit Desserts und Kuchen zusammenstellte und gleichzeitig Anweisungen in ihr zwischen Kinn und Schulter eingeklemmtes Handy plapperte: »Hase, ich kann dir auf die Entfernung auch nicht sagen, was sie hat. Entweder kommen wieder Zähne, oder sie hat Bauchweh. Geh zu meiner Mutter, die hat bestimmt ein Hausmittelchen parat. Was ist das überhaupt für ein Gejammer, das ist doch nicht Sternchen? – Ach so, der Hund schon wieder. Also da bin ich völlig überfragt, und da wird dir auch Mama nicht helfen können. – Lass dir was einfallen, ist schließlich deine Schuld, dass der Köter jetzt bei uns ist. Schätzchen, ich muss jetzt aufhören. – Ja, es ist sehr nett. – Ich hab dich auch lieb. Ciao, ciao, bis später! Bussi!« Dann drehte sich Antonella, das Telefon in der einen Hand, den Teller in der anderen, schwungvoll um und grinste Katia aufreizend ins Gesicht. »Na, Katinka, wieder im Reich der Sterblichen?«

»Wenn du es so formulieren möchtest«, antwortete Katia unbestimmt und musterte ihr Gegenüber von oben bis unten. Ärgerlicherweise sah Antonella richtig gut aus. Ihre langen, schlanken Beine steckten in schwarzen Lederleggins, und darüber trug sie ein ärmelloses Flattertop in wilden pink-lila Schattierungen, das ihre beneidenswert gut definierten Oberarme betonte. Sie trug kaum Make-up und hatte ihre dunklen Haare zu einem lässigen Pferdeschwanz gebunden. Vermutlich hatte das komplette Styling nicht länger als zehn Minuten gedauert, dachte Katia neidvoll.

»Hast du zugenommen?« Antonella zog ironisch eine Braue nach oben.

»Nur an den richtigen Stellen«, konterte Katia. Gut, nun wurden die Messerchen also wieder gewetzt.

»Ja, Silicon Valley ist nicht zu übersehen …« Antonella lächelte süffisant und blickte vielsagend in Katias Ausschnitt. »Wollen wir uns setzen? Ich kann das Zeug hier ja schlecht im Stehen essen.«

»Immer noch so verfressen wie früher? Und, kotzt du anschließend wieder alles raus?«

»Das habe ich nicht mehr nötig, seit mir meine Brüder zum achtzehnten Geburtstag ein Rennrad geschenkt haben.« Antonellas Grinsen war einem Stirnrunzeln gewichen, denn an ihre pubertäre Essstörung wurde sie nicht gerne erinnert. Glücklicherweise war diese Zeit lange vorbei. »Ich hab gehört, du lässt dich von einem reichen Ölscheich aushalten?« Die andere pubertäre Störung – Zickenkrieg – war deutlich hartnäckiger.

»Von Aushalten kann keine Rede sein. Aristidis macht in Gas, und für das hier alles«, Katia deutete auf Schmuck, Outfit und ihre Brüste, »verlangt er durchaus gewisse Gegenleistungen …«, antwortete sie mit völlig ungerührtem Gesichtsausdruck.

»Wie beruhigend!«

»Und du? Hast du ein Opfer für deine Verführungskünste gefunden, oder musst du immer noch in Mamas Kneipe jobben?«

»Das wäre gar nicht mal das schlechteste Schicksal, also jedenfalls besser, als zu obskuren ›Gegenleistungen‹ verpflichtet zu sein. Aber in der Tat muss ich nicht mehr kellnern. Ich habe eine eigene Firma in Frankfurt – Interior Design – und kann mich vor Aufträgen kaum retten. Außerdem bin ich seit September verheiratet. Er heißt Adrian und ist Anwalt, und wir haben eine neun Monate alte Tochter, die gerade zahnt oder Bauchweh hat und ihren Papa zur Verzweiflung bringt.«

»Und einen jammernden Hund«, fügte Katia hinzu.

»O ja, allerdings. Einen jammernden, sehr unglücklichen und sehr schlecht gelaunten Mops namens Hugo!«, sagte Antonella düster. »Aber das ist eine ziemlich lange Geschichte …«

Das war ein richtig schöner Abend, stellte Katia überrascht fest, als sie gegen halb zwei Uhr früh mit dem Taxi zum Hotel zurückfuhr. Selbst mit Antonella war es letztendlich nett gewesen. Vielleicht heilte die Zeit doch alle Wunden? Jedenfalls hatten sie nach dem anfänglichen Gezicke gemeinsam über alte Zeiten gelacht und neue Geschichten ausgetauscht. Und mit kruden Storys konnte Antonella schon immer aufwarten. Vor gut zwei Jahren hatte sie von einer generösen Großtante ein Haus in Frankfurt geerbt, unter der Auflage, dass sie sich um den treuen Hund der alten Dame kümmern müsse. Doch das Verhältnis zwischen Mops Hugo und seiner neuen Besitzerin war von Anfang an, vorsichtig formuliert, kompliziert. Die extrem aktive Antonella konnte mit kleinen Schoßhunden rein gar nichts anfangen, und Hugo nichts mit der neuen Hektik in seinem Leben. Unverhoffte Rettung hatte damals Georgia gebracht, die nach einer traumatischen Trennung bei Antonella Unterschlupf fand. Die neue Mitbewohnerin tröstete nicht nur den traurigen Hund, sondern organisierte quasi nebenbei auch Antonellas chaotisches Leben neu. Die beiden gründeten mit Hugo's Affairs ein außerordentlich erfolgreiches kleines Interior-Design-Unternehmen, in dem inzwischen auch Antonellas älterer Bruder Giovanni mitarbeitete. Auch privat stellte sich nach diversen Irrungen und Wirrungen das große Glück ein. Georgia verliebte sich in den kanadischen Rockmusiker Tim Devereaux, und Antonella erlag nach langem Werben dem Charme von Tante Elsas Testamentsverwalter Adrian Stern. Alles schien perfekt zu sein, doch vor wenigen Tagen waren Georgia und Tim nach New York gezogen,* um seine Karriere weiter zu befeuern. Und abgesehen davon, dass Antonella traurig war, eine liebgewonnene Freundin verloren zu haben, und sich Sorgen um das ehemals gemeinsame – und jetzt allein ihr gehörende – Geschäft machte, hatte sie nun auch wieder Hugo an der Backe. Denn Adrian war eisern geblieben, der letzte Wille seiner Mandantin war heilig. Auch wenn es für ihn selbst unangenehm werden

* Wie es dazu kam, erfahren Sie auf www.hugosaffairs.de.

würde, Mops Hugo musste bis zu seinem Tod bei Antonella bleiben. Nur dann wären die Bestimmungen des Testaments erfüllt, und Antonella würde neben dem Haus auch noch ein nettes kleines Vermögen erben.

Katia seufzte. Das hörte sich alles viel lebendiger und schöner an als ihr eigenes Leben. Klar, sie konnte sich alles leisten, was man sich nur wünschen konnte. Sie hatte die ganze Welt bereist – im Privatjet oder auf der Luxusyacht –, war laufend auf den schicksten Society-Partys eingeladen und konnte sich vor teuren Designer-Fummeln und edlen Juwelen kaum retten. Aber sie saß in einem goldenen Käfig, und mit Aris lief es auch lange nicht mehr so rund wie am Anfang. Obwohl ihr Mann inzwischen stolze siebzig war, vermutete sie stark, dass er eine Neue hatte. Alle seine Ehen hatten maximal fünfzehn Jahre gehalten, und sie hatten nicht einmal gemeinsame Kinder. Ich bin fünfunddreißig und meinem betagten Ehemann zu alt, dachte sie resigniert. Aber wie den Absprung schaffen? Darüber dachte sie schon eine ganze Weile nach. Das alles hatte sie Antonella natürlich nicht erzählt, die hatte nur fasziniert den Erzählungen von rauschenden Bällen mit hoher Promidichte und Urlauben auf der eigenen Yacht gelauscht.

Katia stand nun im Foyer des Bayerischen Hofs und überlegte, ob sie noch ein Weilchen an die Bar gehen sollte. Auf Aristidis hatte sie so gar keine Lust. Aber Olga wartete bestimmt sehnsüchtig auf sie … Im gleichen Moment hörte sie ein hysterisches Aufjaulen und wildes Scharren, und dann raste auch schon ein großes, schwarzbraunes Geschoss auf sie zu und sprang schwanzwedelnd an ihr hoch. Was hatte das zu bedeuten? »Olga, mein Schatz, was machst du denn hier?« Katia streichelte liebevoll ihre zweijährige Airedale-Terrier-Hündin, die immer noch außer sich vor Begeisterung herumhüpfte. Wieso war das Tier hier unten?

»Guten Abend, Frau Kolidis«, der Nachtportier war hinter

der Rezeption hervorgekommen und stand nun mit besorgtem Gesichtsausdruck vor Katia. »Ich fürchte, es hat einen Zwischenfall gegeben.«

Einen Zwischenfall? Was für einen Zwischenfall bitte? Aris hatte versprochen, den Abend über auf Olga aufzupassen. »Was ist passiert?«, wollte Katia wissen. »Warum ist der Hund hier? Wo ist mein Mann?«

»Soweit ich informiert bin, hat Ihr Mann um kurz nach zehn Uhr das Hotel verlassen«, berichtete der Portier mit betont ruhiger Stimme. »Kurze Zeit später häuften sich Anrufe und Beschwerden, dass aus Ihrer Suite furchterregende Geräusche kämen. Wir haben dann den Sicherheitsdienst und das Housekeeping hinaufgeschickt und Ihre aufgeregte Hundedame nach unten geholt.« Er sah etwas betreten auf Olga, die sich inzwischen eng an Katia gekuschelt hatte und sich zufrieden die Ohren kraulen ließ. »Wir sind ja ein sehr tierfreundliches Haus«, fuhr er leicht tadelnd fort, »aber das geht nun doch zu weit.«

»Das tut mir sehr leid. Olga ist es nicht gewohnt, alleine zu bleiben, und mein Mann wollte sich um sie kümmern. Es muss wohl irgendetwas vorgefallen sein …« Was kann Samstagnacht kurz vor Weihnachten bitte schön Wichtiges passieren?, dachte Katia grimmig und zog ihr Handy hervor, um nachzusehen, ob Aris ihr vielleicht eine Nachricht hinterlassen hatte. Fehlanzeige – natürlich! »Ich danke Ihnen, dass Sie sie gerettet haben, und hoffe, dass sie die anderen Gäste nicht allzu sehr belästigt hat.« Katia bemühte sich, zerknirscht zu klingen, auch wenn sie innerlich vor Ärger bebte. »Ich gehe mit ihr noch eine kleine Runde und nehme sie dann mit aufs Zimmer.«

»Ähem, ich fürchte, da gibt es noch ein Problem«, sagte der Portier. »Sie werden die Nacht vielleicht lieber in einer anderen Suite verbringen.« Er reichte ihr diskret eine neue Schlüsselkarte. »Und wir gehen davon aus, dass Sie die Kosten für die Renovierung tragen, nicht wahr?«

»Ja … natürlich«, presste Katia hervor und nahm die neue Karte an sich.

»Gute Nacht, Madame.«

»Gute Nacht.«

Katia fror ein wenig. Sie war bereits seit über zwei Stunden mit Olga unterwegs. Ziellos streunte sie durch die Stadt, die einmal ihre Heimat gewesen war und ihr jetzt, nach fünfzehn Jahren, merkwürdig fremd vorkam. Es war ein grauer, verschneiter Sonntagvormittag, und langsam merkte sie, wie ihr unbändiger Ärger einer hoffnungslosen inneren Leere Platz machte. Aris war die ganze Nacht über weggeblieben und hatte sie mit dem unfassbaren Chaos alleine gelassen. Olga hatte wirklich ganze Arbeit geleistet: Die Suite war komplett verwüstet. Der Hund hatte in seiner Verzweiflung sämtliche Vorhänge von den Fenstern gerissen und alle Kissen zerfetzt. Die Daunen lagen überall. Außerdem hatte sie zwei Paar Schuhe zerbissen, natürlich Katias. Aris' Sachen waren unberührt. Und doch konnte sie dem Tier nicht böse sein, Olga war wohl einfach in Panik verfallen, so alleine in einer fremden Umgebung. Katia seufzte tief und sah liebevoll auf ihren Hund, der fröhlich neben ihr hertrabte. Wenn sich Aris nicht bald meldete, würde sie ihre Sachen packen, einen Mietwagen nehmen und mit Olga zurück nach Frankfurt fahren. Dort logierten sie seit gut vier Wochen im Frankfurter Hof, weil ihr Mann »wichtige Geschäfte« in Deutschland tätigte. Von dort aus wollte sie nach London fliegen und Weihnachten notfalls alleine, aber wenigstens zuhause verbringen.

So in Gedanken versunken merkte sie gar nicht, wohin sie eigentlich lief, bis sie plötzlich vor einer vertrauten Ladenfront stand. »Metzgerei Fuchs« stand auf dem Schaufenster, und der

Anblick gab Katia einen gehörigen Stich. Es sah alles genauso aus wie vor fünfzehn Jahren. Weihnachten 1994 hatte sie zum letzten Mal mit ihren Eltern verbracht. Da lebte sie schon gut fünf Monate in London, und ihre Affäre mit Aristidis war gerade aufgeflogen. Ihre Eltern waren entsetzt gewesen: »Das gehört sich nicht für ein anständiges Mädchen!«, hatte Papa gewettert, und Mama hatte die ganze Zeit geweint. Seitdem hatte sie keinen Kontakt mehr zu den beiden gehabt. Wie es ihnen wohl ging? Sie war drauf und dran zu klingeln, denn ihre Eltern wohnten offenbar immer noch in der Wohnung über dem Geschäft, als ihr Handy mit einer SMS-Nachricht piepste: »Wo bist Du? Komm sofort zurück! Reisen ab. A.«

KAPITEL 2
Gutes neues Jahr

Gutes neues Jahr!«, rief Antonella, als sie Montagmorgen gegen zehn im Loft von Hugo's Affairs ankam – schwer bepackt mit Plätzchendosen und Geschenken. Der schwarze Mops Hugo trottete trübselig an der Leine neben ihr her.

»Danke, dir auch«, antwortete Antonellas Assistentin Jenny und lächelte hinter ihrem Monitor hervor. »Was hast *du* denn vor?«, fragte sie dann, als Antonella ihre diversen Taschen und Tüten auf ihren Schreibtisch wuchtete und den Vierbeiner von der Leine ließ. »Hugo-Schätzchen, komm her«, flötete Jenny, doch der Hund stupste sie nur kurz an und verkrümelte sich sofort auf sein Kissen im verwaisten Büro von Georgia.

»Das sind Kekse von meiner Oma und Geschenke von meiner Familie für Giovanni – wo ist der eigentlich?« Antonella blickte sich fragend um. »Und außerdem noch ein paar Päckchen von Georgia.«

»O wie schön!«, freute sich Jenny. »Von Giovanni habe ich aber auch noch nichts gesehen.«

»Na ja, er wird schon kommen …« Antonella kramte in den Tüten herum und holte zwei Pakete hervor. »Die sind für dich. Das kleine harte ist von Georgia, das große weiche von mir.« Sie reichte ihrer Sekretärin die Geschenke und sah sie erwartungsvoll an.

Jenny öffnete zuerst das Päckchen von Antonella und zog unter Begeisterungsrufen ein pinkfarbenes Cashmere-Ensemble aus Mütze, Schal und Handschuhen hervor. »Wow, das ist aber toll! Vielen, vielen Dank!« Sie warf sich den Schal um und umarmte ihre Chefin.

»Gern geschehen. Du kannst gut ein bisschen Farbe vertragen … Bin gespannt, was du von Georgia bekommst. Mir hat sie einen Füller geschenkt, mit dem ich ›erfolgreiche Verträge‹ unterschreiben soll.«

»Oh …« Jenny packte gerade ein Buch aus und las die Karte vor: »Liebe Jennifer, denken Sie stets daran, Sie sind die Visitenkarte von Hugo's Affairs – auch wenn ich nicht mehr da bin! Frohe Weihnachten und beste Grüße von Georgia Holtau-Devereaux – o Mann, schau mal.«

Sie hielt Antonella das Buch vor die Nase, die schallend zu lachen anfing. *Dress for Success – the Ultimate Style Guide for Modern Business Women.*

»Was soll ich sagen? Der Einzige, der ein tolles Geschenk von ihr bekommen hat, ist Hugo. Ein schwarzes Hirschlederhalsband mit einem ›Hugo forever‹-Schriftzug aus Strassnieten plus passender Leine. Ich möchte mir gar nicht ausmalen, was Giovanni von ihr bekommt: wahrscheinlich einen versilberten Hobel mit den warmen Worten: ›Wo gehobelt wird, da fallen Späne – hoffentlich aus Gold! Viel Erfolg als neuer Teilhaber.‹ Wir werden sehen …« Antonella kicherte immer noch.

»Wo fallen Späne aus Gold?« Ein braungebrannter Hüne war aufgetaucht und riss Antonella in seine Arme. »Ciao principessa e buon anno!«

»Hallo, Bruderherz, wieder im Lande?« Antonella drückte Giovanni einen dicken Kuss auf die Wange und musterte ihn. »War's schön? Du siehst geradezu ekelerregend gut erholt aus.«

»Weihnachten und Silvester in Australien kann ich nur empfehlen. Kein Eis, kein Schnee und vor allem kein Familienwahnsinn – herrlich!« Er grinste gut gelaunt.

»Und, wer war dabei?«, erkundigte sich Jenny spitz. Sie hatte anfangs eine gewisse – leider komplett unerwiderte – Schwäche für Giovanni gehabt und war nach wie vor eifersüchtig auf seine ständig wechselnden Begleiterinnen. »Hatte Miss November noch Glück, oder war schon Fräulein Dezember dran?«

»He, nicht frech werden, Kleine. Immerhin bin ich jetzt dein Chef!« Er sah sie mit gespielt strenger Miene an.

»Nur zu dreißig Prozent. Das zählt für mich nicht ...«, erwiderte sie schnippisch. Georgia hatte ausbezahlt werden müssen, als sie nach New York gegangen war, und weil Antonella den kompletten Anteil nicht übernehmen konnte, hatte sich Giovanni mit dreißig Prozent am Unternehmen beteiligt. »Antonella, habe ich schon erwähnt, dass du meine absolute Lieblingschefin bist?«

»Darauf kann ich mir ja was einbilden.« Antonella zwinkerte Jenny verschwörerisch zu. »Und in meiner neuen Funktion als Ober- und Lieblingschefin würde ich vorschlagen, dass wir uns jetzt alle mal sortieren, schauen, ob wir überhaupt noch Aufträge haben, und dann in anderthalb Stunden gemeinsam alles Nötige besprechen. Einverstanden?« Die beiden anderen nickten gehorsam. »Giovanni, das sind übrigens alles deine Geschenke.« Sie deutete auf die Tüten auf ihrem Schreibtisch. »Von den Menschen, die dich lieben, auch wenn du vor ihnen ans andere Ende der Welt fliehst ...«

»Wo ist eigentlich Hugo?«, fragte Jenny gut zwei Stunden später. Sie saßen wieder zusammen und besprachen die nächsten Tage und Wochen. Es gab zwei große neue Projekte, die noch vor Weihnachten vereinbart worden waren – eine Fünfzimmerwohnung im Westend und die Renovierung einer großen Anwaltskanzlei. Außerdem waren über die Feiertage tatsächlich einige Anfragen reingekommen, die jetzt beantwortet werden mussten. Wie es aussah, würde das Geschäft also gut weitergehen.

»Ich nehme an, er liegt immer noch beleidigt in seinem Körbchen«, mutmaßte Antonella. »Seit Georgia weg ist, ist er noch unerträglicher als vorher.«

»Er ist bestimmt sehr unglücklich, weil sie ihn verlassen musste, der arme kleine Engel«, sagte Jenny mitfühlend. »Ich glaube, er hat ein gebrochenes Herz.« Aus dem Nebenraum war ein lautes Brummen zu hören. Jenny stand auf, um den Mops zu holen.

»Und ich glaube, dass er eine unsagbare Diva mit Starallüren ist!« Antonella klang deutlich genervt. »Es ist mir wirklich schleierhaft, warum Adrian darauf bestanden hat, dass diese Bestie hierbleiben muss. Georgia hätte ihn so gerne mitgenommen ...«

»Dein Mann nimmt seinen Job halt sehr ernst. Und Tante Elsas Testament war doch wohl ganz eindeutig: Du musst dich um den kleinen Kerl kümmern, bis er seinen letzten Atemzug aushaucht, sonst adiós, Wohnung, adiós, Haus, adiós, Erbe ...« Giovanni grinste maliziös.

»Hugolein, du armer, armer Schatz. Du bist ja so ein trauriges Hündchen. Georgia ist weg, und dein böses Frauchen hier hat dich wirklich kein bisschen lieb!« Jenny war mit dem Hund auf dem Arm wieder zurückgekommen, der zustimmend grunzte.

»Übertreibe es nicht!«, sagte Antonella drohend und fuhr dann mit ihrem Lamento fort: »Aber der absolute Witz ist doch, dass Adrian als Elsas Testamentsverwalter der einzige Mensch ist, der überhaupt irgendwelche Sanktionen verhängen könnte. So sind alle unglücklich – Georgia, weil sie ohne ihren pelzigen Liebling auswandern musste, Hugo, weil er von ihr verlassen wurde, ich, weil ich mich jetzt mit ihm rumärgern muss, und Adrian selbst auch, weil er den Hund UND meine schlechte Laune ertragen muss. Aber Hauptsache, Tantchens letzter Wille wird erfüllt! Liebe Güte, die Frau liegt seit knapp drei Jahren unter der Erde und hat meiner Meinung nach gar nichts mehr zu wollen!!«

»Na, schon wieder schwer in Fahrt mit deinem derzeitigen Lieblingsthema?« Adrian war gerade mit dem Kinderwagen aus dem Lastenaufzug gekommen. »Und ein gutes neues Jahr euch allen«, lächelte er in die Runde.

»Ihnen auch, Herr Dr. Stern«, sagte Jenny eifrig. »Und da ist ja auch die kleine Elisa!« Hugo befreite sich aus den Armen der Assistentin und spurtete zum Kinderwagen. Sein schwarzes Ringelschwänzchen zuckte vor Freude, während er versuchte, in den Buggy zu klettern, um das kleine Mädchen zu begrüßen, das hingerissen quietschte.

»Das sind ja ganz neue Entwicklungen«, stellte Giovanni amüsiert fest, »da bahnt sich wohl eine zarte Liebe an.«

»Das kannst du laut sagen.« Antonella befreite ihre kleine Tochter gerade aus Kinderwagen und Schneeanzug und küsste die vor Kälte geröteten Bäckchen. Hugo hüpfte hibbelig und grunzend um ihre Beine, während Elisa die ganze Zeit aufgeregt »Wawawa« brabbelte und strampelte. Resigniert setzte Antonella das Baby auf den Boden, wo es sofort den Mops mit seinen Patschehändchen bearbeitete, der wiederum hingebungsvoll das Gesicht der Kleinen ableckte. »Das ist so eklig«, sagte sie angewidert.

»O nein, das ist hinreißend süß!«, befand dagegen Jenny.

»Und wie kam's dazu?«, wollte Giovanni wissen. »Soweit ich mich erinnere, hat der Hund meine Nichte doch bislang immer geflissentlich ignoriert.«

»Na ja, das war so«, setzte Adrian zur Erklärung an. »Meine liebe Frau hat uns für ihr Klassentreffen an unserem ersten Abend in München stundenlang alleine gelassen. Elisa hat sich die Seele aus dem Leib gebrüllt, weil sie Zahnweh hatte, und Hugo herzzerreißend gejault, weil er so unglücklich war. Dann bin ich kurz aus dem Zimmer gegangen, weil ich diese

Zahn-Globuli-Dinger gesucht habe, und als ich zurückkam, lagen die beiden eng aneinandergekuschelt auf dem Sofa und waren friedlich. Und seitdem sind sie unzertrennlich.« Adrian sah lächelnd auf Tochter und Mops, dann blickte er auf seine Uhr. »Liebling, ich muss los, ich treffe mich in einer halben Stunde mit Dr. Seifert zum Mittagessen, du weißt schon, wegen der schwierigen Erbschaftssache im Taunus. Ich kann sie danach aber wieder abholen.«

»Muss nicht sein, ich mache heute nicht so lange und gehe dann mit unserem neuen Dream-Team raus. Und nächste Woche hat die Krippe ja auch wieder auf, da wird's wieder entspannter. Bussi!« Antonella strich ihrem Mann zärtlich über die graumelierte Schläfe und gab ihm zum Abschied einen spielerischen Klaps. »Viel Erfolg! Vielleicht versaust du diese Erbschaftsnummer ja ausnahmsweise nicht …«

Nachdem Adrian gegangen war, wandte sich Antonella wieder an ihren Bruder: »Apropos Klassentreffen. Erinnerst du dich noch an Kathi von der Metzgerei Fuchs?«

»Das Griechen-Flittchen?«

»Genau die …«

»Einen Augenblick bitte«, Antonella klickte in ihrem Terminplaner herum und blätterte gleichzeitig hektisch in ihrem Filofax. Mist, der Termin zur Stoff- und Farbauswahl für die Westendwohnung stand nur im elektronischen Kalender, und in den hatte sie heute Morgen nicht reingeschaut … »Frau Hartmann, es tut mir sehr leid, da hat es wohl eine Terminkollision gegeben. Darf ich stattdessen morgen zu Ihnen kommen? – Ja, ich verstehe, dass Sie eine sehr beschäftigte Frau sind, alternativ könnte ich auch in einer Stunde bei Ihnen sein. – Ich weiß, es war eine verbindliche Zusage, die Sie mit Frau Holtau getroffen haben, doch die ist, wie Sie wissen, nicht mehr bei uns, und da muss es wohl ein kleines Kuddelmuddel mit den Terminen gegeben haben. Ich verspreche Ihnen, das wird nicht wieder vorkommen … – Einverstanden, dann also nächsten Mittwoch, gleich um neun Uhr. Wiedersehen.« Antonella seufzte frustriert auf. Zweieinhalb Wochen war das neue Jahr alt, was bedeutete, dass Hugo's Affairs erst zweieinhalb Wochen ohne das kontrollfreakige Organisationsgenie Georgia Holtau auskommen musste – und doch schon an der Schwelle zum Chaos stand. »Jenny, so geht das nicht weiter!«, fauchte Antonella ihre Assistentin an, obwohl sie genau wusste, dass die nun rein gar nichts dafür konnte.

»Wie geht es nicht weiter?«, kam es auch prompt leicht pampig zurück. »Dass du es nicht auf die Reihe kriegst, deine Termine auch aufzuschreiben? Oder dass du nicht in der Lage bist, mir vollständige Belege zu liefern? Oder dass du die Lieferantenrechnungen nicht kontrollierst und ich sie daher nicht bezahlen kann und die Leute deshalb wütend hier anrufen? Oder dass du potenzielle Neukunden nicht zurückrufst und wir deshalb wahrscheinlich früher oder später gar keine Aufträge mehr haben werden?« Jenny funkelte ihre Chefin angriffslustig an.

Antonella warf sich haareraufend in ihren Schreibtischstuhl zurück. Natürlich hatte Jenny Recht, aber das änderte nichts an der Tatsache, dass sie sich gerade komplett überfordert fühlte. Sie liebte den kreativen Teil ihrer Arbeit, tüftelte gerne stundenlang über dem perfekten Entwurf und freute sich unbändig, wenn sie wieder einmal die Vorstellungen und Träume ihrer Kunden übertreffen konnte. Es bereitete ihr auch keine Probleme, den stets wechselnden Trupp von Handwerkern zu koordinieren und zu motivieren und notfalls persönlich Hand anzulegen. Aber dieser ganze Papier-, Termin- und Organisationskram ging ihr gewaltig auf die Nerven, genau wie die Verhandlungen mit Lieferanten. Von den Akquisegesprächen mit kapriziösen Neukunden mal ganz zu schweigen. Wofür bitte sollte sie diese Leute von den Qualitäten von Hugo's Affairs überzeugen, wenn die doch ohnehin schon entschlossen waren, das Unternehmen zu beauftragen? Sonst hätten sie sich ja wohl kaum gemeldet, oder? Außerdem hatte auch ihr Tag nur vierundzwanzig Stunden. Ein durchschnittlicher Arbeitstag zurzeit sogar maximal nur sechs oder sieben, denn schließlich musste Elisa jeden Nachmittag um drei von der Kita abgeholt werden. Und auch wenn sie sich dabei mit Adrian abwechselte, war es doch insgesamt verdammt wenig Zeit für verdammt viel Arbeit. Wann sollte sie da bitte schön noch Rechnungen kontrollieren und mit Klienten in spe Mittag essen gehen?

»Guten Tag, kann ich Ihnen helfen?« Jennys Frage riss Antonella aus ihrem dumpfen Brüten. Sie sah sich um und stellte fest, dass gerade ein attraktiver junger Mann das Loft betreten hatte.

»Hallo, ich wollte zu Georgia Holtau«, sagte er und sah sich suchend um. »Die arbeitet doch hier?«

»Frau Holtau ist seit Anfang des Jahres in New York«, informierte ihn Jenny, »aber vielleicht können auch wir etwas für Sie tun?« Sie strahlte ihn an.

Antonella musterte ihn skeptisch. Er sah mit seinem dunkelgrünen Rolli unter dem mittelbraunen Cordanzug und den zurückgegelten Haaren wie eine jüngere, blondere Version von Schmalzlocke zu Guttenberg zu dessen besten Zeiten aus. Sie hoffte, dass das keiner von Georgias neureichen Adeligen war, der seinen Pferdestall jetzt in ein Spielcasino verwandeln wollte. Das fehlte ihr gerade noch …

»Äh, ja, das ist sehr schade«, antwortete er ein wenig schüchtern. »Ich wusste nicht, dass Georgia weg ist. Ich war gerade in der Gegend und wollte sie eigentlich fragen, ob sie vielleicht einen Job für mich hätte.«

»Was denn für einen Job?« Antonella war aufgestanden und

ging dem Jüngling entgegen. Mein Gott, das Bürschchen war höchstens fünfundzwanzig ... »Ich bin Antonella De Anna«, stellte sie sich vor, »und nach Lage der Dinge jetzt für Jobanfragen aller Art alleine verantwortlich.«

»Ich bin Christian Weiler und war vor vier Jahren mal Praktikant bei Georgia. Ich habe BWL studiert und war jetzt drei Jahre stellvertretender Vertriebsleiter bei einem mittelständischen Möbelbauer. Leider haben wir Ende letzten Jahres Insolvenz anmelden müssen, und daher suche ich jetzt eine neue Aufgabe. Als ich Georgia vor ungefähr einem Jahr das letzte Mal gesehen habe, sagte sie mir, dass ich mich jederzeit bei ihr melden könnte ...« Er schaute Antonella erwartungsvoll an. »Ich kann Ihnen gerne meine Unterlagen zusammenstellen, damit Sie einen besseren Eindruck von mir bekommen.« Dann sah er sich im Loft um und meinte enthusiastisch: »Das ist großartig hier!«

»Mhmm«, brummte Antonella geistesabwesend. Ihr kam gerade eine Idee. »Jenny, führe unseren Gast doch mal herum und biete ihm einen Kaffee an.« Sie ging zurück an ihren Schreibtisch, schnappte sich ihr Handy und tippte eine SMS an Georgia: »SOS Christian Weiler sucht Arbeit, kann er deinen Job übernehmen?« Erfahrungsgemäß machte Georgia ihr Telefon nie aus und würde auch nachts reagieren. Was praktisch wäre, denn Antonella hatte nicht den Hauch einer Ahnung, wie spät es in New York gerade war.

Währenddessen zeigte Jenny Christian stolz das Loft von Hugo's Affairs. Die obere Etage des zweistöckigen Industriegebäudes in einem Hinterhof der Berger Straße war etwa dreihundert Quadratmeter groß und hatte gut fünf Meter hohe Wände. Raumhohe Fenster und einige Oberlichter sorgten selbst an diesem schmuddeligen Januartag für reichlich Licht. Der große Hauptraum war in eine loungeartige Sofaecke und den Arbeitsbereich aufgeteilt. Es gab einen großen Konferenztisch und mehrere Arbeitsplätze, von denen im Moment allerdings nur zwei von Antonella und Jenny genutzt wurden. Die Wände waren in bunte Quadrate unterteilt – teils tapeziert, teils bemalt –, auf denen Fotos von Räumen abgebildet waren, die Hugo's Affairs schon gestaltet hatte. Eine Treppe führte zu Küche, Bad, einem Lagerraum und einem separaten Büro, das bislang immer Georgia genutzt hatte und in dem jetzt Mops Hugo schlief. Im Untergeschoss des Gebäudes hatte Giovanni auf einhundertfünfzig Quadratmetern seine Schreinerwerkstatt untergebracht. Außerdem gab es unten noch zwei Räume, die der Vermieter als Lagerfläche nutzte, die man aber notfalls dazumieten konnte. Antonella beobachtete Christian, der sich angemessen begeistert zeigte. Dann klingelte ihr Telefon. »Habe ich dich geweckt?«, fragte sie statt einer Begrüßung.

»Nein, natürlich nicht. Es ist halb acht«, entgegnete Georgia eine Spur irritiert.

»Morgens oder abends?«

»Morgens natürlich!«, seufzte Georgia. »Du lernst es wohl nie, oder? Aber jetzt erzähl, Christian sucht also einen Job?«

»Sieht so aus. Was meinst du?«

»Nimm ihn! Er ist wirklich klasse. Und sonst? Wie läuft es bei euch?«

»Eigentlich ganz gut, aber du fehlst mir schrecklich. Ich weiß wirklich nicht, wie ich das hier ohne dich schaffen soll.«

»Das wird schon«, tröstete Georgia. »Christian kriegt das hin. Aber was ist mit Hugo? Wie geht's ihm?«

»Der ist nach wie vor untröstlich!«, sagte Antonella und bemerkte, wie Christian und Jenny immer wieder verstohlen in ihre Richtung blickten. »Sag mal, können wir am Wochenende in Ruhe telefonieren?«

»Natürlich. Und kauf ihm frische Kalbsleber. Die hat er doch so gerne …«

»Mach ich«, versprach ihr Antonella. »Ich muss jetzt aufhören, Süße, bis bald!« Sie beendete das Telefonat und schlenderte dann zur Sitzgruppe, wo Jenny und Christian Kaffee tranken. »Es gefällt Ihnen also?«

»O ja, sehr!« Der junge Mann versuchte Haltung anzunehmen, was auf den niedrigen Polstern des Sofas nur schwer möglich war.

Antonella schmunzelte. »Sie können mit Lieferanten verhandeln? Und schwierige Kunden betreuen?«

Er nickte. »Das ist alles kein Problem. Und ich bin selbstverständlich auch allen anderen administrativen Aufgaben, die in so einem Betrieb anfallen werden, gewachsen.«

»Okay, also auch Kalkulation und Akquise?« Er nickte erneut. »Und trauen Sie sich auch zu, meine Termine zu koordinieren und mich verlässlich daran zu erinnern?«

»Ich denke schon …«, sagte er leicht verunsichert und sah hilfesuchend zu Jenny, die grinsend mit den Schultern zuckte.

»Prima«, Antonella grinste ihn hocherfreut an, »dann haben wir einen Deal!« Sie reichte ihm die Hand. »Willkommen im Team! Ich bin Antonella – wir sind hier alle per du –, Jenny kennst du ja schon, und meinen Bruder Giovanni, der unten die Schreinerei hat, wirst du bei nächster Gelegenheit kennenlernen. Wann kannst du anfangen?«

»Sofort!« Jetzt strahlte er übers ganze Gesicht.

»Montag wird reichen«, sie freute sich über seine echte Begeisterung. »Bis dahin können wir einen Vertrag vorbereiten und Jenny eine Liste aller Aufgaben erstellen. Und jetzt sollten wir uns übers Finanzielle unterhalten.«

Am frühen Abend stand Antonella bestens gelaunt in ihrer Küche und schälte Kartoffeln, Elisa saß am Boden und spielte mit großen Plastikbauklötzen, und Hugo lag schlafend in seinem Körbchen. Es klingelte. Antonella öffnete die Tür und fand sich Franziska Förster gegenüber, ihrer Mieterin aus dem zweiten Stock. O nein, dachte sie, brachte aber ein einigermaßen freundliches Lächeln zustande. Familie Förster war im Sommer im zweiten Stock des Vierparteienhauses in der Weberstraße eingezogen, das Antonella von ihrer Großtante geerbt hatte. Und zunächst schienen die vier echte Traummieter zu sein, wenn auch mit einem etwas exzentrischen F-Tick. Franziska war mit Fabian verheiratet, und ihre fünf- bzw. dreijährigen Kinder hörten auf die Namen Fee und Finn. Doch seit Herbst war ein fünftes F dazugekommen: Forderungen. Mal waren die Nachbarn aus dem dritten Stock, ein älteres Ehepaar, das schon seit über zwanzig Jahren hier wohnte, zu laut, mal war der Keller zu feucht, mal waren die Armaturen im nagelneu renovierten Bad zu kompliziert für die Kinder, und, und, und. Was es wohl diesmal gab?

»Antonella, es ist viel zu fußkalt in unserer Wohnung«, kam es prompt anklagend von Franziska. »Wir heizen und heizen, aber der Boden bleibt kalt. Die Meerschweinchen haben sich auch schon erkältet. In unserer alten Wohnung hatten wir ja Fußbodenheizung.«

Antonella seufzte. »Und was soll ich deiner Meinung nach jetzt machen? Habt ihr es schon mal mit dicken Socken versucht? Es ist Winter, da ist's halt immer etwas kühler. Außerdem ist das ein altes Haus mit Originalholzböden von 1890, da wäre eine Fußbodenheizung ein echtes Sakrileg. Aber das wusstet ihr doch auch beim Einzug.«

»Es wäre schon hilfreich, wenn die Wohnung im ersten Stock besser geheizt wäre.«

»Die steht aber, wie ihr wisst, im Moment leer. Und deshalb wird da auch nicht volle Pulle geheizt.« Bis vor kurzem hatten Georgia und Tim dort gewohnt und die Wohnung bei ihrem Umzug nach New York dann teilmöbliert hinterlassen. Antonella und Adrian wollten sich demnächst darum kümmern.

»Das wäre mein nächstes Thema: Gute Freunde von uns suchen eine Wohnung ...«

Gott behüte, dachte Antonella, sagte aber stattdessen: »Weißt du was, ich drehe oben einfach die Heizung etwas höher. Wir wollen ja nicht, dass die Meerschweinchen noch kränker werden!« Sie schnappte sich den Schlüssel und machte sich auf den Weg nach oben.

Franziska folge ihr auf den Fersen. »Also, dass du dein Kind alleine mit dem Hund in der Wohnung lässt. Da könnte ja alles Mögliche passieren.« Als von Antonella keine eindeutige Reaktion kam, fuhr sie fort: »Na ja, du wirst schon wissen, was du tust. Aber ich finde das nicht gut. Auch nicht, dass die Kleine jeden Tag so lange in der Krippe ist …«

»Danke für den Hinweis, Franziska«, sagte Antonella säuerlich. Fabian arbeitete fast rund um die Uhr als Investmentbanker – einer derjenigen, die noch einen Job hatten –, und die frühere Controllerin Franziska war seit der Geburt ihres ersten Kindes eine leidenschaftliche Vollzeit-Öko-Mama, mit einer in Stein gemeißelten Meinung zu fast allen Dingen rund ums Thema Nachwuchs. Antonella hatte die Heizung höhergestellt und überhörte Franziskas weitere Kommentare. »So, jetzt sollte es etwas wärmer werden. Schönen Abend noch.« Damit lief sie wieder ins Erdgeschoss und in ihre Wohnung zurück.

»Sternchen, das ist aber wirklich fies!« Elisa war zu Hugo ins Körbchen gekrabbelt und mümmelte genüsslich an seinem Hundekauknochen herum. Antonella hob ihre Tochter hoch und nahm ihr die fragwürdige Delikatesse weg. Elisa fing herzzerreißend zu weinen an und steigerte sich in ein hysterisches Gebrüll, als ihre Mutter ihr auch noch mit einem Feuchttuch Gesicht und Hände abrubbelte. Dazu kläffte Hugo wütend, der seine neue kleine Freundin vor solch rüden Übergriffen beschützen zu müssen glaubte.

»Puh, was für eine Erleichterung: doch nur meine Familie! Ich dachte, ich betrete ein Hitchcock-Filmset.« Adrian stand grinsend in der Küchentür. In dem Lärm hatte ihn niemand heimkommen gehört. Er küsste Antonella zur Begrüßung und nahm ihr Elisa ab, die augenblicklich zu weinen aufhörte und ihren Papa anstrahlte. Und auch Hugo hatte sein Gebell schlagartig von aggressiv auf freundlich umgestellt. »Was ist denn los?«

»Ach, nichts weiter«, antwortete Antonella kopfschüttelnd und setzte den Topf mit Kartoffeln auf. »Nur dass sich der Hund, Franziska und unsere Tochter wohl einig sind, dass ich eine absolute Rabenmutter bin – wenn auch mit etwas unterschiedlicher Motivation. Vermutlich werden sie mir demnächst das Jugendamt auf den Hals hetzen …« Sie seufzte melodramatisch, fügte dann aber fröhlicher hinzu: »Immerhin ist heute aber auch etwas Tolles passiert! Ich habe ab Montag einen neuen Mitarbeiter, der den ganzen Kram von Georgia übernimmt.«

»Und wie kam es so schnell dazu?«

Sie grinste verschmitzt: »Manchmal schneit das Glück einfach so zur Tür herein …« Und erzählte ihm dann die Geschichte von Christians großem Auftritt als weißer Ritter.

KAPITEL 3

Überschlag ins Grab

Das Telefon läutete. Schlaftrunken tastete Katia nach dem Hörer.

»Frau Kolidis? Guten Morgen, verzeihen Sie bitte die frühe Störung«, es war die Rezeption des Frankfurter Hofs, die sie um halb vier aus dem Schlaf gerissen hatte.

»Mhmm?«, murmelte sie.

»Hier sind zwei Polizeibeamte, die gerne mit Ihnen sprechen würden. Sie sagen, es sei sehr wichtig. Darf ich sie hinaufschicken?«

»Ja, ja, natürlich ...« Polizei? Was hatte das zu bedeuten? Sie war mit einem Mal hellwach und sah auf die andere Seite des Betts. Natürlich war Aris' Platz unberührt – wie in fast allen Nächten der letzten Wochen.

»... Kaffee oder Wasser?«

»Wie bitte?« Sie war so in Gedanken, dass sie die Frage des Portiers nicht ganz mitbekommen hatte.

»Soll ich Ihnen eine Erfrischung bringen lassen?«, wiederholte er.

»Ja gerne, danke.« Katia legte auf und tätschelte geistesabwesend ihre Hündin Olga, die ebenfalls ziemlich verschlafen angetrottet gekommen war. Dann fuhr sie sich notdürftig mit den Fingern durch die langen Haare und zog sich eine weiche, hellbraune Strickjacke über ihren Pyjama. Augenblicke später klopfte es an der Tür ihrer eleganten Suite.

Sie öffnete und stand einer blonden Frau und einem Mann

mit Halbglatze gegenüber. Die Frau zückte ihre Dienstmarke und stellte sich und ihren Kollegen als »Regina Jäger, Thorsten Stadler, Kriminalpolizei« vor.

Katia führte ihre Besucher wortlos ins Wohnzimmer und nahm selbst auf einem der großen, weichen Polstersessel Platz. Olga rollte sich zu ihren Füßen zusammen.

»Frau Kolidis, es tut mir sehr leid, aber ich muss Ihnen mitteilen, dass Ihr Ehemann verstorben ist.« Regina Jäger klang so routiniert, man merkte ihr an, dass sie Ähnliches schon dutzende Male hinter sich gebracht hatte.

Katia konnte nichts sagen, in ihren Ohren rauschte das Blut. Aris tot? Wie konnte das sein? Ein Unfall? Wo? Wann? Warum? Unendlich viele Fragen schossen ihr durch den Kopf, doch sie vermochte keine einzige davon laut zu stellen. Hilflos starrte sie die beiden Polizisten an.

»Gegen elf Uhr gestern Abend ging ein Notruf bei der Rettungsleitstelle ein«, begann nun der Mann mit der Erklärung. »Der Notarzt war acht Minuten später vor Ort in der Villa Kennedy, konnte aber nur noch den Tod Ihres Ehemanns feststellen. Frau Kolidis, hatte Ihr Mann ein Herzproblem?«

»Nicht, dass ich wüsste …«, sagte sie tonlos. Aber was wusste sie schon von Aris? Sie fühlte sich wie in einem eiskalten Nebel gefangen, und immer noch mehr Fragen kamen ihr in den Sinn. Was hatte er in der Villa Kennedy gemacht? Sie wäre selbst gerne in dem schicken neuen Hotel abgestiegen, aber Aristidis hatte auf dem Frankfurter Hof für ihren Daueraufenthalt bestanden. Und in diesem plüschigen Traditionshaus waren sie nun schon seit einer gefühlten Ewigkeit einquartiert. »Hat sie etwas damit zu tun?« Katia deutete auf eine Zeitschrift, die auf dem Tisch vor ihr lag. Die Titelstory »Annalena: Liebe kennt keinen Altersunterschied« hatte ihr bereits am Vortag den Boden unter den Füßen weggezogen. Bei Annalena handelte es sich um ein extrem blondiertes, extrem langbeiniges, extrem junges Geschöpf, das bei irgendeiner Model-Casting-Show mal sein Gesicht in die Kamera gehalten hatte. Und Aris gab den zeitlosen Sugar-Daddy, der sich in einem doppelseitigen Exklusivinterview samt kitschiger Fotostrecke zu seiner »bezaubernden neuen Freundin« bekannte. Was für eine Demütigung! Sie hatte ja bereits seit Wochen geahnt, dass er sie betrog, aber es auf diese Weise bestätigt zu bekommen war mehr als geschmacklos. Natürlich hatte sie den ganzen Tag versucht, ihn zu erreichen, doch Fehlanzeige. Und jetzt war er auch noch tot. »Hat sie etwas damit zu tun?«, fragte sie erneut, diesmal in einem schärferen Tonfall.

Den beiden Polizisten war diese Frage offensichtlich unangenehm, und es war deutlich, dass bei Regina Jägers Antwort diesmal keine jahrelange Routine zum Zug kam. »Dass Frau Theiß – Annalena – ursächlich mit dem Ableben Ihres Gatten zu tun hat, können wir im Augenblick weder bestätigen noch ausschließen. Tatsache ist, dass sie den Rettungsdienst gerufen hat. Offenbar hat Ihr Mann einen Herzinfarkt erlitten, während er und Frau Theiß, äh …« Sie blickte hilfesuchend zu ihrem Kollegen.

»Während er und diese kleine Schlampe in der Villa Kennedy Sex hatten!?«, brach es aus der fassungslosen Katia heraus. Als die beiden Polizisten bestätigend nickten, schlug sie sich die Hände vors Gesicht. Ihr wurde fürchterlich übel, und sie begann am ganzen Körper zu zittern. Olga stupste sie an und legte ihr den Kopf auf ein Bein. Thorsten Stadler reichte ihr ein Glas Wasser. Sie hatte gar nicht mitbekommen, dass der Zimmerservice inzwischen da gewesen war.

»Geht es wieder?«, fragte er. »Wir müssen Ihnen jetzt leider einige Fragen stellen.«

Mechanisch beantwortete sie alles: Wie lange sie denn schon in Frankfurt seien? Knapp drei Monate. – Was Aristidis in Deutschland zu tun gehabt hätte? Geschäftliche Dinge regeln. – Irgendwelche Details? Nein. – Gibt es Familie in der Stadt? Nur Aris' ältesten Sohn Damianos. – Hatte sie Kontakt zu ihm gehabt? Nein, sie kannte ihn praktisch gar nicht. – Wie war es um ihre Ehe bestellt? Nicht gut. – Wann hatte sie von seinem Verhältnis zu Annalena Theiß erfahren? Erst gestern aus der Illustrierten. – Wie hatte sie das aufgenommen? Völlig geschockt. – Vielleicht auch etwas wütend? Natürlich, auch wütend. Unfassbar wütend! – Wann hatte sie ihren Mann das letzte Mal gesehen? Vorgestern Nachmittag. – Was hatte sie gestern Abend gemacht? Alleine in der Suite herumgesessen und auf Aris gewartet. – Gab es dafür Zeugen? Nur den Zimmerservice. Und so ging es endlos weiter. »Unterstellen Sie mir etwa, ich hätte meinen Mann umgebracht?«, fragte Katia schließlich.

»Wir überprüfen nur alle Möglichkeiten.«

»Sie haben mir selbst erzählt, dass er sich gerade mit dem Mädchen vergnügte, als er starb. Und glauben Sie mir, da war ich sicherlich nicht vor Ort.«

»Wie gesagt, wir überprüfen alle Optionen. Ihr Mann wird gleich heute Morgen gerichtsmedizinisch untersucht. Danach wissen wir mehr.«

Als die beiden Polizisten gegen halb sechs Uhr morgens das Hotel verließen, fühlte sich Katia völlig leer und taub. Sie wusste nicht, was sie denken, was sie tun sollte. Lange saß sie einfach nur in dem Sessel und starrte aus dem Fenster. Als eine ganze Weile später das erste trübe Tageslicht ins Zimmer fiel, stand sie auf und ging unter die Dusche. Der harte Strahl heißen Wassers riss sie schließlich aus ihrer Schockstarre. In ein paar Stunden wollten sich die beiden Polizisten wieder bei ihr melden. Bis dahin sollte sie die Sachen ihres Mannes durchsehen und über alle Kontakte, die er hier möglicherweise gehabt hatte, nachdenken. Erste Ergebnisse der Autopsie sollten dann ebenfalls schon vorliegen. Katia lachte bitter auf. Da hatten die beiden Beamten tatsächlich mehr oder weniger subtil die Möglichkeit in den Raum gestellt, dass sie Aris umgebracht haben sollte. Ja, sie hatte geahnt, dass er sie verlassen würde. Aber sicher nicht auf diese Art. Und auch wenn sie sich nach Lektüre des Annalena-Artikels bis aufs Blut erniedrigt gefühlt hatte, war diese Unterstellung mehr als lächerlich. Was hätte sie schon davon? Aris war bislang zu all seinen Exfrauen ausgesprochen großzügig gewesen – nicht zuletzt, um sich größere Skandale zu ersparen –, und sie hatte damit gerechnet, sich in den nächsten Monaten mit einem netten kleinen Häuschen in Notting Hill und einer üppigen »Ablösesumme« trösten zu können. Dann hatte sie in Ruhe ihre Wunden lecken und überlegen wollen, was sie mit ihrem weiteren Leben anfangen sollte.

Die erste Zeit mir Aris war ja wirklich schön gewesen. Er hatte sie buchstäblich auf Händen getragen und ihr jeden Wunsch von den Augen abgelesen. Doch in den letzten drei, vier Jahren war er immer unzufriedener geworden, hatte ihr vorgeworfen, »keine richtige Frau« zu sein, weil sie keine gemeinsamen Kinder hatten. In seinen Augen war das das Schlimmste, was sie ihm, dem stolzen griechischen Magnaten, antun konnte. Damit stellte sie sein ganzes männliches Selbstverständnis in Frage, von seinem Image ganz zu schweigen. Ihr zarter Einwurf, dass seine vier Kinder aus den beiden früheren Ehen doch öffentlicher Beweis genug für seine Männlichkeit sein sollten, prallte völlig an ihm ab. Mit Grausen dachte sie an die endlosen Diskussionen und die vielen ergebnislosen Untersuchungen bei unzähligen Ärzten.

Und auch wenn sie Kinder gernhatte, war sie insgeheim doch froh, keine zu haben. Sie und Aristidis Kolidis wären schließlich nicht gerade eine Traumeltern-Konstellation gewesen. Sie war sich sicher, dass er sie nie geliebt hatte, sondern sie nur als junge, hübsche, anschmiegsame und vor allem fügsame Gefährtin angesehen hatte. Und sie selbst? Anfangs hatte sie ihn uneingeschränkt bewundert. Er war ein markanter, gutaussehender Mann, strahlte Souveränität und Macht aus und war bereit, aus der unscheinbaren Kathi Fuchs die glamouröse Katia Kolidis zu machen. Sie hatte sich an ihn und seine Ansprüche gewöhnt, und einige Jahre hatte sie ihn auch richtig gemocht. Aber geliebt? Nein. In letzter Zeit hatte sie einfach nur noch ihren Teil der unausgesprochenen Abmachung eingehalten, die repräsentative Ehefrau zu geben, wann immer er es forderte. Ansonsten hatte sie sich mit den Annehmlichkeiten des Arrangements – aufwändige Beauty-Rituale, ausgedehnte Shopping-Touren, exklusive Reisen an exotische Orte – getröstet, und mit Olga.

Katia föhnte sich rasch die Haare, zog sich an und brach mit ihrem Hund, der geduldig auf sie gewartet hatte, zum Morgenspaziergang an diesem trüben Februartag auf. Es würde sich alles finden, redete sie sich dabei ein. Schlimmer konnte es ja kaum noch werden, oder?

Zur Mittagszeit war ihr allerdings klar, dass es auch von einem scheinbar maximalen Tiefpunkt aus immer noch abwärtsgehen konnte. Sie hatte Aris' Sachen durchgesehen, nach irgendwelchen Hinweisen, die für die Polizei interessant sein könnten. Im Schreibtisch hatte sie ausschließlich Geschäftsunterlagen gefunden, mit denen sie zunächst nicht viel anfangen konnte. Einige Anwaltsschreiben waren darunter und der Kaufvertrag für eine Wohnung hier in Frankfurt. Außerdem fand sie Notizen, die wohl mit Damianos, seinem ältesten Sohn, zusammenhingen, der auch hier in der Stadt lebte. Sein Kleiderschrank erwies sich als ergiebiger. Zwischen seinen frischen Hemden fand sie einen Umschlag mit ihrem Namen darauf. Irritiert öffnete sie ihn und zog einen handgeschriebenen Brief hervor:

Katia,
wenn Du diese Zeilen liest, bin ich hoffentlich schon tot. Es gibt Faktoren in meinem Leben, die mir eine weitere irdische Existenz unmöglich erscheinen lassen – einer davon warst Du! Ja, Du kannst Dich damit brüsten, das Leben Deines Ehemanns vernichtet zu haben. Deine konstante Weigerung, mir eine angemessene Ehefrau zu sein, hat meine Entscheidung reifen lassen, auf spektakuläre Weise von diesem Planeten zu verschwinden. Auch wenn man Dir keinen Mord an mir wird nachweisen können, bereitet es mir doch ein gewisses Maß an Genugtuung, dass Du ab sofort reichlich Probleme haben wirst.

Hat Dir meine kleine Showeinlage mit Annalena Freude bereitet? Ich hoffe doch sehr. Sie ist ein liebes Mädchen und muss jetzt, wenn alles nach meinem Plan gelaufen ist, einen gehörigen Schreck verkraften. Aber sie wird es überstehen und sich mit einem angemessenen Schmerzensgeld und etwas Gratis-PR trösten können.

Mach Dir keine Gedanken wegen der Beerdigung. Das ist alles bereits arrangiert – und ich gehe davon aus, dass Du ab sofort ganz andere Sorgen hast. Du hast immer nur mein Geld geliebt, jetzt wirst Du zusehen müssen, wie Du ohne es auskommst. Bedauerlich finde ich nur, dass ich das nicht mehr miterleben kann. Mein Anwalt wird Dir die Details mitteilen.

Aris

Katia starrte verstört auf den Brief und versuchte, irgendwie die Tragweite des Geschriebenen zu begreifen. Die Buchstaben verschwammen vor ihren Augen. Zum ersten Mal, seit sich gestern diese Horrorlawine in Gang gesetzt hatte, weinte sie. Sie fühlte sich nicht mehr nur betrogen und verwirrt, sondern ganz und gar verloren.

Es klopfte an der Tür. Die Ermittler der Kriminalpolizei waren wieder da und gaben sich mitfühlend, als Katia versuchte, ihre Tränen zu trocknen. »Es ist schon in Ordnung, wenn Sie weinen«, setzte die Kommissarin an, »Sie haben schließlich Ihren Mann verloren.«

»Konnten Sie irgendetwas von Bedeutung bei seinen Sachen finden?«, fragte der Kollege. Katia deutete stumm auf den Schreibtisch, wo sie den Stapel mit den Geschäftsdokumenten hingelegt hatte. Der Beamte ging hin und sah sich die Unterlagen an.

»Wir haben übrigens schon das vorläufige Ergebnis der gerichtsmedizinischen Untersuchung«, fuhr Kommissarin Jäger fort. »Wie es aussieht, hat Ihr Mann fast eine ganze Packung Viagra eingenommen, die dann mutmaßlich zum Herzversagen geführt hat. Ich muss Sie das leider fragen: Haben Sie irgendwelche Hinweise gefunden, die auf einen Suizid hindeuten?« Sie sah Katia erwartungsvoll an, die ihr Aris' Brief reichte.

»Das dürfte wohl ziemlich eindeutig sein, oder?«

Zusammen mit den beiden Polizisten puzzelte sie sich in den nächsten Stunden einen groben Überblick über die Gesamtsituation zusammen. Offenbar war in erster Linie nicht ihre angebliche Lieblosigkeit Grund für Aristidis' Selbstmord gewesen, sondern vielmehr sein kompletter geschäftlicher Zusammenbruch. Wie es aussah, war sein Unternehmen im Zuge der Wirtschaftskrise bankrottgegangen. Deshalb und weil er sich wohl im großen Stil auf krude Spekulationsgeschäfte mit seinem ältesten Sohn in Frankfurt eingelassen hatte. Die Wohnung, ein Luxusapartment im schicken Westhafen, hatte er für die zweiundzwanzigjährige Annalena Theiß gekauft.

»Gibt es noch jemand anderen, den Sie anrufen könnten?«, fragte die Polizistin, nachdem sie es vergeblich sowohl bei Damianos als auch bei dem englischen Anwalt versucht hatten.

»Nein«, antwortete Katia leise, »es gibt niemanden. Ich werde es später oder morgen noch einmal versuchen.«

»Für uns ist der Fall dann vorläufig klar. Im Augenblick haben wir keinen weiteren Ermittlungsansatz. Falls sich noch etwas anderes ergibt, werden wir uns bei Ihnen melden. Und bitte informieren Sie uns, wenn Sie die Stadt verlassen.« Die beiden Kommissare wirkten ein wenig betreten ob der Umstände, hatten es jetzt aber sichtlich eilig, den Ort dieser griechischen Tragödie zu verlassen.

Am frühen Abend läutete das Telefon in der Suite. Es war wieder der Empfang: »Ein Damianos Kolidis ist hier. Er sagt, Sie hätten ihn angerufen.«

»Ja, das stimmt. Schicken Sie ihn bitte herauf. Danke.« Würden sich jetzt ein paar Fragen klären? Katia war gespannt auf ihren Stiefsohn, der gut fünf Jahre älter war als sie selbst. Sie hatte ihn vor vielen Jahren einmal kurz getroffen und hatte kaum eine Erinnerung an ihn.

Der Mann, der kurze Zeit später vor ihr stand, hatte allerdings überhaupt keine Ähnlichkeiten mit seinem Vater. Während Aristidis selbst mit seinen siebzig Jahren noch markant, athletisch und gebräunt gewesen war, war sein ältester Sohn konturlos, schwammig und blässlich. Damianos musste um die vierzig sein, wirkte gehetzt und reichlich derangiert. Katia hielt ihm jedoch zugute, dass er schließlich gerade seinen Vater verloren hatte. Sie wusste nicht so recht, wie sie ihn begrüßen sollte – eine Umarmung? Stattdessen reichte sie ihm die Hand. »Danke, dass du gekommen bist.«

Nachdem sie erste Höflichkeiten ausgetauscht hatten, musterte er sie genau und stellte dann mit einem seltsamen Gesichtsausdruck fest, dass er »es beim besten Willen nicht nachvollziehen kann, warum mein Vater eine so schöne Frau wie dich verlassen wollte«. Katia nahm an, dass die merkwürdige Fratze wohl als charmantes Lächeln gedacht war, aber sie fand Damianos von Minute zu Minute unsympathischer.

»Wir werden die wahren Gründe wohl nicht mehr erfahren«, erwiderte sie.

»Ich will nur, dass du weißt, dass du dich jederzeit an mich wenden kannst.«

»Danke, aber im Augenblick würde mich vor allem interessieren, welche Art Geschäfte ihr beide abgewickelt habt. Das scheint ja alles nicht so gut gelaufen zu sein – und ihn in seine Verzweiflungstat getrieben zu haben. Davon geht jedenfalls die Polizei aus«, fügte sie noch hinzu, als sie sah, wie sich sein Gesichtsausdruck merklich verdüsterte.

»Das war alles völlig legal! Und in einem Punkt waren Vater und ich uns immer einig: Geschäfte sind keine Frauensache! Außerdem hat er einfach zu früh aufgegeben. Wir hätten nur noch eine kleine Investition tätigen müssen, und schon hätten wir nicht nur unseren Einsatz wieder zurückgekriegt, sondern auch einen satten Gewinn.«

»Tja, dafür ist es jetzt wohl zu spät …«

»Das würde ich nicht sagen«, Damianos' Gesicht erhellte sich plötzlich. »Ich könnte unter Umständen eine Ausnahme von der Geschäftspolitik machen.«

»Ach?«

»Ja, ich meine, ich könnte ausnahmsweise mit einer Frau zusammenarbeiten. Mit dir! Du gibst mir einfach die fünfzigtausend Euro, die ich noch brauche, und wir teilen uns den Gewinn.«

»Ist das jetzt wirklich dein Ernst?« Katia starrte Damianos fassungslos an. »Dein Vater ist keine vierundzwanzig Stunden tot, und du willst mit mir Geschäfte machen?«

»Jetzt spiel hier bloß nicht die trauernde Witwe! Ich weiß, dass eure Ehe nur eine Farce war. Und du stehst doch prima da als Erbin.«

Damianos sah aus, als müsse er mühsam eine gewaltige Wut unterdrücken.

»Darauf würde ich nicht wetten … Und im Übrigen finde ich dein Verhalten ausgesprochen geschmacklos! Wenn du also nichts anderes zum Thema beitragen kannst, bitte ich dich, mich jetzt allein zu lassen.«

Damianos erhob sich und ging Richtung Tür. Dort drehte er sich noch einmal um. »Katia, es tut mir leid. Wir hatten keinen guten Start. Ich stehe wohl auch noch unter Schock.« Es sollte wohl verbindlich sein, klang aber nur fürchterlich schmierig. »Und du sicher auch. Ach ja, Vater hatte Andeutungen gemacht, dass er für mich ein Nummernkonto angelegt hätte. Ruf mich an, wenn du etwas dazu findest.«

Die Abwärtsspirale nahm rasant Fahrt auf. Am nächsten Tag meldete sich der Londoner Anwalt bei Katia und bestätigte ihre schlimmsten Befürchtungen. Nicht nur die Firma war bankrott, auch das Privatvermögen war betroffen.

»Aber wir haben doch noch die Häuser und …«

»Madam, sämtliche Häuser, die Yacht, der Jet, die Wertsachen – alles wird verkauft, um den Gläubigern wenigstens etwas zurückzuzahlen.«

»Aber doch nicht unser Stadthaus. Da habe ich doch meine ganzen Sachen, was passiert denn damit?«

»Wie schon gesagt, sämtliche Wertsachen werden verkauft«, der Anwalt war völlig ungerührt, »persönliche Dinge wie Dokumente, Fotos und Bücher werde ich Ihnen zusenden, sobald wir alles gesichtet haben.«

»Das kann doch nicht sein!«, rief Katia verzweifelt ins Telefon. »Das hätte mein Mann sicherlich nicht gewollt.«

»Ich fürchte, Madam, genau das *hat* er gewollt. Ich möchte der offiziellen Testamentseröffnung nicht vorgreifen, aber Ihr Mann hat mich instruiert, Sie schon vorab zu informieren: Er hat Sie aus seinem letzten Willen gestrichen und angeordnet, dass Sie lediglich Ihre persönlichen Sachen erhalten. Bitte suchen Sie sich einen Anwalt in Deutschland, der kann dann alles Weitere mit mir klären. Guten Tag.« Er legte auf.

Das konnte, das durfte nicht sein! Wann würde sie aus diesem fürchterlichen Alptraum aufwachen? Katia nahm erneut das Telefon zur Hand und rief ihr – ehemaliges – Hausmädchen an. Amy bestätigte ihr unter Tränen, dass das Haus bereits zwangsgeräumt worden sei. Sie hätte keine Chance gehabt, irgendetwas zu retten.

Es klopfte wieder an der Tür. Sie öffnete und stand einem Mann gegenüber, der sich als Hotelmanager vorstellte. Es täte ihm sehr leid, aber die Zimmerrechnung sei nur bis Ende der letzten Woche beglichen worden. Jetzt würde die Kreditkarte von Aris nicht mehr funktionieren.

Wie sich herausstellte, waren auch Katias sämtliche Karten gesperrt. Er sei sich ihrer prekären Situation durchaus bewusst, gab sich der Hoteldirektor nachdenklich, aber er müsse auch an die wirtschaftlichen Interessen seines Hauses denken. Und wenn sie keine Möglichkeit fände, das Zimmer weiter zu finanzieren, müsse er sie bitten, sich ein anderes Quartier zu suchen.

Betrogen, verwitwet, verarmt und obdachlos – was für eine Karriere! Und das alles innerhalb von zwei Tagen. Alles, was sie noch hatte, waren Olga sowie die Kleidung und der Schmuck, die sie hier im Hotel hatte. Katia war kaum noch in der Lage, einen klaren Gedanken zu fassen. Sie kannte ja so gut wie niemanden in Deutschland. Bei ihren Eltern würde sie sich auf keinen Fall melden, nicht nach so vielen Jahren Funkstille. Und Damianos? Nein, ganz bestimmt nicht! Dann kam ihr eine Idee. Sie packte ihre Sachen zusammen und saß zwei Stunden später in einem Taxi.

»Wo soll's denn hingehen?«, fragte der Fahrer.

Katia hatte die schwarz-pinke Visitenkarte in der Hand, die sie beim Klassentreffen bekommen hatte. Auf die Rückseite hatte Antonella ihre Privatadresse geschrieben. »In die Weberstraße 27, bitte.«

KAPITEL 4

Wiedervereinigung

»Schaffst du es denn bis zum Abendessen?« Adrian war gerade von einer ausgedehnten Gassi-Spazier-Einkaufsrunde am Samstagnachmittag nach Hause gekommen, als Antonella anrief und ihm mitteilte, dass es wohl noch länger dauern würde. Beim Aufbau für eine große Firmenparty gab es Verzögerungen, und sie musste mit anpacken, damit alles noch rechtzeitig fertig würde. Adrian jonglierte mit Telefon und Einkaufstüten und pellte nebenbei Elisa aus ihrem Schneeanzug, während er sich geduldig das genervte Lamento seiner Frau anhörte. »Süße, jetzt reg dich wieder ab«, unterbrach er irgendwann ihren Redefluss. »So schlimm ist es auch wieder nicht. Das kommt ja schließlich nicht jedes Wochenende vor. Erledige in Ruhe deinen Job, und dann machen wir uns einen netten Abend und morgen alle zusammen einen schönen Tag. – Ja, ich habe eingekauft. – Ich dich auch! Pass auf, ich muss aufhören, es hat gerade geklingelt. Bis später.« Er seufzte und schnappte sich seine Tochter, die zielstrebig zu einer Tüte gekrabbelt war und Zwiebeln und Tomaten über den Küchenboden kegelte. Dann ging er zur Tür, vor der sich Hugo aufführte wie ein Berserker und kläffte, was seine Mopslungen hergaben. »Hugo, sei still!« Er drängte den kleinen Hund zur Seite und öffnete die Tür.

»Hallo, Sie müssen Antonellas Mann sein?!«

Er nickte. Ihm gegenüber stand eine blasse, rothaarige Frau, die in einen braunen, fast bodenlangen Pelzmantel gehüllt war und einen großen schwarzbraunen Hund an der Leine hatte. Hinter ihr war eine ganze Batterie von sichtbar teurem Reisegepäck aufgereiht. Hugo bellte den vierbeinigen Eindringling, der freundlich mit dem Schwanz wedelte, wild an.

»Ich bin Katia Kolidis«, stellte sich die Frau vor und reichte dem ziemlich irritierten Adrian eine schmale Hand, die in einem Lederhandschuh steckte. »Ich bin eine Freundin von Antonella. Ist sie denn da?«

»Nein, die ist noch unterwegs. Ich wusste auch gar nicht, dass wir Besuch erwarten.«

Adrian hatte nicht unfreundlich geklungen, aber Katia merkte, wie ihr wieder die Tränen in die Augen stiegen. »Verzeihen Sie den Überfall ...« Ihr versagte die Stimme.

»Bitte, kommen Sie erst einmal herein!«, sagte Adrian erschrocken und machte die Tür weit auf, um die weinende Frau und ihren Hund in die Wohnung zu lassen. Katia Kolidis – wo hatte er diesen Namen nur schon mal gehört? »Sind das alles Ihre Koffer?«, fragte er sie. Sie nickte, und resigniert setzte er seine Tochter auf den Boden, um das Gepäck ebenfalls in die Wohnung zu holen. Aus den Augenwinkeln sah er, wie der große Hund freundlich-interessiert an dem kleinen Mädchen schnuppern wollte, von dem wütenden Hugo aber todesmutig und mit selten da gewesener Lautstärke in seine Schranken gewiesen wurde. Kurze Zeit später standen sechs große Louis-Vuitton-Koffer und -Taschen im Flur, und Adrian packte den schwer empörten Mops am Halsband und sperrte ihn ins Schlafzimmer. Dann rettete er sein Kind vor den jetzt ungebremsten Annäherungsversuchen des fremden Hundes und sah Katia ratlos an, die einfach nur dastand und fürchterlich erschöpft wirkte. »Darf ich?«, fragte er und half ihr aus dem Mantel. Sie zog die Handschuhe aus, wischte sich die Tränen aus dem Gesicht und sah sich um. Die Diele der Altbauwohnung war ziemlich extravagant eingerichtet. An der einen Wand hingen, wie Kunstwerke, zwei schnittige Fahrräder, an der anderen war eine stylische Garderobe untergebracht, an der Adrian gerade versuchte, den edlen Pelz unterzubringen. Vom Flur gingen etliche Zimmer ab, doch ehe Katia einen genaueren Blick erhaschen konnte, führte Adrian sie in die große Küche, in der ziemliches Chaos herrschte. Auf dem Boden kullerte Gemüse herum, dazwischen lag Kinder- und Hundespielzeug verstreut. Adrian verfrachtete Elisa in ihren Kindersitz und unterband den zu erwartenden Protest mit zwei Keksen. »Nehmen Sie doch bitte Platz.« Er deutete auf den großen Holztisch, um den acht unterschiedliche Stühle standen. »Möchten Sie etwas trinken?«

»Gerne. Ein Glas Wasser, bitte. Olga, lass das!« Sie zog vergeblich an der Leine. Die Hündin hatte sich vor Elisa hingesetzt und himmelte mit klopfendem Schwanz und schiefgelegtem Kopf das kleine Mädchen an. Elisa streckte daraufhin eine Hand aus und hielt dem Hund einen Keks vor die Nase. Olga nahm ihn vorsichtig und verschlang ihn mit einem Haps. Dann leckte sie ihrer Gönnerin erst die Hand und anschließend das Gesicht ab, was Elisa mit einem begeisterten Quietschen quittierte.

Adrian hatte inzwischen das Gemüse geborgen und stellte jetzt eine Flasche Wasser und zwei Gläser auf den Tisch. Dann befreite er Olga von der Leine, die sich gleich an Hugos Wassernapf gütlich tat und sich anschließend mit einem Kauknochen hinlegte. »Ihr Hund fühlt sich offenbar schon ganz zuhause«, sagte er lächelnd und goss die beiden Gläser voll. »Wollen Sie mir jetzt erzählen, warum Sie hier sind?«

Gut zwei Stunden später hatte er nicht nur alle Details von Katias haarsträubendem Absturz der letzten beiden Tage gehört, sondern auch noch den Rest ihrer Lebensgeschichte inklusive des Freundschafts-Feindschafts-Dramas mit Antonella. Inzwischen waren sie von Wasser auf Wein umgestiegen, Elisa nuckelte an ihrer Gute-Nacht-Flasche, und Adrian rührte eine Pastasauce zusammen. »Huhu, ich bin zuhause!«, tönte es aus dem Flur, gefolgt von einem dumpfen Schlag: »Aua! Was ist denn hier los?« Antonella hatte sich an einem der Koffer gestoßen und kam jetzt mit einem befremdeten Gesichtsausdruck in die Küche. »Kathi?«, fragte sie verblüfft und zog sich die Jacke aus. In ihren Haaren schmolzen die letzten Schneeflocken – es hatte wieder zu schneien angefangen.

»Tja, Überraschung. Wir haben Besuch!« Adrian kam lächelnd zu ihr, küsste sie und nahm ihr die Jacke ab.

»Was machst du denn hier?« Antonella hatte ihren Mann kaum wahrgenommen, sondern starrte nur fragend auf Katia, die ihr Glas mit beiden Händen umklammert hielt und offenbar um eine passende Antwort rang.

»Das ist eine ziemlich komplizierte Geschichte«, sagte sie schließlich und nahm einen großen Schluck Wein.

»Und was machen wir jetzt mit ihr?« Kurz vor Mitternacht lagen Antonella und Adrian im Bett, und Antonella konnte immer noch nicht recht fassen, was sie an diesem Abend erlebt hatte. Katia hatte während des Essens die ganze Geschichte noch einmal erzählt und mit den Worten geschlossen: »Ich weiß wirklich nicht, was ich tun soll. Du bist buchstäblich der einzige Mensch, der mir im Augenblick helfen kann.« Viele Tränen waren geflossen, und aus einer Flasche Wein waren bald zwei geworden. Irgendwann hatte Antonella die völlig ausgelaugte Katia ins Gästezimmer verfrachtet, und Adrian war mit den beiden Hunden, die im Laufe des Abends einen gewissen Waffenstillstand geschlossen hatten, noch einmal um den Block gegangen.

»Wir können sie jedenfalls schlecht auf die Straße setzen«, antwortete er und zog sie in seine Arme. »Ich werde mir morgen mal die ganzen Unterlagen ansehen und am Montag mit dem Londoner Kollegen telefonieren. Ich kann mir fast nicht vorstellen, dass es wirklich so düster für sie aussehen soll. Dann sehen wir weiter. Aber die Geschichte ist schon ziemlich krass.«

»Ja, das stimmt«, murmelte Antonella und kuschelte sich an ihn. »Ich finde es aber auch ziemlich krass, dass sie diesen Typen überhaupt geheiratet hat. So berechnend ist sie früher nie gewesen. Aber dann hat sie sich plötzlich so extrem verändert, als wir fünfzehn oder sechzehn waren.«

»Na ja, wenn du ihr auch die erste große Liebe gestohlen hast, du böses Mädchen.« Adrian grinste sie an.

»Ganz ehrlich, die Geschichte habe ich in dieser Form heute zum ersten Mal gehört. Sie hatte ja immer abgestritten, dass sie in Stefan verknallt ist. Mir war zwar klar, dass sie auf ihn steht, aber wenn ich das gewusst hätte, dass es ihr derart das Herz bricht …«

»Hättest du ihn dir trotzdem geschnappt. Hormongesteuerte Teenies tun so etwas ständig.«

»Sprichst du da aus eigener Erfahrung, oder was? O Mann, vielleicht hätte ich sie damals doch ein bisschen ernster nehmen und die Finger von ihm lassen sollen. Es hat sich wirklich nicht gelohnt, für Stefan Schreiber unsere Freundschaft aufs Spiel zu setzen. Wir waren damals so dick befreundet, ich hätte nie mit Absicht etwas getan, was sie verletzt hätte. Glaube ich jedenfalls …«, fügte sie ein wenig kleinlaut noch hinzu.

»Ganz bestimmt, du Engel!«, sagte Adrian ein wenig spöttisch, fuhr dann aber ernster fort: »Jetzt hast du ja die Chance, es wiedergutzumachen. Egal, was zwischen euch alles passiert ist, und egal, ob sie ihren Mann aus Berechnung geheiratet hat oder nicht, ich glaube, Katia braucht jetzt jeden Freund, den sie kriegen kann.«

»Da hast du bestimmt Recht«, seufzte Antonella und biss

ihn dann spielerisch ins Ohrläppchen, »aber eigentlich hatte ich mir den Abend und das ganze Wochenende ein bisschen anders vorgestellt …«

»Da muss man eben flexibel sein.« Er küsste sie und fuhr mit einer Hand unter ihr Nachthemd. »Und der Abend ist ja noch nicht vorbei!«

Schon Tage später bereute Antonella ihre – oder vielmehr Adrians – Großherzigkeit allerdings bereits wieder. Der unverhoffte Hausgast hatte sich als ziemlich anstrengend entpuppt. Es war völlig offensichtlich, dass Katia sich in den letzten Jahren mit so profanen Dingen wie Hausarbeit keine Sekunde lang beschäftigt hatte. Und auch wenn sie sich bescheiden und dankbar gab – »Macht euch bloß keine Umstände, ich weiß gar nicht, was ich ohne euch tun würde …« –, hatte Antonella das Gefühl, plötzlich ein weiteres Kind zu haben. Ein ziemlich verwöhntes Kind, das nicht mal im Traum auf die Idee kam, schmutziges Geschirr in die Spülmaschine zu räumen. Von anspruchsvolleren Aufgaben wie Wäschewaschen oder gar Essenkochen mal ganz zu schweigen … Außer sich um ihren Hund zu kümmern, machte Katia im Grunde gar nichts, so schien es jedenfalls Antonella. »Sie hat angeboten, dass sie auch mit Hugo Gassi gehen könnte«, erzählte sie Jenny, »aber das funktioniert überhaupt nicht. Olga will ständig mit ihm spielen, ihn jagen und rumtoben, und unser kleiner Fettsack hier möchte exakt seine vertraute Runde gehen, an den wesentlichen Stellen sein Bein heben und ansonsten seine Ruhe haben.« Antonella tätschelte den schwarzen Mops, der es sich unter ihrem Schreibtisch gemütlich gemacht hatte. »Gestern Abend habe ich mir Olga geschnappt und bin mit ihr im Park joggen gewesen. Da war Hugo tödlich beleidigt. Aber wehe, ich will mit ihm mal rennen. Da bleibt er wie angewurzelt sitzen und bewegt sich keinen Millimeter.«

»Ist doch völlig klar«, warf Jenny ein, »Hugo ist eifersüchtig! Er hat sich endlich an dich gewöhnt, und jetzt hat er Angst, dass du ihn abschiebst. Ist dir noch nicht aufgefallen, dass er dir schon die ganze Woche nicht von der Seite weicht?«

»Ist es, glaub mir. Ich bin schon zweimal über ihn gestolpert! Und ich fand's angenehmer, als er mir noch aus dem Weg gegangen ist …«

»Jetzt tu doch nicht so. Du hast ihn doch inzwischen auch richtig gern! Mir kannst du's ruhig sagen, ich verrate es bestimmt nicht weiter.« Jenny grinste verschwörerisch.

»Wie auch immer, Hugo ist im Augenblick wirklich mein geringstes Problem. Adrian hat ein paarmal mit den englischen Anwälten von Katias Mann gesprochen und sich den Ehevertrag und das Testament faxen lassen. Wie es aussieht, ist sie tatsächlich völlig blank.«

»Aber das ist ja schrecklich!«

»Natürlich ist es schrecklich«, fuhr Antonella fort. »Doch irgendwie muss es ja auch weitergehen. Katia kann nicht ewig bei uns im Gästezimmer hausen und sich von mir bedienen lassen.«

»Hat sie denn keine Familie in Deutschland?«

»Doch, ihre Eltern in München. Aber davon will sie gar nichts hören. Sie hat seit fünfzehn Jahren keinen Kontakt mehr zu ihnen und will sich auch jetzt partout nicht bei ihnen melden. Und irgendwie kann ich das sogar verstehen … Nichtsdestotrotz brauche ich bald eine Lösung. Ich habe so viel zu tun und komme zu gar nichts mehr. Ist ja mit Elisa schon alles kompliziert genug.« Antonella seufzte schwer. »In sieben Wochen ist Möbelmesse in Mailand, und da wollte ich meine Lampenentwürfe vorstellen. Aber ich schaffe es nicht mal ansatzweise, auch nur die Prototypen zu bauen … Ich bin gespannt, wie Christian sich schlägt«, wechselte sie abrupt das Thema. Christian Weiler war jetzt fünf Wochen mit im Team und hatte heute seinen ersten Kundentermin. Ein Augenarzt wollte seine Praxis aufgehübscht bekommen, aber »erst einmal in einem persönlichen Gespräch die Arbeitsweise der Agentur kennenlernen«. Termine dieser Art hasste Antonella wie die Pest und hatte beschlossen, dass sich daran zukünftig Christian versuchen sollte. Wenn er den Arzt nicht überzeugen konnte, wäre es kein Drama, falls doch – gut, dann hätten sie noch mehr Arbeit.

»Hach, der Christian macht das bestimmt ganz toll!« Jenny klang so enthusiastisch, dass Antonella alarmiert aufschaute.

»Jenny!?«

»Ja?«

»Du bist doch nicht etwa in Christian verknallt?«

Die Sekretärin errötete leicht, beteuerte jedoch eine Spur zu vehement: »Natürlich nicht!«

»Gut, denn daraus würde sowieso nichts werden.«

»Wieso denn?«

»Schätzchen, unser lieber Chrissi interessiert sich nicht für kleine Mädchen!«

»Ich bin kein kleines Mädchen!«, empörte sich Jenny.

»O mein Gott, Jenny! Sag bitte, dass du Witze machst!« Antonella starrte fassungslos ihre Mitarbeiterin an, die ihr einen verwunderten Blick aus ihren graublauen Kulleraugen zurückwarf. »Herzchen, Christian ist schwul!«

»Oh!?«

»Ja!«

»Bist du sicher?«

Antonella ließ sich mit dramatischer Geste auf ihren Schreibtisch sinken, doch ehe sie antworten konnte, klingelte ihr Telefon. Dankbar für die Ablenkung ging sie sofort ran, allerdings verdüsterte sich ihr erfreuter Gesichtsausdruck bereits nach Sekunden wieder. Es war ihre Nachbarin Franziska Förster. »Franziska, was gibt's denn so Wichtiges, dass du mich im Büro anrufst?« Als würde sie ihr nicht schon ständig im Treppenhaus auflauern … »Die Wohnung im ersten Stock?« Offenbar wollte die Nachbarin ihr schon wieder irgendwelche Mieter aufschwatzen. Antonella zögerte, dann kam ihr eine großartige Idee: »Tut mir leid, Franziska, aber die Wohnung ist inzwischen vergeben. Meine Freundin Katia wird dort einziehen!« Mit einem ausgesprochen zufriedenen Lächeln legte sie auf. »Was ist?«, fragte sie Jenny, die sehr erstaunt aus der Wäsche schaute. »Das ist doch die perfekte Lösung! Es ist wohl illusorisch, dass Kathi in absehbarer Zeit verschwindet, und ehe sie weiterhin meine ganze Wohnung mit ihrem Chaos belegt, soll sie das lieber mit Georgias tun.«

»Die Sache hat nur einen Schönheitsfehler«, warf Jenny ein, »wenn Katia kein Geld hat, wie soll sie dann Miete zahlen können?«

Antonella winkte nur ab, solche lächerlichen Details waren ihr im Augenblick völlig egal. »Ich habe für die Wohnung jetzt schon zwei Monate keine Miete mehr bekommen, und außerdem müsste ich sie erst einmal ausräumen, Georgia hat ja den Großteil ihrer Möbel hiergelassen. Das ist perfekt für Kathi, da kann sie mal wieder echtes Leben proben – mit Einkaufen, Waschen, Putzen und so. Und wer weiß, vielleicht sucht sie sich ja mal einen Job oder heiratet den nächsten reichen Sack. So ist mir das jedenfalls tausendmal lieber, als Katia weiterhin in unserem Gästezimmer zu haben – und weitere Mitglieder der Mutti-Mafia im ersten Stock.«

»Hallo, ihr Hübschen!« Christian war mit einem triumphierenden Lächeln ins Loft gerauscht gekommen und verkündete: »Wir haben den Praxis-Auftrag bekommen!« Er strahlte stolz übers ganze Gesicht. »Und ich habe ihm sogar unser Premium-Package verkaufen können.«

»Ich wusste, dass du das hinkriegst!«, sagte Jenny begeistert.

»Du bist ein echtes Naturtalent. Möchtest du einen Kaffee? Ich habe auch selbstgebackene Schokomuffins.«

»Das wäre ganz toll. Du bist ein echter Schatz, Jenny.« Er drückte ihr einen dicken Kuss auf die Wange, und Jenny schwebte buchstäblich in die Teeküche.

»Gratuliere! Kann man dich also doch auf die Straße lassen?« Antonella schmunzelte. »Aber eine Frage hätte ich: Was genau beinhaltet unser ›Premium-Package‹?«

»Nichts weiter, außer dass er dreißig Prozent mehr zahlt, wenn du jeden Raum mit ›design by ada‹ signierst.« Er grinste breit.

»Du bist ein ganz schönes Schlitzohr.« Sie zwinkerte ihm verschwörerisch zu. »Gut gemacht! – Ich hätte übrigens auch gerne einen Kaffee und einen Muffin, wenn es nicht zu viel Mühe macht!«, rief sie Jenny hinterher.

»Ich habe auch noch etwas anderes.« Christian kramte in seiner Umhängetasche, zog ein Hochglanzmagazin heraus und drückte es Antonella in die Hand.

»Autsch!«, sagte sie. Die aktuelle Titelstory lautete »So starb er in meinen Armen«. Für das Foto hatte sich eine ganz in Schwarz gekleidete Annalena mit einem Bild von Katias Mann Aris im Arm auf einem Sofa drapiert. Sie war zurechtgemacht wie eine sizilianische Witwe und blickte mit waidwundem Blick in die Kamera. Antonella blätterte im Heft, bis sie die ganze Geschichte fand. Dort standen erbauliche Details zur Todesursache (»Wahrscheinlich hat der Kummer über die Lieblosigkeit seiner Ehefrau sein Herz geschwächt!«) und zur Beerdigung (»Aris wird verbrannt, und ich werde im April seine Asche ins Meer streuen. Eigentlich wollten wir gemeinsam auf Kreuzfahrt gehen …«). »O Mann …«

»Was ist denn?« Jenny war mit einem Tablett wieder aus der Teeküche zurückgekehrt und reichte jedem eine Tasse Kaffee und einen Muffin, dann überflog auch sie die Geschichte.

»Also, wenn man das so liest, könnte man schon den Eindruck bekommen, dass diese Katia ihn in den Tod getrieben hat«, sagte sie.

»Entweder das, oder dieser Aris wollte ihr wirklich fies eins reinwürgen. Und in jedem Fall stellt sich die Frage: Hat sie es vielleicht verdient?« Christian zeigte gerade eine sensationslüsterne Seite seines Wesens, die Antonella bei dem sonst so korrekten jungen Mann nicht vermutet hatte. »Jedenfalls würde ich die mysteriöse Katia langsam wirklich gerne mal kennenlernen.«

»Was tratscht ihr denn schon wieder?« Giovanni war ins Büro gekommen und baute sich nun ebenfalls vor Antonellas Schreibtisch auf. Er schnappte sich Antonellas Muffin und biss ein großes Stück ab. »Lecker«, schmatzte er.

»Die beiden sind nach Lektüre dieses Artikels der Meinung, dass Katia verdient, was sie bekommen hat«, erklärte Antonella leicht stirnrunzelnd ihrem Bruder, der inzwischen auch ihren Kaffee ausgetrunken hatte.

»Und was glaubst du?«, fragte er.

»Ich weiß nicht, was ich glauben soll. Ich weiß nur, dass ich jetzt los muss!« Sie sah seufzend auf die Uhr und packte ihre Tasche zusammen. »Sternchen muss von der Krippe abgeholt werden, und dann werde ich Kathi wohl die nächsten guten Nachrichten überbringen. Komm heute Abend zum Essen, dann kannst du dir selbst ein Bild machen«, fügte sie hinzu.

»Mach ich. Bin wirklich gespannt, was aus der kleinen Kathi Fuchs aus Giesing geworden ist …«

KAPITEL 5
Chaos-Queens

»Ich hasse es! Mein Leben ist eine einzige Katastrophe!« Katia jammerte laut vor sich hin, warf frustriert den Putzlappen in die Ecke und setzte sich auf den Badezimmerboden. Olga, die treue Seele, kam zu ihr und legte sich neben sie. Seitdem das Leben, das sie bisher gekannt hatte, vor fünf Wochen so abrupt beendet worden war, hatte Katia das Gefühl, in einer völlig anderen Galaxie gelandet zu sein. »Ich bin einfach nicht dafür geschaffen, Klos zu putzen!!« Olga wedelte zustimmend mit dem Schwanz. Aber es half ja alles nichts. In guten Momenten war sich Katia durchaus bewusst, dass sie in ihrer Situation noch ein Riesenglück gehabt hatte. Erst hatte sie bei Antonella unterschlüpfen können, und nun wohnte sie seit vier Wochen in ihrer eigenen Wohnung. Das große Fünf-Zimmer-Altbau-Apartment im ersten Stock von Antonellas Haus war gar nicht so schlecht, selbst nach ihren Maßstäben nicht. Die früheren Bewohner hatten nur ein gutes Jahr darin gelebt und fast die komplette Einrichtung dagelassen, als sie nach New York* gezogen waren. Eigentlich ideale Bedingungen, um ganz langsam den Start in ein neues Leben zu wagen – doch gestern Abend war ihr bescheidener Optimismus jäh zunichtegemacht worden. Denn gestern Abend hatte überraschend Giovanni vor der Tür gestanden, um sie ins Kino

* Mehr über Georgias neues Leben in New York erfahren Sie auf www.hugosaffairs.de.

auszuführen. Sie war ihm in den letzten Wochen ein paarmal bei Antonella begegnet und hatte den schweren Verdacht, dass die alte Freundin ihr den großen Bruder auf den Hals gehetzt hatte, damit sie endlich mal wieder einen Abend alleine mit ihrem Mann würde verbringen können. Denn nachdem Katias kulinarische Fähigkeiten sich auf das Erhitzen von Wasser beschränkten, fühlte Antonella sich verpflichtet, ihre Nachbarin regelmäßig zum Abendessen einzuladen. An sich war diese alternative Abendunterhaltung also eine nachvollziehbare Idee, aber es wäre besser gewesen, wenn Giovanni vorher bei ihr angerufen hätte. Es wäre sogar sehr viel besser gewesen … Katia raufte sich die Haare, als sie an den peinlichen Abend dachte. Gegen halb sieben hatte es geklingelt, und sie war in ihrem Pyjama (warum bitte hätte sie sich auch waschen und anziehen sollen? Zum Gassigehen warf sie in der Regel einfach einen Mantel über …) zur Tür geschlurft, in der sicheren Vermutung, dass dahinter Antonella oder Adrian mit der Aufforderung zum Abendessen stand. Doch es war Giovanni gewesen, der sie mit einem blendenden Lächeln anstrahlte und einfach in die Wohnung spazierte. Dort war sein Zahnpastagrinsen allerdings ziemlich schnell blankem Entsetzen gewichen. »Meine Güte, was ist denn hier passiert?«, hatte er gefragt. Nichts war passiert, und das war genau das Problem. Katia lebte seit vier Wochen in der Wohnung, und seitdem hatte sie nichts gemacht. Ihre Koffer waren nur halb ausgepackt, und im Ankleidezimmer häufte sich ein riesiger Berg mit Schmutzwäsche, den Olga inzwischen als ihren Lieblingsschlafplatz auserkoren hatte. Auf dem Küchentisch stapelten sich leere Pizzakartons und in der Spüle schmutziges Geschirr. Ihr Bett war zerwühlt (wozu der Aufwand, wenn sie doch die meiste Zeit des Tages darin verbrachte?), und, na ja, die ganze Wohnung war einfach seit vier Wochen nicht geputzt worden. Katia fand es ja selbst eklig und hatte schon ernsthaft vorgehabt, etwas dagegen zu unternehmen. Aber ihr fehlte einfach die Energie dazu. Giovanni offensichtlich nicht. Nachdem er sich gründlich umgesehen hatte – eigentlich eine bodenlose Unverschämtheit, wenn sie so darüber nachdachte! –, kündigte er eine Planänderung für den Abend an. Eigentlich habe er ja vorgehabt, mit ihr ins Kino oder zum Essen zu gehen, aber angesichts der Umstände sei wohl eher eine kleine Nachhilfestunde in Haushaltsführung angebracht. Und da stand nun dieser riesige, gutaussehende Mann und fing an, das Geschirr in die Spülmaschine zu räumen, den herumfliegenden Unrat in große Mülltüten zu stopfen und schließlich mit spitzen Fingern ihre Schmutzwäsche zu sortieren und einen Haufen nach dem anderen in die Waschmaschine zu packen. Dabei hatte er ihr mit ungerührter Miene erklärt, wie die Geräte funktionierten und welches Mittelchen man für welche Wäsche brauchte. Nach einem Blick in ihren Kühlschrank war er verschwunden und nach kurzer Zeit mit einer großen Tüte Thai-Take-Away wiedergekommen. Während des Essens hatte er ihr dann ins Gewissen geredet.

»Dieser anmaßende Kerl!«, schrie sie wütend, und Olga zuckte erschrocken zusammen. Dann rappelte sie sich wieder auf, schnappte sich den Lappen, der vorhin in der Ecke gelandet war, und putzte weiter ihr Bad. Denn sie hatte sich tatsächlich von Giovanni das Versprechen abringen lassen, heute gründlich sauber zu machen und ihre – wenigen! – Besitztümer durchzugehen. »Wofür brauchst du bitte drei Pelzmäntel?«, hatte er gefragt. »Verkauf diese Mottenfiffis, dann bist du wenigstens wieder ein bisschen flüssig!« Er hatte ja Recht. Er hatte in allem Recht, aber trotzdem kam sie sich gerade wie ein dummes Schulmädchen vor. Und außerdem hatte sie heute Vormittag dieser halbseidene griechische Pelzhändler im Bahnhofsviertel ordentlich übers Ohr gehauen. Vor zwei Jahren hatte Aris ihr bei ihm ein Nerzjäckchen gekauft – kein besonders gut gemachtes, wie sie fand, aber Achilles war »ein guter alter Bekannter« von ihrem Mann gewesen, und offenbar hatte sich Aris damals bemüßigt gefühlt, ihm eine »Kleinigkeit« abzukaufen. Jedenfalls war sie heute Morgen zu ihm gegangen und hatte ihm ihren opulenten Zobelmantel angeboten. Der hatte vor drei Jahren in Paris gute dreißigtausend Euro gekostet. Achilles war jedoch der Meinung, dass »Zobel zurzeit nicht liefe«, und überhaupt »sei ja jetzt Mitte März und die Pelzsaison ohnehin vorbei«. Aber um seinem »lieben alten Freund Aris« posthum noch einen Gefallen zu tun, hatte er ihr fünftausend Euro dafür gegeben. Natürlich war sie darauf eingegangen, schließlich brauchte sie dringend Geld, und wieder etwas liquide zu sein war tatsächlich ein gutes Gefühl. Sie brauchte so viele Sachen – ihre ganzen Pflegeprodukte gingen bedrohlich zur Neige, und Olga musste dringend zum Friseur. Allerdings war ihre erste Investition ein beachtliches Sortiment an Putzmitteln und Zubehör gewesen. Genervt stöhnte sie auf und sah auf die Uhr. Es war schon fast vier, aber wie auch immer, sie hatte eine Vereinbarung! Heute Abend wollte Giovanni wiederkommen und die Wohnung inspizieren. Und wenn alles blitzte, würde er sie zur Belohnung schick zum Essen ausführen. Katia machte sich also wieder ans Werk. Allerdings nicht, ohne sich zu fragen, was genau »schick essen gehen« in den Maßstäben eines unverschämten italienischen Schreiners bedeutete …

Als Giovanni sich um kurz nach sieben an diesem Abend von seiner Wohnung aus auf den Weg machte, um wieder bei Katia vorbeizuschauen, war er immer noch unschlüssig, was er mit ihr anfangen sollte. Er war sich keineswegs sicher, ob sie sich überhaupt auf ihre Abmachung eingelassen hatte. Mindestens ebenso wahrscheinlich war, dass sich rein gar nichts geändert haben würde. Der Anblick ihrer Wohnung gestern hatte ihn ganz schön geschockt. Sich so gehen zu lassen …

Dafür gab es in seinen Augen nur zwei mögliche Erklärungen: Entweder war sie mittlerweile eine unheilbar verzogene Person – oder sie steckte in einer tieferen Krise, als er es sich vorstellen konnte. Im letzteren Fall gab es wenigstens Hoffnung auf Besserung. Denn soweit er sich zurückerinnerte, war sie nämlich früher ganz anders gewesen: bodenständig, hilfsbereit, herzlich – und ziemlich niedlich. Sie und Antonella waren seit dem Krabbelalter eng befreundet gewesen, und so hatten seine Große-Bruder-Pflichten zwangsläufig auch Kathi mit einbezogen. Er erinnerte sich noch, wie er mit den beiden Barbie spielen oder sie ins Freibad begleiten musste. Offiziell hatte er es natürlich gehasst, schließlich war es nicht gerade cool, mit sieben Jahre jüngeren Kindern rumzuhängen. Insgeheim hatte er es jedoch schon genossen, von zwei Mädchen angebetet zu werden. Speziell Kathi, die ein Einzelkind war, hatte ihm immer das Gefühl gegeben, dass er der tollste Kerl auf weiter Flur war. Schade, dass sich das nicht konserviert hat, dachte er. Gestern hatte sie ihn aus ihren ausdrucksvollen Bernsteinaugen angestarrt, als käme er von einem anderen Stern – oder hätte eine entstellende Krankheit. Nun ja, offensichtlich war viel Zeit vergangen, und in all den Jahren viel passiert. Er war Anfang zwanzig gewesen, als Katia urplötzlich aus seinem Leben verschwunden war. Die Freundinnen hatten sich wohl wegen irgendeines Typen überworfen. Just zu einem Zeitpunkt, als er sie nicht mehr nur als nervige Ersatz-Schwester wahrgenommen hatte, sondern als bildhübschen Teenager. Das spindeldürre, kleine rothaarige Mädchen hatte einen derart bemerkenswerten Entwicklungsschub gemacht, dass seine Hormone ordentlich in Wallung gekommen waren. Doch ehe er sich dem Problem »Kann ich die beste Freundin meiner kleinen Schwester verführen?« ernsthaft widmen konnte, hatte Katia beschlossen, ihre Beziehung zur gesamten Familie De Anna für beendet zu erklären. Wie das

Leben so spielte … Giovanni grinste vor sich hin. Kaum zwanzig Jahre später, und er hatte mal wieder den Babysitterjob für Kathi Fuchs übernommen.

Inzwischen war er in der Weberstraße angekommen. Er hatte lange darüber nachgedacht, wohin er mit ihr zum Essen gehen könnte. Seit zwei Jahren lebte er jetzt in Frankfurt und kannte sich inzwischen ziemlich gut aus. Die einschlägigen Luxusschuppen und intimen Restaurants hatte er jedoch gleich wieder von der geistigen Liste gestrichen. Weder wollte er sich an ihren alten Lebensstil anbiedern noch ein Date implizieren. Schließlich hatte er sich für seine Lieblingssportbar entschieden. Dort gab es sensationelle Burger, und außerdem würde das Champions-League-Spiel übertragen werden. Und es war ganz sicher keine Örtlichkeit, mit der sie rechnen würde! Aber erst einmal musste sich zeigen, ob sie überhaupt ihren Teil der Abmachung eingehalten hatte. Schmunzelnd drückte er den Klingelknopf.

Zwei Wochen später konnte Antonella ihre Nerven nur noch schwer im Zaum halten: »Er müsste gleich nach Hause kommen!« Das jedenfalls hoffte sie inständig. Es war Elisas erster Geburtstag, und Adrians Eltern waren gekommen, um mit ihrer Enkelin zu feiern. Eigentlich hatten sie ja am Wochenende eine kleine Party veranstalten wollen, aber da hatten Ludwig und Brigitte Stern keine Zeit. Deshalb waren die Großeltern und alle weiteren Gäste bereits heute für vier Uhr zum Kaffeetrinken eingeladen. Antonella hatte ihre Tochter schon um kurz nach zwei aus der Krippe geholt, damit die Kleine noch ein bisschen schlafen und sie selbst alles vorbereiten konnte. Kaum waren sie jedoch nach Hause gekommen, läutete es, und Adrians Eltern standen vor der Tür. »Wir wollten ein bisschen Zeit mit Elisa alleine verbringen, ehe die anderen Gäste kommen.« Super! Antonella war begeistert. Ihr Verhältnis zu den Schwiegereltern war ohnehin nicht gerade spannungsarm, denn speziell Brigitte ließ keine Gelegenheit aus, der verflossenen Gisela nachzutrauern. Adrians Exfrau war Wirtschaftsanwältin und hatte eine fabelhafte Karriere gemacht. Dabei hatte sie allerdings keine Zeit für ihren Ehemann oder gar Familie gehabt. Ein Punkt, der Adrian irgendwann gestört hatte, seine Eltern offenbar nicht. Antonella hatte sich, während sie den Geburtstagskuchen verzierte und den Kaffeetisch deckte, unter anderem schon anhören dürfen, dass Gisela »immer top organisiert« war und nicht erst in buchstäblich letzter Sekunde mit der »Vorbereitung gesellschaftlicher Anlässe« angefangen hätte. Sie sei auch immer so elegant gewesen und nicht so »extravagant«. Den wenig dezenten Hinweis, dass ihr Outfit – Jeansminirock und knallroter Kurzarmrolli – nicht den Ansprüchen genügte, konnte sie noch ebenso lächelnd tolerieren wie die Bitte, Elisa doch das mitgebrachte Kleidchen – eine Scheußlichkeit in Babyrosa – anzuziehen. Schulterzuckend zog Antonella der Kleinen das lustige orange Trägerkleid mit den grünen Elefanten aus und streifte ihr den Rüschenalptraum über. Doch auch ihre Geduld hatte Grenzen, und die war spätestens beim gefühlten achtzigsten Gisela-Lob ihrer Schwiegermutter erreicht. »Mit Gisela konnte man immer so tolle Gespräche führen, die kannte sich aus in der Welt. Das wird Adrian sicher sehr fehlen …«

»Ach, das glaube ich nicht«, erwiderte sie mit einem betont süßen Lächeln, »dein Sohn hat jetzt ein so ausgefülltes Sexleben, dass er gar keine Zeit hat, sich über einen Mangel an intellektueller Erfüllung zu beklagen!« Antonella hatte selten jemand so Verklemmten kennengelernt wie Brigitte Stern, die vermutlich immer noch an den Klapperstorch glaubte. Jedenfalls hatte ihre Antwort die gewünschte Wirkung: schmallippiges Schweigen, um weitere erotische Ausführungen zu vermeiden.

»Wann kommt Adrian eigentlich?«, fragte Ludwig.

Antonella sah auf die Uhr, es war kurz vor vier. »Er müsste gleich nach Hause kommen!«

Drei Stunden später war das Schlimmste überstanden. Als Elisa irgendwann so überdreht und übermüdet war, dass sie brüllte wie am Spieß und die Nachbarskinder, die ebenfalls zu Besuch waren, aus Solidarität einstimmten, hatten Adrians Eltern gegen halb sechs fluchtartig das Weite gesucht. »Bei Gisela wäre so etwas nie ...« Das Baby hatte sich erst beruhigt, als Adrian es neben Mops Hugo auf die Couch gelegt hatte. Der Hund hatte dem Kind die Tränen abgeleckt und sich dann eng rangekuschelt. Augenblicke später war Elisa eingeschlafen. Daran wiederum hatte sich Übermutti Förster aus dem zweiten Stock gestört: »Was da alles passieren kann. Ich finde das wirklich unverantwortlich von euch!«, hatte sie sich empört.

»Hugo wird regelmäßig entwurmt, da kann also gar nichts passieren«, verteidigte Antonella ihren Hund. »Und er ist der perfekte Schutzengel für Sternchen. Die beiden lieben sich, und wenn sie zusammen sind, sind beide friedlich.«

»Ja, aber Elisa lernt so gar nicht, dass Hunde gefährliche Tiere sind!«

»Und warum sollte sie das, Franziska?«, fragte nun Adrian leicht stirnrunzelnd.

»Na ja, zum Beispiel wegen diesem Riesenhund im ersten Stock. Das Tier ist überhaupt nicht erzogen, und diese Katia ...«

Ach, daher wehte also der Wind, dachte sich Antonella. Seit Katia eingezogen war, hatte Franziska noch mehr zu nörgeln gehabt: Wie kann man eine Fünfzimmerwohnung einer alleinstehenden Frau überlassen, statt einer netten Familie mit ein paar Kindern? Und dann auch noch dieser schreckliche Hund, der es wagte, ihrem edlen Fee-Finn-Nachwuchs »aufzulauern«

und die Bälle zu klauen. Und Katia selbst sei ja wohl auch irgendwie merkwürdig. Gut, im letzten Punkt musste Antonella ihrer Nachbarin fast beipflichten. Katia war schon sehr speziell, und sie war froh, dass sie sie in den letzten paar Tagen deutlich seltener zu Gesicht bekommen hatte. Was auch immer Giovanni getan haben mochte – er hatte seiner Schwester nichts erzählt –, es erweckte fast den Anschein, als würde Katia langsam ein neues Leben beginnen. Sie hatte beispielsweise angefangen, Lebensmittel und fehlende Dinge für die Wohnung zu kaufen. Antonella hoffte auch, dass sie sich Gedanken über einen Job machte, denn dauerhaft mietfrei wollte sie ihr die Wohnung dann doch nicht überlassen.

Wie aufs Stichwort waren dann Katia und Olga erschienen, was wiederum Familie Förster zum überhasteten Abschied gebracht hatte. Denn Olga, die heute ihren überfälligen Friseurbesuch hinter sich hatte, war fröhlich in die Wohnung getrabt und hatte alle Anwesenden begeistert begrüßt. Antonella staunte, was für eine Verwandlung die Hündin durchgemacht hatte. Bis gestern hatte sie noch ausgesehen wie ein wolliges, überdimensioniertes Kuscheltier, jetzt wirkte sie mit ihrem kurzen schwarzbraunen Fell wie ein scheues Reh. Scheu war allerdings nur die Optik. Aus ihren schwarz umrandeten Knopfaugen blickte sie unternehmungslustig in die Runde und klaute sich dann den rosa Rüschen-Alptraum. Nachdem sich Elisa nämlich in Rekordzeit das neue Outfit eingesaut hatte, hatte sie wieder ihr Elefantenkleid anziehen dürfen. Katia rannte hinter ihrem Hund her in die Küche und versuchte, ihm das Kleid wegzunehmen, aber Olga bewies überragende Stilsicherheit und zerfetzte das pastellige Großeltern-Geschenk im null Komma nichts.

»Das tut mir so leid«, Katia klang wirklich zerknirscht. »Ich kaufe ihr ein neues.«

»Bloß nicht!« Antonella grinste und warf die Überreste weg.

»Olga hat uns allen einen riesigen Gefallen getan.« Sie kraulte das Tier hinter den Ohren und schob ihm einen Hundekeks ins Maul.

»Wo ist denn das Geburtstagskind?«, wollte Katia wissen. »Ich habe auch ein Geschenk für sie.« Sie zog ein knallbuntes Päckchen hervor und legte es auf den Küchentisch.

»Die schläft neben Hugo auf dem Sofa. War ihr alles zu viel … Und du hättest ihr wirklich nichts mitbringen müssen.«

»Weiß ich, aber ich wollte es so gerne. Und ich muss euch was sagen!«, kündigte sie feierlich an.

Antonella hatte sich wieder neben Adrian gesetzt, der ihr einen Arm um die Schultern legte. Beide sahen Katia erwartungsvoll an. »Spuck's aus, Katinka!«

»Ich habe nachgedacht …«, fing sie an.

»Nachdenken ist immer ein guter Anfang«, Adrian lächelte ermunternd.

»Aber nur, wenn was dabei rauskommt!«, legte Antonella grinsend nach.

»Jetzt lasst mich doch mal ausreden! Also, wie gesagt, ich habe nachgedacht. Und bin zu dem Schluss gekommen, dass es wohl wenig Sinn hat, auf ein Wunder zu warten.«

Adrian nickte zustimmend.

»Ich würde fürs Erste sehr gerne hierbleiben, und ich bin euch wirklich dankbar für alles, was ihr bisher für mich getan habt. Aber es kann ja nicht ewig so weitergehen.«

Diesmal nickte Antonella bejahend.

»Ich habe also ein paar von meinen Sachen verkauft. Ganz ehrlich, wofür brauche ich hier drei Pelzmäntel und so viel Schmuck?«

Jetzt war Giovanni mit der schlafenden Elisa im Arm in die Küche gekommen. Er hatte sich vorhin aus dem ganzen Tumult ausgeklinkt und war lieber bei seiner Nichte im Wohnzimmer geblieben. Doch nun trieb ihn die Neugier zu den anderen und ganz besonders zu Katia. Seit dem Abend vor zwei Wochen hatte er sie nicht mehr gesehen. Es war nett gewesen, und er musste immer noch lachen, wenn er an ihren Gesichtsausdruck dachte, als er sie in die Burger-Bar geführt hatte. Aber insgesamt hatte er den Eindruck gehabt, dass irgendein Knoten bei ihr geplatzt war, und sich fürs Erste zurückgezogen. Sollte sie mal alleine klarkommen. Wenn sie Hilfe brauchte, wusste sie ja, wo sie ihn erreichen konnte. Aber als sie jetzt mit ihrer Ankündigung fortfuhr, wurde deutlich, dass sie wirklich ganz gut alleine klarkam:

»Ich habe also ein paar von meinen Sachen verkauft und dafür tatsächlich ein nettes Sümmchen bekommen. Letzte Woche habe ich ein Konto eröffnet und mir ein Handy besorgt.« Katia klang unglaublich stolz. Im Grunde waren das ja alles fürchterlich banale Dinge, aber für sie war es offensichtlich ein großer Schritt. »Jedenfalls habe ich genug Geld, um euch etwas Miete zahlen zu können. Wären achthundert Euro okay? Ich weiß, dass die Wohnung viel mehr wert ist, aber achthundert Euro könnte ich fürs Erste verkraften. Wenn ich dann einen Job gefunden habe, kann ich hoffentlich einen angemessenen Preis zahlen.«

Antonella war überrascht. Damit hatte sie nun nicht gerechnet. Klar, die Wohnung hätte sie problemlos für das Doppelte vermieten können, aber nachdem sie sich schon fast damit abgefunden hatte, überhaupt kein Geld zu bekommen, sagte sie sofort zu. Und Arbeit wollte Katia sich auch suchen. Erstaunlich! Sie lächelte Adrian an, der ihr zuzwinkerte.

»Und bis ich eine Stelle gefunden habe, könnte ich euch ja vielleicht ein bisschen helfen. Ich könnte zum Beispiel Elisa von der Kita abholen, damit ihr etwas mehr Luft habt. Ich kann auch auf sie aufpassen, wenn ihr in zwei Wochen nach Mailand zur Möbelmesse fahrt …« Sie sah die beiden ein wenig unsicher an.

»Kathi, ich bin echt sprachlos!«, sagte Antonella. »Das klingt großartig.« Sie suchte Adrians Blick, der mit den Schultern zuckte und ein »Warum nicht?« hinzufügte.

»Du kannst deine Nanny-Qualitäten gleich mal unter Beweis stellen«, schaltete sich Giovanni ein und hielt ihr mit gerümpfter Nase die inzwischen wieder aufgewachte Elisa hin. »Ich glaube, unsere Principessa hat die Hosen voll …«

»Ist auch nicht ekliger, als Hundekacke einzutüten«, lachte Adrian, als er Katias erschrockenes Gesicht sah, nahm ihr aber das Kind wieder ab. »Komm mit, ich zeig's dir!«

»Ein Wunder oder ein Aprilscherz?«, fragte Antonella ihren Bruder.

»Ich tippe auf Wunder. Denn für Scherze bist ja du zuständig …« Er spielte auf den 1. April an, das Geburtsdatum seiner Nichte. »Gibt's eigentlich auch Abendessen?«

KAPITEL 6
Dolce Vita

Wiedersehen!« Antonella und Adrian winkten im Wegfahren dem Grüppchen zu, das sich vor ihrem Haus versammelt hatte. Adrian warf einen letzten Blick in den Rückspiegel. »Ob das eine wirklich gute Idee war?«, fragte er besorgt. Es war der 13. April, und sie waren auf dem Weg zum Salone del Mobile in Mailand. Auf der Rückbank lagerten gut verpackt die beiden Lampen-Prototypen, die Antonella auf der Möbelmesse einigen Herstellern präsentieren wollte – in der Hoffnung, einen Produzenten zu finden, der sie auf den Markt bringen wollte.

»Was?« Antonella hatte gerade ihren iPod ans Autoradio gestöpselt und war auf der Suche nach der passenden Musik für die Reise.

»Na ja, dass wir das Prinzesschen alleine lassen …«

»Wieso denn alleine?« Sie sah ihren Mann fragend an. »Sie hat einen ganzen Stab an hingebungsvollen Betreuern, die sie vermutlich nach allen Regeln der Kunst verwöhnen werden.«

»Genau das meine ich. Wir lassen unser Kind in der Obhut deiner schusseligen fünfundachtzigjährigen Großmutter, deines Bruders, dessen Kernkompetenz auch nicht gerade in der Kindererziehung liegt, und einer verwitweten Egozentrikerin, die kaum dazu imstande ist, ihr *eigenes* Leben irgendwie zu bewältigen!« Adrian starrte mit düsterer Miene und schmalen Lippen auf die Fahrbahn.

»Was ist denn mit dir plötzlich los? Es ist doch nicht so, dass wir Elisa in einer Nacht-und-Nebel-Aktion irgendwelchen Fremden auf die Türschwelle gelegt hätten. Und was hast du plötzlich gegen Oma Rosi? Sie ist superfit für ihr Alter und wird das alles bestens im Griff haben.«

»Sie sagt immer Andi zu mir!«

»Oh, das ist natürlich ein schwerer Charakterfehler …« Antonella schüttelte den Kopf. »Ich finde, mit Andi kommst du noch ganz gut weg. Gianluca nennt sie immer Luki, Giovanni ist Hansi, und ich bin abwechselnd Toni oder ›das Mädel‹.«

»Und aus Elisa wird dann vermutlich Lissi.«

»Nein, da hat sie sich schon auf Elli festgelegt.« Antonella grinste. Sie hatte nicht vor, sich den Spaß an der Reise verderben zu lassen. »Giovanni betet seine Nichte an und hat seinen Babysitterjob schon öfter prima erledigt. Und dass Katia ebenfalls mitmachen darf, war ja wohl auch deine Idee. Außerdem standen deine Eltern ja mal wieder nicht zur Verfügung.«

»Ja, ja, ja«, murmelte er.

»Jetzt sei nicht so muffelig, Hase!«, sie streichelte seinen graumelierten Nacken. »Unser Sternchen hat ein so sonniges Gemüt, die wird mit denen schon fertig!«

Adrian aber wollte sich nicht besänftigen lassen. Er hatte kein gutes Gefühl bei der Sache und war ernsthaft irritiert, dass Antonella seine Bedenken so leichtfertig abtat. Übermäßiges mütterliches Geglucke konnte man ihr wahrhaftig nicht vorwerfen. »Das Ganze ist sowieso eine Schnapsidee«, grummelte er, »du glaubst doch nicht ernsthaft, dass du einfach mit deinen Lampen unterm Arm über die Messe schlenderst und sich die Aussteller darum prügeln, wer sie produzieren darf?«

»Sag mal, spinnst du jetzt völlig?« So langsam kam nun auch Antonella die gute Stimmung abhanden. »Ich habe bereits vor zwei Wochen mit drei verschiedenen Herstellern Termine vereinbart. Die haben Fotos, Skizzen und Konstruktionspläne von meinen Lampen und wollen sich gerne mit mir treffen. Ansonsten will ich mich umsehen und Kontakte mit Textil- und Möbelproduzenten machen, mit denen ich bei zukünftigen Projekten zusammenarbeiten möchte. Für wie naiv hältst du mich eigentlich?« Sie sah ihn angriffslustig an, und als er nicht sofort antwortete, fuhr sie fort: »Und außerdem wollten wir die Tage in Italien doch auch ein bisschen für uns nutzen. Es ist schließlich das erste Mal, dass wir beide alleine verreisen.«

»Allerdings, aber ich brauche dich wohl auch nicht daran zu erinnern, dass das nicht an mir lag!«

»Wie lange willst du mir die alte Geschichte eigentlich noch vorhalten?« Adrians wenig subtile Anspielungen auf ihren eher holprigen Beziehungsstart machten sie nun erst richtig wütend. Antonella war damals quasi nach der ersten Nacht schwanger geworden, aber diverse Missverständnisse hatten die fragile Liebe zunächst nachhaltig auf Eis gelegt. Richtig zusammengekommen waren sie dann erst kurz vor Elisas Geburt, und da gab es keine Chance mehr auf einen gemeinsamen Urlaub. Und ihren Mini-Honeymoon letztes Jahr im September hatten sie zu dritt auf dem Weingut von Adrians Schwester im Piemont verbracht.

Er sagte nichts.

»Weißt du, darauf habe ich wirklich nicht die geringste Lust! Wenn du lieber zuhause deine Midlifecrisis, oder was auch immer das jetzt sein soll, ausleben möchtest, dann dreh jetzt um, und ich fahre alleine nach Mailand. Für mich ist diese Reise nämlich wichtig. Falls du aber doch mitkommen möchtest, verschone mich bitte mit deiner miesen Laune und den idiotischen Vorhaltungen.« Mit diesen Worten setzte Antonella ihre Sonnenbrille auf und drehte die Musik lauter.

So ärgerlich die Reise auch begonnen hatte, so überaus erfreulich gestaltete sich der weitere Verlauf. Adrian war natürlich nicht umgekehrt. Allerdings waren die gut sechshundert Kilometer bis Mailand eher schweigsam verlaufen. Zeit genug für beide, über einiges nachzudenken. Als sie am Abend in ihrem Hotel angekommen waren, hatte sich Antonellas Ärger schon wieder komplett verzogen. Sie hatte ein kleines, schnuckeliges Hotel mitten in der City gebucht und Adrian damit überrascht, dass sie in einem nahe gelegenen winzigen Restaurant ein romantisches Candle-Light-Dinner arrangiert hatte und in ihrem Zimmer eine Flasche Champagner auf Eis bereitstand. Diverse Anrufe zuhause in Frankfurt – bei Oma Rosi und Giovanni – hatten weiter zur Beruhigung beigetragen. »Ich war ein ziemlicher Idiot«, stellte Adrian während des Abendessens zerknirscht fest.

»Kann schon mal vorkommen.« Antonella winkte großzügig ab.

»Kannst du mir verzeihen?«

»Natürlich verzeihe ich dir!« Sie musterte ihn lächelnd. Er hatte heute auf seine übliche Anwaltskluft verzichtet und trug ein weißes Hemd zu Jeans und einem lässigen Sakko. Morgen würde er bestimmt wieder völlig akkurat im Anzug auftreten, aber unrasiert, wie er war, mit seinen leicht verstrubbelten grauen Haaren und dem aufmerksamen Blick aus den blauen Augen fand sie ihn unwiderstehlich.

Er strahlte sie an, was hinreißende Lachfältchen in sein Gesicht zauberte. Dann sagte er ernst: »Es tut mir leid, dass ich dich immer wieder unterschätze. Ich müsste es langsam wirklich besser wissen. Nur fürs Protokoll: Ich halte dich für eine wirklich gute Mutter und eine tolle Geschäftsfrau!«

»Danke.« Sie sah ihn ein wenig überrascht an, so feierlich kannte sie ihn sonst gar nicht. Dann fing sie sich jedoch schnell und fügte augenzwinkernd hinzu: »Und wenn du jetzt endlich mal aufisst, kann ich dir auch beweisen, was für eine großartige Geliebte ich bin!«

Auch die nächsten Tage verliefen außerordentlich erhebend. Antonella hatte sich mit allen drei interessierten Lampenherstellern getroffen und ihre Prototypen präsentiert. Sie hatte zwei Modelle dabei, eine Tisch- und eine Deckenleuchte, filigrane Metall-Holz-Gebilde, die sich ohne weiteres auch in verschiedenen Größen produzieren lassen würden. Adrian war sehr beeindruckt von Antonellas Verhandlungsgeschick und vor allem von ihren überraschenden Sprachkenntnissen. Er erinnerte sich wie gestern an den Tag vor drei Jahren, als sie nach Frankfurt in seine Kanzlei gekommen war, um ihr Erbe anzutreten. Sie hatte sich um Kopf und Kragen geredet, weil sie nicht zugeben wollte, dass sie, obwohl Halbitalienerin, die Sprache ihres Vaters nur äußerst rudimentär beherrschte. Jetzt parlierte sie gewandt, charmant und vor allem italienisch mit den Vertriebsleuten der Designfirmen. Dass der Sprachunterricht, den sie seit einem guten Jahr nahm, so durchschlagenden Erfolg haben würde, damit hatte er nicht gerechnet. Vielmehr hatte er angenommen, dass er sich als Dolmetscher würde nützlich machen müssen. Aber auch seine Rolle als staunendstolzer Begleiter gefiel ihm von Tag zu Tag mehr. Als sie sich am dritten Abend zum Essen trafen – Adrian hatte den Nachmittag mit einem ehemaligen Studienkollegen verbracht –, erzählte sie mit glühenden Wangen von ihren jüngsten Triumphen. »Vorhin hat mich Carlo Tozzi von Balducci Design angerufen. Übermorgen sind der Chefdesigner und der Inhaber auf der Messe, und die wollen mich kennenlernen!«

»Wow, ich freu mich für dich! Balducci, das sind doch die aus Florenz, oder? Die haben auf mich auch den besten Eindruck gemacht. Meine Frau wird noch zur international gefeierten Lampen-Designerin.« Er lächelte sie schelmisch an. »Dann kann ich mich ja zur Ruhe setzen.«

»Genau, und hauptamtlicher Hausmann werden, der sich um die Kinder, den Hund und den Haushalt kümmert.«

»Wieso Kinder? Gibt es da vielleicht etwas, das du mir sagen möchtest?«, fragte er mit leichtem Stirnrunzeln.

»Schon erstaunlich, dass dich die Aussicht, dein Leben als Hausmann zu fristen, weniger beunruhigt als weiterer Nachwuchs …« Antonella sah ihn herausfordernd an.

»Bist du etwa schwanger? Du hast mir doch noch an Weihnachten erklärt, dass ein zweites Kind für dich im Moment nicht in Frage käme. Die Gründe waren – lass mich überlegen, damit ich die Reihenfolge richtig hinbekomme –, weil es erstens mit Elisa schon kompliziert genug sei, weil zweitens Hugo's Affairs ohne Georgia kaum unter Kontrolle zu kriegen sei und du drittens endlich mal wieder mehr Sport treiben wolltest.«

»Du hast vergessen, dass ich auch mehr Zeit mit dir verbringen wollte! Und nein, ich bin nicht schwanger!! Aber ich habe über all das nachgedacht, übrigens auch über deine Argumente: Also erstens ist es mit Elisa eigentlich gar nicht schwierig, und ein zweites Kind könnte genauso gut in die Krippe gehen wie sie. Und zweitens läuft Hugo's Affairs dank dem großartigen Christian inzwischen besser denn je. Der Junge kümmert sich um den ganzen langweiligen Kram, und ich kann mich voll aufs Design konzentrieren.«

»Du hast dein brennendes Verlangen nach mehr Sport und einer Triathlon- oder wenigstens Marathon-Teilnahme in diesem Jahr unterschlagen.« Langsam machte sich ein leichtes Grinsen auf Adrians Gesicht bemerkbar.

»Ach, das habe ich doch immer noch vor. Wer sagt denn, dass es so schnell klappt?«

»Na ja, das letzte Mal musste ich dich nur intensiv anschauen, und schon warst du schwanger.« Das Grinsen wurde breiter.

»Jetzt übertreib mal nicht. Ganz so einfach war's auch wieder nicht. Erst war eine Gehirnerschütterung nötig und eine offene Schnittwunde, die mit Antibiotika behandelt werden musste. Dieses Mal würde ich, ehrlich gesagt, die konventionellere Methode vorziehen und einfach die Pille absetzen. Bist du dabei?«

»Jederzeit, aber vielleicht können wir heute ausnahmsweise in Ruhe unser Essen beenden und nicht wieder überhastet nach der Vorspeise das Lokal verlassen ...«

Währenddessen lief es in Frankfurt auch ziemlich rund – allerdings nicht so, wie Katia sich das gewünscht hätte. Elisa fühlte sich wie die Made im Speck und war quietschfidel. Katia dagegen sah aus wie die Made im Speck und war darüber alles andere als glücklich. Sie hatte, seit sie letzten Winter nach Deutschland gekommen war und nicht mehr von ihrer Köchin in London makrobiotisch versorgt wurde, schon gute sechs Kilo zugenommen und litt langsam an einem ernstzunehmenden Klamottenproblem. Zwar war sie, dank ihrer Pelz- und Schmuckverkäufe, wieder ein bisschen flüssig, aber an eine wirklich adäquate Garderobe war natürlich nicht zu denken. Sie brauchte ihr Geld für die Miete und die alltäglichen Haushaltsausgaben – unfassbar, wie teuer allein Lebensmittel waren! – und konnte sich Besuche in den Goethestraße-Boutiquen schlicht nicht erlauben. Und dass sie bei Zara oder gar H&M einkaufen ging, war absolut undenkbar. Sie mochte ja tief gesunken sein, aber es hatte alles Grenzen. Dass Antonella das nicht nachvollziehen konnte, war natürlich typisch. Aber Antonella hatte ja auch gut reden. Die war eins achtzig groß, hatte eine perfekte Figur und konnte anziehen, was sie wollte. Sie sah selbst in den billigen Fähnchen, die sie so gerne trug, noch cool und schick aus. Katia dagegen war mit ihren eins fünfundsechzig schon von Natur aus eher kurvig gebaut und ging in ihrer aktuellen Selbsteinschätzung gerade dramatisch in Richtung Barock.

Jetzt jedoch schien sie eine Lösung für ihr Problem gefunden zu haben. Vorhin hatte sie, um Rosemarie Huber – oder Oma Rosi, wie sie sich auch von Katia nennen ließ – aus dem Weg zu gehen, ausführlich im Speicher gestöbert. So wie es dort oben aussah, war da ewig keiner mehr gewesen. Sie hatte dort neben reichlich Krimskrams auch zwei große alte Schrankkoffer gefunden, die wohl der verstorbenen Tante Elsa gehört hatten und die sich als wahre Schatztruhen erwiesen. Antonella hatte ihr in den schillerndsten Farben die Wohnung beschrieben, die sie vor drei Jahren von ihrer Großtante geerbt hatte, und auch Rosi hatte bestätigt, dass ihre Schwester ein recht exzentrischer Mensch gewesen war. In den Koffern fand Katia jedenfalls traumhafte Kleider aus den fünfziger und sechziger Jahren – perfekt erhalten und ausschließlich von akzeptablen Modeschöpfern. Und das Beste: Sie passten! Sie suchte sich ein zartlila Kleid, einen hellbeigen Rock und drei Blusen heraus und klingelte mit Olga im Schlepptau in der Erdgeschosswohnung. Rosi öffnete mit der vergnügten und sehr pausbäckig aussehenden Elisa auf dem Arm die Tür. »Kathi, mein Schatz, komm rein. Hast du Hunger? Ich habe gerade einen Apfelkuchen gebacken, und den kann ich ja schlecht alleine essen. Ich wollte dich sowieso schon holen, weil ich wieder vergessen habe, wie diese komische Kaffeemaschine funktioniert. Warum habt ihr jungen Leute eigentlich keine vernünftigen Filtermaschinen mehr, sondern nur noch diese ›Espressoautomaten‹?«

Eine Antwort erwartete sie auf keine ihrer Fragen – so war es gestern gewesen und vorgestern und auch am Dienstag. Katia zählte langsam die Tage, bis Antonella und Adrian wieder da sein würden, denn neben der Kaffeestunde wurde sie auch täglich zum Abendessen erwartet: Es hatte schon Schweinebraten, Wiener Schnitzel und Brathähnchen gegeben, selbstverständlich immer mit üppigen Beilagen. Da heute Freitag war, rechnete Katia mit Fisch, wenigstens einmal etwas leichtere Kost. Das alles erinnerte sie sehr an ihre Kindheit. Ihre eigene Großmutter war genauso gewesen. Katia legte die Kleidung vorsichtig über eine Stuhllehne, entlockte der Kaffeemaschine etwas, das in etwa zwei Tassen »normalem Kaffee« entsprach, und nahm am Küchentisch Platz. Dort bekam sie Elisa auf den Schoß gesetzt und ein riesiges Stück Apfelkuchen mit einem Berg voller Schlagsahne vor die Nase gestellt. Auch Hugo und Olga saßen in aufmerksamer Haltung brav nebeneinander und erwarteten die nachmittägliche Wohltat. Die kam in Form von zwei Näpfen, die ebenfalls mit Apfelkuchen und Schlagsahne gefüllt waren und noch eine liebevolle Dekoration aus Hundekeksen bekommen hatten. Katia schüttelte stumm den Kopf, Widerstand war ohnehin zwecklos, warum also sinnlos Worte vergeuden? Sie würde eben nach Rosis Abreise mit Olga und Hugo ein paar Extrarunden laufen müssen. Im letzten Augenblick konnte sie noch das Baby davon abhalten, mit voller Wucht in die Sahne zu patschen. Dann nahm sie ihre Gabel und schob sich das erste Stück Kuchen in den Mund. Mit einem verzückten Seufzer ergab sie sich ihrem Schicksal. Denn ebenso sicher wie die regelmäßige Kuchenorgie für Mensch und Tier kam nun das tägliche Lamento über Katias Verhältnis zu ihren Eltern – oder vielmehr das nicht vorhandene. Geduldig hörte sie sich in den nächsten Minuten an, wie schlimm es für ihre Eltern gewesen war, dass ihnen das einzige Kind den Rücken gekehrt hatte. Das wusste sie deshalb so gut, weil sie natürlich immer noch regen Kontakt mit ihnen pflegte. Die Metzgerei Fuchs war eines von Rosis gesellschaftlichen Zentren in München – »Ich habe nie bessere Weißwürste gegessen!« Dass das Ehepaar Fuchs an der Entfremdung zur eigenen Tochter auch nicht ganz unschuldig war, ließ die alte Dame als Argument nicht gelten. »Familie muss immer zusammenhalten! Deine Eltern haben dir dein Leben geschenkt und dich liebevoll großgezogen, da gehört es sich einfach nicht, wenn du sie verlässt!« Katias Großmutter war vor drei Jahren gestorben, auch das hatte sie erst von Rosi erfahren, und es hatte ihr einen gewaltigen Stich gegeben. Denn zu ihrer Oma hatte sie immer ein besonderes Verhältnis gehabt. Im Gegensatz zu ihren Eltern, die praktisch rund um die Uhr im Geschäft eingespannt waren, hatte sie sich immer Zeit für die kleine Kathi genommen. Mit ihr hätte sie schon gerne noch einmal gesprochen. Aber dafür war es nun zu spät. Apropos: »Kind, gib dir einen Ruck, ehe es zu spät ist! Wenn du dich nicht mit ihnen versöhnst, wird es dir vielleicht ewig leidtun.«

Möglicherweise war es wirklich langsam an der Zeit, dass sie sich mit ihren Eltern aussprach, aber sie brachte das einfach noch nicht fertig. Nicht in ihrer aktuellen Situation. Als sie ihren Kuchen aufgegessen hatte, unterbrach sie deshalb den Redefluss der alten Frau: »Rosi, mal was ganz anderes. Ich habe heute mal den Speicher durchgesehen. Das hatte ich Antonella versprochen, schließlich will ich mich doch ein bisschen nützlich machen. Jedenfalls habe ich eine ganze Menge Sachen von deiner Schwester Elsa gefunden, zumindest glaube ich, dass sie von ihr sind. Unter anderem zwei große Koffer voller toller Kleider.« Katia deutete auf den kleinen Haufen, den sie über einen Stuhl gelegt hatte. »Die Sachen sind wirklich sehr, sehr schön und passen mir auch einigermaßen. Meinst du, ich könnte sie haben?«

»An das Kleid erinnere ich mich!« Rosi lächelte und befühlte mit ihrer vom Alter gezeichneten fleckigen Hand den zarten Stoff. »Das muss Mitte der Fünfziger gewesen sein. Wir waren alle sehr besorgt um sie. Sie war damals schon über dreißig und immer noch nicht verheiratet. Ich hatte zu der Zeit schon zwei Kinder, obwohl ich fast fünf Jahre jünger war als sie. Jedenfalls tauchte sie eines Tages bei uns zum Kaffee auf und hatte Oskar dabei. Den stellte sie strahlend als ihren Verlobten vor. Da hatte sie dieses Kleid an und sah großartig aus. Ich bin mir sicher, sie hätte nichts dagegen, wenn du es jetzt trägst!«

»Ich müsste es nur minimal ändern, genau wie den Rock hier. Antonella müsste irgendwo eine Nähmaschine haben.«

»Du kannst nähen?« Rosi musterte sie skeptisch. »Wenn ich da an das Debakel von vorgestern denke, als du dir selbst die Haare gefärbt hast …«

Katia rollte mit den Augen. Ja, das Haarefärben war nicht so toll gewesen. Zumindest nicht für das Badezimmer. Ihre Haare sahen ziemlich akzeptabel aus – für Drogeriefarbe –, aber das Bad und die Handtücher hatten schlimm gelitten. Die Fließen und die Badewanne hatte sie mit Rosis Hilfe wieder sauber bekommen, aber die Handtücher würde zukünftig nur noch Olga benutzen. Doch daraus auf eine generelle Lebensunfähigkeit zu schließen, fand sie schon ein bisschen unfair. »Ja, ich kann nähen!«, sagte sie deshalb bestimmt. »Ich habe als Teenie meine ganzen Klamotten selbst gemacht und wollte sogar Modedesign studieren. Ich bin mir ganz sicher, dass ich es nicht verlernt habe!«

Drei Stunden später stand Giovanni vor der Tür. Auch er musste sich seine tägliche Dosis Oma Rosi abholen, zusammen mit dem Abendessen. In seinem Fall war das Thema der Wahl jedoch sein anhaltender, hartnäckiger Junggesellenstatus. »Es ist einfach nicht zu fassen, Bub, du bist zweiundvierzig Jahre alt und ein richtiger Windhund! Hansi, ich sag dir, das wird noch böse mit dir enden. Glaubst du etwa, Frauen im heiratsfähigen Alter wollen einen angejahrten Windhund haben? Stimmt's nicht, Kathi?« Katia musste an dieser Stelle immer zustimmend nicken, doch es fiel ihr täglich schwerer, dabei ernst zu bleiben. Diesmal verschluckte sie sich vor Lachen beinahe an der Grießnockerlsuppe, die es heute vor dem Hauptgang gab, denn: »Vom Fisch alleine wird man ja nicht satt!«

»Vielleicht hat ja Kathi Interesse an einem Windhund«, warf Giovanni nun ein und zwinkerte ihr verschmitzt zu. »Du siehst übrigens toll aus! Neues Kleid?«

Moment mal, das war eine nicht autorisierte Abweichung vom Protokoll, dachte Katia, doch ehe sie reagieren konnte, stieß Rosi einen begeisterten kleinen Schrei aus. »Das ist ja die Lösung schlechthin! Dass ich da nicht selbst drauf gekommen bin. Kathi und Hansi, das ist einfach perfekt. Ihr habt euch doch schon als Kinder so gerngehabt, oder? Und Bub, das Kleid, das sie trägt, stammt von deiner Großtante Elsa. Die hatte es an, als sie uns ihren zukünftigen Mann vorgestellt hat. Das ist ein Zeichen!«

»Ja, und vielleicht ein klitzekleines bisschen voreilig«, warf Giovanni ein.

Allerdings wurde er sofort wieder von seiner Großmutter unterbrochen, die nun begann, Katias Vor- und Nachteile zu beleuchten: »Das ist kein bisschen voreilig! Man muss doch auch bedenken, dass sie nicht mehr die Jüngste ist. Und verheiratet war sie auch schon. Aber das ist ja in ihrem Alter keine Schande. Wenigstens ist sie nicht geschieden, sondern verwitwet, dann könnt ihr problemlos kirchlich heiraten. Und schau sie dir doch an, für Mitte dreißig ist sie wirklich gut in Schuss. Sie behauptet zwar, dass sie zu dick ist, aber das ist doch völliger Unsinn!«

»Kompletter Unfug!«, bestätigte Giovanni mit einem frechen Grinsen.

Katia wäre jetzt gerne gestorben oder wenigstens auf der Stelle in einem tiefen, schwarzen Loch versunken. Immerhin verfolgte Rosi das Thema nicht weiter, sondern räumte die Suppenteller ab und machte sich am Fisch zu schaffen. Giovanni nutzte die unverhoffte Pause für einen abrupten Themenwechsel. »Zurzeit ist echt viel los, der Laden brummt. Und Antonella hat mich vorhin angerufen und erzählt, dass sie vielleicht einen Hersteller für ihre Lampen gefunden hat. Allerdings hat sich gestern die Schneiderin, die die ganzen Näharbeiten für uns macht, den Arm gebrochen und fällt für mindestens sechs Wochen aus.«

Katia rang sich einen mitfühlenden Blick ab, aber eigentlich hörte sie kaum zu. Sie war viel zu sehr damit beschäftigt, sich von dem peinlich-plumpen Verkupplungsversuch zu erholen.

»Christian und Jenny waren heute den ganzen Tag in totaler Panik, weil sie versucht haben, einen Ersatz zu finden, denn offensichtlich war die Schneiderin mitten in einem großen Auftrag für eine Wohnung, die nächsten Mittwoch fertig sein muss. Ich glaube, sie sind immer noch im Büro, aber am Wochenende werden sie bestimmt niemanden auftreiben. Am Ende werden sie wohl selbst versuchen, die Kissen und Vorhänge zu nähen. Antonella haben sie jedenfalls nichts gesagt.«

»Aber da könnte sich doch Kathi nützlich machen!«, rief Rosi vom Herd aus. Offensichtlich war sie die ganze Zeit auf Empfang geblieben. »Du brauchst gar nicht so zu schauen«, tadelte sie ihren Enkel, »sie hat vorhin dieses Kleid und einen Rock geändert. Da sind so ein paar Vorhänge ein Klacks für sie.«

»Könntest du das wirklich?«, fragte er ungläubig.

»Klar, ich kann mir die Sachen ja mal ansehen. Wenn es tatsächlich nur Vorhänge und Kissenbezüge sind, wird es schon nicht so schwierig sein.«

»Dann sag ich gleich den Kids Bescheid, dass sie das ganze Material ins Loft schaffen. Die werden überglücklich sein! Und wer weiß, wenn du deine Sache gut machst, muss dir Hugo's Affairs am Ende einen Job anbieten.« Er strahlte sie an. »Ist fürs Erste vielleicht besser, als gleich zu heiraten …«

KAPITEL 7
Eierdiebe

»Katia, Telefon!«, rief Jenny quer durchs Loft. Am anderen Ende des großen Raums saß Katia an ihrem improvisierten Schneidertisch und nähte Kissenbezüge. Sie stand auf und ging zu Jennys Schreibtisch. Wer das wohl war? Es wusste doch keiner, dass sie seit gut vier Wochen bei Hugo's Affairs arbeitete – bisher noch als Aushilfe für die verletzte Näherin, aber ehrlich gesagt hoffte sie auf einen richtigen Job. Denn der Umgang mit den wunderschönen Stoffen machte ihr enorm viel Spaß, und sie sprühte nur so vor Ideen. Fragend sah sie Jenny an, die ihr mit den knappen Worten »Ein Damos oder so für dich!« den Hörer reichte und anschließend interessiert zuhörte.

»Damianos? – Was willst du? – Woher hast du überhaupt diese Nummer? – Das hatten wir doch schon geklärt. – Und daran hat sich auch nichts geändert! – Ruf hier nicht wieder an, verstanden?« Katia legte auf und atmete tief durch.

»Probleme?« Jenny hatte ein boshaftes kleines Lächeln in den Mundwinkeln. Es war ihr ein Riesendorn im Auge, dass Katia sich jetzt offenbar hier bei Hugo's Affairs einnistete. Sie hielt sie exakt für die Schwarze Witwe, als die sie in der Presse dargestellt wurde. Erst letzte Woche hatte sie gelesen, wie Annalena die Asche von Katias Mann im Meer verstreut hatte. Das war so was von romantisch gewesen … Aber am meisten ging ihr auf die Nerven, dass nicht nur Giovanni einen Riesentanz um Katia machte, sondern inzwischen sogar Christian die Seiten gewechselt hatte. Erst war er ja auch der Meinung gewesen, dass sie ein berechnendes Biest sei, seit sie aber vor vier Wochen den Stoffauftrag gerettet hatte, fraß er ihr aus der Hand. Heute Morgen hatte er sie sogar gefragt, ob sie ihm ein paar neue Sofakissen nähen könnte. Unfassbar!

Probleme? Die Kleine hatte ja keinen Schimmer, dachte Katia, antwortete jedoch forciert fröhlich: »Nein, nein, alles in Ordnung. Ich mag es nur nicht, wenn ich bei meiner Arbeit unterbrochen werde ...«

»Nicht schon wieder!« Antonella hatte nicht weiter auf Katia und Jenny geachtet, sondern intensiv über einem Entwurf gebrütet. Jetzt hatte sie wildes Gebell aus dem Hof hochgeschreckt, dem dramatisches Geheul aus Christians Büro folgte. »Halt die Klappe, Hugo!«, brüllte sie »Und hör auf, an der Tür zu kratzen!!« Sie sah aus dem Fenster. Im Hof rannte aufgeregt bellend ein roter Setter hin und her. Giovanni versuchte – erfolglos – das Tier zu verscheuchen. »So geht das echt nicht weiter«, sagte sie genervt in Richtung Katia.

»Was soll ich denn machen?« Katia zuckte mit den Schultern und deutete vage auf Olga, die Ursache des Tumults. Die Hündin war gerade heiß und versetzte die Rüden der Umgebung seit etwa zehn Tagen in schlimme Liebesräusche. Aktuell räkelte sie sich aber ganz entspannt mitten im Raum, offensichtlich völlig unbeeindruckt von dem Aufruhr, den sie verursachte. »In einer Woche ist der Zauber vorbei.«

»Ich weiß nicht, ob ich das noch eine Woche durchhalte. Hugo jedenfalls ganz sicher nicht! So viel Temperament hätte ich dem Zwerg gar nicht zugetraut ... Ich wollte gestern schon einen Tierarzttermin machen und ihn kastrieren lassen, aber da ist Adrian auf die Barrikaden gegangen. Der Hund müsse unversehrt bleiben, so stehe es im Testament. Blablabla. Das steht da natürlich überhaupt nicht. War nur wieder eine typisch männliche Reaktion: Frau sagt was von ›Eier ab‹, und Mann dreht durch.« Antonella rollte gereizt mit den Augen.

»Aber wie auch immer, das kann jedenfalls kein Dauerzustand werden. Dann muss halt Olga sterilisiert werden.«

»Auf gar keinen Fall!«, empörte sich Katia. »Erstens heißt es auch kastriert und würde akut sowieso nicht gehen, und zweitens soll sie doch mal Babys haben …«

»Olga? Babys?« Das Konzept, dass auch Haustiere sich vermehren konnten, war Antonella völlig fremd. Sie hatte sich zwar inzwischen an ihr pelziges Erbe gewöhnt, und Olga mochte sie auch gerne, aber mehr als die beiden musste nun wirklich nicht sein.

»Na ja, sie kommt aus einer tollen Zucht und ist sogar englische Jugendsiegerin geworden.«

»Bitte erzähle mir jetzt nicht, dass du mit dem Tier auf Ausstellungen warst!«

»Natürlich war ich auf Ausstellungen! Das haben alle meine Freundinnen in London mit ihren Zwergpudeln, Jack Russells oder Französischen Bullys gemacht. Die haben über meinen ›ungehobelten Riesenterrier‹ erst dumme Witze gemacht und dann groß geschaut, als wir so erfolgreich waren. Und ich hätte das bestimmt noch ausgeweitet, wenn nicht – du weißt schon – dazwischengekommen wäre. Ich muss mich mal hier beim deutschen Zuchtverband informieren und …« Sie sprach nicht weiter, weil Antonella sich die Ohren zuhielt.

»Gnade!!! Bitte keine weiteren Tieranekdoten-Hundeausstellungs-Zuchtschönheiten-Welpenplanungs-Geschichten mehr! Dafür habe ich echt keinen Nerv. Gestern hat mich Franziska gefragt, ob sie einen Stall für ihre verwöhnten Meerschweinchen im Hinterhof aufstellen dürfte, damit die Biester an der frischen Luft sind. Vermutlich hat sie keine Lust mehr auf den Mief in der Wohnung.«

»Das hast du ihr doch hoffentlich nicht erlaubt?« Katia riss entsetzt die Augen auf.

»Doch. Warum auch nicht?«

»Es ist dir vielleicht noch nicht aufgefallen, aber Olga ist ein großer Hund mit vielen großen Zähnen und einem ausgeprägten Jagdtrieb. Die wird bestimmt begeistert sein von einem kleinen Nagersnack zwischendurch.«

»So schlimm wird es schon nicht werden«, beschwichtigte sie Antonella. »Dann muss die großartige Airedale-Schönheit halt statt eines weiteren Beautyprogramms einen Benimmkurs absolvieren.«

»Antonella, ich weiß nicht, ob dir das schon mal jemand gesagt hat, aber du hast wirklich überhaupt keine Ahnung von Hunden!«, stöhnte Katia.

»Da magst du Recht haben. Und ehrlich gesagt wünsche ich mir oft, dass Hunde ein Thema wären, mit dem ich mich zurzeit nicht so intensiv beschäftigen müsste. Aber wie es oft ist im Leben: Man bekommt nur selten, was man will. Kommt dir das irgendwie bekannt vor?«

»Ich gebe auf.« Katia winkte ab. »Die große Meisterin hat gesprochen, und das dumme Fußvolk hat sowieso nichts zu melden. Warum wundert mich das überhaupt? Das war doch schon immer so …« Sie drehte sich um und ging an ihren Arbeitsplatz zurück. Ganz so einfach schien das Freundschaftsrevival dann doch nicht zu werden.

»Das ist wieder einmal typisch, wenn dir nichts mehr einfällt, geht's ab in den Schmollwinkel!«, rief ihr Antonella hinterher.

Jenny hatte den Disput mit wachsender Begeisterung verfolgt. Würde sich am Ende also doch noch alles zum Guten wenden und Katia wieder rausfliegen? Jetzt räusperte sie sich vernehmlich und sah Antonella erwartungsvoll an.

»Was ist?«, blaffte diese zurück.

»Ich wollte nur sagen, dass ich finde, dass du absolut Recht hast. Das mit Olga ist echt eine Zumutung. Vor allem für den armen Hugo. Der leidet wie ein Tier.«

»Was wohl in erster Linie daran liegt, dass er eines ist«, stellte Antonella mürrisch fest. »Übrigens, Jenny, ich finde deine ständigen Versuche, schlechte Stimmung gegen Katia zu machen, ziemlich daneben. Und vor allem nutzlos! Denn sie ist leider um Klassen besser als unsere alte Näherin. Wie es aussieht, werden wir ihr hier wohl ein richtiges Atelier einrichten müssen …« Sie starrte ihre Sekretärin an, die etwas eingeschüchtert wirkte. »Also keine weiteren Intrigen mehr, und den Ausdruck ›Schwarze Witwe‹ will ich auch nicht mehr hören. Ist das klar?«, fügte sie leiser hinzu. Jenny nickte.

»Ein richtiges Atelier?« Katia saß inmitten ihrer Stoffmassen und starrte mit tellergroßen Augen in Richtung Antonella.

»Ich wollte es eigentlich feierlicher machen, aber ihr habt mir ja keine Chance gelassen …« Antonella seufzte melodramatisch, musste sich aber schon wieder ein Lächeln verkneifen. Die Mienen von Jenny und Katia waren einfach zu komisch. Die eine aschfahl vor Entsetzen, die andere wie ein Kleinkind vorm Weihnachtsbaum. Dann sah sie auf ihre Uhr. »Ihr Lieben, ich muss los!« Sie raffte ihre Sachen zusammen und befreite Hugo aus seinem Gefängnis. Ehe er sich wie von Sinnen auf Olga stürzen konnte, klemmte sie ihn sich unter den Arm. Im Rausgehen rief sie noch: »Du kannst dich übrigens bei Giovanni und Christian bedanken, die haben sich schwer für dich ins Zeug gelegt!« Sie hörte ein ersticktes Geräusch und sah, wie Jenny sich den Mund zuhielt und anschließen leise murmelte: »Erschießt mich bitte jemand?«

Die nächsten Wochen entwickelten sich außerordentlich erfreulich. Die Hundekrise war vergessen, die diversen Fehdehandschuhe wieder weggepackt, und das Geschäft boomte. Antonella hatte inzwischen den Vertrag mit Balducci Design unterzeichnet. Nächstes Jahr würde ihre erste Leuchten-Kollektion auf der Möbelmesse vorgestellt werden – eine Steh-, eine Decken- und zwei verschiedene Tischlampen. Im Loft hatten sie etwa fünfzig Quadratmeter mit Leichtbauwänden abgetrennt und ein richtiges Schneideratelier eingerichtet. Dort lief Katia täglich zur Höchstform auf. Die Arbeit machte ihr unglaublich viel Freude, und sie hatte angefangen, neben den Auftragsarbeiten auch eigene Musterteile zu fertigen. Sie produzierte Tischdecken, Bettwäsche, Kissenbezüge, Decken und Vorhänge im Akkord. Außerdem fertigte sie aus Stoffresten Hundehalsbänder und Leinen. Die waren zwar in erster Linie für Hugo und Olga gedacht, aber inzwischen hatte sie schon diverse Sets an begeisterte Kunden verkauft. Sie fühlte sich langsam heimisch – hier in Frankfurt und vor allem in ihrem neuen Leben. Und dass es so erfüllend sein könnte, für sich selbst zu sorgen, hätte sie auch nie gedacht. Natürlich war sie Lichtjahre von ihrem bisher gewohnten Lebensstandard entfernt, aber außer ihren aufwändigen Schönheitsritualen vermisste sie nichts. Ihre letzte Botox-Injektion lag inzwischen acht Monate zurück, und die Bleaching-Peelings waren auch nicht mehr drin. Das Ergebnis waren nervige Sommersprossen auf ihrer sonst makellosen Porzellanhaut und deutliche Stirnfalten. Antonella hatte das gewohnt pragmatisch kommentiert: »Jetzt siehst du endlich aus wie ein normaler Mensch!« Eine ähnlich niveauvolle Bemerkung wie »Nun passen deine Silikonmöpse wenigsten zum restlichen Körper!« als Antwort auf ihre Gewichtsklagen. Die Nadel auf der Waage zeigte nämlich weiterhin in die völlig falsche Richtung. Nun ja, egal, sie war aktuell sowieso an keiner Beziehung interessiert, und deshalb war es gleichgültig, wie sie aussah. Sie dachte an den Spruch, den sie kürzlich irgendwo gehört hatte: »Wie wäre die Welt ohne Männer? Voller glücklicher, dicker Frauen!« Wohl wahr. Natürlich hatte sie nicht ernsthaft vor, ewig Single zu bleiben. Irgendwann würde sie sich den nächsten reichen Mann suchen. Aber bis dahin wollte sie ihr selbstbestimmtes Leben genießen! Und am Üppigkeitsfaktor würde sich in absehbarer Zeit sowieso nichts ändern, denn inzwischen war es Juni und die Fußballweltmeisterschaft in Südafrika im vollen Gang. Wie es das Schicksal so wollte, war sie in eine Truppe voller manischer Fußballfans geraten. Antonella und Giovanni waren wie von Sinnen, weil sie gleich mit zwei Mannschaften leiden mussten, und selbst für den sonst so zurückhaltenden Adrian waren die Prioritäten eindeutig: Es musste nach Möglichkeit jedes Spiel gesehen werden! Die Konsequenz war eine endlose Folge von halböffentlichen Grillpartys im Hinterhof der Weberstraße oder bei Hugo's Affairs. Dort hatten sie am 18. Juni auch Antonellas fünfunddreißigsten Geburtstag und Katias offiziellen Einstand als »Hugorianerin« gefeiert – eine lustige Party mit Freunden, Kunden, Handwerkern. Eigentlich lief also alles perfekt, wenn man von zwei Störfaktoren absah. Der eine hieß Giovanni, der aus unerfindlichen Gründen täglich intensiver mit ihr flirtete. Klar war sie geschmeichelt. Er sah unglaublich gut aus, und wenn er ihr mit seinen dunklen Glutaugen heiße Blicke zuwarf, wurde ihr ganz schwummerig. Aber, und da hatte Oma Rosi wohl Recht, er war ein Windhund und auch abgesehen davon völlig indiskutabel. Was sollte sie bitte schön mit einem Schreiner anfangen? Sie ging ja auch nicht auf die Zeil zum Shoppen. Und da sie derzeit auch nicht auf die Goethestraße gehen konnte, war das Thema Mann einfach nicht existent. Basta! Der andere, deutlich unangenehmere Problemfall war Damianos. Seine Anrufe setzten ihr inzwischen ganz schön zu. Offenbar vermutete er ernsthaft, dass sie noch Zugriff auf ein mysteriöses Nummernkonto von Aris hatte. Das würde sie jetzt ein für alle Mal klären müssen!

Inzwischen hatte sie auch Antonella ins Vertrauen gezogen. Erwartungsgemäß fand ihre Freundin alles enorm aufregend und hatte ihr jegliche Unterstützung versprochen. Als perfekten Tag für diese Mission hatten die beiden nun also den 23. Juni auserkoren. Am Vortag war Griechenland endgültig aus der WM geflogen, und wenn er sich nur halbwegs für Fußball und sein Vaterland interessierte, müsste er – zumindest nach Antonellas professioneller Einschätzung – gerade ziemlich waidwund sein.

»Zwei mit Ei – Werbeagentur« stand auf dem billig gemachten grünen Acrylschild in einem schäbigen Hauseingang auf der Kaiserstraße. »Sinn für Humor scheint er ja zu haben, dein Stiefsohn!« Antonella deutete grinsend auf das Firmenemblem und die zahlreichen Sexshops in der unmittelbaren Umgebung.

»Das wäre jedenfalls was Neues ...« Katia sah sich skeptisch um. »Werbeagentur? Ich bin mir ziemlich sicher, dass das nur eine Tarnung für seine dubiosen Geschäfte ist. Und die Nähe zum Milieu ist sicherlich auch kein Zufall.« Sie rümpfte angewidert die Nase. Auch wenn es inzwischen als angesagt galt – das Frankfurter Bahnhofsviertel war nach wie vor der stark frequentierte Rotlichtbezirk der Stadt. »Komm, lass es uns hinter uns bringen!« Sie drückte auf den Klingelknopf.

»Ja?«, knarzte eine Stimme unfreundlich aus der Gegensprechanlage.

»Katia. Ich will zu Damianos.«

»Hast du Termin?«, blaffte die Stimme wieder.

Katia rollte mit den Augen. »Nein, aber ich bin mir sicher, dass er sich gerne die Zeit nehmen wird, mit mir zu sprechen. Also sagen Sie ihm, dass Katia da ist, und machen bitte die Tür auf.«

»Damis hat keine Zeit für Schnecke von Straße!«

»Jetzt hör mir mal gut zu, Freundchen«, aus Katias Tonfall war jede Verbindlichkeit gewichen, »es geht um seinen Vater!«

Durch die Sprechanlage waren undeutliche Wortfetzen zu

hören, schließlich meldete sich eine ölige Stimme: »Katia, meine Liebe, schön, dass du endlich zur Vernunft kommst. Du findest mich im vierten Stock.« Der Türöffner summte, und Augenblicke später standen Katia und Antonella mit ihren beiden Hunden in einem düsteren, muffig riechenden Hausflur.

»Bist du sicher, dass du das durchziehen willst?«, fragte Antonella besorgt.

»O Mann …« Katias Stimme bebte ein wenig. »Aber jetzt sind wir schon da. Wie sehe ich aus?«

»Sensationell! Wie ein Filmstar aus den Sechzigern.« Das war kein bisschen übertrieben. Katia hatte auf ein perfektes Styling bestanden und trug nun ein hellblaues Etuikleid aus dem schier unerschöpflichen Fundus von Tante Elsa, dazu ihre hellbraune Kelly-Bag und passende Slingpumps. Die langen roten Haare hatte sie kunstvoll hochgesteckt. Olga war mit einem selbstgenähten hellblauen Samthalsband samt dazugehöriger Leine ausstaffiert. Der Hund sah sie ergeben an und stupste ihr dann aufmunternd mit der Nase an die Hand. Und Aufmunterung konnte Katia wirklich brauchen. Sie war so angespannt, dass die dicke Perlenkette auf ihrem Dekolleté zitterte. Sie schob sich ihre riesige Sonnenbrille auf die Nase und drückte entschlossen auf den Fahrstuhlknopf.

»Hugo, lass das!« Der pummelige schwarze Mops schnüffelte gerade höchst interessiert an einer Mülltüte und war drauf und dran, das Bein zu heben. Antonella zog unwirsch an ihrer Leine. Auch sie trug ein Etuikleid, in Schwarz-Weiß allerdings, und mit weit weniger aufwändigen Accessoires. Aber schließlich war es auch nicht ihre Mission. Sie war nur dabei, weil Katia moralische Unterstützung brauchte – und eine Zeugin. Sie setzte sich ebenfalls eine große Sonnenbrille auf und öffnete die Aufzugstür. »Nach euch!«

Im vierten Stock erwartete sie Damianos Kolidis bereits im Türrahmen seiner Agentur. Antonella hatte sich das Treffen mit Katias Stiefsohn, der gute fünf Jahre älter war als sie beide, in den schillerndsten Farben ausgemalt. Sie hatte einen gutaussehenden Griechen mit teuren, aber geschmacklosen Klamotten erwartet – allein schon wegen des Getues, das Katia um ihr Outfit gemacht hatte. Doch Damis, wie er sich vorstellte, war optisch eine Enttäuschung: klein, dicklich, teigiger Teint, unrasiert, schlecht sitzende Jeans und zerknittertes Hemd. Es kam wohl auch bei fiesen Bösewichten auf die inneren Werte an … »Bitte, kommt herein.« Seine ölige Stimme klang ohne die Sprechanlage noch unsympathischer. Er führte sie in ein chaotisches Büro und bedeutete ihnen in Richtung einer kleinen Sitzecke, Platz zu nehmen.

»Danke, wir stehen lieber«, antwortete Katia kühl. »Ich möchte keine Flecken auf meinem Kleid.«

»Wie ihr wollt. Kaffee?«

»Keinesfalls! Wäre ja eine prima Gelegenheit, mich zu vergiften.«

»He, Zicke, Klappe halten! So redest du nicht mit Damis!« Das kam von einem kleinen, drahtigen Kerlchen, das sich mächtig aufplusterte und drohend auf Katia zukam. Olga knurrte ihn an.

»Verzieh dich, Pan«, sagte Damis zu ihm. »Wenn die Damen unsere Gastfreundschaft nicht zu schätzen wissen, ist das ihr Problem.«

»Ist das der Zweite mit Ei?«, wollte jetzt Antonella wissen.

»Wie bitte?« Der schmierige Damianos klang ein Spur irritiert und sah sich Antonella zum ersten Mal genauer an.

»Na, der Name dieser angeblichen Werbeagentur lautet doch ›Zwei mit Ei‹, und hier laufen zwei Witzfiguren rum. Da wird die Frage doch wohl erlaubt sein.« Antonella grinste ihn herausfordernd von oben herab an. Auch ohne Absätze wäre sie ein Stück größer als er gewesen, aber mit ihren High Heels musste er den Kopf praktisch in den Nacken legen, um ihr in die Augen zu sehen. »Und mir fallen gleich noch mehr ein: Hat jeder von euch nur ein Ei? Oder sollte es sich einfach nur reimen?«

Olga schien diese Frage ebenfalls zu beschäftigen, denn sie steckte gerade ganz undamenhaft ihre Schnauze in Damianos' Schritt. Der verpasste ihr dafür einen Tritt und wurde mit gleich doppeltem Knurren bestraft. Denn auch Mops Hugo fühlte sich nun bemüßigt einzugreifen.

»Wer ist diese Person?«, fragte er nur noch mühsam beherrscht Katia. »Und was will sie hier?«

»Das tut nichts zur Sache. Ich will einfach nur wissen, was du von mir willst.«

»Katia, Katia, Katia …« Damis war wieder auf schleimig umgestiegen. »Warum willst du das unbedingt zwischen Tür und Angel besprechen? Lass uns in Ruhe essen gehen. Allein. Ich bin dein Freund, wir sind doch Familie. Und innerhalb der Familie teilt man alles, auch Informationen …«

»Komm mir nicht wieder damit«, unterbrach ihn Katia ungeduldig, »und auch nicht wieder mit dieser haarsträubenden Nummernkontogeschichte. Ich weiß davon nichts, und das habe ich dir auch schon mehrfach mitgeteilt.«

»Wie du willst.« Nun klang auch Damianos plötzlich eiskalt. »Machen wir uns doch nichts vor: Du hast meinen Vater abgezockt und mich um mein Erbe betrogen. Das Mindeste, was du tun kannst, ist, mir Zugang zu dem Konto zu gewähren. Aber weil wir Familie sind, will ich nicht so sein. Fürs Erste würden mir fünfhunderttausend Euro reichen. Du kannst mir das Geld also freiwillig geben, oder ihr beiden Hübschen könnt es bei mir abarbeiten, ganz, wie du willst.«

»Was?« Antonella schnappte empört nach Luft.

»Die Finanzsituation im Frankfurter Bahnhofsviertel muss ja

noch verheerender sein als in Griechenland«, stellte Katia sarkastisch fest. »Direkt nach dem Tod deines Vaters wolltest du doch nur fünfzigtausend haben.«

»Dann hättest du mir besser damals schon das Geld gegeben …«

»Wie auch immer. Wenn dein Vater ein Nummernkonto hatte«, Katia starrte Damis feindselig an, »dann hat er dieses Geheimnis mit ins Grab genommen. Ich habe kein Geld – weder fünfzig- noch fünfhunderttausend Euro –, und selbst wenn ich welches hätte, würde ich dir nichts geben. Wofür bitte auch? Hör auf mit deinen blöden Drohungen und lass mich ein für alle Mal zufrieden!«

»Das geht leider nicht, meine Liebe.« Er kam ein Stück näher auf Katia zu. »Ich brauche das Geld, und es steht mir zu.« Er fasste mit einer Hand an ihren Hals und befingerte ihre Perlenkette. »Und die hier wirst du als Anzahlung dalassen!« In diesem Moment sprang Olga hoch und schnappte ihn in den Arm. »Ahhrrg, du verdammtes Mistvieh!«, schrie er auf und rieb sich seinen Arm, der bis auf ein paar rote Striemen unverletzt war. »Ich habe es nett versucht, das ist jetzt vorbei. Du hast bis Ende nächster Woche Zeit, mir das Geld zu beschaffen!«

»Komm, wir gehen.« Antonella schob die völlig fassungslose Katia energisch hinaus und ließ die Tür zuknallen. Glücklicherweise war der Aufzug noch da, und sie konnten sofort hinunterfahren.

»Das meint der doch nicht ernst?« Katias Stimme zitterte vor Aufregung und Angst.

»Na ja, Humor scheint nicht gerade seine Topspezialität zu sein, da hattest du schon Recht. Insofern fürchte ich, dass du tatsächlich ein Problem hast.«

»Scheiße!«, murmelte Katia schwach.

»Aber andererseits haben wir ihm auch klargemacht, dass er

mit dir nicht alles machen kann. Olga war toll, jetzt weiß ich endlich auch, warum du einen richtigen Hund hast und nicht so eine dämliche Taschenratte. Und Hugo hat ihm zum Abschied noch ordentlich ans Bein gepinkelt!« Antonella lächelte ihre Freundin tröstend an und öffnete die Lifttür.

»Echt? Das habe ich gar nicht mitbekommen.«

»Er auch nicht!«, grinste Antonella. »Aber dann wird seine Freude bestimmt umso ...«

»Das werdet ihr mir büßen!«, gellte in diesem Moment eine wütend verzerrte Stimme durchs Treppenhaus, und die zwei Frauen suchten mit ihren tapferen Hunden rasch das Weite.

KAPITEL 8
Stimmungsschwankungen

Seid ihr eigentlich noch zu retten?« Adrian starrte Antonella und Katia fassungslos an. In der Halbzeitpause vom Spiel Deutschland gegen Ghana hatten die beiden von ihrem vormittäglichen Abenteuer im Bahnhofsviertel berichtet. »Lass mich noch mal zusammenfassen: Dein seltsamer Stiefsohn belästigt dich seit Wochen mit Drohanrufen, aber statt die Polizei anzurufen oder, noch besser, mit deinem Anwalt zu sprechen«, er wedelte aufreizend mit der Grillzange vor Katias Nase, »fällt dir nichts Besseres ein, als ausgerechnet meine Frau ins Vertrauen zu ziehen, die es natürlich wahnsinnig witzig findet, einen auf Verbrecherjagd zu machen!«

»Was soll das jetzt bitte heißen?«, Antonella tat empört, hatte aber ein höchst selbstzufriedenes Lächeln auf den Lippen. »Du tust ja gerade so, als hätte ich das zu meinem persönlichen Vergnügen gemacht. Ich wollte nur meiner Freundin beistehen!«

»Das muss ich jetzt bitte nicht kommentieren«, seufzte Adrian und wandte sich Richtung Grill. »Nur so viel, langsam wird mir wirklich klar, warum ihr mal die allerbesten Freundinnen wart. Und ganz ehrlich, mir ist heute schon himmelangst vor dem Tag, an dem es wieder so weit ist!«

»Also wirklich, Adrian«, sagte jetzt Katia. »Es ist ja sehr lieb, dass du dich sorgst, aber das war jetzt echt ein bisschen unfair! Wir haben uns eigentlich gar nichts dabei gedacht …«

»Genau das meine ich!!!«, schnaubte Adrian frustriert und

wendete das Grillgut. »Das ist Antonellas Lebensmotto: Erst handeln, dann – vielleicht – denken. Und bei dir scheint es ganz genauso zu sein … Möchte noch jemand ein Würstchen?«

»Armer Hase, du hast's schon schwer mit mir.« Antonella umarmte ihren Mann von hinten und küsste ihn in den Nacken. »Ich nehme noch eines. Und jetzt reg dich nicht mehr auf!«

»Ich bitte auch, die sind so lecker!« Katia hielt ihm ihren Teller hin, auf dem schon ein Berg Kartoffelsalat aufgetürmt war.

»Hast *du* eigentlich keine Meinung zu dem Thema?« Adrian war offensichtlich noch nicht ganz fertig mit seiner Tirade und verlangte nun auch noch ein Statement von seinem Schwager.

Giovanni saß lässig mit ausgestreckten Beinen in seinem Gartenstuhl, eine Flasche Bier in der Hand, ein leichtes Grinsen im Gesicht. Er hatte mit wachsender Begeisterung das Spektakel und vor allem Katia beobachtet. Zu einem weiten, hellgelben Glockenrock trug sie eine ärmellose Bluse, die allerdings für seinen Geschmack deutlich zu weit zugeknöpft war. Doch das wollte er heute noch ändern … »Was?« Er hatte Adrians Frage nicht wirklich mitbekommen.

»Was du zu den Abenteuern dieser beiden Chaotinnen sagst.«

»Du hast natürlich vollkommen Recht!« Dann sah er Katia an, die gerade genüsslich ihre Bratwurst verspeiste. »Falls sich dieser griechische Hilfsbösewicht noch mal bei dir meldet, dann sagst du sofort Bescheid. Mir oder Adrian, okay?«

Katia nickte mit vollem Mund.

»Und wenn noch ein Treffen nötig werden sollte, komme ich als dein Bodyguard mit!«

»Schön, dass das jetzt geklärt ist.« Antonella fuchtelte mit der Fernbedienung herum. »Jetzt können wir uns ja wieder um wichtigere Dinge kümmern. Die zweite Halbzeit fängt gleich an!«

»Waren das gerade Adrian und dein Bruder?« Franziska Förster und ihre Kinder Fee und Finn kamen am frühen Abend in den lauschigen Hinterhof, um die Meerschweinchen zu füttern. Antonella saß mit Elisa auf einer Decke und spielte mit ihr, doch als die Kleine die großen Kinder sah, stemmte sie sich hoch und wackelte zum Käfig.

»Ja, die beiden nutzen den spielfreien Abend für eine kleine Fahrradtour. Sie haben ja ernsthaft vor, Anfang September beim Frankfurter City Triathlon mitzumachen.« Antonella stand ebenfalls auf und begann die Blumen zu gießen.

»Wolltest du da nicht auch mitmachen?«

»Ja, eigentlich schon, aber ich habe einfach keine Zeit für ein vernünftiges Training. Die Männer eigentlich auch nicht, aber das scheint sie deutlich weniger zu stören als mich.«

»Kein Wunder, wenn ihr ständig Fußball schauen müsst.«

»Ach komm schon, es ist doch nur alle vier Jahre WM, und ich weiß gar nicht, was du gegen Fußball hast und warum ihr nie mit uns schaut. Es ist wirklich lustig!«

»Das ist nicht zu überhören ...« Franziska klang deutlich gereizt. »Müsst ihr wirklich jedes Mal den Fernseher in den Hof stellen, damit ihr diese blöden Spiele sehen könnt?«

»Es würde dich sicherlich deutlich weniger stören, wenn ihr einfach mitfeiern würdet. Übermorgen wollen wir wieder grillen, kommt doch einfach mal dazu! Eure Kids hätten Spaß, und vielleicht kommt Fabian dann auch mal früher von der Arbeit heim.«

»Danke, aber das ist wohl keine so gute Idee.« Franziska zog ein gequältes Gesicht. »Diese Grillerei ist ja so was von schädlich, und ich will nicht, dass Fee und Finn sehen, wie erwachsene Menschen Bier aus Flaschen trinken!«

»Tja, wir sind schon ein schlimmes, unzivilisiertes Pack ...«, murmelte Antonella leise vor sich hin und sagte dann lauter: »Schade, dabei würde ich extra für euch Gläser auf den Tisch stellen und Tofuschnitten braten. Aber mehr als einladen kann ich euch auch nicht.«

»Du brauchst dich gar nicht lustig über uns zu machen«, echauffierte sich Franziska. »Mir ist eben wichtig, dass meine Kinder gesund sind und in einem harmonischen Umfeld aufwachsen. Das kann man ja von dir wirklich nicht behaupten!«

»Genau, meine Tochter steht ja praktisch an der Schwelle zur Verwahrlosung …«

»Schön, dass du das selbst merkst, dann besteht ja noch Grund zur Hoffnung.« Franziska war völlig immun gegen Antonellas Sarkasmus. »Für den Anfang würde es schon reichen, wenn du deine Arbeit aufgeben und dich den ganzen Tag um sie kümmern würdest.«

»Franziska, das war ein Witz!! Und ich habe nicht die geringste Lust, zum etwa tausendsten Mal das Thema Erziehung mit dir zu diskutieren. Elisa geht's prima!« Sie sah zu ihrem Kind, das eifrig mithalf, Salatblätter an die kleinen Nager zu verfüttern, die inzwischen draußen herumlaufen durften. »Sie ist prächtig entwickelt und liebt es, in der Krippe zu sein. Und wenn Adrian oder ich sie am Nachmittag abholen, dann genießen wir die Stunden auch, die wir mit ihr verbringen. Da haben wir alle mehr davon, als wenn ich jeden Tag von früh bis spät mit ihr alleine wäre.«

»Wenn du meinst …«

»Ja, meine ich. Du hast dein Gesundheits-und-Harmonie-Prinzip, und ich will einfach ein normales Leben führen. Das sollten wir doch gegenseitig akzeptieren können, oder? Aber immerhin sieht Sternchen jeden Tag ihren Vater und verbringt Zeit mit ihm …«

Ehe sie auf den letzten boshaften Kommentar von Antonella reagieren konnte, hatte Franziska auf der Straße Katia und die beiden Hunde erspäht. »Kinder, schnell! Packt die Meerschweinchen in den Käfig, die bösen Hunde kommen!« Sie klang regelrecht panisch. Hektisch stopfte sie den letzten Nager zurück ins Häuschen und verriegelte die Tür. Dann brausten auch schon Olga und Hugo um die Ecke.

»Udo! Oda!«, kreischte Elisa vor Begeisterung und schlang Olga die speckigen Ärmchen um den Hals, was der Hund geduldig ertrug. Hugo leckte dem dreijährigen Finn ein Knie ab, der begeistert kicherte und dafür ein düsteres Stirnrunzeln von seiner Mutter erntete.

»Kommt, wir gehen hoch!«, befahl sie knapp ihren Kindern.

»Ich will aber noch unten bleiben!«, bettelte die fünfjährige Fee, die inzwischen vorsichtig Olgas Kopf streichelte.

»Es ist Schlafenszeit, und Hunde sind keine guten Spielgefährten für kleine Kinder!« Damit packte Franziska mit jeder Hand einen Sprössling und zog Fee und Finn unter schwerem Protest ins Haus hinein.

»Was war jetzt das?«, wollte Katia wissen, die mit ihrer Post um die Ecke gebogen kam.

»Nichts weiter, nur der übliche Franziska-Auftritt«, seufzte Antonella und schnappte sich Elisa, die inzwischen wieder zum Meerschweinchen-Käfig gelaufen war und versuchte, den Riegel zu lösen. »Ich bring mal eben die kleine Maus ins Bett und mache uns was zum Essen. Und dann will ich wissen, was zwischen dir und Giovanni passiert ist!«

»Nichts ist passiert«, versicherte Katia eine Stunde später. Sie hatten ihren Salat gegessen und genossen jetzt bei einem Glas Weißwein den immer noch heißen Sommerabend.

»Mach mir doch nichts vor, Kathi«, insistierte jedoch Antonella, »an dem Abend, nachdem wir letzte Woche bei Damianos waren, muss doch irgendwas vorgefallen sein. Seitdem hat Giovanni nicht mehr mit uns Fußball geschaut.«

»Ja und? Wahrscheinlich findet er es in seiner tollen Sportbar einfach lustiger als mit seiner Familie.«

»Klar, ganz bestimmt. Und es ist auch blanker Zufall, dass du ihm seither bei der Arbeit betont aus dem Weg gehst. Ich bin weder doof noch blind und will jetzt wissen, was los ist!«

Katia hatte nicht die geringste Lust, ihrer Freundin die ganze Geschichte zu erzählen, aber irgendwas Plausibles würde sie ihr wohl bieten müssen. »Es ist wirklich keine große Sache«, fing sie an und tat cooler, als sie sich fühlte. »Er hat mit mir geflirtet, und ich habe ihm gesagt, dass ich nicht interessiert bin. Ist doch klar, dass das ein bisschen peinlich für beide war und wir deshalb etwas auf Abstand gehen, oder?«

»Und du glaubst ernsthaft, dass ich dir diese dünne Geschichte abnehme? Giovanni lässt sich doch von einer einfachen Abfuhr nicht so beeindrucken, dass er völlig von der Bildfläche verschwindet.«

»Nun, es gibt für alles ein erstes Mal ...« Katia war wirklich versucht, Antonella von dem Abend zu erzählen, denn sie hätte sehr gut etwas weibliche Unterstützung brauchen können. Aber andererseits war es durchaus wahrscheinlich, dass sie zu ihrem Bruder halten würde. Nein, das konnte sie nicht riskieren. »Und jetzt Ende der Diskussion!«

»Was hältst du eigentlich von Kathi?«

»Was ich von Katia halte?« Adrian kratzte sich am Kopf. Das war jetzt überraschend gekommen. Er saß mit Giovanni in irgendeinem kleinen Taunus-Nest im Biergarten. Nachdem sie siebzig Kilometer hinter sich gebracht hatten, waren sie der Meinung, dass sie vor dem Endspurt nach Hause eine kleine Stärkung verdienten. Und hier im Biergarten hatten sie sich über den Triathlon, den Job und die WM unterhalten. Männerthemen halt. Jetzt sah Giovanni ihn an und erwartete offenbar eine fundierte Antwort. »Ich halte Katia für eine etwas exzentrische Frau«, fing er vorsichtig an, »die in einer schwierigen Lage war, so dass ihr warmherziges Wesen, das

sie zweifellos hat, nicht immer gleich offensichtlich wird.«
Puh!

»Wow, der Anwalt hat gesprochen!« Giovanni grinste. »Aber jetzt würde mich die Meinung des Mannes interessieren. Wie findest du sie? Magst du sie?«

»Ja, klar mag ich sie. Irgendwie. Sie ist schließlich eine Freundin von Antonella. Irgendwie.«

»Ist das alles? Irgendwie?«

»Also gut, ich finde, dass Katia eine sehr attraktive Frau ist, nicht ganz mein Typ, aber objektiv gesehen ein echter Hingucker. Und sie ist bestimmt auch sehr nett und warmherzig, aber gelegentlich geht sie mir tierisch auf die Nerven. Irgendwie. Und manchmal frage ich mich, wie das alles weitergehen soll – auch mit Antonella. Knallt's bei denen noch mal richtig, oder sind sie wieder die besten Freundinnen? Aber warum willst du das eigentlich alles wissen?«

»Nur so.«

»Wie, nur so? Hast du etwa Interesse an ihr?«

»Das wäre jetzt vielleicht etwas übertrieben …«

»Ich fasse es nicht, mein Schwager Giovanni, der größte Womanizer der Stadt, ist ausgerechnet in Katia Kolidis verknallt.« Jetzt war es an Adrian, breit zu grinsen.

»Und ich fasse es nicht, dass ich mit dir so ein Gespräch führe …«

»War nicht meine Idee. Aber jetzt will ich alles wissen. Läuft da was zwischen euch?«

»Nein. Und nach Lage der Dinge wird auch nichts laufen!«, brummte Giovanni.

»Und warum?«

»Weil Kathi eine völlig verzogene, arrogante Diva ist, die eine ordentliche Abreibung verdient hätte! Von wegen warmherzig.«

»Korrigiere mich, aber eine Abreibung hat sie doch eigentlich schon bekommen, von ihrem toten Mann, dem verlorenen Geld und jetzt auch noch diesem Damianos …«

»Aber lange noch nicht in der Form, die sie bräuchte!« Giovannis Brummen hatte sich zu einem Grollen gesteigert.

»Was hat sie denn so Schlimmes getan?«, fragte Adrian vorsichtig.

»Du erinnerst dich doch sicher an den Abend, nachdem die beiden Irren bei Kathis komischem Stiefsohn waren? Nach dem Fußballspiel bin ich mit ihr und ihrem dämlichen Köter noch eine Runde gegangen. Und dabei habe ich ihr gesagt, dass ich mich in sie verliebt habe …«

»Moment«, fiel ihm Adrian lachend ins Wort, »hast du gerade ›verliebt‹ gesagt? Der ›schlimme Windhund‹ – ich zitiere nur deine Großmutter – hat ernsthafte Gefühle für unsere griechische Witwe? Überhaupt für eine Frau???«

»Sag mal, musst du mich eigentlich dauernd unterbrechen? Ich bin dabei, dir mein Herz auszuschütten, und du findest es witzig?«

»Du hast Recht, tut mir leid. Ich finde es nur ein bisschen überraschend …«

»Ich weiß ja nicht, welche seltsamen Geschichten dir Antonella oder Oma Rosi über mich erzählt haben, aber ja, auch ich kann mich verlieben! Ist auch schon mehr als einmal der Fall gewesen. Halt länger nicht mehr.« Er seufzte. »Und ja, ich habe mich in Kathi verliebt! Sind dir mal ihre Augen aufgefallen? Die sehen aus wie Bernstein. Und wie traurig und verzweifelt sie am Anfang oft geschaut hat, und wie hilflos sie in so vielen Dingen war, und gleichzeitig so willensstark. Sie hat sich nicht unterkriegen lassen, egal wie schwierig die Situation für sie war. Und sie wird von Woche zu Woche schöner, allein wie sensationell sie in den ollen Klamotten von Tante Elsa aussieht …« Giovanni geriet schwer ins Schwärmen.

»Bernsteinaugen? Verliebt?«, warf Adrian ein, und Giovanni

nickte. »Wo ist dann das Problem? Wenn du ihr das alles so erzählt hast wie mir gerade, dann müsste Katia dir willenlos in die Arme gesunken sein.«

»Danke, Schwager, du bist ein echter Freund.« Giovanni lächelte schief. »Aber Kathi sieht das offensichtlich ganz anders. Ich solle mich nicht lächerlich machen, hat sie gesagt, und dass es mit uns nie eine Zukunft hätte.«

»Und hat sie auch erklärt, warum?«

»Allerdings!«, Giovannis Stimme klang bitter. »Sie hat mich mit großen Augen angestarrt und dann blasiert gesagt: ›Giovanni, es muss dir doch klar sein, dass ich mich nicht mit einem einfachen Schreiner einlassen kann. Ich muss jetzt erst mal wieder auf die Füße kommen, und dann werde ich mir einen adäquaten Ehemann suchen.‹ Adäquat! Die spinnt doch wohl?«

»O Mann …«, murmelte Adrian. »Das hat sie gesagt? Und geht's noch weiter?«

»Ja, leider. Daraufhin habe ich bemerkt, dass ich gar nichts vom Heiraten gesagt habe und wir uns doch, jedenfalls bis der adäquate Mann am Horizont auftaucht, auch aufs Vögeln beschränken könnten … Ich weiß, ich weiß«, fügte er hinzu, als Adrian überrascht die Brauen hob, »das war nicht gerade elegant, aber sie hat mich eben provoziert!«

»Klar. Und dann?«

»Dann hat sie mir eine gescheuert, mich übel beschimpft und ist nach Hause marschiert. Seitdem habe ich nicht mehr mit ihr geredet. Worüber auch?«

»Bernsteinaugen …« Adrian schüttelte den Kopf. »Komm, lass uns noch ein Bier bestellen. Aber diesmal eines mit Alkohol.«

KAPITEL 9
Wo gehobelt wird …

Kommst du jetzt mit?« Christian sah Katia erwartungsvoll an, die am großen Besprechungstisch saß und riesige Stoffmusterkataloge wälzte. Jenny stand schon in der Tür.

»Ich muss das hier dringend fertig machen«, seufzte Katia und deutete vage auf das Chaos vor ihr. »Antonella hat doch am Montag die große Präsentation, und bis dahin muss auch die Textilauswahl stehen.«

»Ja, ja, Last-Minute-Katie in voller Aktion!« Christian rollte mit den Augen, fügte dann aber etwas netter hinzu: »Komm, Süße, Jenny und ich gehen an den Main auf einen kleinen Feierabend-Äppler. So wie du aussiehst, könntest auch du ein bisschen Abkühlung vertragen, und deinen Stoffkram kannst du doch auch morgen oder am Sonntag fertig machen. Es ist ja nicht gerade so, als hättest du zurzeit ein besonders ausschweifendes Privatleben …«

»Na, vielen Dank für den liebevollen Hinweis …«, erwiderte Katia leicht genervt. Abgesehen davon hatte sie aber auch keine große Lust auf einen Abend mit Jenny. Und wie die Sekretärin gerade schaute, wartete sie nur auf die Gelegenheit, einmal mit Christian alleine zu sein. Warum auch immer. »Geht ruhig alleine, ich will das hier wirklich noch fertig bekommen. Schönes Wochenende!«

»Na gut, wie du meinst. Also dann, bis Montag!«

Minuten später starrte Katia immer noch leicht ratlos vor sich hin. Sie konnte sich wirklich nicht konzentrieren. Im Loft hatte es über dreißig Grad, die Klamotten klebten ihr am Leib, und sie hatte nicht die allergeringste Inspiration für den Stoff-Auftrag des neuen Kunden. Stattdessen gingen ihr ganz andere Dinge durch den Kopf …

Das Klingeln des Telefons riss sie aus ihren unergiebigen Tagträumereien. Keine Nummer im Display. Katia überlegte, ob sie den Anrufbeantworter anstellen sollte, denn eigentlich war ja schon Feierabend. »Hugo's Affairs, guten Tag«, meldete sie sich schließlich doch. Könnte ja wichtig sein.

»Katia, meine Liebe, du hast mich doch nicht etwa vergessen?«

Die schmierige Stimme von Damianos ließ sie erschaudern, und sie war versucht, sofort wieder aufzulegen. »Was willst du?«, fragte sie stattdessen.

»Nur das, was mir zusteht: eine halbe Million Euro oder alternativ Zugang zum Nummernkonto meines Vaters.«

»Wann wirst du endlich begreifen, dass es weder ein Nummernkonto noch fünfhunderttausend Euro gibt?« Katia bebte. Sie hatte seit gut zwei Wochen mit einem derartigen Anruf gerechnet, seit sie und Antonella in Damianos' Agentur gewesen waren. Und doch war sie jetzt von seiner Penetranz und dem bedrohlichen Unterton überrascht.

»Mach mir nichts vor«, erwiderte er kühl, »meine Geduld ist zu Ende. Ich brauche das Geld, und ich brauche es jetzt. Und du kannst es mir entweder freiwillig geben, oder ich werde mir den Zugang zum Konto auf meine Art besorgen! Überleg's dir. Wir sehen uns nachher!« Damit legte er auf.

Was sollte sie nur tun? Katia merkte, wie Panik in ihr aufstieg, ihr Herz raste wie verrückt. Dieser Bekloppte schien es wirklich ernst zu meinen. Und es war bestimmt kein Zufall, dass er ausgerechnet heute, gerade jetzt angerufen hatte, nachdem sich ihre Kollegen ins Wochenende verabschiedet hatten. Antonella, Adrian, Elisa und Hugo waren nach Hamburg gefahren, um sich dort mit Georgia zu treffen, die mit Tim und ihrem brandneuen kleinen Adoptivsohn zu Besuch bei ihren Eltern war.* Und auch die Försters waren seit einer Woche im Urlaub. Wurde sie paranoid, oder hatte er das ganz genau ausgekundschaftet?

Aus der Schreinerei unten hörte sie die vertrauten Maschinengeräusche. Das überraschte sie. Giovanni war also wieder da. Heute Vormittag hatte er Möbel zu einem Kunden ausgeliefert und eingebaut, und sie hatte nicht damit gerechnet, dass er nochmals vorbeikommen würde. Wobei sie natürlich offiziell kein bisschen darüber nachgedacht hatte, denn Giovanni war so was von überhaupt keine Option – nie gewesen und jetzt schon gar nicht mehr. Den würde sie ganz bestimmt nicht um Hilfe bitten. Nicht nach seinem Auftritt von vor zwei Wochen. Sie war immer noch empört, wenn sie daran dachte. Und dann hatte der Kerl auch noch den Nerv, sauer zu sein. Auf sie! Unfassbar. Entschlossen wandte sie sich wieder ihren Stoffmustern zu. Sie würde jetzt ihre Arbeit zu Ende bringen und dann nach Hause gehen. Was sollte Damianos ihr schon Schlimmes antun können? Außerdem hatte sie ja Olga! Sie sah zu ihrem Hund, der völlig ermattet von der Hitze lang ausgestreckt auf dem kühlen Estrichboden lag und im Schlaf mit den Pfoten zuckte. Dass dieses Lämmchen von Hund im Notfall – und speziell in Bezug auf Damianos – auch zur Bestie werden konnte, hatte es ja schon bewiesen! Etwas beruhigter machte sie sich wieder ans Werk und stellte während der nächsten Stunde eine schöne Kollektion an Vorhang- und Möbelstoffen sowie passenden Teppichen zusammen.

* Mehr über den kleinen Adoptivsohn und was Georgia in Hamburg macht, lesen Sie auf www.hugosaffairs.de.

Als sie fertig war, packte sie ihre Tasche, schloss das Büro ab und ging mit der wiedererwachten Olga die paar Stufen nach unten. Die große Schiebetür zur Schreinerei stand offen, aber die Maschinengeräusche waren verstummt. Dafür dröhnte jetzt in voller Lautstärke Giovannis innig geliebte Italo-Pop-CD. Der Mann war wirklich ein einziges wandelndes Klischee, dachte sie. Olga hüpfte fröhlich über den Hof, doch Katia konnte nicht anders, sie ging in die Werkstatt. Giovanni polierte gerade schwungvoll eine Tischplatte, sang dabei aus voller Kehle »Azzurro« und schien sie nicht zu bemerken. Katia stand im Türrahmen und beobachtete fasziniert, wie er, lediglich in Jeans und Unterhemd, mit kreisenden Armbewegungen die ovale Platte bearbeitete. Es roch nach Holz und Bienenwachs, und in den Sonnenstrahlen, die durch den Raum tanzten, schwirrten feine Staubpartikel. Auch in der Schreinerei war es stickig-heiß, und sie sah, wie sich Schweißperlen auf seinen muskulösen Oberarmen bildeten und sich seine dunklen Locken vor Feuchtigkeit kräuselten. Ein Teil von ihr wusste, dass sie jetzt ganz dringend gehen sollte, aber ein anderer, stärkerer stellte sich gerade sehr lebhaft vor, wie gut sich dieser austrainierte Männerkörper wohl an ihren weichen Rundungen anfühlen würde … Sie seufzte und wollte sich jetzt wirklich von diesem Anblick losreißen, doch …

»Kathi, welch Glanz in meiner staubigen Hütte.« Giovanni hatte sie schließlich doch entdeckt und zog mit einem leicht ironischen Blick eine Braue hoch, setzte seine Arbeit aber ansonsten ungerührt fort.

»Ich sollte … äh … ich wollte … also, ja, dann … äh … Wiedersehen.«

»Ciao, war schön mit dir geplaudert zu haben.« Er polierte weiter.

»Ebenso.« Katia merkte, wie sie wieder wütend wurde. Was für ein arroganter Kerl, und sie stellte sich an wie ein hypnotisiertes Kaninchen vor der Schlange. Und wie ebenjenes dumme Nagetier war sie unfähig, sich einfach aus dem Staub zu machen.

»Streng genommen haben wir eigentlich gar nicht geredet.« Die Schlange Giovanni konnte offenbar noch 1a quatschen. »Hast du denn vielleicht irgendwas auf dem Herzen, Bellissima?«

»Ja! Nein! Ich …« Meine Güte, wo war ihre Eloquenz, wenn sie sie am nötigsten brauchte? Er hatte seine Arbeit beendet und fuhr prüfend und beinahe zärtlich mit einer Hand über die seidig-schimmernde Oberfläche des Tischs. Dann sah er sie spöttisch an, und sie brachte endgültig keine Silbe mehr heraus. Ihr schien, als würden sich seine dunklen Augen wie Laserstrahlen durch ihre Haut bohren. Solche Blicke gehörten eindeutig verboten! Und sie musste sich jetzt schleunigst zusammenreißen!! »Äh, ja also. Adrian und du, ihr habt doch gesagt, dass ich Bescheid geben soll, wenn sich Damianos wieder meldet. Und Adrian ist ja nicht da …«

»Und da hast du dich auf den ›primitiven italienischen Schreiner‹ besonnen, den du nicht ›mit der Kneifzange anfassen würdest, auch wenn er der letzte Mann auf diesem Planeten‹ wäre.« Giovannis Stimme triefte vor bitterem Sarkasmus. Waren das tatsächlich ihre Worte gewesen? Mist! Trotzdem – musste er ihr das jetzt so wenig charmant unter die Nase reiben? Schließlich hatte sie ihm nur klarmachen wollen, dass sie gute Freunde waren und sonst nichts.

»So ähnlich«, antwortete sie deshalb schnippisch. »Und du musst mir auch nicht helfen, wenn du nicht willst. Ich komme sehr gut alleine klar!«

»Dann ist's ja gut.«

Katia drehte sich um, konnte sich dann aber doch nicht entschließen zu gehen. »Giovanni …«

»Ja?« Er kam auf sie zu, baute sich mit verschränkten Armen vor ihr auf und beobachtete ihr eindrucksvolles Mienenspiel, das in rascher Folge zwischen wütend, ratlos und hilflos wechselte.

Am liebsten hätte sie nämlich diesem selbstgefälligen Typen ordentlich eine reingehauen. Aber abgesehen davon, dass sie sich mit einem Gewaltausbruch endgültig lächerlich machen würde, hätte sie schon gerne seine Hilfe bei ihrem Damianos-Problem. Und auch sonst ... Es war verhext, sie konnte bei dieser Hitze keinen klaren Gedanken fassen, und dass Giovanni jetzt immer näher kam und sie buchstäblich in die Ecke drängte, machte das Denken auch nicht gerade einfacher.

»Was ist los, Kathi? Spuck's aus.« Er hatte seine Hände rechts und links von ihr an die Wand gelegt und sah sie mit einem leichten Lächeln an.

»Nenn mich nicht immer Kathi!« Sie versuchte vergeblich, sich aus dem Armgefängnis zu befreien.

»Macht der Gewohnheit. Ich sage Kathi zu dir, seit du vor über dreißig Jahren mit meiner kleinen Schwester durch den Sandkasten gekrochen bist.«

»Seitdem hat sich aber eine Menge geändert, und ich habe nichts mehr mit dem naiven Mädchen von damals gemeinsam.«

»Das ist wirklich jammerschade, denn die kleine Kathi war viel netter als die verwöhnte, überhebliche Katia von heute.« Ihre Handtasche rutschte im Zeitlupentempo von ihrer Schulter, und sie musste den Kopf in den Nacken legen, um ihm in die Augen sehen zu können. »Aber wenn ich dich jetzt so sehe«, fuhr er fort, »erinnerst du mich doch wieder an Kathi Fuchs aus München. Mit den lustigen Sommersprossen«, er strich ihr mit einem rauen Daumen zart über die Wange, »und den wirren Locken ...« Sie atmete schwer und merkte, wie ihre Widerstandskräfte merklich schwanden. Sie war schließlich auch nur ein Mensch. Und ein Mensch, der in den letzten Monaten nicht allzu viel Positives erlebt hatte – von Komplimenten oder Zärtlichkeiten ganz zu schweigen. Sie schloss die Augen. Ihr war jetzt alles egal. Sie würde sich von ihm küssen lassen und dann vielleicht auf dem frisch polierten Tisch ... O Gott, er roch so verdammt männlich. Was war es noch mal, was sie gegen ihn hatte?

»Kathi, hallo! Jemand zuhause?« Giovanni hatte sie nicht geküsst, sondern sie leicht am Kinn gerüttelt, bis sie ihn mit glasigen Augen wieder ansah. »Ich wüsste jetzt gerne, wo du gerade warst.«

»Auf dem Tisch!«, platzte es spontan aus ihr heraus. Er grinste. Moment mal, was hatte sie gerade gesagt?? Und jetzt fiel ihr auch wieder ein, was sie gegen ihn hatte: Er war einfach ein impertinenter Vollidiot! Ihre hellbraunen Augen waren nicht mehr glasig, sondern funkelten wütend. Sie versuchte, ihn wegzustoßen, doch er rührte sich keinen Millimeter, stattdessen packte er sie an den Schultern. »Lass mich!«, fauchte sie aufgebracht. »Was bildest du dir eigentlich ein?«

»Bisher jedenfalls keine Tisch-Szenen ...« Er grinste amüsiert. »Finde ich aber gar keine schlechte Idee!«

»Oh ... du ... du bist wirklich ...«

»Ich bin wirklich was? Unwiderstehlich? Unfassbar sexy?« Ganz offensichtlich genoss Giovanni diese kleine Szene sehr.

»Unmöglich!!«

»Jetzt enttäuschst du mich aber. Unmöglich also ...?« Er zog sie lächelnd an sich und hielt sie fest, als sie sich freizappeln wollte. »Hör auf, dich zu wehren, Katinka.«

Katia schnappte nach Luft, doch Giovanni unterband ihren hilflosen Versuch, etwas Passendes zu entgegnen, mit einem Kuss. Erst küsste er sie ganz sanft, dann, als ihr Widerstand schwand und sie sich näher an ihn schmiegte, immer leidenschaftlicher und fordernder.

Sie dachte – gar nichts mehr! –, sondern überließ sich dem Moment und fühlte nur noch. Und es fühlte sich verdammt großartig an, wie er mit einer Hand durch ihre Haare fuhr, mit der anderen über ihren Rücken strich und schließlich auf ihrem Po landete.

Dann ertönte hysterisch-wütendes Bellen vom Hof. »Olga!«, rief Katia entsetzt und befreite sich aus Giovannis Umarmung. Sie war wie benommen von dem Wahnsinnskuss und stolperte beinahe über ihre Füße, als sie nach draußen lief, um nach ihrem Hund zu sehen. Die tiefstehende Sonne blendete sie im ersten Moment, so dass sie erst nach ein paar Augenblicken erkannte, was da passierte. Mitten im Hof stand ein Auto, und ihre sonst so sanftmütige Airedale-Hündin gebärdete sich vor der halbgeöffneten Fahrertür wir ein geiferndes Monster.

»Schaff dieses Vieh weg!«, schrie der Fahrer. Es war Damianos.

Katia stand inzwischen neben Olga, die mit dem wilden Gekläffe aufgehört hatte und sich jetzt auf drohendes Knurren mit gefletschten Zähnen beschränkte. »Braves Mädchen«, sie kraulte ihren Hund zwischen den Ohren und wandte sich dann an den Eindringling, der sich immer noch nicht traute, sein Auto zu verlassen: »Kapierst du jetzt, dass es bei mir nichts zu holen gibt?«

»Kann ich aussteigen und mit dir reden?« Damianos klang deutlich defensiver. Schweiß lief über sein blässlich-teigiges Gesicht.

»Nein und nein! Es gibt nichts zu reden, und ich habe keine Ahnung, was Olga mit dir machen würde, wenn du einen Fuß auf dieses Grundstück setzt. Ich weiß nur, dass ich sie ganz bestimmt nicht daran hindern werde!« Sie war wirklich sehr stolz auf ihr Tier und fühlte sich lang nicht mehr so hilflos wie vorhin am Telefon.

»Katia, du weißt genau, dass du mir was schuldest«, hob er wieder an, blieb jedoch im Auto sitzen.

»Ich schulde dir gar nichts, und jetzt verschwinde! Am besten für immer!«

»O. k., ich verschwinde. Unter einer Bedingung.«

Katia sah ihn milde interessiert an.

»Ich will das Hundehalsband.«

»Das was?«

»Gib es mir einfach, und dann bist du mich los!«

»Okay …« Sie befreite ihren Hund von seinem braunen Lederhalsband und reichte es Damianos ins Auto.

»Das ist das falsche!«, schrie er und warf es wieder aus dem Fenster.

»Drehst du jetzt völlig durch?« Katia war verwirrt.

»Ich will das Halsband, das dir mein Vater letzten Sommer mitgebracht hat. Das hat so komische Nieten dran.«

»Und was willst du damit?«

»Sozusagen als letzte Erinnerung an ihn. Ich war dabei, als er es gekauft hat«, erwiderte er. »Gib es mir, und wir sind quitt!«

»Ich weiß ja nicht, welch seltsame Neigungen du sonst so hast, aber wenn du ein Andenken an Aris brauchst, dann kannst du genauso gut dieses hier nehmen. Das hat er nämlich auch gekauft – und dabei sicherlich sehr intensiv an seinen Erstgeborenen gedacht«, fügte sie sarkastisch hinzu und reichte ihm das Halsband wieder ins Fenster.

»Ich will aber das andere!«, presste Damianos aggressiv hervor. Sein Gesicht hatte inzwischen eine wenig aparte dunkelrote Farbe angenommen.

»Tja, tut mir leid, aber das habe ich gerade nicht zur Hand. Außerdem verbinde auch ich damit herzerwärmende Erinnerungen an meinen verblichenen Gatten …«, entgegnete sie süßlich lächelnd.

»Du dreckige kleine Schlampe!«, brüllte er mit sich überschlagender Stimme.

»Kann ich helfen?« Giovanni hatte das Geschehen bis jetzt

aus der Entfernung verfolgt, doch nun hatte er sich neben Katia aufgebaut und ihr einen Arm um die Schulter gelegt.

»Danke, aber Damianos wollte gerade fahren. Für immer …« Katia sah Giovanni mit einem leichten Lächeln an, doch er fühlte, wie sehr sie zitterte. Er streichelte aufmunternd ihren Arm.

»Wer ist das?«, raunzte es aus dem Auto. »Willst du uns nicht vorstellen?«

»Das geht dich überhaupt nichts an. Und jetzt hau ab!«

Damianos knallte die Tür zu, lehnte sich aber noch einmal aus dem Fenster heraus und sagte mit leiser Drohstimme: »Der Tag wird kommen, Katia, an dem ich dich ohne Hund und ohne Bodyguard erwische. Verlass dich drauf!« Dann startete er den Motor und fuhr vom Hof.

»Du hattest Recht«, stellte Giovanni fest und nahm Katia wieder in die Arme.

»Womit?« Sie sah ihn fragend an und merkte, wie die Anspannung sich langsam legte und das Zittern aufhörte.

»Dass du mich nicht brauchst!« Er sah sie anerkennend an. »Du bist wirklich prima alleine mit diesem aufgeblasenen Wichtigtuer klargekommen.« Er drückte ihr einen kleinen Kuss aufs Haar und fügte hinzu: »Du und dein Hund, ihr seid schon ein tolles Team.«

Olga, die dem abfahrenden Damianos noch hinterhergebellt hatte, tänzelte jetzt aufgeregt schwanzwedelnd um die beiden herum. Sie sah sehr selbstzufrieden aus, und Katia beugte sich zu ihr hinunter, kraulte die Hündin und lobte sie in den höchsten Tönen: »Olga, mein Schätzchen, du bist ja so ein feiner Hund! Hast die Mama sò toll verteidigt vor dem bösen Mann!«

Giovanni musste sich ein Lachen verkneifen ob der albernen Baby-Sprache, die Katia ihrem Tier gegenüber angeschlagen hatte. Hundebesitzer … »Tja«, fing er nachdenklich an, »das war's dann wohl. Mission erfüllt, würde ich sagen. Ich glaube nicht, dass er sich in der nächsten Zeit in deine Nähe wagt.«

»Mhmm.« Katia war wieder aufgestanden und sah ihm so intensiv in die Augen, als wolle sie seine Gedanken lesen.

»Dann kann ich also auch Feierabend machen und nach Hause gehen.« Ein leichtes Lächeln zuckte in seinen Mundwinkeln, und sie erwiderte: »Oder wir machen da weiter, wo wir vorhin aufgehört haben …«

Was für ein schöner Abend, dachte Jenny und strahlte Christian an. Um ein Haar hätte er ja noch alles verdorben, als er Katia gefragt hatte, ob sie mitkommen wollte. Aber glücklicherweise war die noch beschäftigt gewesen. Und so waren sie zu zweit durch die erhitzte Stadt spaziert, an den Main gegangen und irgendwann in der Gerbermühle gelandet. Nun saßen sie im Biergarten unter einem Baum und unterhielten sich über Gott und die Welt. Jenny hatte noch nie einen so sensiblen, witzigen und freundlichen Mann getroffen wie Christian. Er mochte die gleichen Filme wie sie, stand auf dieselbe Musik und lachte sie nicht einmal aus, als sie ihm gerade von ihrem Hobby erzählte. Sie machte nämlich seit Teenie-Zeiten Jazzdance in einem Sportverein, und früher hatte sie sogar von einer Karriere als Turniertänzerin geträumt. Doch das war immer am fehlenden Tanzpartner gescheitert.

»Das gibt's doch nicht!«, rief er überrascht aus. »Ich habe früher richtig professionell getanzt und war sogar Deutscher Juniorenmeister im Standardtanz! Vor vier Jahren habe ich dann aufgehört, weil mir das mit dem Studium zu stressig wurde. Außerdem ist meine Schwester, die immer meine Partnerin war, nach Berlin gezogen. Seitdem habe ich nichts mehr gemacht. Aber vielleicht können wir ja mal zusammen tanzen gehen? Was meinst du?«

Jenny konnte ihr Glück kaum fassen. Das war ein Zeichen!

Ganz eindeutig!! »Das wäre wirklich toll!«, antwortete sie. »Aber ich kann bestimmt nicht mit dir mithalten. Ich habe nur mal in der Schule ein paar Tanzkurse gemacht.«

»Das ist kein Problem! Ich habe einen Freund, der hat eine Tanzschule. Da könnten wir trainieren. Keine Angst«, fügte er lachend hinzu, als er ihr erschrockenes Gesicht sah, »wir fangen ganz klein an. Aber wenn du regelmäßig Jazzdance machst, dann hast du die Bewegungen ruckzuck drauf. Und so klein und zierlich, wie du bist, können wir bestimmt bald mit Hebefiguren anfangen!« Christian war Feuer und Flamme.

Jenny auch. Vor ihrem geistigen Auge sah sie sich schon im Dreivierteltakt mit Christian übers Parkett schweben – erst in einem bunten, glitzernden Fähnchen bei einem Turnier, später dann im weißen Brautkleid auf ihrer Hochzeit … Hach ja. Während sie begeistert Pläne schmiedeten – Christian sah die Nähe zum Traualtar wohl noch nicht ganz so deutlich wie sie selbst, er sprach noch von Trainingszeiten –, piepste sein Handy. Die SMS, die er erhalten hatte, ließ ihn lächeln. »Gute Neuigkeiten?«, fragte sie.

Er tippte eine kurze Nachricht, dann sagte er: »Ja, gleich kommt jemand, den ich dir unbedingt vorstellen möchte!«

Nur wenige Minuten später kam ein gutaussehender, dunkelhaariger junger Mann zu ihnen an den Tisch. Christian sprang auf und legte ihm einen Arm um die Schulter. »Marius, das ist meine Arbeitskollegin Jenny, Jenny, das ist mein Freund Marius!« Dann küsste er ihn auf den Mund. Marius reichte Jenny die Hand, während Christian weiterplapperte. »Schatz, weißt du, was das Beste ist? Wir arbeiten seit einem halben Jahr zusammen, aber wir haben erst jetzt herausgefunden, dass wir beide gerne tanzen, und ich …«

Jenny hörte nicht mehr, was er noch alles sagte. Seine Worte drangen nur noch verschwommen zu ihr durch. Was war das? Mein Freund? Schatz? Dunkel erinnerte sie sich an Antonellas Worte: »Herzchen, Christian ist schwul!« Das war noch im Winter gewesen. Sie hatte es nicht geglaubt, hatte es nicht wahrhaben wollen. Aber er hatte doch auch nie groß etwas von sich erzählt. Und ganz bestimmt nichts von einem Freund! Sie kam sich so dumm vor, und irgendwie auch betrogen. Es war einfach so unfair …

»Jenny? Ist alles in Ordnung?« Christian sah sie besorgt an. »Du bist ganz blass.«

Sie fühlte, wie ihr die Tränen in die Augen schossen. Wortlos sprang sie auf und verschwand in Richtung Toilette. Es dauerte eine ganze Weile, bis sie sich wieder gefangen hatte. Am liebsten wäre sie ja einfach abgehauen, aber ihre Handtasche war noch am Tisch, und daher musste sie wohl oder übel noch mal zurück zu den beiden. Sie starrte in den Spiegel und arrangierte ein tapferes Lächeln in ihr Gesicht. Das hielt aber nicht lange, denn als sie rausging, sah sie schon von Weitem, wie die beiden heftig miteinander turtelten. Das war wirklich so was von geschmacklos! Dahin waren ihre Träume im Dreivierteltakt, dahin ihr Lebensplan und dahin vor allem auch ihr jüngster Vorsatz, cool und erwachsen zu reagieren.

»Alles klar bei dir?«, fragte Christian.

»Nein, es ist gar nichts klar!«, fauchte sie. »Du bist ein gemeiner Lügner und Betrüger! Du hast mir vorgespielt, dass du dich für mich interessierst, und mir ein halbes Jahr meines Lebens gestohlen! Ich will dich nie wiedersehen!« Sie brach wieder in Tränen aus. Hektisch wühlte sie in ihrer Tasche, zog einen Zehneuroschein heraus und legte ihn auf den Tisch. Dann stakste sie davon.

»Oops«, sagte Marius, während der völlig verdatterte Christian Jenny hinterherstarrte. »Bei deiner Kollegin ist wohl ihr T-Shirt-Motto Programm. ›Drama, Baby!‹ Willst du sie zurückholen und mit ihr reden?«

»Ich glaube, da warte ich lieber bis Montag …«

KAPITEL 10
Achterbahnfahrt

»Wir kommen auf jeden Fall! Und vielleicht kann sie sich ja dazu durchringen, auch mit nach München zu fahren. Ich werde sehen, was ich tun kann. Ciao, ciao, mach's gut. Bussi.« Antonella legte das Telefon weg und tauchte in der Badewanne unter. Sie war nicht gewillt, ihre kostbare Auszeit mit einem längeren Telefonat mit ihrer Mutter zu vergeuden. Die aktuelle Neuigkeit aus München war, dass Oma Rosi ihren sechsundachtzigsten Geburtstag mit der ganzen Familie, ihrem Kegelklub und einer Handvoll ähnlich rüstiger alter Freunde ganz zünftig auf dem Oktoberfest feiern wollte. Und ausdrücklich hatte sie dazu auch Katia eingeladen. Antonella war sich nicht sicher, ob ihre Freundin tatsächlich mitkommen würde. Doch andererseits waren in den letzten paar Wochen schon erstaunlichere Dinge passiert. So waren seit dem heißen Freitagnachmittag vor sechs Wochen Katia und Giovanni kaum noch voneinander zu trennen. Offiziell waren sie natürlich kein Paar – da hatte Katia schließlich ganz andere Pläne –, sondern liefen unter der Bezeichnung »Freunde mit Extras«. Natürlich glaubte Antonella das keine Sekunde lang, denn dass es beide schwerstens erwischt hatte, war weder zu übersehen noch zu überhören. Wenn noch einmal die Sätze »ihre intensiven Bernsteinaugen« oder »wenn mich dein Bruder mit seinen treuen braunen Augen ansieht« fielen, würde sie den beiden vor die Füße kotzen, dachte Antonella. Oder sie zum Augenarzt schicken.

Sie ließ noch einmal einen Schwung heißes Wasser in die Wanne laufen, streckte die Zehen aus dem Schaum und lehnte sich mit einem wohligen Seufzer gemütlich zurück. Es war Sonntagvormittag. Adrian und Giovanni waren auf der letzten großen Trainingsradtour vor ihrem Triathlon am nächsten Wochenende, und Katia saß mit Elisa und den beiden Hunden im Hof und tat – was auch immer. Mutmaßlich Kind und Tiere mit ihren verliebten Schwärmereien nerven. Antonella hatte also ausnahmsweise mal Zeit und Muße für ein schönes Bad und entspannte Kontemplation. Und das war auch nötig nach den Turbulenzen der letzten Zeit. Sie grinste, als sie an ihren Hamburgbesuch dachte. Ihre nach New York ausgewanderte Freundin Georgia war nämlich kurzfristig in ihre Heimatstadt zurückgekehrt, um ihren snobistischen Eltern den dreijährigen Sohn vorzustellen, den sie erst vor kurzem adoptiert hatte. Kaffeebaron Holtau und Gattin – schon wenig begeistert vom rockmusizierenden Schwiegersohn – waren fassungslos gewesen, als ihnen der Enkel präsentiert wurde. Wie sie denn bitte schön den schwarzen LeRoy ihrer hanseatischen Gesellschaft schmackhaft machen sollten, hatten sie wissen wollen. Mannoman, dagegen war ihre Mutter wirklich Zucker, dachte Antonella. Mit diesen Pfeffersäcken konnten selbst Adrians Eltern kaum mithalten. Kein Wunder, dass Georgia sich ins Ausland abgesetzt hatte. Trotzdem vermisste sie ihre Freundin und hoffte, dass sie mit Mann und Kind vielleicht doch irgendwann wieder nach Deutschland zurückkehren würde. Nicht dass sie sich über Langeweile beklagen könnte, denn auch in Frankfurt war in letzter Zeit einiges aus dem Ruder gelaufen. Jener heißer Julifreitag hatte nämlich nicht nur zur letztlich wenig überraschenden Verpaarung von Giovanni und Katia geführt, sondern auch zur sehr überraschenden Kündigung von Jenny am darauffolgenden Montag. Es hatte ein Weilchen gedauert, bis sich Antonella aus den wortkargen Informationen ihrer Sekretärin und den peinlich berührten und irritierten Beiträgen von Christian die ganze Geschichte zusammengereimt hatte. Nach sehr viel gutem Zureden und ohne ein einziges Mal den Satz »Ich hab's dir doch gleich gesagt!« in den Mund genommen zu haben – worauf sie immer noch stolz war –, hatte sie Jenny glücklicherweise dazu bewegen können, doch an Bord zu bleiben. Die erste Zeit war sich das tragische Pärchen betont aus dem Weg gegangen. Vor allem Jenny hatte es vermieden, mehr als nötig mit Christian zu sprechen. Die ganze Sache war ihr offensichtlich extrem peinlich. Irgendwann hatte er sich dann ein Herz gefasst und sie tatsächlich überredet, trotz allem mit ihm tanzen zu gehen. Und aus dem einen Tanzabend als Wiedergutmachung ihrer Seelenpein schien sich jetzt ein ernsthaftes Trainingsverhältnis zu entwickeln. Antonella jedenfalls hoffte inständig, dass es diesmal ohne Missverständnisse abgehen möge und dass sich Jenny möglichst bald in einen möglichst netten Mann verlieben möge, der weder viel älter und ein notorischer Frauenaufreißer wäre noch schwul.

An der Damianos-Front war erst mal Ruhe eingekehrt. Katias Stiefsohn hatte zunächst nicht aufgegeben und mit üblen Drohanrufen weiterhin den Versuch unternommen, an Geld zu kommen. Nachdem er ihr schließlich spätabends bei der letzten Gassirunde aufgelauert hatte und sich den Hund schnappen wollte – ein Vorhaben, das natürlich misslungen war –, hatte sie ihn auf Adrians Rat hin wegen Stalkings angezeigt. In einem Schnellverfahren hatten sie die Verfügung erwirken können, dass er sich ihr nur mehr auf maximal hundert Meter nähern durfte. Alle hofften, dass er nun endgültig aufgab und Katia endlich einen finalen Schlussstrich unter dieses Kapitel würde ziehen können.

Antonella packte sich eine duftende Kur auf ihre Haare und begann, ihre Beine zu rasieren. Wäre das schön, wenn endlich mal ein bisschen allgemeine Entspannung eintreten würde. Bei

»Oooooooda! Melli!«, kreischte Elisa ihrer Mutter ins Ohr.

»Ich weiß nicht, ich glaube nicht!«, jammerte Katia.

»Dann versuch's mal mit Beatmen.«

»Beatmen? Wie denn???«

»Weiß ich doch nicht. Puste ihm mal in die Schnauze!«

»Du liebe Güte, was ist denn hier los?«, rief Adrian, der gerade zusammen mit Giovanni von der Radtour zurückkam. Die Szenerie war wirklich völlig absurd. Katia stand am Tisch und küsste einen Wischmopp, Antonella – nur mit einem Handtuch bekleidet, mit verklebten Haaren und blutigem Bein – stand mit Elisa auf dem Arm daneben und beobachtete misstrauisch besorgt die bizarre Knutscherei. Und dazu diese Lärmkulisse: Hinter der Haustür bellte Olga in den höchsten Tönen, Hugo hielt vor dem Meerschweinchenkäfig sitzend kräftig mit, und Elisa trat den Beweis an, dass Lautstärke kein Privileg von Größe oder Alter ist.

»Ich glaube, es hat keinen Sinn mehr«, stellte Katia erschüttert fest und richtete sich auf.

Adrian und Giovanni kamen näher und sahen, dass Katia keinen Wischmopp geküsst hatte, sondern ein Meerschweinchen, das reglos auf dem Rücken dalag. »Jetzt sagt doch mal, was hier los ist!«, insistierte Adrian, und die beiden Frauen fuhren herum. Sie hatten die Männer im Eifer des Gefechts bislang schlicht nicht wahrgenommen.

»Es ist so schrecklich«, fing Katia an. Sie klang fast eine Spur weinerlich. »Ich saß hier draußen und habe Zeitung gelesen. Die Hunde haben im Schatten gedöst und Elisa auf ihrer Decke gespielt. Dann habe ich sie ganz kurz alleine gelassen, um mir eine frische Tasse Kaffee zu holen. Ich war höchstens zwei Minuten weg. Allerhöchstens!«, bekräftigte sie, als sie sich drei skeptischen Augenpaaren gegenübersah. »Als ich wieder zurück war, hatte Elisa die Tür von dem Meerschweinchenstall aufgemacht. Es ist mir übrigens ein absolutes Rätsel, wie sie das geschafft hat, die Förster-Blagen kriegen das nicht hin, obwohl die viel älter sind.«

»Ja, ja, meine Nichte ist halt ein talentiertes kleines Mädchen …«, sagte Giovanni mit einem stolzen Grinsen.

»Jedenfalls«, fuhr Katia fort, »waren die kleinen Biester schon draußen, und Olga hatte sich das hier geschnappt. Ich glaube, es ist Freya … Egal, jedenfalls hat sie mit der bedauernswerten Kreatur gespielt wie eine Katze mit der Maus. Ich habe natürlich versucht, sie davon abzuhalten, aber keine Chance. Das fand sie erst recht witzig. Sie hat das Tier gepackt und ist wie eine Wilde ins Haus gerannt. Vor der Speichertür habe ich sie endlich erwischt und konnte ihr das arme Wesen abnehmen.« Sie seufzte. »Erst dachte ich, dass es nur ohnmächtig ist, vor Schreck oder so, denn verletzt ist es ja nicht. Zumindest nicht sichtbar. Olga wollte die ganze Zeit wieder an das Tier ran und ist dann wieder runtergerast, um sich das nächste einzuverleiben. Wovon wir sie glücklicherweise abhalten konnten! Na ja, und dann habe ich versucht, die arme Freya wiederzubeleben. Mit Herzdruckmassage und Mund-zu-Mund-Beatmung …« Sie sah traurig zu dem toten Meerschweinchen. »Das ist nicht lustig!!«

Giovanni konnte sich nicht mehr zusammenreißen und prustete los. Und auch Adrians Mundwinkel zuckten verdächtig.

»Was soll ich denn jetzt machen?«, jammerte Katia. »Soll ich den Försters etwa die Wahrheit erzählen, wenn sie nachher wieder nach Hause kommen?«

»Was willst du denn sonst sagen?«, wollte Adrian wissen. »Dass das Tier an Langeweile gestorben ist? Ich glaube übrigens, dass das Fridolina war.« Er sah genauer hin.

»Woher wisst ihr eigentlich alle, wie die Viecher heißen?«, fragte Antonella.

»Finn hat sie mir vor ein paar Tagen alle ausführlich vorgestellt, aber das ist ja jetzt auch egal. Wir sollten nur einen Plan haben, was wir den Nachbarn erzählen«, bestimmte Adrian.

»Also ich würd's einfach wieder in den Stall legen und so tun, als wäre nichts passiert«, schlug Antonella vor. »Dann sieht es aus, als sei es eines natürlichen Todes gestorben. Und irgendwie ist es das ja auch, oder? Hunde sind doch bestimmt die natürlichen Feinde von Meerschweinchen.« Sie grinste, und Giovanni lachte noch lauter.

»Ihr seid so unmöglich!«, erboste sich Katia. »Und außerdem bist nur du daran schuld!« Sie starrte Antonella angriffslustig an.

»Wieso? Ich habe die Stalltür doch nicht aufgemacht.«

»Ja, aber du hast Franziska erlaubt, den Stall im Hof unterzubringen. Das musste doch früher oder später zum Drama führen.«

»Du spinnst doch. Wer hat denn die Aufsichtspflicht missachtet? Hättest du Elisa im Auge gehabt, wäre rein gar nichts passiert!«

»Und wer musste unbedingt baden? Am Sonntagvormittag bei dreißig Grad??«

Ehe Antonella zum nächsten Verbalschlag ausholen konnte, ging Adrian dazwischen: »Halt, halt, halt! So geht das nicht weiter! Wir können sowieso nicht mehr ändern, was passiert ist, aber wir können uns überlegen, wie wir damit umgehen. Ich bin ja für die Wahrheit. Damit fährt man immer am besten!«

»Aber Franziska hasst mich, und sie hasst Olga, und wenn sie erfährt, dass ›der böse Hund‹ das geliebte Kuscheltier ihrer Kinder auf dem Gewissen hat, dann wird es hier richtig, richtig ungemütlich. Ich finde auch, dass wir es einfach wieder in den Käfig legen sollten.«

Die vier diskutierten noch ein ganzes Weilchen darüber, wie sie vorgehen sollten. Schließlich einigten sie sich auf einen Kompromiss: Sie würden erzählen, dass sie das weiße Meerschweinchen leblos im Käfig hatten liegen sehen und dass sie alles versucht hätten, das Tier zu retten. Keine Silbe aber von Elisas Alleingang und Olgas Jagderfolg. Katia kleidete einen Schuhkarton mit rosa Satin aus, bürstete das tote Meerschweinchen und legte es in die Schachtel. Erstaunlicherweise schluckte die gesamte Familie Förster diese krude Geschichte, als sie am späten Nachmittag von ihrem Sonntagsausflug zurückgekommen war. Natürlich waren Fee und Finn völlig aufgelöst, aber Franziska zeigte sich gerührt, dass Katia sogar einen kleinen Sarg gebastelt hatte. In einer ergreifenden Zeremonie war Frodo – so hieß das Tier nämlich wirklich – dann im Vorgarten beerdigt worden. Und bei »Frodo war ein gutes Meerschweinchen« liefen sogar Antonella die Tränen über die Wange.

Drei turbulente Wochen später waren sie dann alle nach München unterwegs. Katia hatte sich nach längerer Überlegung entschieden, ebenfalls mitzukommen, obwohl ihr klar war, dass Oma Rosi sie nicht ohne Hintergedanken zu ihrem Geburtstag eingeladen hatte. Und die alte Frau hatte ja auch Recht, sie sollte sich dringend mit ihren Eltern versöhnen. Allerdings wusste sie nicht, ob sie wirklich den Mut finden würde, anzurufen und vorbeizuschauen, und so wurde sie auf der Autofahrt immer einsilbiger. Giovanni ließ sie in Ruhe nachdenken, bis sie von der Autobahn abfuhren. »So, jetzt sind wir gleich da!«

Sie seufzte. »Müssen wir wirklich bei deinem Bruder übernachten? Ein Hotel wäre mir lieber, das wäre irgendwie unverbindlicher …«

»Ja, aber La Famiglia kaum zu vermitteln.« Giovanni lächelte sie aufmunternd an. »Und unverbindlich ist bei den De Annas schließlich gar nichts. Aber keine Sorge, alle wissen, dass wir ›nur Freunde‹ sind und dass mehr oder weniger subtile Tuscheleien über unseren Hochzeitstermin nicht angebracht wären. Für Oma Rosi kann ich allerdings nicht die Hand ins Feuer legen.«

»O Mann«, Katia seufzte noch schwerer. »Die wird mich schon wegen meiner Eltern in die Mangel nehmen, da brauche ich nicht noch mehr.«

»Keine Sorgen, Kathi, du musst nichts tun, was du nicht wirklich willst.«

»Mhmm.«

»Schau mich mal an.« Sie standen an einer roten Ampel, und er sah sie mit ernstem Blick an. »Verstehst du mich? Du musst nichts tun, was dir unangenehm ist. Aber egal, was du tust, wenn du mich brauchst, bin ich da für dich!«

Sie erwiderte seinen Blick und verlor sich in seinen Augen. Er meinte es wirklich ernst, und plötzlich war ihr nicht mehr ganz so schwer ums Herz. »Danke«, murmelte sie. »Das bedeutet mir wirklich viel. Ich wollte dir schon lange sagen, dass …«

Die Ampel war auf Grün gesprungen, und rüdes Hupen riss die beiden aus diesem besonderen Moment. Und ehe sie ausführen konnte, was sie ihm schon lange sagen wollte, waren sie auch schon vor dem Ristorante Milano angekommen. In einer der beiden Wohnungen, die über dem Restaurant lagen, wohnten Gianluca und seine Familie, in der anderen Mama De Anna, bei der Antonella und Adrian untergebracht waren. Die hatten wenige Minuten früher das Ziel erreicht und waren noch mitten in der aufwändigen Begrüßungsorgie, in die ansatzlos auch Katia und Giovanni mit einbezogen wurden.

Nach dem gemeinsamen Abendessen im Milano nahm Oma Rosi Katia beiseite: »Ich habe dich für morgen Nachmittag bei deinen Eltern angekündigt!«

»Du hast was?« Katia war entsetzt.

»Kathilein, jetzt sei mal ehrlich«, setzte die alte Frau resolut an, »freiwillig würdest du doch nicht hingehen. Nicht nach all den Jahren der Funkstille. Und deshalb habe ich mir gedacht, ich mache Nägel mit Köpfen! Es ist nur zu deinem Besten!«, fügte sie noch hinzu, als Katia sie mit fassungslosem Blick anstarrte. »Sie erwarten dich um halb vier zum Kaffeetrinken! Und jetzt will ich wissen, wann ihr endlich heiratet, du und Hansi.«

So viel also zum Thema Selbstbestimmung und Diskretion, dachte Katia und entschuldigte sich auf die Toilette. Das musste sie erst mal verdauen.

Auch wenn sie es nicht für möglich gehalten hatte, vierundzwanzig Stunden später war Katia tatsächlich sehr froh, dass Oma Rosi sie vor vollendete Tatsachen gestellt hatte. Sie hatte in der letzten Nacht praktisch keine Minute geschlafen, und auch der eigentlich heiß ersehnte Dirndl-Shopping-Trip am nächsten Vormittag mit Antonella hatte sie kaum ablenken können. Giovanni hatte angeboten, sie zu begleiten, doch sie hatte entschieden, zum ersten Treffen mit ihren Eltern nach fünfzehn Jahren lieber alleine zu gehen. Selbst Olga hatte sie nicht mitgenommen, und so hatte sie schließlich pünktlich, aber mit klopfendem Herzen und zitternden Händen vor ihrem Elternhaus gestanden.

Die nächsten Stunden waren ein Wechselbad der Gefühle – große Freude auf beiden Seiten, dass man sich wiedergefunden hatte, aber auch mehr oder weniger deutlich ausgesprochene Vorbehalte und alte Verletzungen. Doch immerhin sprachen sie miteinander, und sowohl Katia als auch ihre Eltern waren fest entschlossen, die Verbindung nicht wieder abreißen zu lassen. Zum Abschied drückte ihre Mutter ihr noch eine verschnürte Schachtel in die Hand. »Die ist von deiner Großmutter. Ich weiß nicht, was drin ist, aber sie wollte immer, dass du sie bekommst! Pass auf dich auf, und komm bitte bald wieder.« Sie nahm ihre Tochter noch kurz in den Arm und drückte ihr einen Kuss auf die Wange, dann schloss sie die Tür.

Jetzt saß sie alleine im Gästezimmer von Gianluca und seiner Frau Claudia und öffnete die Kiste. Darinnen fand sie ihr altes Poesiealbum, ein paar Postkarten, viele Fotos und Kassetten – all die Sachen, die sie vor zwanzig Jahren um ein Haar verbrannt hätte – und einen Brief von ihrer Großmutter. Den hatte diese laut Datum vor fünf Jahren geschrieben, knapp zwei Jahre vor ihrem Tod:

Liebe Kathi,
ich wollte Dir noch so viel sagen, aber langsam habe ich keine Hoffnung mehr, dass wir das in diesem Leben noch schaffen. Mein kleiner Engel, ich hoffe jedenfalls von ganzem Herzen, dass Du glücklich bist und Deine Träume erfüllen konntest! Verzeih mir bitte, dass ich nie den Versuch unternommen habe, Dich wiederzufinden, aber ich habe immer darauf gewartet, dass Du zu mir kommst. Ich war immer auf Deiner Seite und hätte Deine Entscheidungen bestimmt verstanden, wenn Du sie mir nur erklärt hättest. Aber jetzt ist es wohl zu spät. Bitte verstehe das nicht als Vorwurf, ich schreibe nur das, was ich fühle – Privileg des Alters.

Ich hoffe, Du freust Dich über die Sachen in der Kiste. Sie sollen Dich an Deine Kindheit, an Deine Wurzeln erinnern. Und vielleicht hast Du Dich ja inzwischen auch wieder mit Deiner Freundin Antonella versöhnt. Darüber würde ich mich sehr freuen, denn das Leben ist wirklich zu kurz und zu wertvoll, um im ewigen Groll zu verharren. Das habe ich inzwischen begriffen und auch versucht, es Deinen Eltern klarzumachen. Aber leider sind sie stur und der Meinung, dass es an Dir ist, den ersten Schritt zu tun.

Doch wenn Du diesen Brief liest, hast Du Dich wohl mit ihnen ausgesöhnt. Das tröstet mich sehr!

Kathi, eines möchte ich Dir noch mitgeben und hoffe, dass es dafür noch nicht zu spät ist: Mache das Beste aus Deinem Leben, aber lebe genau so, wie Du es willst, und nicht, wie irgendwelche anderen Menschen meinen, dass es richtig wäre!

Ich habe Dich sehr lieb!

Deine Omi

PS: Und jetzt hör mit Weinen auf!

Das war leider nicht so leicht möglich. Katia konnte sich nicht erinnern, wann sie das letzte Mal so hemmungslos geweint hatte. Sicherlich nicht nach Aris' Tod, und in der Zeit davor war sie viel zu abgestumpft gewesen. Aber jetzt weinte sie, bis sie keine Tränen mehr hatte. Irgendwann war Giovanni aufgetaucht und hatte sie wortlos in den Arm genommen. Lebe dein Leben und lebe es, wie du es willst. War das vielleicht der Schlüssel zum Glück? »Ich werde es versuchen, Omi, ich versprech's dir!«, murmelte sie an seine Brust gekuschelt und schlief schließlich ein.

Am nächsten Morgen fuhr sie mit Giovanni zum Ostfriedhof und legte eine Rose auf das Grab ihrer Großmutter. Und danach fühlte sie sich tatsächlich stark genug, das nächste Highlight der Münchenreise anzugehen: Oma Rosis Geburtstag im Kreise ihrer Lieben auf dem Oktoberfest. Ab zwei Uhr nachmittags war eine Box in der »Fischer Vroni«, Rosis langjährigem Lieblingszelt, gebucht. Die Jubilarin hatte schon früher Stellung bezogen, um sicherzugehen, dass alles nach ihren Vorstellungen arrangiert war. Nach und nach trudelten die Gäste ein, die meisten dem Anlass entsprechend in Dirndl und Lederhose gekleidet. Nur Adrian hatte sich geweigert, eine Lederhose zu kaufen – und kam sich jetzt in Jeans und hellblau kariertem Hemd etwas deplatziert vor. Antonella zog mit einem süffisanten Grinsen eine Braue hoch, verkniff sich aber jeden Kommentar, den dafür Rosi übernahm: »Diesmal lass ich dir das durchgehen, Andi, weil du sonst so ein lieber Kerl bist, aber nächstes Jahr kommst du hier nur in Lederhose rein! Nimm dir ein Beispiel an deiner Familie!« Sie deutete mit einer ausladenden Geste auf die Trachtenpracht ihrer Gäste. Er nickte zerknirscht. Diese Frau, ach was, diese ganze Familie überforderte ihn völlig. Allerdings musste er zugeben, dass speziell die Frauen sensationell aussahen in ihrer »folkloristischen Verkleidung«, wie er es bislang immer genannt hatte. Diese Dirndl holten selbst aus der letzten grauen Maus noch was raus. Nicht, dass viele graue Mäuse da gewesen wären. Antonella sah umwerfend in ihrem roten Kleid aus, und Katias Dekolleté ließ selbst einen wunschlos glücklich verheirateten Mann auf schräge Gedanken kommen. Kein Wunder, dass Giovanni wie ein siamesischer Zwilling an ihr klebte. Der machte in seiner Lederhose übrigens auch durchaus bella figura. Und dann müsste so ein Ding an ihm eigentlich auch … oder?

»Liebe Familie, liebe Freunde, ich freue mich, dass ihr euch alle Zeit für so eine alte Schachtel wie mich nehmt. Aber ich habe beschlossen, dass ich ab sofort jeden Geburtstag ganz groß feiere, denn ich weiß ja nicht, wie viele es noch sind …«

»Du feierst schon immer jeden deiner Geburtstage ganz groß!«, unterbrach sie Gianluca. »Und seit ich denken kann, sagst du das Gleiche.« Die Gäste lachten zustimmend.

»Dann ist vielleicht dein Denkvermögen nicht besonders gut ausgeprägt, du frecher Kerl«, tadelte sie mit einem gutmütigen Lächeln ihren Enkel. »Denn das, was jetzt kommt, habe ich noch nie gesagt!« Sie machte eine malerische Kunstpause.

»Wollen wir wetten?«, flüsterte Giovanni Katia ins Ohr. »Jetzt kommt gleich: ›Ich wünsche mir nur einen Ring für Hansi und mindestens einen neuen Urenkel.‹ Das sagt sie in Variationen, seit Gianluca und ich volljährig sind.«

Und wie aufs Stichwort: »Ich wünsche mir nur eines für mein neues Lebensjahr: dass Kathi diesen Windhund von Hansi zähmt und Toni und Andi ein gesundes Baby bekommen. Denkst du, mir ist nicht aufgefallen, dass du immer nur so getan hast, als würdest du Wein trinken? Und jetzt hier alkoholfreies Bier zu bestellen, da muss was im Bauch sein!«

»Das waren ja schon zwei Wünsche! Und dafür, dass du mein Geheimnis ausgeplaudert hast, kriegst du jetzt kein Geschenk mehr!«, sagte Antonella mit gespielter Empörung, ehe sie sich gegen die anrollende Begeisterungswelle ihrer Verwandten zu Wehr setzen musste.

Über den Tisch hinweg sahen sich Katia und Adrian mit leicht ratlosem Blick an. Wo waren sie da hineingeraten? Er schüttelte leicht resigniert den Kopf, nahm seinen Maßkrug und prostete Katia zu. »Auf gute Nerven, die können wir mit dieser Sippe wirklich brauchen!«

KAPITEL 11
Ruhe vor dem Sturm

Katia warf sich ihre Handtasche über die Schulter und rief nach Olga. Es war der Sonntagvormittag nach dem Oktoberfestbesuch, und sie wollte mit ihrem Hund nach Darmstadt fahren. Auf der dortigen Hundeausstellung hatte sie einen Termin mit dem lokalen Zuchtwart des Terrier-Klubs. Es ging um Olgas offizielle Zulassung als Zuchthündin. Seit sie aus München zurückgekehrt waren, hatte sie sich wie eine Besessene auf das Tier gestürzt, war aber ansonsten merkwürdig zurückhaltend. Der Besuch bei ihren Eltern und vor allem der Brief der Großmutter hatten einen erheblich größeren Eindruck hinterlassen, als sie es sich zunächst eingestehen wollte. Sie ahnte, dass sie sich früher oder später den lang verdrängten Problemen in ihrem Leben würde stellen müssen – dem Verhältnis zu ihren Eltern, der Sache mit Giovanni und vor allem ihrem Selbstbild. Aber im Moment fühlte sie sich noch nicht bereit dafür. Stattdessen konzentrierte sie sich ganz auf Olga, war mit ihr beim Friseur gewesen, hatte die wesentlichen Gehorsamsübungen wiederholt und sich schließlich Antonellas Auto für die Fahrt zu der Hundeausstellung geliehen. Über ihre Eltern, über Giovanni und über ihr Leben würde sie schon noch nachdenken. Irgendwann. Aber nicht jetzt. »Bis später!« Sie drückte Giovanni einen flüchtigen Abschiedskuss auf den Mundwinkel und verließ eilig ihre Wohnung.

»Viel Erfolg!«, rief ihr Giovanni noch hinterher und schloss dann die Tür. Was sollte er jetzt machen? So hatte er sich das

Wochenende jedenfalls nicht vorgestellt. Seit sie am Mittwoch wieder nach Frankfurt gekommen waren, hatte er Katia kaum gesehen. Beide hatten viel Arbeit, und dann war sie in ihren merkwürdigen Hundewahn verfallen. Ausstellung? Zuchtzulassung? Das konnte er alles nicht wirklich nachvollziehen. Gestern durfte er gnädigerweise zum Abendessen kommen, aber auch da gab es nur ein Thema: Olga! Ein paarmal hatte er versucht, mit ihr über ihre Eltern und den großmütterlichen Brief zu sprechen, doch sie hatte immer sofort das Thema gewechselt und ihn schließlich im Schlafzimmer endgültig mundtot gemacht. Er grinste schief. Nicht, dass er sich beschweren wollte, aber … Er stand unschlüssig im Flur herum. Sollte er hier auf sie warten? Andererseits hatte seine Wohnung etwas Zuwendung nötig, und das Fitnessstudio könnte er sich auch mal wieder von innen ansehen.

Bitte lass das nicht Franziska sein! Antonella schlurfte hinter Hugo zur Wohnungstür, der kläffend hingesprintet war, als es geklingelt hatte. »Ach, du bist's!« Mit einem erleichterten Lächeln ließ sie ihren Bruder herein.

»Wen hast du denn erwartet?«

»Niemanden, aber ich hatte Angst, dass Franziska wieder aufkreuzt und irgendwelche absurden Wünsche äußert. Vorgestern hat sie mir eröffnet, dass sie und Fabian die Wohnung gerne kaufen möchten …« Sie winkte ab und ging ins Wohnzimmer zurück.

»Wanni!« Elisa war ebenfalls in den Flur gekommen und stürzte sich begeistert auf ihren Onkel.

»Ciao principessa, come stai?« Giovanni nahm die Kleine auf den Arm und schmatzte ihr einen feuchten Kuss auf die Wange, was sie begeistert aufquietschen ließ. Er sank auf das große Sofa und kitzelte Elisa, die sich halb totlachte. »Du bist so süß!«, stellte er fest und setzte sie wieder auf den Boden zu ihren

Spielsachen. »Und was ist mit dir?«, fragte er seine Schwester, die sich auf der anderen Seite des Sofas unter eine Decke gekuschelt hatte und Hugo kraulte, der sich auf ihrem Bauch zusammengerollt hatte. »Du siehst aus wie ausgekotzt!« Er musterte sie besorgt. Sie machte tatsächlich einen ziemlich angeschlagenen Eindruck. Blass, dunkle Augenringe, strähnige Haare. Außerdem trug sie zu ihrer Pyjamahose ein altes Langarmshirt von Adrian, das auch schon bessere Zeiten gesehen hatte.

»Du weißt wirklich, wie man eine Frau glücklich macht«, sagte sie sarkastisch. »Die Kleine hatte letzte Nacht Fieber und hat ab drei Uhr praktisch durchgebrüllt. So lange, bis ich ihr Hugo ins Bett gelegt habe. Ab da war sie schlagartig friedlich und hat bis vor einer Stunde selig geschlafen. Jetzt ist sie wieder topfit, was ich von mir nicht behaupten kann. Ich glaube, sie hat mir ihren Infekt vererbt. Ich bin total schlapp, und das Frühstück ist mir direkt wieder aus dem Gesicht gesprungen«, sagte sie mit einem ganz untypischen Leidenston. Hugo leckte ihr aufmunternd die Hand.

»Du hast keinen Infekt, du bist schwanger. Da ist es doch normal, dass man sich nicht so toll fühlt.«

»Als Elisa unterwegs war, habe ich jedenfalls kein einziges Mal gekotzt, und so bleiern müde war ich auch nie.«

»Ja, aber das lag nur daran, dass du damals keine Zeit für solche Gebrechen hattest, weil du so paranoid damit beschäftigt warst, deinen Zustand vor Adrian zu verheimlichen! Stimmt's?« Giovanni sah sie mit einem herausfordernden Grinsen an und duckte sich vor dem Sofakissen, das Antonella nach ihm warf.

»Exakt das Gleiche hat mir Adrian heute Morgen auch schon zum ›Trost‹ gesagt. Wie kommt es, dass ihr plötzlich Experten in Frauenheilkunde seid?«

»Reg dich ab, Schwesterchen, wir stellen nur das Offensichtliche fest. Wo ist dein Mann eigentlich?«

»Der sitzt seit neun in seiner Kanzlei und bereitet sich auf irgendeine schwierige Verhandlung vor, die er morgen hat. Wahrscheinlich kommt er erst irgendwann am Abend wieder. Und was machst du eigentlich hier? Hat dich Katinka rausgeworfen?«

»Nein, die ist mit Olga doch zu dieser komischen Hundeschönheitsveranstaltung gefahren. Und weil meine Alternativen für den Sonntag entweder Wohnungsputz oder Hantelstemmen heißen, habe ich mir gedacht, schaue ich doch mal, was meine kleine Schwester so macht.«

»Tja, sorry, ich fürchte, ich kann dir heute auch kein unterhaltsameres Programm bieten …« Sie gähnte.

»Weißt du was? Ich gehe jetzt mal mit den beiden hier in den Park, und du kannst noch eine Runde schlafen. Und dann sehen wir weiter. Okay?«

»Das wäre ein Traum.« Sie sah ihn dankbar an, hievte sich hoch und hatte innerhalb weniger Minuten Kind und Hund ausgehfertig. »Habe ich dir schon mal gesagt, dass du mein Lieblingsbruder bist?«

Mittags sah die Welt wirklich schon wieder ganz anders aus. Antonella hatte zwei Stunden geschlafen, anschließend ausführlich geduscht und sich anständig angezogen. Jetzt fühlte sie sich viel besser, und ihr Magen knurrte. Kurz vorher waren Giovanni, Elisa und Hugo von ihrem Ausflug zurückgekehrt, und Antonella hatte mit halbem Ohr aus dem Bad mitbekommen, wie ihr Bruder seiner Nichte ein improvisiertes Mittagessen serviert und sie anschließend ins Bett gebracht hatte. Jetzt werkelte er am Herd herum.

»Sie schläft«, teilte er ihr mit, als sie in die Küche kam.

»Wie ein Engel! Vielen Dank, du hast mir das Leben gerettet.« Sie lächelte ihn dankbar an.

»Jederzeit gerne. Aber jetzt kannst du dich dafür revanchieren und das Mittagessen fertig machen.« Giovanni konnte zwar ganz passabel kochen – kein Wunder, wenn man praktisch in einem Restaurant groß geworden war –, hatte aber im Gegensatz zu seinem Bruder und seiner Schwester, die eine begeisterte Hobbyköchin war, kein gesteigertes Interesse daran. »Die zwei sind echt zum Totlachen. Elisa quatscht nonstop auf Hugo ein, und er hört ihr aufmerksam zu und sieht so aus, als würde er jedes Wort verstehen. Und er lässt sich alles von ihr gefallen – unglaublich! Wenn uns das jemand vor drei Jahren prophezeit hätte, dass dieser komische Mops jemals so De-Anna-kompatibel werden würde …«

»Ja, das ist wirklich unfassbar«, pflichtete ihm Antonella bei und schüttete dem Hund eine Handvoll Trockenfutter in seinen Napf. »Ganz ehrlich, ich kann es mir gar nicht mehr vorstellen ohne ihn. Er ist ja nicht nur zu Elisa süß, sondern kuschelt sich beim Fernsehen immer zu mir aufs Sofa. Und wenn ich mich im Büro über irgendwas aufregen muss, kommt er und stupst mich an oder leckt mir die Füße ab. Nur Joggen geht wirklich nicht mit ihm, da hat er keinen Bock drauf. Aber wenn ich mit dem Rad unterwegs bin, sitzt er immer neben Sternchen im Anhänger.«

»Das müssen die Hormone sein, dass du so über ihn ins Schwärmen kommst … Wenn man bedenkt, dass du ihn ursprünglich regelrecht gehasst hast.«

»Das hat rein gar nichts mit irgendwelchen Hormonen zu tun! Und gehasst habe ich ihn auch nie!! Wir hatten halt einfach ein Kommunikationsproblem.« Sie warf Nudeln ins kochende Wasser und rieb Parmesan.

»So kann man es natürlich auch nennen«, lachte Giovanni. »Jedenfalls hat er dich inzwischen ganz gut im Griff.« Hugo hatte gierig mit seinem Napf gescheppert, worauf ihm Antonella ein Stückchen Käse hingeworfen hatte.

»Wie auch immer. Jedenfalls ist er deutlich angenehmer im

Umgang, wenn sein Bauch gut gefüllt ist. Was ich übrigens absolut nachvollziehen kann, denn das geht mir genauso!« Rasch briet sie Rinderfiletstreifen in einer Pfanne an, gab einige Cocktailtomaten hinzu, dann die frisch gekochten Bandnudeln, und Augenblicke später saßen sie und ihr Bruder vor riesigen Tellern voll dampfender Pasta. Die ersten Bissen schlang sie gierig und stumm hinunter, dann lehnte sie sich zufrieden zurück und stellte fest: »Das finde ich jetzt richtig nett. Wir beide alleine, kein Adrian, keine Katia, kein quakendes Kind. Kein Entkommen!« Sie funkelte ihn grinsend an. »Ich will jetzt alles wissen über Kathi und dich! Seit ich ihr verboten habe, noch einmal ›seine treuen braunen Augen‹ in meiner Gegenwart zu erwähnen, sagt sie nämlich gar nichts mehr. Also jedenfalls nichts über eure Beziehung. Und kann es sein, dass sie seit München irgendwie komisch ist? Also, noch komischer als sonst?«

Giovanni seufzte. »Müssen wir jetzt darüber reden?«

»Wann denn sonst? Bei der Arbeit vielleicht? Und schließlich bist du doch deshalb hergekommen – um dich auszuheulen. Gib's zu!«

»Du übertreibst mal wieder maßlos! Erstens bin ich zu dir gekommen, um zu sehen, wie es euch geht …«

»Natürlich …«

»Und zweitens habe ich überhaupt keinen Grund, mich auszuheulen. Weswegen denn bitte?«

»Keine Ahnung. Ist nur so eine Vermutung. Aber ich kann mich natürlich auch irren.«

Sie aßen ein Weilchen schweigend weiter, dann sagte Giovanni: »Ich weiß einfach nicht, wohin das führen soll. Ob es überhaupt irgendwohin führt – außer ins Chaos.« Er sah seine Schwester ratlos an. »Weißt du, früher hätte ich täglich juhu geschrien, wenn eine Frau lediglich ein lockeres Verhältnis hätte haben wollen. Freunde mit Extras nennt sie das. So ein Schwachsinn! Das hat sie bestimmt aus irgendeiner bekloppten amerikanischen Fernsehserie. Und da funktioniert es sicherlich auch nicht …«

»Und was willst du?«

»Na ja, halt richtig mit ihr zusammen sein – jede Nacht zusammen einschlafen und jeden Morgen gemeinsam aufwachen, mit Diskussionen über das nächste Urlaubsziel und darüber, wie man die Spülmaschine richtig einräumt …«

»Ich bin mir sicher, dass sie dir bei der Spülmaschine komplett freie Hand lassen würde«, unterbrach ihn Antonella. »Um es kurz zu machen: Du willst Ehering und Kinder.«

»Nein, du willst mich wohl nicht verstehen. Ich brauche keinen Ehering, ich will einfach eine normale Beziehung führen. Mit allem, was dazugehört, aber in erster Linie mit Katia!«

»Und du wärst bestimmt ein toller Papa!«

»Jetzt hör schon auf«, sagte er ungeduldig, »nur weil du gerade wieder einen neuen Erdenbürger ausbrütest, heißt das noch lange nicht, dass Kinder zu haben der sehnlichste Wunsch aller Menschen ist! Ich liebe es, Onkel zu sein, aber glaube mir, noch mehr genieße ich es, die kleinen Nervensägen dann wieder bei ihren Eltern abzuliefern. Und außerdem geht's doch aktuell gar nicht um Kinder. Es geht um Kathi und mich!«

»Ja, aber was, wenn sie Kinder haben will?«

»Glaubst du denn, sie will?«, er sah sie skeptisch an.

»Weiß ich nicht, ihr alter Sack wollte wohl schon, aber es hat nicht geklappt. Da hat sie mal Andeutungen gemacht. Und ganz ehrlich, mit einem Greis hätte ich auch keine Kinder haben wollen. Aber eigentlich kann ich mir Kathi auch nicht als Mutter vorstellen.«

»Siehst du. Ich auch nicht. Aber ich weiß nicht, was sie wirklich will. Und das ist das Problem. Sie redet nicht mit mir über die Zukunft. Sie sagt dann immer: ›Ach komm, lass uns das Hier und Jetzt genießen, wer weiß schon, was morgen ist.‹ Natürlich weiß keiner, was morgen ist, aber sie denkt ja nicht mal über irgendwelche Möglichkeiten nach! Oder wenn sie es tut, dann im Geheimen. Und du hast schon Recht, seit München ist sie noch verschlossener. Sie hat mir nichts von dem Treffen mit ihren Eltern erzählt, außer dass es ›nett‹ war. Nett! Ich bitte dich, nach über fünfzehn Jahren Funkstille! Ich weiß nur, dass sie einen Brief von ihrer Oma bekommen hat, der sie komplett aus der Bahn geworfen hat. Ich würde ihr so gerne helfen, aber offensichtlich will sie das unbedingt alleine mit sich abmachen. Und jetzt diese völlig bizarre Besessenheit mit ihrem Hund. Zumindest mit Olga scheint sie ernsthaft Nachwuchs zu planen. Himmel, steh uns bei!« Giovanni klang wirklich einigermaßen verzweifelt.

»Ach, Brüderchen, nimm dir das alles nicht so zu Herzen«, sie tätschelte seine Hand. »Du wirst sehen, das findet sich alles. Vermutlich braucht sie einfach ein bisschen Zeit, dann wird sie schon merken, was für ein toller Fang du bist.«

»Vielleicht. Obwohl es schon ziemlich an meinem Ego kratzt, dass sie erst darüber nachdenken muss, ob ich ein toller Fang bin oder nicht … O Mann, das ist wahrscheinlich die gerechte Strafe dafür, wie ich sonst immer mit Frauen umgegangen bin.«

Antonella musste über den zerknirschten Hundeblick ihres Bruders lachen. »Ganz genau! Und jetzt reiß dich mal zusammen. Die sensible Masche kommt bei einem Macho wie dir sowieso nicht glaubhaft rüber.«

»Wenigstens haben wir sensationellen Sex!«

»Was nicht zu überhören ist! Könnt ihr nicht mal in deine Wohnung gehen?«

»Nö, weil Olga es bei mir angeblich blöd findet. Abgesehen davon brauchst du dich gar nicht zu beklagen, dich und Adrian kann man nämlich auch hören.«

»Stimmt doch gar nicht, und außerdem dient es bei uns nur der Arterhaltung!«

»Aber du bist doch nicht erst seit letzter Nacht schwanger?«

»Ich will mit meinem Bruder wirklich keine Sexgespräche führen!! Bähhhh! Und letzte Nacht hatte ich definitiv andere Sorgen als Beischlaf.«

»Wenn's euch Sorgen macht, solltet ihr es vielleicht wirklich lassen …« Er hatte offensichtlich seine gute Laune wiedergefunden.

»Giovanni!!!! Halt endlich die Klappe!«

»Seit wann bist du denn so verklemmt? Erst bin ich dir zu sensibel, dann zu anzüglich. Kannst du dich mal entscheiden, was du willst? Weiber …«, er schüttelte mit gespielter Empörung den Kopf.

»Ein Themenwechsel wäre nicht schlecht!« Wie aufs Stichwort klingelte das Telefon, und Antonella flötete in den Hörer: »Hallo, mein Hase! Na, wie läuft deine Arbeit? – Mir geht's wieder besser, danke. Giovanni ist hier und amüsiert mich mit Schwänken aus seinem bewegten Leben. – Echt? Das ist ja toll! Bussi, bis gleich.« Sie legte auf. »Adrian kommt gleich heim. Und bringt Kuchen mit!«

Als sich eine gute halbe Stunde später die Tür öffnete, galoppierte erst einmal Olga in die Wohnung. Katia war zeitgleich mit Adrian nach Hause gekommen und hatte sich spontan zu Kaffee und Kuchen einladen lassen. Schließlich gab es eine Menge zu erzählen. Mit glühenden Wangen berichtete sie begeistert von der Hundeausstellung. »Olga ist sensationell gut angekommen! Für die Zulassung muss sie zwar erst noch eine Prüfung ablegen, für die ich neben ihrem Stammbaum auch ein Gesundheitszeugnis vorlegen muss. Das kann ich in zwei Wochen machen. Aber der Zuchtwart meinte, dass das eine reine Formsache wird, denn er findet sie bildschön, und lieb ist sie ja auch.« Sie bebte förmlich vor Stolz. »Und dann hat mich ein Züchter aus dem Rheingau angesprochen und wollte sie mir gleich abkaufen. Könnt ihr euch das vorstellen?«

Kollektives amüsiertes Kopfschütteln.

»Natürlich habe ich das Angebot sofort abgelehnt. Niemals würde ich mein Schätzchen verkaufen. Um kein Geld der Welt! Aber wir haben vereinbart, dass sie bei nächster Gelegenheit von seinem Superrüden gedeckt wird und dass er als Honorar alle weiblichen Welpen bekommt.«

»Hilfe …«, murmelte Giovanni und sah seine Schwester mit einem »Ich hab's dir doch gesagt!«-Gesichtsausdruck an.

»Moment mal«, schaltete sich der Jurist ein, »das ist aber eine inakzeptable Vereinbarung! Was, wenn Olga nur weibliche Junge bekommt? Oder nur männliche? Da müssen wir eine andere Lösung finden. Ich hoffe, du hast da nichts Schriftliches vereinbart?«

»Keine Sorge, ohne meinen Anwalt mache ich überhaupt keine Verträge mehr«, beruhigte ihn Katia.

»Dann ist's ja gut. Über wie viele Welpen sprechen wir eigentlich?«

»Na ja, Olga kommt aus einem Zehner-Wurf.«

»Zehn?!«, riefen Giovanni und Antonella gleichzeitig erschrocken auf.

»Ja, aber es können auch mal weniger sein oder auch mal mehr, aber das ist doch völlig egal, die Arbeit ist sowieso die gleiche, ob sie drei oder dreizehn Babys hat.«

»Also ich weiß ja nicht«, begann Antonella vorsichtig. »Meinst du nicht, dass zehn junge Hunde schon eine ganze Menge sind?«

»Ja, und vor allem eine ganze Menge Spaß! Und außerdem sind ja nach spätestens drei Monaten alle wieder weg. Wenn ich mich davon trennen kann …« Als keiner reagierte, blickte Katia in die Runde und sah in drei entsetzte Gesichter.

»Äh, ja, dann haben wir also demnächst eine ganze Menge Nachwuchs hier im Haus …«, begann Adrian. »Wenn das kein Grund zur Freude ist …«

»Mhmm«, sagte Antonella.

»Gut, dass ich hier nicht wohne …«

Für diese Bemerkung erntete Giovanni einen merkwürdigen Blick von Katia, die aber keinen weiteren Kommentar dazu abgab. Stattdessen wechselte sie das Thema: »Wisst ihr eigentlich schon, was es wird?«

»Nein, das ist noch zu früh«, antwortete Antonella, »aber ich hätte diesmal gerne einen Jungen. Die himmeln nämlich ihre Mütter an und nicht nur ihre Väter und Onkel! Aber Adrian hätte genau deswegen lieber wieder ein Mädchen.«

»Ich auch!«, rief Giovanni. »Ich habe schließlich schon zwei Neffen!«

»Ja, aber Luca und Matteo leben in München, insofern hast du nicht viel von ihnen.«

»Ich fände ein zweites Mädchen auch besser, die sind niedlicher, und man kann sie hübscher anziehen.«

»Wie schön, dass ihr euch so einig seid, aber …«

»Maaaaama!«

»Seht ihr, dafür bin ich gut genug«, Antonella stand auf, »wenn sie Hunger hat, krank ist oder gerade aufgewacht. Dann ist Mama gefragt.« Sie ging ins Kinderzimmer und kam gleich darauf mit einer noch ziemlich verschlafenen Elisa auf dem Arm wieder zurück.

»Papa!« Beim Anblick ihres Vaters hatte die Kleine umgehend von knatschig auf strahlend umgeschaltet und streckte jetzt ihre Ärmchen nach Adrian aus, der sie mindestens ebenso strahlend übernahm.

»Braucht ihr noch weitere Beweise?«, seufzte Antonella. »Genau deshalb möchte ich jetzt einen Sohn!«

KAPITEL 12
R. I. P.

Warum bitte musste ihr Leben so fürchterlich kompliziert sein? Konnte sie nicht einfach auch mal ein bisschen durchatmen? Seit dem Besuch bei ihren Eltern war für Katia tatsächlich nichts mehr wie vorher. Bis dahin hatte sie ihr altes Leben schön unter Verschluss gehalten, aber das ging jetzt nicht mehr. Und wie gerne hätte sie noch einmal mit ihrer Großmutter gesprochen, statt nur ihren Brief wieder und wieder zu lesen. Sie solle ihr Leben so leben, wie sie es wolle, hatte die alte Dame geschrieben. Aber das war gar nicht so einfach, denn dafür musste man ja erst einmal einen Plan haben. Und einen echten Lebensentwurf konnte man das ja nun wirklich nicht nennen, was sie im Augenblick hatte. Erst das jahrelange, völlig fehlgeleitete und vermurkste Elend mit Aris, mit einer vagen Vorstellung davon, was sie, nach der im Raum stehenden Scheidung, anfangen sollte. Und dann der recht unsanfte Absturz aus dem goldenen Käfig in die graue Realität. Dass sie dabei noch ein Riesenglück gehabt hatte, war ihr schon klar – doch eine Aneinanderreihung von zugegebenermaßen günstigen Ereignissen konnte man ja noch nicht als Masterplan ansehen. Bei Antonella gelandet zu sein, eine eigene Wohnung beziehen zu können, einen Job zu bekommen – das war doch nichts als erfreulicher Zufall, oder? Und Giovanni? Was sie davon halten sollte, wusste sie schon gar nicht. Natürlich genoss sie es sehr, mit ihm zusammen zu sein – lieber Gott, das war der beste Sex in ihrem ganzen Leben, nicht dass sie eine ausgesprochene Expertin auf diesem Gebiet war –, aber hatte die Sache Zukunft? Sie wusste es nicht, und sie wusste auch nicht, was sie wirklich für ihn empfand, aber ihr war klar, dass sie nicht ewig die »Freunde mit Extras«-Nummer würde fahren können. Denn Giovanni machte aus seinen Gefühlen für sie kein Geheimnis. Er bedrängte sie nicht, war da, wenn sie ihn brauchte, sagte immer die richtigen Dinge und verlangte kein Commitment. Noch nicht, jedenfalls. Doch dann diese rätselhafte Aussage von ihm. »Gut, dass ich hier nicht wohne …« Dieser Satz ging Katia seit drei Wochen nicht mehr aus dem Sinn. Offensichtlich war er doch nicht der Richtige für sie, denn der müsste sie schon so nehmen, wie sie war. Und dazu gehörten auch Olga und der Plan, mit Olga zu züchten. Dem stand nun übrigens rein formal nichts mehr im Weg, denn heute hatten sie die offizielle Zuchterlaubnis vom Klub für Terrier bekommen! Katia war unglaublich stolz auf ihre Hündin. Jetzt würde sie warten, bis das Tier das nächste Mal heiß wäre, und dann hätte sie zwei Monate später garantiert erst mal keine Zeit mehr zum Nachdenken, denn mit Welpen im Haus würde sie ziemlich beschäftigt sein. Und schon jetzt führte das Nachdenken zu nicht viel. Es würde sich irgendwie alles finden, hoffte sie jedenfalls. Und bis dahin würde sie sich auf Olga konzentrieren und auf ihren Job. Denn auch da standen die nächsten Herausforderungen an.

»So, meine Süßen, wir machen jetzt einen Ausflug!« Antonella hatte das Gefühl, dass sie jeden Augenblick durchdrehen würde, wenn sie noch länger alleine mit Elisa und den beiden Hunden in der Wohnung bleiben musste. Katia war seit Donnerstag in Italien unterwegs, um sich aktuelle Stoffkollektionen anzusehen. Eigentlich hatte Antonella mitfahren wollen, aber da Adrian mitten in einem komplizierten und langwierigen Prozess steckte und praktisch Tag und Nacht arbeitete, musste sie zuhause die Stellung halten. Denn auch Giovanni war nicht greifbar. Dem war eingefallen, dass er ja mal wieder mit einem alten Kumpel zum Mountainbiken nach Österreich fahren könnte. Und so bespaßte sie schon das ganze Wochenende im Alleingang die zwei- und vierbeinigen Nervensägen. Weil das Wetter bis jetzt absolut grauenvoll gewesen war, hatten alle deutlich zu wenig Auslauf gehabt. Doch vor einer Viertelstunde war tatsächlich die Sonne herausgekommen, und Antonella hatte beschlossen, eine Radtour in den Stadtwald zu unternehmen. Vor dem Haus packte sie Elisa und Hugo in den Fahrradanhänger, leinte die aufgeregt tänzelnde, frisch prämierte Zuchtschönheit Olga an und schwang sich auf ihr Rad. Aus dem Augenwinkel sah sie eine Gestalt am Nachbarhaus herumlungern. Den gleichen Typen hatte sie heute Morgen doch schon bei der kurzen Gassi-Runde gesehen, oder? Und irgendwie kam er ihr auch sonst bekannt vor. Seltsam.

»He, spinnst du?« Olga hatte einen kleinen Satz zur Seite gemacht, weil sie ein Eichhörnchen erspäht hatte, und Antonella wäre um ein Haar mit dem Fahrrad ins Straucheln gekommen. Doch nach diesem kleinen Zwischenfall kamen sie problemlos und zügig voran, und Antonella merkte, wie sie sich langsam entspannte. Die Bewegung tat einfach gut, und nach wenigen Minuten war auch das pausenlose Plappern von Elisa verstummt. Sie sah sich um und stellte fest, dass ihre Tochter bereits fest schlief. Im Stadtwald glühten die Bäume im Herbstlaub, es roch feucht und würzig. Sie ließ Olga von der Leine, die sofort begeistert losraste, und gab selbst kräftig Gas. Anfangs kamen ihr noch etliche Jogger entgegen, und Antonella sah ihnen neidvoll nach. Eigentlich hatte sie dieses Jahr endlich mal am Frankfurter Stadtmarathon teilnehmen wollen, der in einer Woche stattfinden würde. Sie hatte das ganze Jahr über darauf hintrainiert. Und auch wenn es nicht gerade die perfekte Vorbereitung war, hatte sie sich trotzdem ausgerechnet, dass sie ganz gut durchkommen müsste. Aber wegen Baby Nummer zwei und vor allem auf Adrians Drängen hatte sie ihre Anmeldung wieder zurückgezogen. Darüber ärgerte sie sich inzwischen, denn seit gut zwei Wochen fühlte sie sich wieder blendend, und auch ihr Gynäkologe hatte grünes Licht gegeben. Also zumindest hatte er es ihr nicht explizit verboten. Sie streichelte kurz über ihren mittlerweile leicht gewölbten Bauch. »Dir hätte es bestimmt auch Spaß gemacht«, murmelte sie und seufzte dann schwer. Gut, dann eben nächstes Jahr. Die Sonne war verschwunden, und zwischen den Bäumen kam leichter Nebel auf. Zeit, umzukehren, dachte sie und bog in die nächste Forststraße ab, von der sie wusste, dass sie wieder zum Goetheturm führte. Hinter ihr knackte es. Sie schaute sich um, konnte aber nichts erkennen. »Olga, komm!«, rief sie den Airedale-Terrier und trat ein bisschen flotter in die Pedale. Es wurde immer düsterer und nebeliger. Wieder ein lautes Knacken, und urplötzlich schnitt ihr ein anderer Radfahrer den Weg ab und zwang sie zu einer Vollbremsung. »Was soll das? Sind Sie wahnsinnig?«, schrie Antonella den Typen an, der inzwischen von seinem Mountainbike gestiegen war. Moment mal, das war doch das Bürschchen von vorhin und von heute Morgen.

»He, Schnecke, Klappe halten!«, blaffte er sie an. Jetzt fiel ihr auch wieder ein, woher sie ihn kannte. Es war der schräge Assistent von Damianos, den sie im Sommer in seiner Agentur gesehen und der schon damals nicht durch beste Manieren geglänzt hatte. Wie hieß er gleich? Pan? Und was hatte er da in der Hand? »Pass auf! Bleib cool, und es passiert nix!« Er fuchtelte mit einem Klappmesser herum.

Scheiße, dachte Antonella und fühlte, wie ihre Knie plötzlich zittrig wurden. Was musste sie auch um diese Zeit durch den Wald fahren? Unwillkürlich legte sie eine Hand auf ihren Bauch und fragte dann betont ruhig: »Okay, alles klar. Was willst du?«

»Gib mir die Halsgurt von Hund!«

»Was?« Halsgurt? Was hatte das zu bedeuten? Und apropos Hund, wo war Olga eigentlich, wenn man sie mal brauchte?

»Die Gurt mit die Nummer drauf! Brauch ich für Damis. Sofort!« In diesem Moment kam Olga angerannt und baute sich knurrend vor Pan auf. »Mach sie runter!«, befahl der Antonella nervös.

»Nimm es dir doch selbst.«

»Du machst sofort Halsgurt runter für mich!« Er kam drohend zwei Schritte auf sie zu.

Das ist doch absolut lächerlich, dachte Antonella und verpasste der Witzfigur einen ordentlichen Schubser. Der Zwerg war schließlich einen Kopf kleiner und sicherlich einige Kilo leichter als sie. Doch statt hinzufallen oder wenigstens zu straucheln, duckte sich der drahtige Kleine geschickt weg und verpasste ihr mit einer einzigen geschmeidigen Drehung einen platzierten Karatekick in den Bauch. Antonella klappte zusammen und fiel auf ihr Fahrrad. Dann ging alles rasend schnell. Pan wollte sich Olga greifen und ihr das Halsband abmachen, doch die Hündin biss ihn erst in die Hand und anschließend ins Bein, so dass er doch noch zu Boden ging. Hugo, der wie ein Blitz aus dem Anhänger gesprungen war, verbiss sich nun mit mörderischer Präzision in den Kronjuwelen des Griechen. Olga am Bein und Hugo im Schritt – Pan drehte völlig durch vor Panik und Schmerzen und stach wild auf alles ein, was er erreichen konnte. Als Antonella sich wieder aufrappelte, hörte sie nur noch ein ersticktes Aufjaulen. Einen Augenblick später war sie wieder auf den Beinen und entriss dem Angreifer das Messer.

»Brauchen Sie Hilfe?«, zwei Spaziergänger waren angerannt gekommen.

»Er, er, er hat uns attackiert – o Gott, mein Hund«, Antonella versagte die Stimme, als sie Hugo hochhob. Er war ganz feucht und warm und atmete flach.

Von allem, was danach passierte, bekam sie nicht viel mit. Die beiden Spaziergänger hatten die Polizei angerufen und hielten zusammen mit Olga Pan in Schach. Antonella saß an einen Baum gelehnt und hatte Hugo im Arm. Sie fühlte, wie Blut aus seiner Seite quoll, und presste ihre Hand auf die Wunde, um die Blutung zu stillen. »Halt durch, mein Kleiner«, flehte sie verzweifelt, und der Mops sah sie matt und traurig an. Aus seinem Blick war jede Lebensenergie gewichen. »Bitte nicht«, weinte sie, und Hugo versuchte, ihr die Tränen abzulecken. Dann schnappte er noch einmal nach Luft und erschlaffte. Antonella wusste nicht, wie viel Zeit vergangen war, doch irgendwann drangen aufgeregte Stimmen zu ihr durch. Die Polizei war da und stellte Fragen. Mühsam und unter Schluchzen brachte sie die wichtigsten Eckdaten hervor, dass sie von Pan überfallen worden sei, weil er das Halsband von Olga für seinen Chef haben wollte. Warum? Das konnte sie nicht beantworten. Kurze Zeit später war auch Adrian gekommen, der ebenfalls von den Spaziergängern alarmiert worden war.

»Um Himmels willen, was ist passiert?«, er starrte schockiert auf seine blutverschmierte, verweinte Frau, die verzweifelt das leblose schwarze Fellbündel an sich gepresst hielt und im Scheinwerferlicht des Streifenwagens am Boden saß.

»Er hat Hugo umgebracht«, stammelte sie unter Tränen.

»Und was ist mit dir? Und Elisa?«, seine Stimme bebte.

»Sternchen hat alles verschlafen.« Und tatsächlich, Elisa hatte von allem nichts mitbekommen und saß nach wie vor sicher angeschnallt und selig träumend in ihrem Anhänger. »Oh, Adrian«, sie wollte aufstehen und sich in seine Arme werfen, aber auf halber Strecke versagten ihr die Beine, und sie sackte zusammen.

Erst im Krankenhaus kam sie wieder zu sich. Glücklicherweise war sie außer dem Schock völlig unversehrt, und auch dem Baby ging es gut, wie der ausführliche Ultraschall bestätigte. »Wissen Sie schon, was es wird?«, fragte der Arzt.

»Nein, den nächsten großen Termin habe ich erst nächste Woche«, antwortete Antonella leise.

»Wollen Sie es denn wissen?« Sie nickte, daher fuhr er fort: »Es sieht ganz nach einem Jungen aus!«

Diese Nachricht zauberte ein kleines Lächeln auf ihre Lippen. »Dann werde ich ihn Hugo nennen!«, und die Tränen flossen wieder.

»Das müssen wir ja jetzt noch nicht entscheiden«, sagte Adrian sanft und nahm sie in den Arm.

Als sie nach Hause kamen, war es bereits nach acht Uhr abends. Adrian schickte Antonella direkt in die Badewanne und versorgte dann Elisa. Die hatte zwar den Überfall im Park komplett verschlafen, war dann aber im Krankenhaus wach geworden und hatte seitdem – vor Hunger oder Angst? – praktisch nonstop gebrüllt und nach ihrem Lieblingskuscheltier »Udo!« verlangt. Doch Hugo konnte die Tränen des kleinen Mädchens nicht mehr trocknen. Irgendwann war sie dann vor Erschöpfung eingeschlafen, und Olga hatte sich vor ihrem Bettchen zusammengerollt. Zuvor war die Hündin die ganze Zeit aufgeregt schnüffelnd durch die Wohnung getigert, ganz offensichtlich auf der Suche nach ihrem mopsigen Freund. Adrian hörte Schritte im ersten Stock. Katia schien also inzwischen zurück zu sein. Gut, dann können wir ein Mysterium vielleicht noch heute klären, dachte er. Und während er noch überlegte, ob er gleich mit ihr sprechen oder lieber erst etwas zu essen machen sollte, klingelte es an der Tür. Katia stand mit einem breiten Lächeln, einer Tüte voller Leckereien und einem Stapel Stoffmusterkatalogen auf der Schwelle.

»Ich bin wieder im Lande!«, flötete sie und betrat die Wohnung, wo sie von Olga euphorisch begrüßt wurde. »Es war großartig«, sprudelte es aus ihr heraus, »obwohl es mit Antonella zusammen bestimmt viel schöner gewesen wäre. Allein schon wegen der Sprache. Aber, na ja, ich hab mich auch so ganz gut durchgeschlagen. Und euch was Schönes mitgebracht.« Sie reichte Adrian die Tüte mit den Lebensmitteln. »Was ist los?«, fragte sie ihn, als sie seinen ernsten Gesichtsausdruck sah. »Ist irgendwas passiert?«

»Kann man so sagen …« Er erzählte ihr die ganze Geschichte, und Katia wurde immer blasser.

»Ich kann es nicht fassen, dass er Antonella angegriffen und Hugo umgebracht hat«, sagte sie mit brüchiger Stimme. Die Tränen liefen ihr übers Gesicht. »Und das alles wegen dieses blöden Halsbands von Olga …«

In diesem Moment kam Antonella in die Küche, und Katia sprang so plötzlich von ihrem Stuhl auf, dass er polternd umfiel. »Ich weiß nicht, was ich sagen soll … Es tut mir so furchtbar leid.«

Nach diesen Worten von Katia fing auch Antonella wieder zu weinen an, und ein ganzes Weilchen standen die beiden Frauen in inniger Umarmung und schluchzend mitten in der Küche. Bis Adrian sie mit sanfter Gewalt trennte und jede mit einem Taschentuch versorgte. »Jetzt setzt euch erst mal wieder!« Sein Bedarf an weiblicher Verzweiflung war für heute mehr als gedeckt. »Was mich inzwischen wirklich brennend interessieren würde, ist die Sache mit dem Halsband. Was hat es damit auf sich? Die Steine sind ja wohl keine Diamanten, oder?« Adrian sah ratlos auf das braune Lederhalsband, das er Olga vorhin abgenommen hatte. Es sah vollkommen unspektakulär aus, bis auf drei kleine Glitzersteinchen an der Schließe.

»Natürlich nicht, das ist nur Strass! Ich habe keine Ahnung, was damit sein soll.« Auch Katia sah sich das Halsband an. »Im Sommer wollte es Damis auch schon unbedingt haben.

Er sagte irgendwas von einem Andenken an seinen Vater oder so. Ich habe das überhaupt nicht ernst genommen. Vor allem, nachdem er vorher die ganze Zeit von irgendeinem Nummernkonto fantasiert hat.«

»Dieser Pan hat auch irgendwas von einer Nummer gesagt, die er unbedingt haben müsste«, fiel Antonella ein.

»Und auf dem Halsband steht eine Nummernkombination«, stellte Adrian fest und las vor: »KK+447942583149.«

»Das gibt es nicht«, rief Katia aus. »So dämlich kann nicht einmal Damianos sein.« Sie fing hysterisch an zu lachen. »Das war die Nummer von meinem englischen Handy. KK steht für Katia Kolidis, dann die Vorwahl für Großbritannien, dann die Mobil-Vorwahl … ich kann das einfach nicht glauben!«

»Willst du damit etwa sagen, dass Hugo wegen einer Telefonnummer sterben musste?« Antonellas Augen verengten sich zu schmalen Schlitzen, und Katia zuckte betroffen mit den Schultern. »Wenn ich diesen Kerl in die Finger bekomme, wird er den Tag seiner Geburt verfluchen!« Sie bebte vor Zorn.

Adrian legte eine Hand auf ihre, die sich um das Halsband gekrampft hatte. »Lass das mal meine Sorge sein, Liebling. Diesen Pan kriegen wir in jedem Fall wegen schwerer Körperverletzung dran, und Damianos wird auch nicht ungeschoren davonkommen. Es kann nämlich sein, dass er auch im Wald war und seinem Helfer per Funk Anweisungen gegeben hat. Jedenfalls hatte der einen Knopf im Ohr und einen Funkempfänger. Aber da müssen wir die Ermittlungen der Polizei noch abwarten. Und außerdem …«

»Das war keine schwere Körperverletzung«, unterbrach ihn Antonella, »das war heimtückischer Mord!«

»Ich fürchte, dass Hugos Tod nur als Sachbeschädigung gilt und die Körperverletzung dich betrifft …«

»In was für einem unzivilisierten Land leben wir eigentlich?«, empörte sie sich. »Da wird ein unschuldiges, herzensgutes Lebewesen gemein gemeuchelt, und das gilt als Sachbeschädigung, und dieser gemeingefährliche Bekloppte kommt vermutlich mit einer Verwarnung oder so was davon …« Ihre Stimme überschlug sich fast.

»Es wird sicherlich mehr als eine Verwarnung werden, dafür werde ich schon sorgen«, versuchte Adrian sie zu beruhigen. Dann sah er in Katias Tüte. »Da riecht es doch verdächtig nach Trüffeln, oder?«

»Ja, ich weiß doch, dass ihr so gerne Trüffel esst«, antwortete sie. »Aber jetzt ist wohl nicht der richtige Moment für die Feier, die ich eigentlich geplant hatte.«

»Stimmt, nach Feiern ist wohl niemandem zumute, aber die Trüffel werden auch nicht besser, wenn wir sie nur ansehen. Und irgendwas müssen wir ja auch essen«, stellte er pragmatisch fest. »Außerdem wäre es ganz in Hugos Sinne, denn der war auch immer in der Lage, ein Festmahl zu verputzen! Das sind wir ihm schuldig!« Als er sah, dass nach seinen Worten wieder die Tränen flossen, stand er auf und begann wortlos zu kochen. Nach knapp zwanzig Minuten standen drei Gläser Rotwein und drei Teller mit in Butter geschwenkter Pasta auf dem Tisch. Darüber rieb er großzügig den edlen Pilz. »Nur ein Schluck!«, sagte er warnend zu seiner Frau. Dann nahm er sein Glas: »Auf Hugo!«

Die nächsten Tage waren eine einzige Qual. Bei Hugo's Affairs versank man in kollektiver Firmentrauer. Jenny war buchstäblich untröstlich und schluchzte den Montag über ohne Unterbrechung durch. Christian fühlte sich völlig hilflos. Auch wenn er nie eine besondere Bindung zu Hugo gehabt hatte, erschütterte ihn der tiefe Kummer seiner Kolleginnen und seiner Chefin doch extrem. Selbst Giovanni zeigte sich betroffen. Er machte sich Vorwürfe, weil er das Wochenende beim Mountainbiken verbracht hatte statt mit seiner Nichte und den Hunden, so dass Antonella mit Katia nach Italien hätte fahren können. Katia gab sich für alles die Schuld – schließlich waren es doch ihr Hund, ihr blöder toter Ehemann, der das verdammte Halsband gekauft hatte, ihr bösartiger Stiefsohn und sein komplett vertrottelter Assistent gewesen, die so viel Elend über die Menschen gebracht hatten, die ihr am nächsten standen. Doch von denen machte ihr keiner Vorhaltungen, das übernahm sie ganz alleine. Nicht einmal Antonella hatte irgendetwas dazu gesagt.

Und was auch? Hugo würde es auch nicht mehr lebendig machen. Antonella war untröstlich und konnte es selbst kaum fassen, wie sehr sie den kleinen Mops vermisste. Ursprünglich hatte sie ihn ja nicht mal ausstehen können, doch in den letzten Monaten war er ihr sehr ans Herz gewachsen, und jetzt fehlten ihr sein asthmatisches Geschnaufe, seine schlechte Laune, seine fröhlichen Spiele mit Elisa und überhaupt seine ganze Anwesenheit ganz enorm. Und es brach ihr schier das Herz, wenn sie mit ansehen musste, wie unglücklich Elisa nach ihrem geliebten »Udo« suchte. Die Kleine konnte einfach nicht verstehen, warum ihr pelziger Freund nicht mehr an ihrer Seite war. Als sie sich schließlich dazu durchringen konnte, Georgia in New York anzurufen, um ihr die schlimme Nachricht mitzuteilen, erfuhr sie von Tim, dass seine Frau gerade wieder in Hamburg war, weil ihr Vater einen Herzinfarkt erlitten hatte.*

Georgia war natürlich ebenso erschüttert, versprach aber, sofort zu kommen, wenn es eine Beerdigung geben sollte. Adrian hatte nämlich Hugo in einem Tierkrematorium einäschern lassen, und jetzt überlegten sie, was sie mit der Asche anfangen sollten.

* Was genau hinter Georgias erneutem Hamburgaufenthalt steckt, lesen Sie auf www.hugosaffairs.de.

»Giovanni kann doch einen kleinen Schrein bauen, und dann stellen wir die Urne ins Loft neben einem Foto von ihm. So ist er immer in unserer Nähe«, schlug Jenny vor.

»Also ich finde, dass wir ihn zuhause im Vorgarten neben Frodo beerdigen sollten«, meinte Katia, »und nächstes Jahr pflanzen wir einen Rosenstrauch darüber.«

»Oder wir verstreuen die Asche im Park, wo er am liebsten rumgelaufen ist.« Das war Giovannis Idee.

Doch Antonella hatte andere Pläne. Sie beorderte Freunde und Familie für den nächsten Sonntagnachmittag zum Haupteingang des Frankfurter Hauptfriedhofs. Um kurz nach vier war der ganze Trupp – inklusive einer sehr blassen und schmalen Georgia – versammelt. Es dämmerte bereits leicht, aber da es der Tag vor Allerheiligen war, brannten fast überall flackernde Grablichter.

»Möchtest du uns jetzt vielleicht mitteilen, was du vorhast?«, fragte Giovanni leicht irritiert.

»Ich möchte, dass Hugo neben seiner geliebten ersten Besitzerin seine letzte Ruhe findet, und ich bin mir ganz sicher, dass Tante Elsa sich das auch gewünscht hätte. Deshalb sind wir heute hier!«

»Das ist aber ganz schön gruselig«, sagte Jenny scheu, als sie sich alle auf den Weg zu Elsa Frieds Grab machten. Nebel zog auf.

»Ich finde es unglaublich romantisch«, stellte Georgia fest und kämpfte schwer mit den Tränen.

»Und es ist vor allem verdammt illegal«, murmelte Adrian. »Schon mal was von Störung der Totenruhe gehört?«

Doch Antonella ließ sich nicht beirren. Am Grab ihrer Großtante angekommen, zog sie aus dem Buggy eine Schaufel hervor und buddelte ein kleines Loch in die dunkle Erde. Dann nahm sie die kleine emaillierte Dose aus ihrer Handtasche und setzte sie in die Kuhle. »Wir sind hier, weil wir uns von einem ganz besonderen Wesen verabschieden wollen«, begann sie mit trauriger, aber fester Stimme. »Hugo war ein Hund, der viele Besonderheiten hatte. Einige waren nicht so schön, andere sogar ausgesprochen unerfreulich, aber in der Hauptsache ist es ihm doch gelungen, viele, sehr unterschiedliche Menschen sehr glücklich zu machen. Seine erste Besitzerin, Tante Elsa, hat ihn mehr geliebt als den Rest ihrer Familie – was wirklich nicht für uns spricht. Dann hat er Georgia aus einer schweren Krise geholfen und ihr im Grunde den Weg in ihr neues Leben geebnet. Weißt du noch, sein Auftritt beim Eishockey?« Georgia hatte damals darauf bestanden, den Hund mit in die Eishalle zu schmuggeln. Der Mops war ausgebüxt, und bei der Suche nach ihm hatten sie Tim kennengelernt. »Er war ein echter Mopsillon d'Amour.«

»Wie könnte ich das jemals vergessen?« Georgia tupfte sich die Tränen von der Wange.

»Für Elisa war er bester Freund, geliebtes Schmusetier und einzig wirklich kompetenter Tröster«, sprach Antonella weiter. »Und für mich?« Jetzt wurde ihre Stimme etwas leiser, und sie geriet ins Stocken. »Ich habe ihm all das hier zu verdanken. Die Tatsache, dass ich seit dreieinhalb Jahren in Frankfurt lebe, dass ich endlich einen Job gefunden habe, der wie eine Berufung für mich ist, meine Freunde. Und vor allem natürlich, dass ich Adrian getroffen habe und eine eigene Familie gründen konnte.« Eine Träne lief ihr über die Wange. »Leider habe ich ihm nie gesagt, wie lieb ich ihn wirklich habe und wie dankbar ich für all das bin.« Sie wischte sich die Tränen weg und schaufelte die Erde über die kleine Urne. Dann legte sie eine Rose auf den Haufen und zündete eine Kerze an. »Jetzt, wo es zu spät ist, verstehe ich auch endlich Loriots Zitat. ›Ein Leben ohne Mops ist möglich, aber sinnlos!‹ Auf Wiedersehen, mein Kleiner.« Sie stand noch ein paar Augenblicke schweigend vor dem Grab, dann drehte sie sich zu ihrer Familie und ihren Freunden um und versuchte ein kleines Lächeln. Die meisten hatten Tränen in den Augen.

»Das war wirklich sehr ergreifend«, sagte Adrian und nahm sie in die Arme. »Tante Elsa wäre stolz auf dich, und ich bin mir sicher, dass Hugo wusste, dass du ihn geliebt hast.«

»Aber jetzt sollten wir wirklich gehen«, warf Giovanni ein. »Es wird nämlich wirklich verdammt unheimlich!«

»Ganz kurz noch«, unterbrach Antonella die im Aufbruch befindliche Truppe, »vielen Dank, dass ihr mich begleitet habt!«

»Wir wussten ja nicht, was uns blüht …«, raunte Christian Jenny ins Ohr.

»Und jetzt würde ich gerne noch mit euch zusammen auf Hugo anstoßen! Das tapfere Tier hat einen angemessenen Abschied verdient, schließlich hat er mich mit seinem Leben verteidigt. Ich habe zuhause ein bisschen was vorbereitet. Wir sehen uns gleich!«

KAPITEL 13

Novemberblues

Bis mir klar ist, was ich wirklich will, und bis Olgas Welpen da sind. Ich hoffe, du kannst das verstehen.«

»Was ich verstehe, ist, dass du gerade mit mir Schluss machst.« Giovanni starrte Katia an. Gut, er hatte nicht gerade mit einer feurigen Liebeserklärung gerechnet, als sie ihn mit der Bemerkung »Wir müssen reden!« zum Mittagessen ins Café Ginko gelotst hatte, aber das?

»Ich habe nichts von ›Schluss machen‹ gesagt«, seufzte sie. »Dafür muss man ja erst mal eine richtige Beziehung haben. Und bis mir klar ist, ob ich wirklich eine echte Partnerschaft mit dir haben möchte, brauche ich eine Pause. Ich muss einfach mal über ein paar Dinge gründlich und in Ruhe nachdenken. Außerdem möchte ich mich jetzt voll und ganz auf Olga konzentrieren und alles für die Welpen vorbereiten.«

»Und? Was erwartest du jetzt von mir? Dass ich freudig aufspringe und sage: ›Ja, prima, kein Problem‹ und so lange warte, bis du weißt, was du willst?« Giovanni musste sich sehr zusammenreißen, um seine Stimme in einer angemessenen Lautstärke zu halten. Pause, keine richtige Beziehung, nachdenken – die Frau sah eindeutig zu viele schlechte amerikanische Serien.

»Nein, natürlich nicht, aber ich hoffe, du kannst zivilisiert damit umgehen. Wir arbeiten ja schließlich zusammen, und außerdem will ich unsere Freundschaft nicht gefährden, denn daran liegt mir wirklich viel.« Katia sah ihn mit ihren großen hellen Augen treuherzig an und hatte sogar den Nerv, ihre Hand beschwichtigend auf seine zu legen.

Er riss sie ungeduldig weg. »Ob mir nach einer zivilisierten Freundschaft ist oder nicht, kann ich leider noch nicht sagen. Darüber muss ich jetzt auch mal in Ruhe nachdenken!«, knurrte er und sprang auf.

»Jetzt bleib doch da, wir haben ja noch nicht mal gegessen!«

»Mir ist der Appetit vergangen!« Er schnappte sich seine Jacke und stapfte Richtung Ausgang. Auf dem Weg zur Tür sagte er laut zum Kellner, der gerade ihr Essen bringen wollte und ihn irritiert ansah: »Die Dame isst und zahlt alles!«

Sehr souverän!, dachte Katia ärgerlich und versuchte die neugierigen Blicke der anderen Gäste zu ignorieren. »Vielen Dank«, murmelte sie zum Kellner, der einen großen Teller Kürbissuppe und einen Salat mit Ziegenkäse vor sie hinstellte. Viel Hunger hatte sie auch nicht mehr, aber ins Loft wollte sie ebenso wenig zurückgehen. Und so begann sie nachdenklich die Suppe zu löffeln. Es war wirklich keine gute Zeit im Moment, irgendwie hatte sie das Talent, Menschen massiv vor den Kopf zu stoßen. Jetzt gerade Giovanni, und dabei hatte sie das doch wirklich ernst gemeint. Sie hatte ihn sehr gerne und würde alles dafür geben, mit ihm befreundet zu bleiben. Und möglicherweise würde sie irgendwann in der Zukunft auch richtig mit ihm zusammen sein wollen, aber nur, wenn sie sich absolut sicher sein konnte. Sicher, was ihre eigenen Gefühle anging! Sie wollte nie wieder mehr oder weniger zufällig in eine Beziehung schlittern, nur weil es sich gerade anbot. War das denn so schwer zu verstehen? Scheinbar ja. Und Giovanni war ein unglaublicher Sturkopf – in diesem Punkt ähnelte er ihrem Vater, mit dem es auch wieder Ärger gab. Seit dem Münchenbesuch im September hatte sie regelmäßig mit ihren Eltern telefoniert. Ihre Mutter, die offensichtlich überglücklich war, die verlorene Tochter wiedergefunden zu haben, war ziemlich schnell dazu übergegangen, Alltagsgeschichten auszutauschen und Normalität zu spielen. Das konnte Katia nicht ganz nachvollziehen, denn normal war nach der langjährigen Trennung ja eigentlich gar nichts, aber es war ihr immer noch lieber als die Reaktion ihres Vaters. Der konnte oder wollte nicht so einfach zur Tagesordnung übergehen, sondern musste stattdessen unbedingt die Motive für ihr Verhalten ergründen. Darüber hinaus verlangte er sogar ernsthaft, dass sie jetzt gefälligst in den Schoß der Familie zurückzukehren habe. Schließlich hätte sie einiges gutzumachen. Noch immer fassungslos dachte sie an das letzte Gespräch mit ihm. Das war vorgestern gewesen, und eigentlich wollte sie nur kurz ankündigen, dass sie am kommenden Wochenende nach München kommen würde. Nach wenigen Augenblicken war er jedoch wieder an dem Punkt angelangt, dass sie doch bitte schön gleich komplett nach München ziehen sollte. Er hätte eine Zweizimmerwohnung in einer Parallelstraße für sie gefunden und arbeiten könnte sie doch in der Metzgerei. »Aber Papa, versteh doch, dass ich nicht in mein altes Leben aus Kindertagen zurückkehren will. Ich habe hier in Frankfurt eine Wohnung und eine Arbeit, die mir Spaß macht«, hatte sie zu ihm gesagt.

»Was willst du dann von uns?«, hatte er sie angeblafft.

»Kontakt zu euch und wieder ein stabiles Verhältnis aufbauen. Aber ich bin auch eine erwachsene Frau. Ich bin sechsunddreißig Jahre alt und muss endlich anfangen, mein eigenes Leben zu leben.«

»Und da haben wir keinen Platz?«

»Doch, natürlich habt ihr da Platz! Aber keine Zweizimmerwohnung in München-Giesing und auch nicht die Metzgerei!«

»Wenn das so ist, hättest du gar nicht mehr zurückkommen brauchen!« Mit diesen Worten hatte er aufgelegt. Sie war sich sicher, dass sie am Wochenende im persönlichen Gespräch alles würde klären können, doch zwei Stunden später hatte nochmals ihre Mutter angerufen und angedeutet, dass es besser wäre, wenn sie erst einmal nicht nach Hause käme. Der Vater würde sich einfach zu sehr aufregen, und sie habe Angst um sein Herz. »Dann gib ihm besser kein Viagra!«, hatte sie wütend und verletzt ins Telefon geschrien und damit wohl auch ihre Mutter nachhaltig vergrault. Ja, sie hatte im Moment wirklich einen Lauf, dachte sie bitter.

Immerhin hatten die polizeilichen Ermittlungen ergeben, dass Damianos tatsächlich ebenfalls im Wald gewesen war, als Pan Antonella überfallen hatte. Laut Adrian drohte ihm jetzt eine Anklage wegen Mittäterschaft und nicht nur wegen Anstiftung zu einer Straftat. Das hatte ihn wohl ziemlich beeindruckt – milde formuliert –, denn er hatte ihr und Antonella einen blumigen Entschuldigungsbrief geschrieben. Es sei alles ein Missverständnis gewesen und täte ihm fürchterlich leid und blablabla. Wenn er sich dadurch eine freundliche Zeugenaussage von ihr erhoffte, hatte er sich jedenfalls geschnitten, dachte sie. Denn das machte Hugo auch nicht wieder lebendig. Überhaupt ging ihr die ganze traurige Geschichte nicht aus dem Kopf, dass der arme Mops wegen einer Telefonnummer hatte sterben müssen. Unfassbar. Hätte sie bloß Damianos das blöde Halsband gegeben, als er es haben wollte. Antonella machte ihr zwar nach wie vor nicht die geringsten Vorwürfe, aber es war mehr als deutlich, dass ihre Freundin sehr unglücklich war.

Auf der Plusseite gab es momentan eigentlich nur zwei Punkte, dachte sie: Die Arbeit lief immer besser für sie – jetzt, wo gerade viele Weihnachtsfeiern auszustatten waren, konnte sie sich nach Herzenslust mit den tollsten Dekostoffen austoben. Und vor einer Woche hatte Olga ihr hoffentlich erfolgreiches Rendezvous mit dem Rheingauer Airedale-Rüden Otto gehabt. Mit ein bisschen Glück würden dann ab Anfang

Januar ein paar putzige Welpen durch ihre Wohnung tollen. Katia legte ihre Gabel beiseite – sie hatte tatsächlich die Suppe und den kompletten Salat verdrückt – und sah auf die Uhr. Mist, sie musste zurück. Antonella hatte gleich einen Termin mit einer neuen Kundin, und da musste sie die Stellung halten. Denn Christian war seit gestern krank und Jenny im Urlaub. Die Kleine besuchte noch bis Ende nächster Woche irgendeine Cousine in Kapstadt. Die hat ein Leben, dachte Katia, drückte dem Kellner das Geld in die Hand und verließ mit Olga das Café. Südafrika fände sie jetzt auch nett. Frühsommer statt Schmuddel-November. Seufzend lief sie zurück zu Hugo's Affairs und hoffte, dass ihr eine weitere Szene mit Giovanni erspart bleiben würde.

»Willst du mir sagen, was los ist?« Antonellas Frage klang allerdings eher wie eine Aufforderung. Als Katia nicht gleich antwortete, fuhr sie fort: »Vor knapp zwei Stunden habt ihr gemeinsam das Loft verlassen, um essen zu gehen. Vor einer guten Stunde kam Giovanni alleine wieder zurück. Und seitdem beschallt er das ganze Viertel mit seiner Mördermucke!« Tatsächlich wummerten unten in der Schreinerei nicht nur die Kreissäge, sondern auch die satten Bässe der Stereoanlage.

AC/DC oder Metallica, vermutete Katia. Sie zuckte mit den Schultern und nuschelte irgendwas von männlicher Ignoranz, grundsätzlicher Fehlinterpretation des Status quo und Novemberdepression.

»Hast du etwa Schluss mit ihm gemacht?«

Katia stöhnte gequält auf. »Muss ich dieses Gespräch jetzt tatsächlich auch noch mit dir führen?« Sie schüttelte resigniert den Kopf. »Nein, ich habe nicht Schluss gemacht. Ich habe mir lediglich eine Pause von unserer Affäre erbeten, weil ich Zeit zum Nachdenken brauche.« Sie wappnete sich innerlich schon gegen die schwesterliche Tirade, die bestimmt gleich über sie niedergehen würde, doch Antonella zuckte nur mit den Schultern.

»Aha. Wie auch immer. Gleich kommt jedenfalls diese neue Kundin, da kann ich diesen Lärmpegel nicht gebrauchen. Ich nehme an, du möchtest ihn nicht bitten, seinen Krach abzustellen?«

»Wenn es sich vermeiden ließe …«

»Na schön«, Antonella seufzte und ging hinunter in die Schreinerei. »Bist du bekloppt?«, brüllte sie ihren Bruder an. Der Lärm war unten noch infernalischer.

»Was willst du?«, schrie Giovanni zurück.

»Mach diesen verdammten Krach aus! Ich habe gleich einen wichtigen Termin!!«

»Ich verstehe kein Wort.«

Antonella wurde es zu bunt. Sie schlug mit der flachen Hand auf den roten Sicherheitsschalter und augenblicklich herrschten gespenstische Ruhe und Dunkelheit. Der Schalter hatte die gesamte Stromzufuhr in der Schreinerei unterbrochen.

»Sag mal, spinnst du?«, motzte Giovanni sie an.

»Nein, aber ich muss arbeiten, und das geht nicht bei diesem Höllenlärm. Gleich kommt ›die Kundin des Jahres‹, wie Christian sie nennt. Irgendeine Amerikanerin oder so, die sich hier eine Luxuswohnung einrichten lassen will. Angeblich hat sie ein unbeschränktes Budget dafür, und das wäre mal wieder eine echt nette Abwechslung nach all den Arztpraxen, Anwaltskanzleien und Firmenpartys, die wir in der letzten Zeit fast nur noch machen. Also Ruhe bitte! Kapiert?«

»Ja, klar«, er kratzte sich etwas verlegen am Kopf. »Ich dachte, du wolltest mit mir reden …«

»Worüber denn? Dass Kathi mit dir Schluss gemacht hat?« Er zuckte leicht zusammen. »Willst *du* etwa darüber reden?«

»Nein.«

»Siehst du, ich auch nicht!« Und damit verschwand sie wieder nach oben, denn auf pubertäre Liebesdramen zwischen Bruder und Freundin hatte sie wirklich nicht die allergeringste Lust.

Oben im Loft wartete bereits Gesa Bergmann-Stanton auf sie, eine schmale, kühle Blondine mit klassisch geschnittenem Grace-Kelly-Gesicht, einem akkuraten Bob und stechenden hellen Augen, die zwischen Blau und Grün changierten. Sie trug einen perfekt sitzenden hellgrauen Hosenanzug und sichtbar teure Schuhe und Schmuck. Auf dem Sofa erspähte Antonella einen anthrazitfarbenen Mantel und eine royalblaue, garantiert echte Hermès-Birkin-Bag. »Schön, Sie kennenzulernen!« Antonella reichte der neuen Kundin die Hand und strahlte sie an. Dabei entging ihr nicht, wie sie von dieser ebenfalls eingehend gemustert wurde. Christian hatte sie heute Morgen tatsächlich von seinem Krankenlager aus angerufen und ihr mit belegter Stimme eingeschärft, dass sie doch bittebitte ein »elegant-seriöses Executive-Outfit« wählen möge. Deshalb trug sie jetzt ein schmales schwarzes Kleid mit einer kuscheligen, bordeauxfarbenen Strickjacke darüber.

»Sind Sie schwanger?«

»Ist das ein Problem?« Antonella zog eine Braue hoch. Was bitte war das denn für ein merkwürdiger Einstieg?

»Nein, natürlich nicht. Wann ist es denn so weit?«

»Anfang April, aber bis dahin haben wir Ihre Wohnung sicherlich schon lange fertig. Wollen wir anfangen?« Sie deutete in Richtung Konferenztisch. »Möchten Sie einen Kaffee?«

»Gerne. Schwarz, bitte.«

»Ich kümmere mich darum!«, bot Katia an und verschwand in der kleinen Küche, während Antonella und ihre Kundin Platz nahmen.

In der Regel liefen die Erstgespräche mit neuen Kunden immer ähnlich ab. Antonella klopfte die wichtigsten Eckdaten ab: privat oder geschäftlich, welches Budget, welcher Zeitraum, irgendwelche eigenen Vorstellungen und Ideen, etwaige No-gos? Dann präsentierte sie eine Mappe mit sogenannten Moodboards – Stimmungsbilder mit unterschiedlichen Stilistiken, Farben und Materialien. Und schließlich zeigte sie noch Fotoserien von abgeschlossenen Projekten. Währenddessen plauderte sie angeregt mit den Kunden, die oft eine ganze Menge von sich preisgaben. Meist hatte sie dann schon eine ziemlich präzise Vorstellung davon, in welche Richtung die Reise gehen würde. Diesmal war es jedoch ausgesprochen merkwürdig. Gesa Bergmann-Stanton erzählte zwar auch vieles – sie war Wirtschaftsanwältin, hatte fünf Jahre in Chicago gelebt und gearbeitet und wollte sich nun nach der Scheidung von ihrem amerikanischen Ehemann wieder in ihrer Heimatstadt Frankfurt niederlassen –, war aber komplett indifferent, was ihre geschmackliche Vorstellung anging. Lediglich, dass es von allem das Exklusivste sein sollte, konnte Antonella als greifbare Vorgabe festhalten, und dass die Wohnung repräsentativ und gleichzeitig gemütlich-familiär wirken sollte. Aha. Darüber hinaus hatte die neue Kundin auch noch die irritierende Angewohnheit, sie ungeniert auszufragen: Wo genau sie denn wohne, wie sie eingerichtet sei, ob sie weitere Kinder habe, einen Ehemann? Fragen, die die sonst so offenherzige Antonella nur sehr rudimentär beantwortete. »Vielleicht sollten wir uns das Objekt in den nächsten Tagen einmal gemeinsam ansehen?«, schlug sie nun vor. Wenn sie die Wohnung erst mal sah, bekäme sie vielleicht eine etwas genauere Vorstellung.

»Nun, ehrlich gesagt, gibt es noch gar kein Objekt«, antwortete Gesa, »aber ich habe um halb fünf einen Termin mit einer Maklerin, die mir drei Wohnungen im Westend zeigen möchte. Es wäre schön, wenn Sie mich bei der Besichtigung begleiten und beraten könnten.«

Antonella stöhnte innerlich auf – auch das noch –, sagte

dann aber mit einem entschuldigenden Lächeln: »Ich fürchte, das wird schwierig werden, denn ich muss gleich meine Tochter von der Kita abholen. Grundsätzlich wäre es kein Problem, und wenn ich es vorher gewusst hätte, hätte ich es anders organisieren können …«

»Aber das macht doch nichts, die Kleine kann gerne mitkommen! Das ist sogar eine ausgesprochen gute Idee. Sie kann die Wohnungen gleich auf Kinderfreundlichkeit testen.« Die Anwältin schien begeistert zu sein.

»Es war mir nicht klar, dass die Wohnung auch kinderfreundlich sein soll«, sagte Antonella irritiert. »Haben Sie denn Kinder?«

»Nein, noch nicht. Aber ich liebe die putzigen kleinen Gesellen und denke, dass ich mir bald welche anschaffen werde.« Gesa strahlte.

»Schön …« Antonella runzelte leicht die Stirn. Gesa Bergmann-Stanton sah zwar großartig aus, war aber bestimmt schon Mitte vierzig. Doch andererseits war das nun wirklich nicht ihr Problem. »Dann treffen wir uns um halb fünf also wo?«

Die Kundin zückte ihren BlackBerry und suchte offenbar nach der Mail ihrer Maklerin. »In der Liebigstraße 32.«

»Ich werde da sein!«, versprach Antonella und stand auf.

»Mit Ihrer Tochter! Wie heißt sie eigentlich?«

»Mit Elisa also.«

»Wie schön! Übrigens, meine Freunde sagen Gesa zu mir, darf ich Sie Antonella nennen?« Sie waren an der Tür angekommen.

»Natürlich. Bis später also, Gesa!« Antonella arrangierte ein verbindliches Lächeln ins Gesicht und reichte ihrer extravaganten Kundin zum Abschied die Hand.

»Meine Fresse …« Sie schüttelte sich. Was war das denn bitte?

»Ich werde mir bald einen putzigen kleinen Gesellen anschaffen!«, äffte Katia lachend die blonde Erscheinung nach.

»Hör bloß auf … Und ich habe mich ernsthaft auf diesen Auftrag gefreut … ›Meine Freunde sagen Gesa zu mir‹ – ich glaube, mir wird übel.« Antonella rollte genervt die Augen. »Und dann auch noch Sternchen mit reinzuziehen.«

»Wenn du Glück hast, hat Elisa heute so richtig miese Laune und macht eine Riesenszene. Dann wird deine Freundin Gesa das Ganze vielleicht noch mal überdenken.«

»So viel Glück habe ich im Leben nicht … Sag mal, die ist doch bestimmt schon über vierzig, oder?«

»Würde ich auch sagen, aber mit mehr Botox und Hyaluronsäure im Gesicht, als ich es je im ganzen Körper hatte«, stellte Katia fachmännisch fest.

»Da ist wohl ein Schuss direkt ins Hirn gegangen. Ich fürchte, mit der guten Gesa werden wir noch viel Freude bekommen. Irgendwie kommt sie mir auch bekannt vor. Meinst du, sie ist irgendwie berühmt oder so was?«

»Keine Ahnung, mir sagt sie nichts.«

»Na ja, ist ja auch egal«, Antonella raffte ihre Sachen zusammen und packte sie in die Tasche. »Ich muss jedenfalls jetzt los und die Kleine abholen. Du hältst hier die Stellung?«

»Klar, ich hab noch reichlich zu tun. Wir sehen uns später oder morgen. Viel Spaß!« Katia winkte ihrer Freundin grinsend hinterher. Mannomann, auf diesen Job hätte sie auch keine Lust. Da war sie wirklich froh, dass sie sich auf ihre Stoffe und die Weihnachtsfeiern konzentrieren konnte.

Ungefähr fünf Minuten, nachdem Antonella das Büro verlassen hatte, brach unten in der Werkstatt wieder der Höllenlärm los. Du bist so kindisch, dachte Katia und versuchte den Krach zu überhören. Vergeblich. Und so lief sie nach einer guten halben Stunde entnervt nach unten.

»Hallo!«, schrie sie gegen die krachenden Bässe an. »Das nervt!!!«

Erst tat Giovanni so, als würde er sie nicht bemerken. Dann setzte er einen überraschten Gesichtsausdruck auf und machte die Musik etwas leiser. »Kann ich dir helfen?«

»Was soll das mit dieser ohrenbetäubenden Beschallung? Wie alt bist du eigentlich? Fünfzehn?? Das ist doch total bescheuert. Wenn du ein Problem mit mir hast, dann können wir das doch wie erwachsene Menschen klären.«

»Problem? Wieso sollte ich ein Problem haben? Ist doch alles bestens. Ich genieße einfach meine wiedergewonnene Freiheit und denke auch über ein paar Dinge nach. Und das kann ich am besten bei guter Musik! Dafür hast du doch bestimmt Verständnis, oder?«, seine Stimme triefte nur so vor Sarkasmus.

»Ehrlich gesagt nicht. Und es ist völlig albern zu behaupten, dass man bei diesem Krach nachdenken kann.«

»Auch nicht idiotischer als deine Aussage, wir hätten keine echte Beziehung geführt!«

»Also, so führt das wirklich zu gar nichts!«, rief sie empört aus.

»Genau«, pflichtete er ihr bei. »Und deshalb verkrümelst du dich jetzt wieder nach oben und denkst zum sanften Surren deiner Nähmaschine nach, während ich das Gleiche bei Iron Maiden tue!« Mit diesen Worten drehte er die Lautstärke wieder hoch und ging zurück zu seiner Werkbank.

»Vollidiot!!!«, brüllte sie ihm hinterher und stapfte wütend nach oben.

Anderthalb zermürbende Stunden später wurde es wieder ruhig. Giovanni machte offenbar Feierabend. In der plötzlichen Stille hörte Katia ein helles Lachen. Sie ging zum Fenster und sah, wie Giovanni gerade eine bildhübsche, gertenschlanke, ziemlich junge Frau küsste. Dann legte er ihr einen Arm um die Schulter und ging mit ihr über den Hof. Kurz vorm Ausgang drehte er sich um und schickte Katia ein süffisantes Grinsen nach oben.

So ein Mistkerl! Katia war natürlich klar, dass das nichts als blanke Provokation war. Komisch nur, dass sie das so dermaßen irritierte …

KAPITEL 14
Liebesreigen

»Das ist ja mal ein sehr erfreulicher Anblick!«, Adrian kam grinsend ins Ankleidezimmer, in dem Antonella nur mit Slip und BH bekleidet ratlos vor ihrem Schrank stand.

»Bleib mir bloß vom Leib!«, rief sie und ergriff die Flucht, als er sie in seine Arme ziehen wollte. Adrian war gerade vom Joggen nach Hause gekommen und war klatschnass von Regen und Schweiß. »Ich weiß einfach nicht, was ich anziehen soll«, jammerte sie. »Heute Vormittag treffe ich mich mit Gesa in ihrer Wohnung. Du wirst es kaum glauben, aber sie hat sich gestern tatsächlich für eine entschieden. Am Nachmittag ist dann dieser St.-Martins-Umzug in der Kita, was wirklich der größte Schwachsinn von allem ist, findest du nicht?« Sie sah ihn beifallheischend an.

»Ehrlich gesagt, nein. Ist doch süß, wenn die Kleinen mit ihren Laternen durch die Gegend wackeln. Sternchen findet das bestimmt großartig!«

»Ja, aber sie ist auch fast die Einzige in ihrer Gruppe, die halbwegs unfallfrei mehr als fünf Meter auf eigenen Füßen zurücklegen kann. Jedenfalls, wenn sie keine Laterne in der Hand hat. In der Krippe sind drei Monate alte Babys! Also wirklich! Kann man damit nicht warten, bis sie wenigstens im Kindergarten sind – oder noch besser bis nach dem Abitur?«

»Du bist so eine Rabenmutter!«, lachte Adrian und verzog sich unter die Dusche.

»Und du eine echte Hilfe!«, rief sie ihm hinterher. Verdammt, sie brauchte jetzt ein Outfit! Eines, das Gesa-, laternen- und abendtauglich war. Zum Abendessen war sie nämlich mit einem Hamburger Hotelier verabredet, der schon vier extravagante Designhotels hatte und nächstes Jahr eines ins Frankfurt eröffnen wollte. Seine Häuser in Hamburg, Berlin, Köln und München hatte er jeweils von lokalen Designern und Künstlern einrichten lassen, und nun suchte er auch in Frankfurt jemanden fürs Interior. Georgia hatte ihr diesen Kontakt vermittelt, und es war klar, dass sie diese Chance unbedingt nutzen musste. Ebenso klar war, dass sie dafür grandios aussehen musste. Das Problem waren das gruselige Wetter und die Tatsache, dass ihr kaum noch Klamotten passten. Sie musste wirklich dringend einkaufen gehen … Sie seufzte und entschied sich dann für einen ziemlich kurzen schwarzen Stretchrock, den sie gerade noch zubekam, eine wild gemusterte Tunika-Bluse in Blautönen und zur Entschärfung für tagsüber eine grob gestrickte graue Wolljacke. Sie sah sich zufrieden im Spiegel an. Ein bisschen too much für die Mamis, aber genau richtig für Gesa und den Hotelier. Als sie ihre hochhackigen schwarzen Wildlederstiefel aus dem Regal angelte, kullerte ihr ein kleiner grüner Ball vor die Füße. Fast augenblicklich schossen ihr Tränen in die Augen. Das war eines von Hugos Lieblingsspielzeugen gewesen, und in seinen letzten Tagen hatte er verzweifelt danach gesucht. Antonella hatte nach seinem Tod fast sofort all seine Sachen weggeräumt, weil sie den Anblick der Halsband- und Leinenkollektion, der Schlafkissen und Spielsachen nicht ertragen konnte. Aber beinahe täglich fand sie in irgendeiner Ecke noch etwas von ihm. Gestern erst hatte sie einen angenagten Kauknochen zwischen Elisas Kuscheltieren herausgezogen. Es war schrecklich, wie sehr sie den kleinen Kerl vermisste. Ihr wurde plötzlich fürchterlich schwindelig, und sie musste sich auf die Polsterbank setzen. In diesem Moment spürte sie auch zum ersten Mal eindeutige Bewegungen von ihrem Baby.

»Alles in Ordnung?«, Adrian war frisch geduscht wieder ins Ankleidezimmer gekommen und sah seine Frau leicht besorgt an, die mit einem merkwürdigen Gesichtsausdruck dasaß.

»Ja«, sie lächelte ihn schief an. »Das war jetzt wirklich seltsam. Erst finde ich Hugos Lieblingsball, dann wird mir schwummerig, und dann meldet sich der Kleine.«

Er setzte sich neben sie und streichelte ihren Bauch, in dem es jetzt wieder völlig ruhig war. »Vielleicht bedeutet das auch, dass du mal einen Gang zurückschalten solltest.«

»Ich glaube, das bedeutet lediglich, dass mir Hugo fehlt, ich dringend frühstücken muss und dein Sohn guten Tag sagen wollte!« Sie drückte ihm einen Kuss auf die Wange und stand auf. »Komm, Schätzchen, wir machen Frühstück«, sagte sie zu Elisa, die die ganze Zeit mit Bauklötzchen gespielt hatte.

»Ich weiß gar nicht, wie ich das bis April aushalten soll!« Jenny stieß einen dramatischen Seufzer aus. Sie war heute den ersten Tag nach ihrer Südafrikareise wieder bei der Arbeit und hatte ihren Kollegen neben einigen Souvenirs, unter anderem einer Original-Vuvuzela, auch eine unglaubliche Geschichte mitgebracht. Jenny war verliebt!

»Und du bist dir ganz sicher, dass er weder tausend Jahre älter ist als du, noch vergeben, noch schwul?«, fragte Antonella sie misstrauisch.

»Ich bin mir todsicher! Tom ist vierundzwanzig und studiert normalerweise in Mainz Maschinenbau. Jetzt macht er gerade ein Auslandssemester in Kapstadt und wohnt in dem Studenten-Apartment neben meiner Cousine.« Jenny strahlte.

»Damit wäre aber bisher nur das Alter geklärt. Was ist mit seinem Familienstand und seiner sexuellen Präferenz?«, bohrte nun Christian nach, der fast ein wenig eifersüchtig wirkte.

Jenny wurde rot. »Ich glaube, da müsst ihr euch keine Sorgen machen …«

»Wie schön«, murmelte Katia leicht sarkastisch, doch Jenny reagierte gar nicht darauf.

»Allerdings war es anfangs ein bisschen peinlich«, fuhr die Sekretärin fort. »Es war mein dritter Abend in Kapstadt und das erste Mal, dass Tom und ich alleine waren. Wir sind an den Strand gegangen, haben uns in den Sand gesetzt und die Sterne angesehen. Dann hat er seinen Arm um meine Schulter gelegt, und ich dachte, dass er mich gleich küssen wird. Stattdessen hat er in den Himmel gedeutet und gesagt: ›Sieh mal, das da oben ist der Orion!‹ Daraufhin ich: ›Oh, wirklich? Meine Mama hat mir immer erzählt, dass ich in einem Ford Orion gezeugt worden bin!‹ Irgendwie war damit der magische Moment erst mal wieder vorbei ...«

Antonella gelang es mühsam, sich das Lachen zu verkneifen, doch Christian prustete ungehemmt los: »O Mann, der arme Kerl hatte vermutlich eine Todesangst, dass du dich gleich beim ersten Date von ihm schwängern lassen willst. Ein Wunder, dass du ihn überhaupt wiedergesehen hast!« Er lachte sich halb tot.

»Das war ganz schön gemein von dir!«, empörte sich Jenny. »Natürlich haben wir uns wiedergesehen. Er ist nämlich auch in mich verliebt!«

»Und hat beim Sex dann aber sicherheitshalber immer zwei Kondome übereinandergezogen ...« Christian duckte sich, als Jenny die Vuvuzela nach ihm warf.

»Du bist so kindisch!«

»Und du bist total naiv zu glauben, dass so ein Urlaubsflirt eine echte Chance hätte«, kam es kühl von Katia.

Antonella brach das darauffolgende allgemeine betretene Schweigen: »So, ihr Lieben, ich muss in einer Dreiviertelstunde bei Gesa im Westend sein. Vielleicht können wir noch rasch die anstehenden Aufgaben besprechen?«

Zwei Stunden später, als Katia auf ihrer Mittagsrunde mit Olga war, brachte Christian Jenny auf den aktuellen Stand der Dinge: »Letzte Woche hat Katia mit Giovanni Schluss gemacht!«

»Echt?? Sie mit ihm? Bist du sicher?«

»Nun, ich war krank an dem Tag, aber das habe ich mir inzwischen zusammengereimt.«

»Boah, die ist so eine hohle Nuss! Das habe ich ja von Anfang an gesagt. Erst macht sie ihn an, und dann bricht sie ihm das Herz. Der arme, arme Giovanni!! Meinst du, ich sollte ihn trösten?«

»Was würde wohl Tom dazu sagen?« Christian grinste sie an.

»Der hätte Verständnis, denn Freunden soll man doch beistehen, wenn es ihnen schlecht geht, oder etwa nicht?«

»Du bist wirklich ein Goldstück! Aber ich glaube, er tröstet sich selbst ganz gut. Jedenfalls lässt er sich jeden Abend von einem hübschen Mädel abholen und sorgt dafür, dass Katia das auch schön mitkriegt. Und die wird immer fuchsiger deswegen«, kicherte er verschwörerisch. »Manchmal taucht die Schönheit sogar schon mittags auf.«

»Ist es jedes Mal eine andere oder immer die Gleiche?«, wollte Jenny wissen.

»Nö, immer die Gleiche. Groß, schlank, lange hellbraune Haare. Ziemlich hübsch. Sieht aus wie ein Model.«

»Klingt ganz nach Anuschka. Mit der hatte er letztes Jahr um die Zeit ein Verhältnis. Na ja, das hat Katia jedenfalls davon!«, meinte Jenny eine Spur selbstgerecht. Ganz vergessen hatte sie ihren alten Groll gegen die Kollegin offensichtlich immer noch nicht. Dann wechselte sie jedoch das Thema. »Ist das wirklich wahr, dass wir in den nächsten fünf Wochen insgesamt fünfzehn Weihnachtsfeiern haben? Das ist ja ein ganz schönes Pensum. Letztes Jahr waren es gerade mal acht.«

»Ja, allerdings. Und Antonella will, dass auf jeder Feier immer mindestens einer von uns anwesend ist und aufpasst, damit alles gut läuft.«

»Puh. Und was ist mit dieser neuen Kundin, bei der sie jetzt ist?«

»Die scheint ein bisschen anstrengend und sehr anspruchsvoll zu sein. Jedenfalls zitiert sie Antonella fast täglich zu einem Termin. Und sie will ausschließlich mit ihr sprechen. Uns andere guckt sie kaum an. Merkwürdige Person, aber mit Geld.«

»Sag mal, was machen wir dieses Jahr eigentlich Weihnachten?« Gut zwei Wochen später saß Antonella abends mit Adrian in ihrer Küche. Während des Essens hatte sie begeistert berichtet, dass sie heute der Hamburger Hotelier angerufen und ihr die Hotelausstattung zugesagt habe. Er hatte sich wohl noch mit einigen anderen Designern und Künstlern getroffen und sich dann für Hugo's Affairs entschieden. Bis Ende des Jahres wollte er ihr seinen Finanz- und Zeitrahmen nennen, und dann sollte sie sich an die Entwürfe machen. Start für den Innenausbau würde dann im Spätsommer des nächsten Jahres sein. Sie war müde, aber zufrieden und entspannt – bis Adrian die Weihnachtsfrage in den Raum gestellt hatte. »Letztes Jahr waren wir ja bei deiner Familie in München, also sollten wir dieses Jahr zu meinen Eltern fahren. Ich glaube, dass auch meine Schwester mit Mann und Kindern kommt.«

»Ich hatte eigentlich gehofft, dass wir Heiligabend zu dritt feiern. Können die nicht einfach am ersten Weihnachtsfeiertag zu uns zum Mittagessen kommen? Dann gäbe es jedenfalls was Anständiges zum Essen …«

»Ich weiß gar nicht, warum du schon wieder so gegen meine Mutter stänkern musst«, sagte Adrian ärgerlich.

»Wieso? Ich stänkere doch gar nicht. Ich habe lediglich festgestellt, dass ich's zuhause netter fände und ich keine Lust auf diese miesen Braten habe, die es bei deinen Eltern immer gibt. Und außerdem müssen wir das doch noch nicht jetzt entscheiden. Bis Weihnachten ist es ja noch lange hin.«

»Ja, genau einen Monat! Und ich fände es fair, wenn ich meinen Eltern rechtzeitig Bescheid geben könnte. Du weißt, dass sie gerne Planungssicherheit haben.«

Antonella seufzte und stand auf, um den Tisch abzuräumen. »Also bitte, wenn dein Herz daran hängt, dann feiern wir Weihnachten halt in Königstein …«

»Jetzt sei doch nicht so pampig!«

»Ich bin nicht pampig. Ich bin einfach nur todmüde und habe nicht die geringste Lust auf diese Diskussion! Wenn du mit deinen Eltern Weihnachten verbringen willst, dann tun wir's halt. Ich werde es schon irgendwie überstehen. Und wer weiß, vielleicht stimmt das Fest ja auch deine Mutter milde, und sie reibt mir meine Unzulänglichkeiten im Vergleich zur großartigen Gisela nicht minütlich unter die Nase, sondern nur einmal pro Stunde …«

»Du bist so zynisch. Ich muss sagen, das steht dir überhaupt nicht! Was ist denn los mit dir?«

»Was soll schon los sein? Ich bin schwanger, habe ein kleines Kind, einen Job, der brummt wie verrückt, und einen Mann, der Weihnachten lieber bei seiner Mama sein möchte. Außerdem vermisse ich meinen Hund. Also alles bestens!« Sie funkelte ihn angriffslustig an.

»Jetzt komm mal her.« Adrian war ebenfalls aufgestanden und nahm seine Frau in den Arm. »Ich glaube, das ist einfach ein bisschen viel im Moment. Kann das sein?« Sie nickte. »Da sollten wir dringend für Erleichterung sorgen.«

Sie sah ihn überrascht und dankbar an. »Wir könnten an den Weihnachtstagen doch einfach wohin fahren. Nur wir drei. Das wäre doch schön.«

»Ich habe eigentlich gemeint, dass du deinen Job endlich

mal zurückschraubst. Ganz ehrlich, wofür machst du dich eigentlich so krumm? Und jetzt auch noch dieses Hotelprojekt. Das muss doch einfach nicht sein. Zumal du es doch gar nicht mehr nötig hättest, so viel zu arbeiten, jetzt, wo du offiziell Tante Elsas Erbe angetreten hast.«

Antonella starrte ihn an, als sei er ein Außerirdischer, der in völlig unverständlichem Kauderwelsch zu ihr gesprochen hätte. »Sag bitte, dass das jetzt nur ein schlechter Scherz war!«

»Nein, ich meine das völlig ernst. Schau dich doch an. Du bist gestresst, gereizt und ständig müde. Denk doch mal an Elisa und das Baby.«

»Ich denke ständig an meine Kinder!«, sagte sie mit leiser, drohender Stimme. »Aber zufällig liebe ich auch meine Arbeit und bin sehr stolz auf alles, was ich mir aufgebaut habe. Das werde ich bestimmt nicht aufgeben. Nicht für die Kinder und schon gar nicht für dich! Dein wenig subtiler Vorschlag, mich zum Hausmütterchen zu machen, wurde hiermit abgelehnt! Auch wenn es deiner Mutter vielleicht zusagen würde.« Sie hob warnend die Hand, als er sie unterbrechen wollte. »Und was das Erbe angeht, da wäre ich froh und dankbar, wenn ich es nicht hätte antreten müssen, denn dann würde nämlich Hugo noch leben!«

»Frau Kolidis, also Ihre Firma hat sich wirklich selbst übertroffen! Ich bin absolut begeistert. Es ist hinreißend geworden, und meine Gäste sind alle außerordentlich beeindruckt!« Johannes Degenhardt, Eigentümer und Seniorchef der Privatbank Degenhardt, hatte sich auf seiner Weihnachtsfeier zu Katia gesellt.

»Das freut mich wirklich sehr!«, sie lächelte ihn charmant an.

»Frau De Anna hat mir mitgeteilt, dass Sie die Dekoration federführend übernommen haben. Wirklich sehr gelungen!«

Katia musste sich ein Lachen verkneifen, denn sie kannte die wenig erfreuliche Vorgeschichte mit diesem Kunden. Vor gut zwei Jahren hatte Hugo's Affairs die Jahreshauptversammlung der Bank ausgestattet. Das war der erste Event-Auftrag überhaupt gewesen. Und fast wäre es auch das Ende des jungen Unternehmens geworden, denn Antonella hatte damals versehentlich den falschen Entwurf umsetzen lassen. Johannes Degenhardt hatte geklagt, und nur dank Adrians Engagement hatte man sich auf einen kostspieligen Vergleich einigen können. Da die Gäste der Veranstaltung allerdings sehr angetan waren, hatten sich viele Folgeaufträge für Hugo's Affairs ergeben. Trotzdem war Antonella vor Überraschung fast das Telefon aus der Hand gefallen, als vor zwei Monaten Johannes Degenhardt bei ihr angerufen und um die Ausstattung seiner Weihnachtsfeier gebeten hatte. Diesen Auftrag hatte sie großzügig Katia überlassen. Sicher war sicher.

»Johannes, magst du mich bitte dieser wunderschönen Frau vorstellen?« Ein Mann mit vollem mittelblondem Haar und türkisgrünen Augen war wie aus dem Nichts aufgetaucht.

»Frau Kolidis, darf ich Ihnen Maximilian Schwarzenfeld, einen Kollegen, vorstellen – Max, das ist Katia Kolidis, unsere hochbegabte Interior-Designerin, die dieses wundervolle Ambiente geschaffen hat!«

»Es ist mir ein Vergnügen!« Max nahm Katias Hand und deutete einen Handkuss an. Sie schätzte ihn auf etwa Mitte fünfzig, aber man sah, dass er viel Aufwand betrieb, jünger zu wirken. Er war circa eins achtzig groß und verströmte aus jeder Pore Macht und Geld: sein Maßanzug, seine Uhr, seine Manieren – und kein Ehering.

Sie trug an diesem Abend wieder eines von Tante Elsas Kleidern, ein traumhaftes Cocktailkleid aus Goldbrokat. Ihre Haare waren kunstvoll hochgesteckt, und ihre Augen funkelten mit den Kerzen im Saal um die Wette. »Ich freue mich«, sie strahlte ihn an, »und jetzt will ich alles von Ihnen wissen.« Es stellte sich heraus, dass Max seit drei Jahren geschieden war und seinen Lebensunterhalt mit dem Managen eines Hedgefonds verdiente, und das offensichtlich sehr erfolgreich. Unmissverständlich ließ er jedoch durchblicken, dass er neben seinem Beruf durchaus wieder offen für weibliche Zerstreuung war: »Ich glaube, wir werden noch viel Spaß miteinander haben …«

»Wo ist eigentlich Kathi?«, fragte Giovanni knurrend zehn Tage später beim gemeinsamen Jour fixe am Montagmorgen.

»Soweit ich weiß, will sie mittags wieder da sein«, informierte ihn Antonella und streichelte Olga, die ihren Kopf auf ihr Knie gelegt hatte. »Sie ist seit Samstag mit diesem Max in Paris beim Weihnachts-Shopping. Soviel ich weiß, sind sie mit seinem Privatjet hingeflogen!« Aus ihrer Stimme klangen gleichzeitig Bewunderung und Irritation. »Wie mir scheint, hat Katinka ihren neuen Deckel gefunden …«

»Das glaubst doch wohl selber nicht!«, brauste er auf. »Die kennt ihn doch erst wie lange? Drei Stunden? Das macht sie bestimmt nur, um mich zu ärgern!«

»Und warum sollte sie das? Vielleicht als Rache für deine Mausi-Nummer, die du seit Wochen abziehst?«

»Anuschka ist kein Mausi, und ich ziehe keine Nummer ab!«

Antonella sah, wie Jenny und Christian fasziniert das Gespräch verfolgten. »Wie auch immer. Darüber können wir nachher sprechen, oder besser noch, ihr klärt das unter euch. Jetzt lasst uns unsere Arbeit machen!«

Kaum war jedoch das Meeting zu Ende, lotste Giovanni seine Schwester mit Olga im Schlepptau in seine Schreinerei. »Das kann sie doch nicht ernst meinen mit diesem Typen. Sie kennt ihn doch gar nicht!«

»Nun ja, aber er entspricht zu hundert Prozent ihrem Beuteschema«, warf Antonella ein. »Reich, attraktiv, charmant – legt ihr die Welt zu Füßen. Am Tag nach der Degenhardt-Weihnachtsfeier hat er einen riesigen Rosenstrauß hierher liefern lassen. Seitdem hat er sie fast täglich in irgendeinen Nobelschuppen zum Essen ausgeführt und ihr als kleine Mitbringsel ein Chanel-Handtäschchen und ein paar Tiffany-Ohrringe geschenkt.«

»Ja, aber ich dachte, das hätte sie hinter sich. Sie hat sich doch so verändert. Ihr ist ihre Arbeit wichtig, und sie ist stolz drauf, ihr Leben langsam in den Griff zu kriegen.«

»Ich weiß es doch auch nicht. Vielleicht ist es ja nur ein Rückfall in alte Gewohnheiten. Aber sich kurz vor Weihnachten zu einem romantischen Wochenende in Paris einladen zu lassen klingt doch schon ein bisschen nach mehr, oder?«

»Aber ich liebe sie doch! Das kann sie einfach nicht machen!« Giovanni klang wirklich verzweifelt. »Ich war zum ersten Mal in meinem Leben wirklich bereit für eine ernsthafte, verantwortungsvolle Beziehung. Und sie tritt das so mit den Füßen!«

»Du solltest wirklich mit ihr reden! Und ganz ehrlich, die Tatsache, dass du seit dem Tag eurer Trennung wieder mit Anuschka rummachst, war sicher auch keine wirklich vertrauensbildende Maßnahme. Selbst ich finde das ganz schön kindisch, und für Katia muss es extrem kränkend gewesen sein. So geht man nicht mit jemandem um, den man liebt und mit dem man eine ›verantwortungsvolle Beziehung‹ führen möchte.«

»Aber sie hat doch Schluss gemacht!«, insistierte er.

»Sie wollte eine Pause, um sich über ihre Gefühle klar zu werden. Das ist wohl ein kleiner Unterschied …«

»Dann soll sie wenigstens an Olga denken! Die arme Kleine braucht sie jetzt!« Er tätschelte die Hündin, die allerdings einen ausgesprochen fidelen Eindruck machte.

»Olga geht's bestens. Ich habe sie gerne um mich, und außerdem kommt Kathi in wenigen Stunden wieder nach Hause. Sprich mit ihr! Und kämpfe um sie, wenn du es wirklich ernst meinst.« Antonella umarmte ihren Bruder und ging dann wieder nach oben.

»Das war ein wunderschönes Wochenende«, Katia nippte an dem Champagner, den ihr die Stewardess gerade serviert hatte. »Vielen Dank für alles, ich habe wirklich jeden Augenblick genossen.« Sie lächelte Max an.

»Es war mir ein Vergnügen«, antwortete er. »Und ich hoffe von ganzem Herzen, dass noch viele weitere gemeinsame Wochenenden folgen werden! Du bist wirklich eine großartige Frau! Du verkörperst alles, was ich mir je erträumt habe: Du bist elegant, sexy, weltgewandt und kennst deinen Platz an der Seite eines Mannes.« Er legte seine Hand auf ihr Knie und fuhr dann mit den Fingern unter ihren Rocksaum.

Wie aus einem Reflex schlug sie die Beine übereinander. Was hatte er gerade gesagt? »Du kennst deinen Platz an der Seite eines Mannes.« War das etwa als Kompliment gedacht? Doch andererseits sollte sie vielleicht nachsichtiger sein. Es war wirklich ein schönes Wochenende gewesen. Sie waren in der Oper gewesen und ausführlich shoppen. Was für ein großartiges Gefühl, endlich mal wieder in den schönsten Boutiquen einkaufen und in den edelsten Restaurants essen zu können. Einerseits fühlte sie sich angemessen verwöhnt, andererseits auch irgendwie wie eine Trophäe. Und sonst? Er brauchte zwar kein Viagra wie Aris, war aber Lichtjahre davon entfernt, ein Liebhaber wie Giovanni zu sein ... Wieso bitte dachte sie jetzt an Giovanni? Energisch schob sie alle Zweifel beiseite und ließ seine Hand gewähren.

KAPITEL 15
Leise kriselt …

Kannst du dir das vorstellen? Die Frau mietet sich eine knapp zweihundert Quadratmeter große Wohnung und weiß jetzt nicht, was sie damit anfangen soll.« Antonella rieb sich die schmerzenden Schläfen und sah Katia an, die sich gerade mit einer Tasse Kaffee zu ihr gesellt hatte und sich auf dem Bildschirm die neuesten Entwürfe ansah. Christian und Jenny hatten schon Feierabend, aber Antonella musste später noch zur Weihnachtsfeier ihres besten Kunden. Vor anderthalb Jahren hatte sie die Privatwohnung von Bernd Dix, dem Chef der Wirtschaftsprüferkanzlei »Dix-Economix«, eingerichtet. Er war so begeistert gewesen, dass er sie schon mehrfach weiterempfohlen und Hugo's Affairs Anfang des Jahres auch die gesamte Kanzleirenovierung übertragen hatte. Und jetzt eben auch noch die Party. Katia würde mitkommen, denn das »X-Mas X-Treme by EconomiX«-Event war weitgehend ihr Projekt. Am frühen Nachmittag hatte Antonella Elisa aus der Krippe abgeholt und sie zusammen mit Olga bei Adrian abgeliefert, der heute auf beide aufpassen würde. Seit drei Stunden brütete sie nun wieder über den Entwürfen für Gesas Wohnung. »Das ist der mit Abstand nervigste Job, den ich je hatte!«, seufzte sie. »Jeden Tag fällt ihr was Neues ein, und für zwei Zimmer hat sie noch gar keinen Plan. Was ich nicht schlimm fände, denn dann streicht man einfach die Wände in einer netten Farbe, hängt ein paar Bilder auf, stellt einen Sessel rein und wartet auf Inspiration oder tatsächlichen Bedarf.

Aber davon will sie nichts wissen. Sie zieht erst ein, wenn alles perfekt ist.«

»Hast du ihr schon mal ein SM-Studio vorgeschlagen?«, kicherte Katia, »denn offensichtlich hat sie eine ausgeprägt sadistische Ader, und eine gewisse Domina-Attitüde ist auch nicht von der Hand zu weisen …«

»Gute Idee! Und dann kaufe ich ihr gleich eine Peitsche, damit sie mich zu kreativen Höchstleistungen antreiben kann.« Sie grinste schwach. In diesem Augenblick klingelte ihr Handy. »Wenn man vom Teufel spricht«, murmelte sie nach einem Blick aufs Display. »Gesa, wie schön! Was kann ich für Sie tun?«, flötete sie ins Telefon. »Nein, ich bin noch im Loft und sitze gerade an Ihren Entwürfen. – Okay, also kein separates Esszimmer mehr, sondern wie im allerersten Entwurf geplant, eine Lounge-Lösung im Salon. – Nein, das ist gar kein Problem, auch nicht mit einem anderen Farbkonzept. Da können wir uns gerne morgen zusammensetzen. Haben Sie inzwischen darüber nachgedacht, ob Sie nicht doch ein Arbeitszimmer haben wollen? Und in einem anderen Raum könnte man eine Art Spielzimmer einrichten. – Welche Spiele? Ganz, wonach Ihnen der Sinn steht. Ein Billardtisch wäre natürlich der Klassiker, aber wir könnten auch einen Flipperautomaten besorgen oder eine Schachecke oder auch etwas Intimeres.« Sie zwinkerte Katia zu. »Bitte? Nein, ich will Ihnen gar nichts einreden, ich gebe nur Anregungen. Oder wir lassen die Räume wirklich leer, das kann manchmal extrem inspirierend wirken. – Denken Sie einfach drüber nach. Wir sehen uns morgen. – Elf Uhr wäre perfekt! – Schönen Abend noch.« Sie kappte die Verbindung, ehe Gesa noch etwas erwidern konnte. »Sag mal, heute Abend bei Bernd, gibt's da eigentlich was Substanzielles zum Essen oder nur wieder die seltsamen Molekularküchen-Häppchen, die er schon bei der Einweihung seiner neuen Geschäftsräume hatte?«

»Ich fürchte, er hat wieder den Spanier engagiert«, antwortete Katia bedauernd. »Er steht total auf Tapas in aufgeschäumter, gelierter oder verflüssigter Form. Aber sonst ist er wirklich sehr nett.«

»Er ist ein Traum! Seine Wohnung ist etwa genauso groß wie Gesas, aber er und seine Frau haben mir fast komplett freie Hand dabei gelassen und sind jetzt total happy. Und auch bei seiner Kanzlei hat er sich für den ersten Entwurf entschieden.« Sie schaltete ihren Computer aus. »Das hat hier sowieso keinen Sinn mehr, komm, lass uns essen gehen. Nach Oktopus-Gelee auf Olivenschaum ist mir nämlich irgendwie nicht so …«

Eine halbe Stunde später hatten sie bereits geeignete Seelennahrung vor sich, in Form der fettesten Pizza, die ihr Lieblingsitaliener zubereiten konnte.

»Jetzt geht's mir besser!«, stellte Antonella fest, als sie die Hälfte ihrer Teigscheibe vertilgt hatte.

»War wirklich eine gute Idee«, pflichtete Katia ihr mit vollem Mund bei. »Dieses ewige Gourmetfutter wird mir langsam zu viel. Nicht, dass ich mich beschweren will«, fügte sie hinzu, »Max ist so aufmerksam und will mich einfach nach Strich und Faden verwöhnen. Aber manchmal wären mir eine Bratwurst oder eine Pizza oder einfach nur ein simples Käsebrot schon viel lieber … Danke übrigens, dass Olga so oft bei euch übernachten darf.«

Antonella winkte ab. »Das ist wirklich überhaupt kein Problem. Sie ist ja echt unkompliziert und lieb, und Elisa ist so froh, wenn sie ein lebendiges Kuscheltier hat. Ich überlege schon die ganze Zeit, ob wir einen von ihren Welpen übernehmen sollen.«

»Das fände ich toll!«

»Ja, aber Adrian ist dagegen.«

»Wieso das denn? Er hatte doch nichts gegen Hugo, und ich glaube, Olga mag er auch ganz gerne.«

Antonella seufzte und schluckte den nächsten Bissen Pizza herunter. »Ich zitiere: ›Wie stellst du dir das vor? Zwei anspruchsvolle Jobs, ein Kleinkind, ein Neugeborenes UND ein Welpe – da braucht man kein Prophet zu sein, um dräuendes Drama zu erkennen!‹ Dräuendes Drama – so ein Scheiß! Klar wird's kein Spaziergang, aber ich bin ja mit dem Junior eh erst mal zuhause und bestimmt heilfroh, wenn ich regelmäßig rauskomme. Ich war auch mit Elisa die ganze Zeit unterwegs. Und außerdem bekommt Olga nun mal jetzt ihre Welpen und nicht in ein, zwei Jahren, was mein Liebster für einen ›angemesseneren Zeitpunkt‹ hielte.«

»Warten wir doch einfach ab, bis die Kleinen da sind. Dann kann er bestimmt nicht widerstehen!« Katia legte ihre Serviette neben den restlos leer gegessenen Teller und starrte an sich herunter. »O Gott, ich bin im sechsten Monat schwanger mit einer Pizza Quattro Formaggi! Ehrlich, dagegen bist du eine Bohnenstange ...«

Antonella lachte. »Mach dir nichts draus. Du siehst toll aus! Max ist hingerissen von dir, und außerdem turnt die Pizza nicht rum!«

Katia tätschelte resigniert ihr Bäuchlein. »Da wäre ich mir nicht so sicher ... Wollen wir noch ein Dessert bestellen?«

»Unbedingt! Ich nehme die Panna Cotta, und dazu will ich alles über die neuesten Entwicklungen mit Max hören!« Sie lächelte ihre Freundin an.

»Weißt du, was mich irritiert?«, fragte Katia und rief, ehe Antonella antworten konnte, dem Kellner noch die Bestellung hinterher: »Einmal Tiramisu und eine Panna Cotta, bitte!«

»Was irritiert dich, Katinka?«

»Dass du noch mit keiner Silbe irgendwas über Giovanni zu mir gesagt hast!«

»Würdest du denn was hören wollen?«

»Ich weiß es nicht. Vermutlich nicht, aber es ist so untypisch für dich, dass du das gar nicht kommentierst. Ich hätte wirklich mit einer ›Was hast du meinem armen Bruder angetan?‹-Szene gerechnet. Aber die ist nie gekommen! Stattdessen fieberst du jetzt wie ein Teenager mit, was mit Max wird.«

»Vielleicht, weil ich das amüsanter finde? Geschichten über Tiffany-Ohrringe, Privatjet-Trips nach Paris und rote Rosen sind doch erheblich erbaulicher als gebrochene Herzen, oder?«

»Wer hat denn ein gebrochenes Herz?«

»Giovanni auf jeden Fall, und du vielleicht auch – ich weiß es nicht. Ich finde nur, dass ihr dringend mal miteinander reden solltet, aber ich weiß auch, dass mich das nichts angeht!«

»Also wenn Giovanni ein gebrochenes Herz hat, dann kaschiert er es wirklich sehr gut mit diesem langbeinigen Geschöpf. Wie alt ist diese Anuschka eigentlich? Ist sie überhaupt schon volljährig? Das ist doch lächerlich.« Katia hatte deutlich Farbe bekommen und trank einen großen Schluck Wein.

»Soviel ich weiß, ist sie siebenundzwanzig und macht gerade ihr Medizinstudium fertig, das sie sich mit Modeln finanziert hat. Sie ist ein nettes Ding und hat ihn wirklich gern.«

»Auch das noch, ein Gutmensch-Model! Ich könnte kotzen!«

»Ich weiß gar nicht, warum du dich so aufregst, du bist doch nun bestens versorgt mit Magic Max, der dich offensichtlich anbetet und dir die Welt zu Füßen legt. Genau das wolltest du doch unbedingt, oder etwa nicht?«

»Es ist vielleicht nicht immer gut, wenn man bekommt, was man will …«, murmelte Katia vor sich hin. Verdammt, was war nur los mit ihr? Max war perfekt! Attraktiv, aufmerksam, großzügig, reich. Gut, er war nicht sonderlich begeistert von Olga, aber er hatte auch nicht direkt etwas gegen sie. Und seine kleinen erotischen Defizite – nun, da hatte sie fünfzehn Jahre lang weit Schlimmeres erlebt. Also warum stellte sie sich so an? Antonella sah sie aufmerksam an, sagte aber nichts. Dann brachte der Kellner das Dessert, und Katia war froh über die Ablenkung. »Lass uns das Thema wechseln! Hast du schon alle Weihnachtsgeschenke?«

»Noch kein einziges!«, stöhnte ihre Freundin. »Wollen wir in den nächsten Tagen mal shoppen gehen? Am besten tagsüber, dann sind unsere Herzchen versorgt, und wir müssen nicht wieder Adrian bitten …«*

Fünf Tage später kam Antonella mittags schwer bepackt wieder ins Loft. Sie und Katia hatten am Vormittag Extrem-Shopping praktiziert, und Antonella hatte jetzt, bis auf ein paar Kleinigkeiten, alle Weihnachtsgeschenke beisammen. Zufrieden wuchtete sie alle Taschen auf den großen Konferenztisch und warf ihren Mantel hinterher. »War irgendwas Besonderes?«, rief sie in die Runde und kraulte Olga, die gähnend von ihrem Kissen aufgestanden war und nun neugierig an den Tüten schnüffelte.

»Also bei mir nicht«, sagte Jenny, »Gesa hat zweimal angerufen und wollte wissen, wo du bist und warum du nicht an dein Handy gehst, aber das war's schon.«

»Ich hab sie schon zurückgerufen, danke. Sie hatte mal wieder eine tolle neue Idee …«

»Schau mal deine Mails an. Ich habe dir eine weitergeleitet, die dich vielleicht interessieren wird«, sagte Christian, als er aus seinem Büro kam.

»Worum geht's?«

»Eine echt vielversprechende Bewerbung auf die Stellenausschreibung auf unserer Website!« Sie waren schon ein gan-

* Ob auch Georgia in New York Lust auf Weihnachts-Shopping hat, erfahren Sie unter www.hugosaffairs.de.

zes Weilchen auf der Suche nach jemandem, der Antonella während ihrer Babypause vertreten und auch langfristig das Team ergänzen könnte, doch die bisherigen Bewerber hatten allesamt nicht gepasst. Einige waren deutlich überqualifiziert und hatten sehr anspruchsvolle Vergütungswünsche, die meisten jedoch hatten keinen Schimmer von der Materie, aber den vagen Wunsch, »mal was Kreatives mit Deko und so« zu machen.

Antonella setzte sich an ihren Rechner und suchte die Mail. Beim Lesen hellte sich ihr skeptischer Gesichtsausdruck von Satz zu Satz mehr auf: *Liebes Hugo's-Affairs-Team, darf ich mich kurz vorstellen? Ich bin gelernte Raumausstatterin und habe Innenarchitektur studiert. Seit drei Jahren habe ich einen kleinen Interior-Laden in Bockenheim, der aber ehrlich gesagt nicht besonders gut läuft. Was sicher nicht an der Qualität liegt, das muss ich uneitel behaupten, sondern an meinen eher ungewöhnlichen und unflexiblen Öffnungszeiten. Ich bin alleinerziehende Mama, und meine beiden Jungs sind jeden Tag nur bis 16 Uhr betreut. Und machen wir uns nichts vor, wer kauft schon Kissen und Vorhänge in der Zeit zwischen 10 und 15 Uhr? Ich suche also eine Alternative. Eine Tätigkeit, bei der ich meine Talente einsetzen und gleichzeitig die immer hungrigen Mäulchen meiner Kinder stopfen kann, wäre mein Traum! Würde mich freuen, von Ihnen zu hören. Herzliche Grüße, Ihre Marie Feldmann.* »Das hört sich ja wirklich nett an!«, sagte sie überrascht und sah auf die Uhr. »Weißt du was, da fahre ich jetzt gleich hin und sehe mir den Laden und diese Marie mal an. Könnte ja die Lösung unseres Personalproblems sein. Und vielleicht kann sie ja schon ab Januar, wenn Kathi im Hunde-Mutterschaftsurlaub ist.«

»Wo ist Katia eigentlich?«, wollte Christian wissen.

»Vorhin rief ihr Mäxchen an und wollte uns zum Essen ausführen, aber auf die Austern-Champagner-Bar hatte ich keine Lust, und außerdem wollte ich auch nicht fünftes Rad am Wagen spielen. Aber sie wollte anschließend noch mal hier vorbeischauen.« Antonella zog sich ihren Mantel wieder an. »Ich komme dann heute nicht mehr her. Will mit Sternchen Plätzchen backen. Tschüs!« Sie packte ihre Tüten und verschwand.

»Ich kann wirklich nicht mehr Champagner trinken!«, protestierte Katia. Sie saß mit Max noch in diesem Edel-Imbiss. »Ich muss noch arbeiten, und da kann ich nicht völlig beschwipst auftauchen.«

»Musst du wirklich zur Arbeit? Ich hatte gehofft, dass wir uns einen netten Nachmittag machen könnten. Vielleicht noch ein bisschen Bummeln auf der Goethestraße. Ich muss mich doch inspirieren lassen, was ich dir zu Weihnachten schenken könnte. Und anschließend könnten wir es uns bei mir zuhause gemütlich machen. Ich könnte den Kamin anheizen und …« Er sah sie mit einem verführerischen Lächeln an.

»Das ist wirklich lieb von dir, aber ich muss wirklich noch einiges erledigen, und außerdem wartet Olga auf mich. Aber du könntest doch heute Abend zu mir kommen. Ich habe auch einen Kamin, und mit deiner Hilfe kriegen wir ihn bestimmt auch zum Brennen.«

»Du meinst das wirklich ernst?« Seine Lippen waren ganz schmal geworden.

»Was meine ich ernst? Dass ich arbeiten und mich um Olga kümmern muss? Natürlich meine ich das ernst. Meine Kollegen und mein Hund verlassen sich auf mich!«

»Aber das ist doch albern. So wenig, wie du in dieser Klitsche vermutlich im Monat verdienst, da kannst du ja wohl ruhig mal ein paar Stunden blaumachen. Und auf das Tier kann doch deine Freundin aufpassen, das tut sie doch sonst auch immer. Ich habe heute frei, und da solltest du dir auch Zeit nehmen!«

Katia merkte, wie Ärger in ihr aufwallte. »Weißt du, Max,

das habe ich alles schon mal erlebt. Immer verfügbar für einen Mann zu sein, zu hüpfen, wenn er sagt: ›Spring!‹, meine Bedürfnisse seinen unterzuordnen, ihn wichtiger zu nehmen als mich selbst. Das brauche ich wirklich nicht noch mal in meinem Leben! Und auch, wenn dir meine Arbeit irrelevant erscheint, mir ist sie wichtig, und deshalb werde ich jetzt dorthin gehen!« Sie stand auf und griff sich ihren Mantel. Aus ihrer Handtasche zog sie einen Fünfzigeuroschein heraus. »Ich hoffe, das reicht für meinen Anteil an den Austern und dem Champagner!« Damit rauschte sie hinaus und ließ einen reichlich irritierten Max zurück. So etwas hatte er schon sehr lange nicht mehr erlebt. Wenn überhaupt jemals …

»Ist alles in Ordnung?«, fragte Jenny am späteren Nachmittag, als wiederholt laute Seufzer von Katias Arbeitsplatz zu hören waren.

»Ja, danke«, knurrte sie. »Ich weiß nur nicht, wer der größere Idiot ist. Er oder ich?«

»Mhmm«, sagte Jenny, verkniff sich aber eine aussagekräftigere Antwort.

Im nächsten Augenblick klopfte es an der Tür, und ein Blumenbote stand im Raum: »Ich suche eine Frau Kolidis!«

»Das bin ich!« Katia nahm eine einzelne langstielige weiße Rose entgegen, an der eine Karte befestigt war. Sie las die Worte: »Du hast Recht, ich bin ein Trottel! Max«. »Allerdings!«, murmelte sie mit einem leichten Lächeln im Gesicht. Kaum hatte sie die Blume in eine Vase gesteckt und auf ihren Tisch gestellt, läutete ihr Handy.

»Verzeihst du mir?«, fragte Max.

»Kommt drauf an.« So schnell wollte sie nicht klein beigeben.

»Würde es helfen, wenn ich um acht mit Brennholz und etwas zu essen bei dir erscheinen würde?«

»Das wäre zumindest ein vielversprechender Anfang! Ich freue mich, bis später.« Mit einem triumphierenden Grinsen beendete sie das Gespräch und machte sich wieder an die Arbeit.

»Mir scheint, die Idioten-Frage ist zufriedenstellend geklärt?«, kam es von Jenny.

»O ja!«

»Was macht die denn da oben?« Am folgenden Sonntag war Giovanni bei seiner Schwester zum Adventskaffee eingeladen, und aus dem ersten Stock war die ganze Zeit Rumoren zu hören.

»Kathi bereitet das Welpenzimmer vor«, erklärte Antonella ihrem Bruder, als sei das das Natürlichste der Welt.

»Das was?«

»Na ja, das Zimmer, das früher Tims Übungsraum war, soll die Kinderstube für Olgas Nachwuchs werden. Damit die wilde Meute nicht gleich die gesamte Wohnung verwüstet.«

»Und was soll da genau rein in dieses Welpenzimmer?«

»Was weiß ich? Sie hat irgendwas von Spielparcours erzählt, aber den braucht sie wohl erst, wenn die Jungen etwas größer sind. Zunächst muss sie eine Wurfbox haben.«

»Eine was?« Giovanni wirkte immer verwirrter.

»Eine Art Wochenbett für Hunde«, erklärte nun Adrian und lachte, als er das entsetzte Gesicht seines Schwagers sah. »Das wird irgendein Verschlag, damit es Mutter und Kinder kuschelig haben und die Kleinen nicht verloren gehen.«

Oben krachte es laut, und Giovanni stand auf. »Ich werde mal nachsehen, ob ich ihr helfen kann. Danke für die Kekse. Wir sehen uns morgen bei unserer Weihnachtsparty! Du kommst doch auch?«, fragte er Adrian.

»Ja, aber wohl erst am frühen Abend. Schöne Grüße an Katia!«

Giovanni drückte Elisa einen dicken Abschiedskuss auf die Wange und winkte noch mal in die Runde.

»Der hat's aber eilig, zu Katia zu kommen«, stellte Adrian grinsend fest. »Meinst du, da gibt's wieder eine Annäherung?«

»Keine Ahnung.« Antonella zuckte mit den Schultern. »Ich hoffe jedenfalls, dass sie mal miteinander reden. Das wäre auch gut fürs Betriebsklima. Aber sonst? Da gibt's ja noch Anuschka und Max …«

»Ach komm, die sind doch nur Ablenkung«, unterbrach sie Adrian. »Katia und Giovanni sind füreinander bestimmt, das sieht doch jeder. Was will sie denn bitte mit diesem Banker?«

»Er hat immerhin einen Privatjet!«

»Ja und? Der hält einen aber auch nicht warm, wenn man traurig im Bett liegt.«

»Hase, du ereiferst dich ja richtig! Das ist echt süß, aber das müssen die beiden schon selbst herausfinden. Und ganz ehrlich, eine Ärztin und einen Banker in der Familie zu haben wäre auch nicht das Schlechteste.«

»Das glaubst du doch selber nicht!«

»Nein, aber wir sollten uns da trotzdem komplett heraushalten.« Sie lächelte ihn an. »Badest du die Kleine? Dann kann ich noch ein paar Plätzchen für morgen machen.«

Als Antonella am nächsten Morgen ins Loft kam, war Katia schon da und dekorierte den Showroom weihnachtlich. Es war der 20. Dezember, alle Kundenevents waren gelaufen und sämtliche ausstehende Aufträge erst für Anfang Januar terminiert. Heute sollte die traditionelle Hugo's-Affairs-Weihnachtsparty stattfinden – ab fünfzehn Uhr hieß es »Loft der offenen Tür« für alle Handwerker, Kunden, Familie und Freunde. Und ab morgen war Urlaub für alle bis zum 2. Januar, das war Antonellas Weihnachtsgeschenk für sämtliche Mitarbeiter und sich selbst.

»Na, wie findest du's?«, fragte Katia und bewunderte ihr Werk. Sie hatte an den Wänden etliche Mini-Christbäume aufgestellt und jeden in einer anderen Farbe geschmückt.

»Sehr hübsch! Was machen wir mit den Stoffbahnen?«

»Die drapieren wir um die Fenster und auf den Tischen. Ich habe auch massenhaft Kerzen besorgt, da weiß ich aber noch nicht so genau, wohin damit. Aber mir fällt schon was ein. Kommt eigentlich auch diese Marie?«

Antonella hatte vor ein paar Tagen Marie Feldmann in ihrem Geschäft besucht und war spontan begeistert gewesen. Marie hatte wirklich eine schöne Kollektion und war eine ausgesprochen fröhliche Person. Außerdem schien sie ihr Handwerk zu verstehen, zumindest soweit Antonella das anhand der Entwürfe erkennen konnte, die sie gezeigt bekommen hatte. »Ja, sie will am Nachmittag mit ihren Söhnen vorbeischauen. Sie hat am Freitag noch angerufen und gesagt, dass sie ab Januar zwei Tage kommen kann und ab März dann mindestens vier pro Woche. Ich habe mir übrigens überlegt, dass wir den Raum neben der Schreinerei unten noch dazumieten sollten. Dann könnten wir einen Laden einrichten für Giovannis Möbel und deine und Maries Accessoires. Und meine Lampen können wir dort auch verkaufen. Hast du sie eigentlich schon gesehen? Letzten Freitag sind die ersten Exemplare aus Italien gekommen.«

»Ja, die sind wirklich toll geworden, und ich bin echt froh, dass du Marie gefunden hast. Ich hatte wirklich ein sehr schlechtes Gewissen, aber ich kann ja Olga und ihre Welpen schlecht komplett alleine lassen. Wobei Giovanni gestern auch angeboten hat, ab und zu mal zum Puppy-Sitting zu kommen.«

»Dann war es also gestern nett mit dir und Giovanni?«, fragte Antonella neugierig nach.

»Sehr nett! Zuerst war ich ja ziemlich überrascht, als er vor der Tür stand, aber dann war er echt eine große Hilfe.«

»Und sonst?«, bohrte Antonella nach.

»Sonst nicht viel. Wir haben halt mal geredet, über alles Mögliche. Und ich glaube, dass wir jetzt wieder eine ganz gute Basis haben. Ich habe ihn wirklich vermisst …«

»Du hattest ihn die ganze Zeit vor der Nase, du hättest nur zu ihm gehen müssen.«

»Ja, aber ich wollte nicht über diese Anuschka stolpern.«

»Und er nicht über Max, schon klar. Habt ihr das auch geklärt?«

»Was?«

»Na, eure Beziehung, die Geschichten mit Anuschka und Max und das alles.«

»Nicht direkt«, druckste Katia rum.

»Wie, nicht direkt?«

»Ich meine, wir waren uns einig, dass es albern ist, unsere Freundschaft zu ruinieren, und dass wir uns sehr gernhaben und überhaupt.«

»Und dann seid ihr euch in die Arme gefallen und hattet wilden Sex?«

»Nein! Natürlich nicht!! Ach, das ist alles nicht so einfach. Ich weiß doch nicht, wie ernst es zwischen ihm und diesem Mädel wirklich ist. Und soll ich vielleicht Max wieder abservieren, nur weil mir Giovanni eine Wurfbox gebaut hat?«

»Wohl kaum«, stellte Giovanni mit gepresster Stimme fest. Er war gerade in den Raum gekommen und hatte nur noch Katias letzten Satz gehört.

»Giovanni, warte! So war das doch nicht gemeint«, rief Katia, als er auf dem Absatz kehrtmachte und das Loft verließ. »Verdammter Mist!! Aber so hat das ja alles wirklich keinen Sinn«, jammerte sie. »Er hört einen halben Satz und haut einfach ab.«

»Vielleicht solltest du ihm hinterherlaufen und es ihm erklären?«, schlug Antonella sachte vor.

»Und was würde das bringen? Dein Bruder ist so verdammt stur. Der versteht nur, was er verstehen will. Vielleicht ist es wirklich besser so.«

»Wenn du meinst … Dann lass uns weitermachen. Der Partyservice kommt in anderthalb Stunden. Und wo sind eigentlich Jenny und Christian?«

Ein paar Stunden später war die Feier in vollem Gange, und Antonella hatte keine Zeit mehr, sich über die zwischenmenschlichen Probleme ihres Bruders und ihrer Freundin Gedanken zu machen. Die meisten Handwerker waren schon da gewesen und auch etliche Kunden, und mit allen hatte sie ausführlich geplaudert. Gerade hatte sie sich von Marie verabschiedet, deren Jungs die ganze Zeit mit Olga gespielt hatten. Aus den Augenwinkeln hatte sie dabei mitbekommen, wie Giovanni demonstrativ mit Anuschka im Arm die Runde machte und Kathi dabei keines Blickes würdigte, die ebenfalls so tat, als sei er Luft. Dann ging die Tür auf, und Gesa schwebte herein – und knapp dahinter Max, der ein Geschenk in der Hand hielt.

»Ich habe leider überhaupt keine Zeit«, teilte Gesa Antonella mit, »aber ich wollte doch kurz bei Ihnen vorbeischauen und frohe Weihnachten wünschen.« Sie zog eine Flasche Champagner aus der Tasche.

»Das ist sehr aufmerksam von Ihnen, danke«, lächelte Antonella, »aber die werde ich wohl noch ein Weilchen aufbewahren müssen.« Sie deutete auf ihren Bauch.

»Äh, ja, natürlich. Ich habe mir übrigens erlaubt, noch eine Liste zusammenzustellen, was ich noch alles für die Wohnung brauche.« Sie reichte Antonella ein Blatt Papier.

»Darum kümmere ich mich als Erstes im Januar.«

»Wieso denn erst im Januar?«

»Weil wir ab morgen zu haben. Aber das hatte ich Ihnen doch

mehrfach gesagt. Und im Grunde ist Ihre Wohnung ja auch schon einzugsfertig. Küche, Bäder, Schlaf- und Wohnzimmer sind perfekt. Alles andere machen wir dann im nächsten Jahr.«

»Nein, ich werde auf keinen Fall in einer Baustelle wohnen. Dann bleibe ich erst mal im Hotel.« Gesa lächelte künstlich und biss in ein Plätzchen. »Januar ist schon in Ordnung. Möglicherweise sind mir bis dahin noch weitere Ideen gekommen ...«

»Ich kann's kaum erwarten!«, murmelte Antonella.

»... aber jetzt muss ich auch los. Schönes Fest noch und auf Wiedersehen!« Sie reichte Antonella kurz die Hand und verschwand.

»Na, wie läuft's?« Eine halbe Stunde nach Gesas Abgang war Adrian aufgetaucht mit einer sehr müden Elisa auf dem Arm.

»Prima, danke. Wo wart ihr denn so lange?« Antonella küsste ihn und nahm ihm dann das Kind ab.

»Kann ich nicht verraten!«, er grinste geheimnisvoll.

»Da bin ich aber gespannt. Jedenfalls hast du meine Lieblingskundin verpasst. Die hatte ihren großen Auftritt nämlich schon.«

»Das ist wohl kein großer Verlust, nach allem, was ich von ihr weiß. Aber jetzt sind erst mal Ferien!« Er sah sich im Loft um, wo sich inzwischen deutlich weniger Leute tummelten als noch vor einer Stunde. »Oh, am Status quo zwischen Katia und Giovanni hat sich wohl noch nichts geändert«, bemerkte er bedauernd. Giovanni knutschte mit seinem Model, und Katia freute sich gerade sehr engagiert über das Hermès-Tuch, das Max ihr »einfach so, weil es so toll zu deinen Haaren passt« mitgebracht hatte.

Antonella zuckte mit den Schultern. »Aus den beiden werde ich wirklich nicht schlau. Aber du hast Recht, wir sollten jetzt erst mal die freien Tage genießen!«

Zwei Stunden später waren die letzten Gäste gegangen, und der Partyservice sammelte Gläser und Geschirr ein. Das Aufräumen wollten Christian und Jenny morgen Vormittag erledigen, als Dankeschön für die langen Ferien.

»Ehe ihr jetzt alle verschwindet, will ich euch noch was geben!«, kündigte Christian an und verteilte an all seine Kollegen Einladungskarten. »Dancing Clause – am 24.12. ab zehn Uhr abends. In der Tanzschule von meinem Kumpel. Damit rocken wir den Weihnachtswahnsinn. Ich würde mich freuen, wenn ihr kommt!«

KAPITEL 16
Schrille Nacht

Oje! Habe ich dich etwa geweckt?« Christian starrte erschrocken auf Giovanni, der nur mit Boxershorts und Unterhemd bekleidet, unrasiert und zerzaust seine Wohnungstür geöffnet hatte. Giovanni nickte und gähnte herzhaft, ließ den überraschenden Besuch aber herein. »Tut mir echt leid, aber ich habe nicht damit gerechnet, dass du um elf Uhr noch schläfst.«

»Habe gestern mit zwei Kumpels den ganzen Weihnachtsirrsinn ertränkt. Ist ein bisschen später geworden …« Er gähnte wieder und fragte dann: »Was verschafft mir denn die unerwartete Ehre? Geschmackvolles Outfit übrigens.« Er grinste Christian an, der in einem ziemlich albernen fliederfarbenen Weihnachtsmann-Kostüm steckte. »Magst du auch einen Kaffee?«

»Ich wollte dir nur ein schönes Weihnachtsfest wünschen.« Christian folgte Giovanni in die Küche und stellte einen rosa blühenden Weihnachtsstern und eine rosafarbene Metalldose auf den Tisch.

»Danke.« Giovanni brühte zwei Espresso und stellte die Tassen auf den Tisch. »Sind da Kekse drin?« Er deutete auf die Dose und öffnete auch gleich den Deckel. »Selbstgebacken?«

»Natürlich!« In der Dose lagen Sterne in drei verschiedenen Größen, alle mit pastelligem Zuckerguss und silberner Verzierung.

»Dir ist schon klar, dass die traditionelle Weihnachtsfarbe Rot ist?« Er stopfte sich zwei Plätzchen auf einmal in den Mund und spülte sie mit dem Kaffee hinunter.

»Auch der Weihnachtsmann geht mit der Zeit«, erwiderte Christian ein wenig verlegen. Giovanni machte ihn immer ein bisschen nervös – war wohl das ganze Testosteron, das er so ungebremst verströmte. Und dass er jetzt gerade halbnackt seine Plätzchen verdrückte und dabei dieses ironische Grinsen im Mundwinkel hängen hatte … Eine Schande, dass dieser Kerl hetero war! Halt, stopp! Wohin drifteten bitte schön seine Gedanken? »Äh, ja, wie gesagt, frohe Weihnachten! Und dann wollte ich dich noch mal an meine Dancing-Clause-Party heute Abend erinnern.«

»Auf der der Nikolaus tanzt?«

»Alle tanzen. Das wird bestimmt total lustig. Letztes Jahr waren über fünfzig Leute da! Und wer im Kostüm kommt, kriegt einen Sonderpreis.«

»Mhmm. Vielleicht finde ich meine Engelsflügelchen noch.« Giovanni lachte. »Ich weiß noch nicht, ob ich kommen kann. Anuschka hat mich zu sich nach Hause eingeladen. Sie will für mich kochen. Das wird zwar sicherlich kein kulinarischer Höhepunkt, aber möglicherweise … Na ja, egal, vielleicht komme ich danach noch vorbei. Ab zehn geht's los, oder?«

»Ja genau, und du kannst deine Freundin natürlich gerne mitbringen.«

»Anuschka? Ja, mal sehen.« Er gähnte erneut. »Sei mir nicht böse, aber ich muss jetzt schnell unter die Dusche und noch ein Geschenk besorgen. Danke für die Plätzchen, und dir auch schöne Weihnachten!«

»Du hast noch kein Geschenk für sie?«, rief Christian entsetzt auf, und Giovanni zuckte nur mit den Schultern. »Dann gib Gas, die Läden haben nicht mehr lange auf!« Armes Mädel, dachte er, als er wieder in sein Auto einstieg und zur nächsten Adresse fuhr.

»Ja, bitte?«, krächzte eine verzerrte Piepsstimme durch die Sprechanlage.

»Hohoho, hier ist der Weihnachtsmann!«

»Christian? Bist du das?«

»Nein, der Weihnachtsmann! Darf ich raufkommen?« Die Tür wurde entriegelt, und kurz darauf stand der fliederfarbene Weihnachts-Christian vor Jennys Wohnung im dritten Stock. Zu seiner Erleichterung war Jenny vollständig bekleidet, schien aber auch nicht gerade in der allerfeierlichsten Stimmung zu sein. Er küsste sie auf die Wangen und drückte ihr Weihnachtsstern und Keksdose in die Hand. »Frohe Weihnachten, Süße! Alles klar bei dir?«

»Hach, ich weiß auch nicht. Ich kann Tom nicht erreichen. Aber komm erst mal rein.« Sie führte ihn in ihr Wohnzimmer, in dem sogar ein kleiner geschmückter Weihnachtsbaum stand. Aus dem Radio säuselten Weihnachtslieder.

»So, jetzt noch mal von vorne. Du kannst also deinen Tom nicht erreichen?«

»Ja, ich habe den ganzen Vormittag versucht, ihn anzuskypen, aber er ist nicht online. Und an seinem Handy meldet sich nur die Mailbox. Das finde ich echt total seltsam, ich meine, der sitzt doch alleine in seiner Bude in Kapstadt, und ich war ganz sicher, dass er auch mit seiner Familie telefonieren wird oder so. Aber er ist wie vom Erdboden verschluckt. Ich hoffe, dass ihm nichts passiert ist.« Sie klang wirklich besorgt.

»Wird schon nicht«, versuchte Christian sie zu beruhigen. »Hast du schon mit deiner Cousine gesprochen? Die wohnt doch neben ihm, da kann sie ja mal nachsehen, ob alles in Ordnung ist.«

»Nein, Lisa feiert Weihnachten in Deutschland. Ihr Flieger landet heute Mittag. Ich weiß einfach nicht, was ich tun soll.«

»Ich fürchte, da kannst du im Augenblick gar nichts machen, Süße. Aber ich bin mir ganz sicher, dass er sich noch meldet.

Wahrscheinlich ist er einfach am Strand oder so. Würde ich ehrlich gesagt auch tun, wenn ich in Südafrika wäre. Wo feierst du denn heute?«

»Ich fahre nachher zu meinen Eltern raus. Wir feiern immer ganz groß mit der ganzen Familie – alle Großeltern, meine Schwestern, etliche Tanten, Onkel, Cousinen –, ich weiß gar nicht genau, wer alles kommt.«

»Aber das klingt doch richtig nett. Und wenn dir die Decke auf den Kopf fällt, kommst du einfach zu meiner Party! Du kannst auch gerne deine Cousins und Cousinen mitbringen. Dann tanzen wir die ganze Nacht. Das wird dich auf andere Gedanken bringen.«

»Ach, ich weiß nicht.« Jenny lief tatsächlich eine Träne übers Gesicht. »Ich habe einfach das Gefühl, dass er mit mir Schluss machen will. Er war schon die ganzen letzten Tage so komisch. Warum habe ich denn einfach kein Glück mit Männern?« Jetzt weinte sie richtig.

»Aber Schnecki, das darfst du nicht sagen!« Christian nahm sie in den Arm. »Du bist so ein bezauberndes, liebenswertes Geschöpf, und wenn dieser Trottel von Tom das nicht begreift, dann hat er dich auch nicht verdient! So, und jetzt putz dir die Nase und hör zu weinen auf. Heute ist das Fest der Liebe und der Freude und der Geschenke. Und du hast meine noch nicht mal angesehen!«

Jenny schnäuzte sich geräuschvoll, nahm die rosa Dose und öffnete sie. »Oh, die sind aber schön! Ich wusste gar nicht, dass du so ein toller Konditor bist.« Sie nahm einen der rosasilbernen Sterne und biss hinein. »Köstlich! Danke schön.« Sie hauchte ihm ein Küsschen auf die Wange und stand auf. »Ich habe auch ein Geschenk für dich!«

»Das gibt's ja nicht!«, rief er aus, als er das Päckchen ausgewickelt hatte. »Woher wusstest du das? ›Musical-Mega-Hits‹, diese CD wünsche ich mir schon lange!«

»Ich habe Marius gefragt. Er hat mir den Tipp gegeben. Ich gehe übrigens auch total gerne ins Musical. Am tollsten finde ich ›Tanz der Vampire‹!« Jetzt lächelte sie schon wieder.

»Und wahrscheinlich bist du heimlich in Graf Krolok verliebt«, er schüttelte mit gespielter Empörung den Kopf, »immer die falschen Männer ...«

»Nein, das stimmt nicht. Diesmal war ich sicher, es ist der Richtige. Aber du hast bestimmt Recht, dass er sich bald meldet.« Sie versuchte, tapfer zu klingen. »Kann ich dir was anbieten?«

»Nein danke, ich muss los. Habe noch ein paar Geschenke abzuliefern. Halt die Ohren steif, es wird bestimmt alles gut. Und bis heute Abend. Ich zähle auf dich!«

»Das kann doch unmöglich schon Max sein!«, rief Katia mit einem Anflug von Panik, als es klingelte. Olga rannte schwanzwedelnd zur Tür und wartete auf den Besucher. Sie war nicht wählerisch, jeder, der vor der Tür stand, wurde freundlich begrüßt. Durchs Treppenhaus kam aber nicht Max geschlurft, sondern ein bizarrer lila Nikolaus, der sich gleich darauf als Christian entpuppte.

»Frohe Weihnachten!«, rief er und reckte seine Hände nach oben, um den Weihnachtsstern und die Plätzchen vor dem aufdringlichen Hund in Sicherheit zu bringen.

»Das ist ja eine Überraschung«, freute sich Katia, »komm rein.«

Wieder wurde Christian durch eine Wohnung geführt, und neugierig sah er sich um. »Wow«, sagte er bewundernd, »hier sieht es ja aus wie in der Weihnachtsausgabe einer schicken Style-Zeitschrift.«

Katia war in den letzten Tagen tatsächlich in einen kaum zu stoppenden Deko-Rausch verfallen. Sie hatte praktisch das gesamte Dekorationsmaterial der Loft-Party verarbeitet und noch einiges mehr. In jeder Ecke funkelte und glitzerte es in allen Farben des Regenbogens. Statt eines großen Weihnachtsbaums hatte sie die Mini-Ausgaben aus dem Büro rund um den Kamin gruppiert. Es sah aus wie ein Zauberwald. »Freut mich, wenn es dir gefällt«, sagte sie stolz. »Ich wollte es diesmal einfach richtig schön haben. Letztes Jahr saß ich ja mit meinem Mann bei einem ziemlich tristen Abendessen im Frankfurter Hof. Um halb zehn war er dann verschwunden und ich alleine mit Olga. Kannst du dir vorstellen, wie trostlos es ist, Weihnachten alleine in einem Hotel zu verbringen?« Es schüttelte sie bei dem bloßen Gedanken daran. »Aber das wird mir dieses Jahr nicht passieren!«

»Feierst du mit Max?«

»Ja, er kommt heute Nachmittag und hat eine große Überraschung angekündigt. Ich werde ihn aber auch überraschen, denn ich habe reichlich Kaviar und Champagner besorgt.«

»Ein exklusives ›Ich kann nicht kochen‹-Menü also«, stellte Christian lächelnd fest. »Denkst du, er wird dir einen Heiratsantrag machen?«

»Heiratsantrag?«, rief Katia erschrocken. »Wie kommst du denn auf diese Idee?«

»Hallo? Überraschung halt! Weihnachten ist doch der klassische Termin für Anträge.«

»Um Himmels willen, bitte nicht! Und nein, das kann ich mir nicht vorstellen. Wahrscheinlich hat er die passende Halskette zu den Ohrringen gekauft, die er mir kürzlich geschenkt hat …« Sie klang eine Spur verunsichert. »Ich will einfach nur ein schönes Fest feiern mit einem Mann, der auch gerne mit mir zusammen ist. Aber heiraten?«

»Du musst ja nichts überstürzen«, beschwichtigte er sie und wechselte das Thema. »Ich habe das perfekte Dessert für dein Weihnachtsmenü.« Er reichte ihr die Keksdose, die sie gleich öffnete. »Optisch passen sie jedenfalls perfekt«, stellte er fest.

»Geschmacklich sicher auch!« Katia biss in ein Plätzchen und verzog verzückt ihr Gesicht. »Wie lecker. Vielen Dank.«

»Und nach eurem feudalen Dinner kommt ihr zu mir und schwingt das Tanzbein. Wirklich, ihr wärt meine absoluten Ehrengäste: Du sorgst für Glamour, er für Macht und Geld!« Er war wieder aufgestanden und küsste sie zum Abschied. »Hab viel Spaß! Ich gehe jetzt noch eine Etage tiefer, und dann helfe ich Marius mit den Vorbereitungen.«

»Dir auch frohe Weihnachten und vielen Dank!«

»Huch, wie siehst du denn aus?«, rief Antonella, als sie Christian die Tür geöffnet hatte.

»Ich bin Style-Clause und wünsche frohe Weihnachten!«, sagte er und reichte ihr seine Geschenke. »Übrigens könnten wir prima als Gespann auftreten, du siehst nämlich aus wie eine Christbaumkugel!«

»Habe mich extra für meine Schwiegereltern in Schale geworfen. Findest du, das ist too much?«

»Ich find's großartig!« Er musterte sie eingehend. Sie trug ein kurzes, knallpinkes Satinkleid, das recht bauschig war. Ihre langen Haare hatte sie hochgesteckt und sich kleine, pinke Kugeln an die Ohren gehängt. Und auch um den Hals trug sie eine Christbaumkugel. Ihre blickdicht schwarzbestrumpften Beine steckten in pinkfarbenen Pumps und um den rechten Knöchel hatte sie eine weitere kleine Kugel an einem Satinband gebunden. »Du und dein Bruder, ihr habt echt sensationelle Gene abbekommen. Weißt du, dass du Wahnsinnsbeine hast?«, fragte er bewundernd.

»Ja, aber seit wann interessieren dich mein Bruder und Frauenbeine?«

»Ich bin schwul, aber nicht blind. Obwohl, wenn ich dich länger anstarre, bekomme ich vielleicht eine Sehstörung, dieses Kleid ist wirklich sehr pink!«

»Für Elisa habe ich ein ähnliches besorgt. Wir müssen für ein bisschen Farbe bei der beschaulichen Bescherung in Königstein sorgen. Das wird sonst zu hellgrau-beige.«

»Wo ist die Kleine eigentlich? Und dein Mann?«

»Die machen noch einen kleinen Spaziergang. Ich musste noch ein paar Geschenke einpacken und mich fertig machen. In einer halben Stunde fahren wir jedenfalls los«, sie seufzte bedauernd. »Aber jetzt zeig mal, was hast du da?« Er überreichte ihr seine Geschenke. Sie öffnete die Dose. »Toll! Ist das ein Wink mit dem Zaunpfahl, dass du eine Gehaltserhöhung haben möchtest?« Sie biss grinsend in einen rosa Stern.

»Nein!«, empörte er sich. »Ich wollte dir und deiner Familie nur frohe Weihnachten wünschen!«

»Das ist lieb, aber dafür müsste schon ein Wunder geschehen.«

»Ach komm, so schlimm wird es schon nicht werden. Sind nicht Adrians Schwester und ihre Kinder auch da? Das wird doch bestimmt total süß mit den Kleinen.«

»Ja, das wird sicher nett«, lenkte sie ein. »Aber hier fände ich es noch schöner. Schau mal«, sie öffnete die Flügeltür zum Wohnzimmer. Mitten im Raum stand ein riesiger Baum, der kunterbunt geschmückt war – unter anderem mit pinkfarbenen Glitzerschweinen. »Letztes Jahr hat Elisa von Weihnachten ja noch nicht viel mitgekriegt, aber dieser Baum haut sie bestimmt total um.«

»Der haut auch mich völlig um! Wahnsinn!«

»Na ja, wir feiern hier morgen nach. Und heute werde ich das auch irgendwie überstehen, obwohl es schwer wird, so ganz ohne Alkohol …«

»Du schaffst das! Und anschließend kommt ihr zu meiner Party. Mit dem Kleid hast du den Kostümwettbewerb auf jeden Fall gewonnen.«

»Na, wie war's?«, fragte Marius, als Christian nach seiner Runde wieder zurückkam. »Kommen sie alle zu unserer Fete?«

»Es war schön. Sie haben sich alle gefreut, aber ob sie kommen? Keine Ahnung. Ich nehme an, Katia und Antonella eher nicht, aber vielleicht Giovanni und seine Flamme. Und Jenny! Um die mache ich mir wirklich Sorgen. Alle anderen verbringen den Tag mit ihren Liebsten, aber die Kleine hat diesen seltsamen Tom nicht mal erreicht. Sie glaubt, dass er mit ihr Schluss machen will. Ich sag dir, wenn sie um Mitternacht nicht auf der Party ist, hole ich sie persönlich ab!«

»Huhu, wir sind wieder da! Bist du fertig?«, rief Adrian aus dem Flur.

»Gerade fertig geworden«, antwortete Antonella und schleppte zwei große Taschen mit Geschenken aus der Küche. »Ich muss nur noch Sternchen umziehen, und dann können wir los.«

»Ihr seht aus wie zwei bunte Knallbonbons«, stellte Adrian amüsiert fest, als Antonella kurze Zeit später mit Elisa im Schlepptau aus dem Kinderzimmer kam. Auch Elisa trug jetzt ein pinkfarbenes Kleidchen mit passenden Ballerinas und Haarklammern in den dunklen Locken.

»Ist sie nicht zum Fressen süß?«

»Genau wie die Mama! Nehmt ihr mich so überhaupt mit?« Adrian sah in den Spiegel. Er trug einen dunkelblauen Anzug und ein rosa Hemd. »Ich kann nicht wirklich mit euch mithalten, fürchte ich.«

»Das haben wir gleich«, grinste Antonella, ersetzte die Manschettenknöpfe durch winzige pinke Christbaumkugeln und stecke ihm ein pinkfarbenes Einstecktuch ins Sakko. »Perfekt!«

Der Nachmittag bei Adrians Eltern verlief erstaunlich harmonisch – was sicherlich in erster Linie daran lag, dass Adrians

Schwester Charlotte mit ihrem Mann Riccardo und den Söhnen Lorenzo und Paolo zu Besuch war. So hielten sich die Bemerkungen von Mutter Stern in einem einigermaßen erträglichen Maße, auch wenn sie sich ein paar Spitzen bezüglich Antonellas Outfit nicht verkneifen konnte: »Ich hatte so gehofft, dass du dich ausnahmsweise mal dem Anlass angemessen kleiden würdest, aber nun ja, eine Gisela wird wohl nicht mehr aus dir.« Da aber alle anderen, inklusive des eigenen Ehemanns, sofort und vehement für Antonella Partei ergriffen hatten, blieb Brigitte nichts als schmallippiges Schweigen. Nach Kaffee und Kuchen gab es gegen fünf Uhr endlich die große Bescherung – die sechs- und achtjährigen Jungs hätten sicherlich keine Sekunde länger durchgehalten, und auch Elisa war aus dem Häuschen und völlig überwältigt vom Anblick des leuchtenden Weihnachtsbaums und der vielen Geschenke.

»Na, wie sehe ich aus?«, fragte Katia Olga. Es war kurz vor sechs, und sie hatte alles so weit vorbereitet. Die Wohnung sah aus wie ein Weihnachtswunderland, und sie selbst hatte tief in Tante Elsas Kleiderfundus gewühlt. Gefunden hatte sie ein tief dekolletiertes, flaschengrünes Cocktailkleid mit weit schwingendem knielangem Rock. In ihren Ohren glitzerten die Tiffany-Ohrringe von Max, nur auf eine Kette hatte sie verzichtet – vielleicht brauchte sie den Platz um ihren Hals ja heute noch. Olga klopfte anerkennend mit dem Schwanz auf den polierten Holzboden. Katia hatte ihrem Hund zur Feier des Tages eine große rote Samtschleife um den Hals gebunden. Der Champagner lag auf Eis, der Kaviar ebenfalls, und aus der Stereoanlage klang dezenter Jazz. Fehlte nur noch Max. Katia war sehr gespannt auf die angekündigte Überraschung, aber auch ein wenig nervös. Nein, Christian hatte bestimmt Unrecht! Max würde ihr keinen Heiratsantrag machen, sie kannten sich doch erst seit ein paar Wochen. Nie im Leben! Bitte nicht!!

Irgendwie war letztes Jahr zu Weihnachten alles entspannter gewesen, dachte Giovanni. Letztes Jahr war er über die Feiertage in den Urlaub geflohen. Knapp drei Wochen Australien waren es gewesen, mit Strand, gutem Wein und dieser absolut spektakulären Landschaft. Und jetzt? Jetzt war er auf dem Weg zu einer Frau, die ihm im Grunde seines Herzens völlig gleichgültig war. Er ahnte, dass Anuschka das wohl etwas anders sah und sich ernsthafte Hoffnungen machte. Er würde das schnell aufklären müssen, damit nicht noch jemand unnötig leiden musste. Aber vielleicht nicht gerade heute ... Und an alldem war überhaupt nur Katia schuld, die sich vermutlich gerade mit diesem stinkreichen Schnösel vergnügte. »Soll ich Max wieder abservieren, nur weil mir Giovanni eine Wurfbox gebaut hat?« Dieser Satz dröhnte ihm seit Tagen in den Ohren. Er hatte es so satt! Alles. Er hatte keine Lust mehr, mit irgendwelchen jungen Mädchen auszugehen und den feurigen Latin Lover zu geben. »Scheiße, ich bin zweiundvierzig und mache mich völlig lächerlich«, murmelte er vor sich hin. »Und alles wegen einer Frau, die mich nicht liebt.« Inzwischen war er vor Anuschkas Haus angekommen und versuchte seine destruktiven Gedanken abzuschütteln. Er setzte ein Lächeln auf und klingelte.

»Ich kann wirklich nichts mehr essen!«, protestierte Jenny, als ihre Mutter nach dem Dessert nun auch noch mit Kuchen ankam. Ihr Elternhaus platzte aus allen Nähten, so viele Verwandte waren da, und jeder hatte etwas zum Festmahl beigesteuert. Und jetzt kamen wohl noch mehr, denn gerade hatte es geklingelt. Eigentlich war es ein schöner Nachmittag gewesen – sie hatten bis jetzt im Grunde nur gemütlich beisammengesessen und gegessen. Gleich wollten sie alle in die Kirche gehen, dann gäbe es Bescherung und anschließend die nächste Mahlzeit. Alles könnte so schön sein, wenn sie nur Tom erreicht hätte, aber der schien wirklich vom Erdboden verschwunden zusein. Ihre Cousine hatte auch nichts Hilfreiches zur Aufklärung beitragen können. Ganz im Gegenteil. Lisa hatte ihren Verdacht eigentlich nur noch bestätigt, denn sie hatte relativ einsilbig und vage auf ihre Fragen geantwortet. Jenny merkte, wie sich ihr Hals zuschnürte und ihre Augen wieder feucht wurden. Nein, sie würde jetzt nicht weinen! Nach der Bescherung würde sie sich abseilen und auf Christians Party die ganze Nacht tanzen!

»Jenny, kommst du mal bitte? Es ist Besuch für dich da!«, rief ihr Vater aus dem Flur.

»Kann ich dir helfen?« Antonella war zu ihrer Schwiegermutter in die Küche gekommen, wo Brigitte das Abendessen vorbereitete.

»Du könntest den Tisch decken. Ich habe schon alles an Geschirr, Gläsern und Besteck hergerichtet.«

Antonella ging ins Esszimmer, sehr erleichtert, dass bisher alles so entspannt abgelaufen war. Ihr Schwiegervater hatte sich sehr über die Tischlampe aus ihrer Kollektion gefreut, die sie mitgebracht hatte, und selbst Brigitte hatte, wenn auch kein Lob über ihre Lippen gekommen war oder sie übertriebene Dankbarkeit gezeigt hätte, zumindest nichts an diesem Geschenk auszusetzen gehabt. Sie war gewillt, das als eine beginnende Eisschmelze zu werten, und begann, den Tisch zu decken. »Hat sich eure Mutter verzählt, oder soll Elisa ernsthaft das volle Menü mit Weinbegleitung haben?«, fragte sie Adrian und Charlotte, die ihr inzwischen Gesellschaft leisteten. Sie zählten nochmals durch, und tatsächlich stand eine Garnitur zu viel auf dem Tisch.

»Mutter, ich glaube, Elisa ist noch ein bisschen zu klein, um ordentlich mit Messer und Gabel essen zu können«, sagte Adrian lächelnd zu Brigitte, die gerade ins Esszimmer kam.

»Natürlich ist sie das, Junge.«

»Dann hast du dich wohl verzählt. Hier sind neun Gedecke, aber wir brauchen nur acht.«

»Sei nicht albern, natürlich habe ich mich nicht verzählt. Wir erwarten noch einen Gast zum Essen.«

»Wen denn?«, fragte Charlotte.

»Gisela kommt!«, sagte Brigitte mit maliziösem Lächeln.

»Wie bitte?«, riefen Charlotte und Adrian gleichzeitig. Und auch Ludwig machte ein überraschtes Gesicht. Antonella hatte das Gefühl, dass alles Blut aus ihrem Körper wich. Sie musste sich an einer Stuhllehne festhalten.

»Ich habe sie eingeladen, sie hat ja sonst niemanden. Und da dachte ich mir, ich tue ein gutes Werk. Und außerdem kann etwas Niveau dieser Runde nicht schaden.«

Bildete sich Antonella das ein, oder sah ihre Schwiegermutter sie gerade außerordentlich triumphierend an? »Wusstest du davon?«, presste sie hervor.

»Natürlich nicht«, antwortete Adrian leise und legte ihr eine Hand auf die Schulter. »Aber bitte mach jetzt keine Szene, meine Mutter meint das doch nur gut.«

»Wie bitte? Deine Mutter lädt deine Exfrau an Heiligabend zu unserer Familienfeier ein, um das Niveau zu heben!« Sie schüttelte seine Hand ab und funkelte ihn konsterniert an. »Und deine einzige Sorge ist, dass ich keine Szene mache?«

»Das würde ja auch niemandem weiterhelfen! Komm, es ist doch bisher alles so gut gelaufen. Mach es jetzt nicht kaputt«, bat er sie eindringlich.

Das war zu viel. »Ich soll nichts kaputt machen??«, zischte sie völlig fassungslos und sah in die Runde. Riccardo wirkte, als wäre er jetzt gerne weit weg, und auch Charlotte und Ludwig machten beklommene Gesichter. Aber keiner schien sich bemüßigt zu fühlen, Brigitte ins Gewissen zu reden, die mit einem außerordentlich selbstgefälligen Lächeln die Gläser auf dem Tisch umarrangierte.

»Mama!«, piepste es von unten. Elisa hatte ihre Ärmchen um Antonellas Bein geschlungen und schaute ihre Mutter mit großen Augen an.

»Komm, mein Engel, wir fahren heim«, sagte sie mit zitternder Stimme. Dann nahm sie die Kleine auf den Arm und verließ das Esszimmer.

»Das kannst du nicht machen!« Adrian war ihnen in den Flur gefolgt. »Damit hätte sie gewonnen.«

»Mir war nicht klar, dass ich mit deiner Mutter konkurrieren muss oder in irgendeinem seltsamen Wettbewerb mit ihr stehe«, erwiderte sie kühl und zog ihrer Tochter Jacke und Winterstiefel an.

»Du weißt, wie ich das meine.«

»Ich weiß gar nicht, warum du überhaupt mit mir diskutierst und nicht deine Sachen nimmst und deine Familie nach Hause bringst.« Sie sah ihn unverwandt an. »Das erschiene mir die einzig angemessene Reaktion.«

»Das kann ich nicht machen. Sie sind nämlich zufällig auch meine Familie, und ich möchte nicht in einer Entweder-oder-Situation landen. Also bitte, sei vernünftig und bleibe hier!« Er hatte einen fast flehenden Blick.

Antonella schüttelte den Kopf. »Nein, tut mir leid. Ich werde mich hier nicht vorführen und weiter demütigen lassen!« Sie zog ihren Mantel an.

»Tu das bitte nicht!«

»Das Gleiche könnte ich auch sagen.« Für einen Moment starrten sie sich wortlos an, als warteten sie darauf, wer als Erster einlenkte. Dann nahm Antonella ihr Kind und verließ das Haus.

»Zeit für deine Überraschung!« Max sah auf seine Uhr und stand auf. Sie hatten gerade das erste Glas Champagner getrunken. Als er vor einer halben Stunde angekommen war, hatte er sich überwältigt gezeigt von dem Weihnachtstraum, den Katia in ihrer Wohnung inszeniert hatte. Damit hatte er offensichtlich nicht gerechnet.

»Wollen wir damit nicht bis nach dem Essen warten?«, fragte Katia. »Ich meine, wir könnten doch eine ganz traditionelle Bescherung machen, oder?« Sie merkte, wie ihr Herz immer schneller schlug. Egal, was die Überraschung war, sie hatte das Gefühl, dass sie sie mit einem gefüllten Magen und noch etwas mehr Champagner deutlich besser würde verkraften können. Verdammter Christian! Was musste er ihr auch so einen Floh ins Ohr setzen.

»Ich fürchte, die Überraschung kann nicht warten«, sagte er mit einem verführerischen Lächeln. »Lass uns einen kleinen Ausflug machen!« Er reichte ihr seine Hand und half ihr hoch.

»Wohin denn?«

»Kann ich noch nicht verraten, dann wäre es ja keine Überraschung mehr! Komm mit!« Er führte sie in den Flur und half ihr in den Mantel. Als Katia Olga Halsband und Leine anlegen wollte, sagte er: »Der Hund bleibt besser hier!«, und fügte, als er ihren irritierten Blick sah, hinzu: »Wir sind nicht lange weg.«

»Schön brav sein, Schätzchen! Mama kommt gleich wieder!« Katia kraulte mit einem wehmütigen Blick ihre Hündin, die ihr anklagend nachsah und zu jaulen anfing, sobald die Tür geschlossen war. »Ich hoffe, es dauert wirklich nicht lang!«, sagte sie nervös zu Max.

»Entspann dich einfach.« Vor dem Haus parkte seine Limousine, und sein Chauffeur öffnete eilfertig die Türen. Sie fuhren stadtauswärts durch fast menschenleere Straßen, und minutenlang sagte keiner ein Wort. Schließlich öffnete Max eine neue Flasche Champagner und reichte ihr ein Glas. »Katia, du bist eine ganz besondere Frau, und deshalb habe ich eine ganz besondere Überraschung für dich.«

Bitte ziehe jetzt keinen Ring aus der Tasche!!, flehte Katia in Gedanken. Sie war so zittrig, dass sie kaum das Glas halten konnte. Und wo fuhren sie überhaupt hin?

»Ich möchte dir ein unvergessliches Geschenk machen«, fuhr er fort, »aber dafür ist Frankfurt einfach zu klein!«

Katia zog fragend eine Braue hoch, brachte aber nichts heraus.

»Warum sollte ich mich mit Mainhattan begnügen, wenn ich dir Manhattan zu Füßen legen kann? Deshalb fliegen wir jetzt nach New York!«

»Wir tun was?« Katia starrte ihn mit aufgerissenen Augen an. Und tatsächlich, sie standen bereits auf dem Rollfeld der Privatflugzeuge. »Bist du wahnsinnig?«

»Liebling, ich weiß, dass das jetzt etwas überwältigend für dich sein muss. Aber es ist wahr! Es gibt keine romantischere Stadt zu Weihnachten als New York, und wir werden die nächsten drei Tage in allem Luxus schwelgen, zu dem diese Stadt imstande ist.« Er strahlte sie an.

»Das kannst du doch nicht einfach so bestimmen! Du hättest mich vorher fragen müssen, ich kann doch nicht so einfach weg. Zuhause wartet Olga auf mich!«

»Um das Tier können sich doch die Nachbarn kümmern. Außerdem sind wir ja nur drei Tage weg, das wird es schon überleben.« Er klang eine Spur verärgert.

»Mir fehlen die Worte«, Katia starrte ihn fassungslos an.

»Sag einfach danke!«, schlug er vor.

»Du begreifst es nicht, oder? Max, ich werde nicht mit dir nach New York fliegen! Ich werde mit dir nicht einmal mehr in die Stadt zurückfahren. Ich war fünfzehn Jahre lang die Marionette eines Mannes, und das will ich nie wieder erleben. Ich habe wirklich gedacht, dass du anders bist als Aris, aber nein, ihr meint, dass ihr mit eurem Geld alles kaufen könnt. Mich nicht mehr! Lebe wohl!« Schwungvoll riss sie die Wagentür auf, stieg aus dem Auto und ging in Richtung Terminal.

Sie bebte am ganzen Körper, aber sie fühlte, wie ihre Schritte trotz der zarten Pumps, die sich im Schneematsch gerade mit Wasser vollsaugten, immer sicherer wurden. Immerhin, ihre Würde hatte sie diesmal nicht verloren.

»Das ist so was von geschmacklos!«, schrie Anuschka. Sie hatte gerade ihr Geschenk ausgepackt und wunderschöne Dessous aus der Schachtel hervorgezogen. Als sie jedoch den BH genauer in Augenschein nahm, war ihr Lächeln gefroren. Das zarte Spitzenteil war Größe 80 D, sie selbst trug 75 B. Und dann hatte Giovanni auch noch die Unverfrorenheit gehabt, schulterzuckend zu sagen, dass er wohl etwas falsche Angaben bei der Verkäuferin gemacht hatte und dass man es ja auch umtauschen könnte.

»Jetzt reg dich nicht so auf«, versuchte er sie nun zu beschwichtigen. »Das war keine Absicht. Wirklich nicht.«

»Wenn dir wirklich was an mir liegen würde, hättest du dich nicht so täuschen können.« Sie fing zu weinen an.

»Ich fürchte, da hast du leider Recht«, gab er nach einer Weile zerknirscht zu. »Tut mir leid.«

»Es tut dir leid?«, schluchzte sie. »Ein Jahr habe ich auf dich gewartet, und als du dann im November wieder zu mir zurückgekommen bist, war ich mir sicher, dass es für immer ist! Ich habe fest damit gerechnet, dass du mir heute einen Heiratsantrag machst. Und nicht, dass du mir geschmacklose Nuttenunterwäsche schenkst und mir erklärst, dass du mich nicht liebst!«

»Ich weiß, du hältst mich für ein Schwein, aber bitte glaube mir, dass ich das so nicht gewollt habe.« Er versuchte ihre Hand zu nehmen, doch sie schüttelte ihn angewidert ab.

»Verschwinde! Ich will dich nie wiedersehen!!«

Und so stand er um kurz nach neun an Heiligabend wieder auf der Straße. Letztes Jahr war wirklich alles besser gewesen! Langsam machte er sich auf den Heimweg.

»Ich habe es einfach nicht mehr ohne dich ausgehalten! Deshalb habe ich mein Semester in Kapstadt abgebrochen und bin jetzt wieder hier. Das heißt, wenn du mich noch willst?« Tom sah Jenny unsicher an.

Sie starrte ihn mit Tränen in den Augen an. Der Besuch, den ihr Vater angekündigt hatte, war tatsächlich Tom! Sie konnte es nicht fassen. Er war zu ihr gekommen! Weil er es vor Sehnsucht nicht mehr ausgehalten hatte!! Dafür hatte er sein Semester geschmissen!!! Wegen ihr!!!! »Natürlich will ich dich noch!« Sie warf ihre Arme um ihn und küsste ihn, bis hinter ihnen Applaus aufbrandete. Verlegen, aber glücklich drehte sie sich um und sagte zu ihrer versammelten Familie: »Darf ich euch meinen Freund Tom vorstellen?«

Als Katia mit dem Taxi zuhause ankam, sah sie Licht im Erdgeschoss. Offensichtlich waren Antonella und Adrian also wieder zuhause. Sie zögerte kurz und überlegte, ob sie klingeln sollte. Nein, sie wollte ihnen den Abend nicht verderben. »Olga, meine Süße, ich bin wieder da! Und ich verspreche dir, dass ich dich jetzt nie mehr alleine lasse.«

Antonella hörte Geräusche im ersten Stock. Katia und Max waren also wieder da. Sollte sie raufgehen? Nein, sie wollte ihnen den Abend nicht verderben. »Komm, mein Engel.« Sie trug Elisa ins Wohnzimmer, wo sie die Weihnachtsbaumbeleuchtung eingeschaltet hatte. Zusammen mit ihrem Kind kuschelte sie sich aufs Sofa. »Frohe Weihnachten, Sternchen«, flüsterte sie der Kleinen ins Ohr, die bereits eingeschlafen war.

KAPITEL 17

Weihnachtswunder

Gegen halb zehn rappelte sich Antonella wieder vom Sofa hoch. Im Gegensatz zu ihrer Tochter, die zufrieden und tief schlief, wurde sie von Minute zu Minute unruhiger. In ihr brodelte es, denn insgeheim hatte sie damit gerechnet, dass Adrian ihr so schnell wie möglich hinterherfahren würde. Sie hatte sogar einkalkuliert, dass es möglicherweise an Heiligabend ein bisschen schwierig werden dürfte, in Königstein ein Taxi zu bekommen. Aber nun, da sie schon knapp zwei Stunden zuhause war, musste sie einsehen, dass er wohl tatsächlich lieber mit seiner intriganten Mutter und der perfekten Gisela Weihnachten feierte. Durcheinander und gereizt tigerte sie durch ihre Wohnung. Sie wusste nicht genau, welches Gefühl in ihr überwog – Wut oder Verzweiflung? Außerdem hatte sie Hunger. Immerhin bleibt mir der grauenvolle, völlig verkochte Rinderbraten erspart, dachte sie grimmig, als sie sich in der Küche ein Käsebrot machte und es im Stehen verschlang. Und während sie kaute, wurden ihr zwei Dinge klar: Erstens war sie eindeutig viel eher wütend als verzweifelt, und zweitens fiel ihr hier die Decke auf den Kopf. Irgendwas würde sie tun müssen, denn weiterhin bange auf die Ankunft des Erlösers zu warten kam definitiv nicht in Frage. Sie zog kurz in Erwägung, ein paar Sachen zu packen und mit Elisa nach München zu fahren, aber die Aussicht auf die Kommentare von Oma Rosi und ihrer Mutter ließen sie den Gedanken ganz schnell wieder verwerfen. Katia und ihr Bruder waren auch keine Option, blieb Christians Party. Party? Inzwischen stand sie im Flur und musterte sich im Spiegel. Erstaunlich genug, dass Kleid und Frisur den turbulenten Nachmittag und Abend praktisch makellos überstanden hatten, und die kleinen Make-up-Schäden ließen sich problemlos reparieren. Warum also nicht? Schlimmer konnte der Abend ja schließlich nicht mehr werden, oder? Und dann könnte sie dem versammelten Jungvolk mal zeigen, dass Mutti noch ordentlich rocken konnte. Elisa würde das Ganze bestimmt verschlafen, es gab wenig, was sie wecken konnte. Und falls doch, für Partys war man ja schließlich nie zu jung. Entschlossen legte sie eine neue Schicht Wimperntusche und frischen Lippenstift auf. Dann schnappte sie sich zwei Flaschen Prosecco, packte Sternchen warm ein und fuhr in die Tanzschule von Christians Freund zu »Dancing Santa«.

Adrian saß mit versteinerter Miene beim Abendessen. Wie hatte es so weit kommen können? Als Antonella vorhin sein Elternhaus unter Pauken und Trompeten verlassen hatte, war sein erster Impuls gewesen, ihr sofort hinterherzufahren. Doch erstens hatte sie das Auto genommen, und aus diesem verdammten Kaff kam man ja nicht so einfach weg – schon gar nicht an Heiligabend –, und zweitens war Augenblicke später Gisela vorgefahren. Er hatte seine Ex seit der Scheidung vor gut fünf Jahren nicht mehr gesehen und war der Meinung, dass sie irgendwo im Ausland lebte und ebenfalls wieder verheiratet war. Wie sich herausstellte, war sie jedoch seit ein paar Monaten getrennt und zurück in Frankfurt. Und seitdem pflegte sie offenbar wieder herzlichsten Kontakt zu seinen Eltern, eine Tatsache, die ihn von Minute zu Minute mehr irritierte. Abgesehen davon, dass ihm praktisch unmittelbar nach ihrem Eintreffen wieder klar geworden war, warum er sich damals von ihr hatte scheiden lassen. Ihr elitärer Snobismus ging ihm gewaltig auf die Nerven – passte allerdings perfekt zu dem seiner Mutter. »Ich hätte so gerne deine Tochter kennengelernt«, hatte sie bedauernd geflötet, »und ich kann wirklich nicht verstehen, dass deine Frau einfach weggefahren ist. Das ist doch sehr unsouverän, man könnte fast meinen, sie hätte Angst vor mir.« Dabei hatte sie gekünstelt gelacht, und seine Mutter hatte hinzugefügt: »Ach Gisela, es kann einfach nicht jede deine Klasse haben ...«

Irgendwas lief hier gewaltig falsch! Adrian war wütend auf Antonella, dass sie einfach abgehauen war. Typisch für sie: Immer, wenn es schwierig wurde, machte sie sich davon. Auf seine Mutter, die ihr unseliges Ränkespiel sichtlich genoss, war er unfassbar wütend – vor allem aber war er wütend auf sich selbst. Was war er bitte schön für ein Mann, der seine schwangere Frau und seine kleine Tochter an Weihnachten im Stich ließ? Denn auch, wenn er der Meinung war, dass sie etwas überreagiert hatte, konnte er doch verstehen, dass es aus ihrer Perspektive wie eine gemeine Intrige seiner Mutter gegen sie gewirkt haben musste. Und als er jetzt seinen Blick über all die cremefarbenen Seidenblusen und beigen Cashmere-Twinsets schweifen ließ, wurde ihm schlagartig klar, dass er vorhin einen kapitalen, kaum zu verzeihenden Fehler begangen hatte. Geräuschvoll warf er sein Besteck auf den halb leer gegessenen Teller, würgte den aktuellen Bissen hinunter – das Fleisch war wirklich ungenießbar! – und stand auf. »Ich werde jetzt nach Hause fahren!«, kündigte er den anderen an, die ihn irritiert ansahen. »Ich hätte sie niemals alleine fahren lassen dürfen«, fügte er leiser hinzu und ging in den Flur.

»Du bleibst hier!« Seine Mutter war ihm hinterhergelaufen und baute sich vor ihm auf. »Du wirst dich doch nicht etwa auf ihr Niveau begeben?!«

»Vor allem werde ich mich jetzt von deinem Niveau, so weit es nur geht, entfernen!«, blaffte er sie an und zog seinen Mantel an. »Ich kann einfach nicht fassen, dass du Gisela eingeladen hast. Was soll sie hier? Sie hat mit dieser Familie seit Jahren nichts mehr zu schaffen.«

»Ich hatte eben Mitleid mit ihr. Frisch getrennt und ganz alleine, wie sie ist, da kann doch ein bisschen Familienanschluss nicht schaden, habe ich mir gedacht. Und außerdem bin ich nach wie vor der Meinung, dass sie viel besser zu dir passt als diese ordinäre Italienerin!«, fügte Brigitte noch trotzig hinzu.

»Kein Wunder, dass sich Antonella von dir gemobbt fühlt! Sie ist die Frau, die ich liebe, die Mutter meiner Kinder! Ist das so schwer für dich zu akzeptieren?«

Brigitte Stern zuckte nur mit den Schultern, und Adrian zog sein Handy aus der Manteltasche. »Mit einem Taxi dürfte es hier heute Abend schwierig werden«, kommentierte seine Mutter Adrians vergeblichen Versuch, eines zu bestellen. »Komm, mein Junge, bleib hier. Verdirb uns doch nicht den Abend.« Sie streichelte seinen Arm und sah ihn milde lächelnd an.

Adrian verlor die Nerven. »Ich soll uns den Abend nicht verderben??«, brüllte er sie an. »Das ist ja kaum noch möglich, denn das hast du ja bereits gründlich erledigt! Ich gehe jetzt. Irgendein verdammter Zug wird ja heute noch aus diesem lausigen Kaff nach Frankfurt fahren!« Er knallte wütend die Haustür zu und machte sich zu Fuß auf den Weg zum Bahnhof.

Was für ein Abend, dachte Katia, die in ihrem weihnachtlich dekorierten Wohnzimmer saß und in den Kamin starrte. Irgendwie hatte sie ihn sich völlig anders vorgestellt. Sie war immer noch wütend auf Max. Was für ein anmaßender, selbstherrlicher Kretin, der dachte, er könne sich alles kaufen. Und wie dumm von ihr, schon wieder auf diese Masche hereinzufallen. Olga war außer sich vor Begeisterung gewesen, als sie vorhin mit ruinierten Schuhen, aber intaktem Stolz wieder heimgekommen war. Zur Belohnung hatte die Hündin einen Parmaschinkenknochen bekommen, den sie nach einem gut einstündigen Gelage komplett vertilgt hatte. Jetzt lag sie ermattet auf dem Teppich und schlief. Katia hatte in der Zwischenzeit den gesamten Kaviar auf unzähligen Buttertoasts gegessen und die angebrochene Flasche Champagner geleert. Wäre ja schade um die leckeren Sachen gewesen. Seltsamerweise hatte sie jedoch immer noch Appetit. »Wenn mir nicht mal ein Idiot wie Max auf den Magen schlägt, was dann?«, murmelte sie resigniert und suchte in ihrer Küche nach was Essbarem. Gerade hatte sie Christians Plätzchendose in die Hand genommen, da klingelte es. Wer konnte das denn sein? Misstrauisch ging sie in den Flur, wo Olga schon wieder euphorisch schwanzwedelnd wartete. Sie hielt den Hund am Halsband fest und öffnete die Tür. Dahinter stand Adrian.

»Ich hoffe, ich störe nicht?«, fragte er schmallippig.

»Kein bisschen«, antwortete Katia und ließ ihn hinein. »Ist irgendwas?«

»Tu doch nicht so, als wüsstest du von nichts!«

»Wovon weiß ich nichts?« Sie runzelte irritiert die Stirn.

»Ach komm, Antonella hat dir doch bestimmt schon alles haarklein erzählt.« Er klang ärgerlich. Vor fünf Minuten war er nach Hause gekommen – nachdem er erst eine halbe Stunde auf den nächsten Bummelzug hatte warten müssen. Doch die Wohnung war leer gewesen. Keine Spur von Antonella oder der Kleinen. Aber was hatte er auch erwartet? Natürlich war sie sofort zu Katia hinaufgelaufen und hatte ihr ihr Leid geklagt.

»Ich habe Antonella das letzte Mal heute Vormittag gesehen«, erklärte diese jedoch nun.

»Ja, aber wo ist sie denn dann?« Der Ärger in seiner Stimme hatte einem besorgten Tonfall Platz gemacht.

»Keine Ahnung. Aber wieso fragst du überhaupt mich? Solltest *du* nicht wissen, wo deine Frau ist? Schließlich habt ihr doch zusammen Weihnachten gefeiert.«

Adrian seufzte und erzählte ihr in knappen Worten die Geschichte. »Tja, und dann ist sie wütend abgerauscht und nach Hause gefahren.«

Katia hatte bei der Erzählung immer größere Augen bekommen. »Und das wundert dich? Wow, mit dieser Nummer kann selbst Max nicht mithalten!«

»Nein, das wundert mich nicht! Aber es erklärt auch nicht, warum sie jetzt nicht zuhause ist!«

Katias Blick fiel auf die Keksdose in ihrer Hand. »Sie ist bestimmt auf Christians Party!«

»Antonella! Was machst du denn hier?« Christian starrte sie überrascht an, als sie um kurz vor halb elf mit der schlummernden Elisa im Buggy in die Tanzschule kam.

»Wieso? Du hattest mich doch eingeladen.« Sie grinste ihn an und drückte ihm den Prosecco in die Hände.

»Ja schon, aber ehrlich gesagt war ich ziemlich sicher, dass du nicht kommen würdest. Und wo ist Adrian?«

»Ich nehme an, in Königstein bei seinen Eltern – und seiner Exfrau.«

»Oh.«

Antonella ignorierte seinen irritierten Tonfall und sagte: »Ich habe gehört, dass man sich hier prima amüsieren kann. Und genau das habe ich jetzt vor!« Sie reichte dem verdutzten Christian ihren Mantel und sah sich um. Es waren schon etliche Leute hier, und die meisten davon in ziemlich schrägen Kostümen. Auf der Tanzfläche tummelten sich mindestens zwei männliche Elfen, die in hautengen Leggins steckten, außerdem mehrere Engelchen beiderlei Geschlechts, Weihnachtsmänner und -frauen und ein Wesen, das wohl ein Rentier sein sollte. An der Fensterfront gab es gemütliche Sitzecken, von denen sie nun eine okkupierte, indem sie Elisas Kinderwagen dort parkte. Dann fiel ihr Blick auf die Bar. Da stand, eingerahmt von einem Elferich und einem knapp bekleideten Weihnachtsmann, ihr Bruder, der sich an einer Bierflasche festhielt und sie offensichtlich noch nicht gesehen hatte. Sie schlich sich von der anderen Seite an ihn ran, kniff ihn in seinen Knackarsch und raunte ihm gleichzeitig »Frohe Weihnachten!« ins Ohr.

Entsetzt fuhr er herum. »Ach gut, du bist es. Ich dachte schon, das Rentier macht sich wieder an mich ran!« Es dauerte einen winzigen Moment, ehe ihm klar wurde, dass mit seiner Schwester hier auch nicht unbedingt zu rechnen war. »Was machst du denn hier?«

»Das Gleiche könnte ich dich auch fragen.«

»Ich betrinke mich gepflegt und lasse mich von diesen kleinen Weihnachtsbiestern anschwuchteln. Und du?«

Sie erzählte ihm in wenigen Sätzen von ihrem Weihnachtsdesaster und schloss seufzend mit den Worten: »Es ist jammerschade, dass ich mich nicht sinnlos zudröhnen kann. Wann bitte, wenn nicht in so einer Situation? Und warum grinst du überhaupt so? Das ist nicht lustig!«

»Stimmt, das ist nicht lustig, aber du hast mir trotzdem gerade den Abend gerettet! Ich dachte schon, ich wäre der größte Dreckskerl in der Stadt, aber Adrian schlägt mich um Längen. Hätte ich meinem Schwager gar nicht zugetraut ...« Giovanni klang fast ein wenig bewundernd.

»Ich allerdings auch nicht!«, erwiderte seine Schwester sarkastisch. »Wie man sich täuschen kann. Aber jetzt will ich zur Aufmunterung von deiner Heldentat des Tages hören!« Sie bestellte sich einen Gin Tonic ohne Gin und lauschte kopfschüttelnd den brüderlichen Abenteuern. »Das arme Mädel, das hat sie wirklich nicht verdient! Und überhaupt, Dessous. So was geht doch meistens schief. Aber wie konntest du dich so in der Größe irren?«

Er zog BH und Slip aus seiner Sakkotasche und betrachtete beide Teile sinnierend. »Da habe ich wohl an jemand anderen gedacht ...«

»Wirklich, die Welt wäre ohne euch Idioten viel besser dran!« Unter den interessierten Blicken der Umstehenden nahm sie ihm die Unterwäsche ab und stopfte sie ihm wieder ins Sakko. »Zur Strafe musst du jetzt mit mir tanzen!«

Eine Stunde später standen Katia und Adrian endlich vor der Tanzschule. Sie hatten so lange gebraucht, weil Katia erst umständlich neues, passendes Schuhwerk zu ihrem Kleid finden musste. Dann hatten sie das Auto gesucht und nicht gefunden, ein Taxi gerufen, das nicht kam, und schließlich beschlossen, zu Fuß zu gehen und Olga mitzunehmen. Dafür musste Katia sich erneut umziehen. Adrian war inzwischen völlig mit den Nerven am Ende, auch weil Antonella auf keinen seiner Anrufe reagierte. »Was, wenn sie gar nicht auf der Party ist, sondern einen Unfall hatte?«

»Dann hätte dich doch bestimmt schon die Polizei angerufen!«, versuchte sie ihn zu trösten. An seinen Arm geklammert hatte sie sich mehr oder weniger von ihm und Olga durch die Straßen zerren lassen, denn die Stiefel, die sie jetzt trug, hatten hohe Pfennigabsätze und fanden auf dem schlüpfrigen Schneematsch überhaupt keinen Halt. Währenddessen erzählte sie ihm hysterisch kichernd von ihrem Abend mit Max.

»Sag mal, bist du betrunken?«, fragte er ächzend, als sie kurz vorm Ziel wieder mal ins Straucheln gekommen war und er sie auffangen musste.

»Vielleicht ein kleines bisschen beschwipst … Gehen wir rauf?«

»Hoffentlich ist sie da!«

Sie war da und schien sich prächtig zu amüsieren. Jedenfalls tanzte sie ausgelassen mit einem Nikolaus, der einen guten Kopf kleiner war als sie. Adrian fiel ein riesiger Stein vom Herzen, als er sie sah.

»Ich hab's dir doch gesagt!«, stellte Katia triumphierend

fest und schlängelte sich, als von ihm keine Antwort kam, durch die wogende Menge in Richtung Bar. »Haben Sie Champagner?«, fragte sie den Barkeeper, der aus für sie nicht nachvollziehbaren Gründen einen nackten Oberkörper hatte und ein glitzerndes Geweih trug.

»Leider nur Sekt«, sagte der Geweihträger bedauernd.

»Egal, Hauptsache, es prickelt!« Er reichte ihr ein Glas, und sie trank einen großen Schluck.

»Kathi, Perle meiner tränenden Augen, was machst du denn hier?« Sie verschluckte sich fast, als Giovanni vor ihr auftauchte und sie herausfordernd angrinste. »Ich war mir ganz sicher, dass du dich gerade mit Mad Max auf golddurchwirkten Laken wälzt und Champagner aus seinem Bauchnabel schlürfst.«

Unwillkürlich musste sie kichern. »Und ich dachte, dass du heute Abend an einem mageren Modelbein nagst, ich meine natürlich Hähnchenbein …«

»Mir war nicht so nach mager.«

»Ach?«

»Und du? War sein Geschenk nicht angemessen?« Er orderte ein weiteres Bier und ein zweites Glas Sekt für Katia. »Du kannst Onkel Giovanni ruhig alles erzählen, an Weihnachten gibt's keine Geheimnisse.« Er lächelte sie an und fügte hinzu: »Außerdem kann deine Geschichte gar nicht so haarsträubend sein wie die von Antonella.«

»Wohl wahr«, pflichtete sie ihm bei und deutete auf die Tanzfläche, wo Adrian gerade versuchte, an Antonella heranzukommen, die aber so tat, als sähe sie ihn nicht, und geschickt wegtanzte. »So ist's richtig, lass ihn ruhig ein bisschen zappeln!«, murmelte Katia und wandte sich an Giovanni. »Gut, ich werde dir von meinem Abend erzählen, aber nur, wenn du nicht lachst!«

»Ich schwöre!«, grinste er und tätschelte Olga, die sich an ihn geschmiegt hatte.

»Also gut: Max kam gegen halb sieben. Wir haben tatsächlich Champagner getrunken, aber aus Gläsern und ganz ohne Goldlaken! Er sagte irgendwas von einer Überraschung und hat mich in seine Limousine gelotst. Angeblich für einen ganz kurzen Ausflug, so dass Olga zuhause bleiben konnte – oder besser gesagt: musste! Dann sind wir zum Flughafen gefahren, und vor seinem blöden Jet hat er mir eröffnet, dass wir jetzt für drei Tage nach New York fliegen und er mir dort alles kaufen will, was ich mir wünsche.« Ihre Bernsteinaugen blitzten empört.

»Aber das ist doch sehr großzügig von ihm«, gab Giovanni zu bedenken.

»Großzügig¿¿«, kreischte sie. »Völlig hirnlos! Dieser anmaßende, arrogante, widerwärtige Vollidiot hat tatsächlich geglaubt, er könne mich so einfach wie ein Gepäckstück außer Landes schaffen. Als würde ich Olga einfach alleine und mich so behandeln lassen!!«

»Und weiter¿« Er konnte sein breites Grinsen nur mit äußerster Mühe im Zaum halten. Es war wirklich Weihnachten!

»Ich habe ihm exakt das gesagt und bin mit dem Taxi heimgefahren. Ende der Geschichte. Oder fast. Zuhause habe ich den Kaviar aufgegessen und den Champagner ausgetrunken. Dann kam dieser Unglückswurm Adrian an, und wir sind hierhergelaufen. Du hast versprochen, dass du nicht lachst!«

»Tut mir leid!«, schmunzelte er. »Aber ich habe einfach ein unfassbar gutes Weihnachtsfest! Ich habe die Gewissheit, dass ich maximal der drittschlimmste Idiot der Stadt bin, Mad Max ist aus dem Weg, und die schönste Frau des Saals sieht aus, als würde sie mich gleich küssen.«

»Du musst blind sein. Die einzige Person, die dich küssen möchte, trägt ein Geweih und ist ein Kerl!« Katia drehte sich schwungvoll in Richtung Barkeeper, verlor dabei aber das Gleichgewicht und landete an Giovannis Heldenbrust.

»Oops!« Er hielt sie fest, und bei ihrem halbherzigen, fahrigen Versuch, sich zu befreien, landete sie mit einer Hand in seiner Sakkotasche. »Was ist das denn?« Sie zog den Spitzen-BH heraus.

»Mein Weihnachtsgeschenk«, antwortete er schlicht.

»Für das Magermodel?«, fragte sie ungläubig.

»Muss wohl beim Kauf etwas in Gedanken gewesen sein«, meinte er schulterzuckend.

»Lass mich raten, sie hat dich rausgeworfen?« Er nickte, und sie sah sich das zarte Teilchen genauer an. »Hübsch. Könnte mir passen. Gibt's noch einen Slip dazu?« Sie lächelte provozierend.

»Mhmm.« Er zog ihn aus der anderen Tasche.

»Sie muss dich hassen!« Jetzt wurde auch ihr Lächeln immer breiter.

»Ja.«

»Und will dich nie wiedersehen?!«

»Nie wieder!« Er sah ihr tief in die Augen, dann zog er sie endgültig in seine Arme und küsste sie.

So hat das hier keinen Zweck, dachte Adrian. Antonella wand sich wie ein Aal zwischen den tanzenden Leibern durch und ignorierte ihn völlig. Er zog sich von der Tanzfläche zurück und suchte Christian. »Ich brauche deine Hilfe!«

»Ich weiß ja nicht, was passiert ist, aber so, wie ich das sehe, brauchst du eher ein Wunder«, antwortete der ebenfalls schon ziemlich angeschickerte fliederfarbene Weihnachtsmann.

Adrian runzelte die Stirn, ging aber auf die Andeutungen nicht ein. »Hier gibt es doch bestimmt ein Mikrofon, oder?«

Minuten später wurde das Licht gedimmt, und ein Spotlight kreuzte suchend über die Tanzfläche. Dann ging die Musik aus. »Bitte mal alle herhören«, meldete sich Christian übers Mikrofon. »Wir küren jetzt das Kostüm des Abends!«

Der Suchscheinwerfer fand Antonella. »Unsere pinkfarbene Christbaumkugel gewinnt den Hauptpreis!«

Antonella sah sich überrascht um. Ihre Hochsteckfrisur hatte sich halb gelöst, ihre Wangen waren fast so pink wie ihr Kleid, und ihre Augen glänzten. Durch das Tanzen hatte sich eine ganze Menge ihrer Anspannung verflüchtigt, und sie fühlte sich zum ersten Mal an diesem Tag wieder mit sich selbst im Reinen. Erwartungsvoll lächelte sie in die Runde. Dann meldete sich eine Stimme: »Ich weiß nicht, ob ich wirklich der Hauptpreis bin«, es war Adrian. »Aber ich habe keine andere Möglichkeit gesehen, dir das zu sagen: Antonella, ich weiß, dass ich vorhin einen unverzeihlichen Fehler begangen habe. Ich hätte dich niemals alleine mit der Kleinen nach Hause fahren lassen dürfen. Vor allem aber hätte ich niemals kommentarlos zulassen dürfen, dass meine Mutter so ein übles Spiel mit uns treibt. Ja, mit uns, denn ich wusste auch nichts davon, und ich kann dir versichern, dass mich die Aussicht, den Weihnachtsabend mit meiner Exfrau zu verbringen, auch nicht gerade glücklich gemacht hat. Aber das soll keine Entschuldigung sein! Ich weiß, dass ich mich aufgeführt habe wie ein rückgratloses Weichei, wie ein noch hirnloserer Volldepp als Max und ziemlich sicher auch noch idiotischer als Giovanni.« Adrian, der mit dem Mikro in der Hand langsam auf die Tanzfläche kam, nickte seinem Schwager kurz zu. Die umstehenden Gäste verfolgten fasziniert das Geschehen. Antonella war zunächst völlig perplex gewesen. Jetzt stand sie mit verschränkten Armen und schmalen Lippen da und starrte ihren Mann an, der nun fortfuhr: »Ich liebe dich! Du bist der wichtigste Mensch in meinem Leben, und wenn das vorhin den Anschein erweckt haben mag, dass es anders sein könnte, tut es mir unendlich leid. Antonella, ich werde alles tun, was du willst, wenn du mir nur verzeihst!« Er war vor ihr angekommen und sah ihr in die Augen.

Sie überlegte kurz, dann nahm sie ihm das Mikrofon aus der Hand: »Christian, könntest du bitte wieder Musik machen?« Sie legte das Mikro weg, und als der nächste Song ertönte, sagte sie zu Adrian: »Ich weiß nicht, ob ich das so einfach verzeihen kann. Dir vielleicht schon, deiner Mutter sicherlich nicht. Aber ganz bestimmt will ich das jetzt nicht diskutieren. Im Augenblick will ich nur tanzen.« Als Adrian enttäuscht die Schultern fallen ließ und resigniert die Augen schloss, fasste sie ihn zart ans Kinn und zwang ihn, sie wieder anzusehen. Dann fügte sie hinzu: »Ich will mit *dir* tanzen. Du bist zwar tatsächlich der ungekrönte Mistkerl des Abends, aber ich liebe dich trotzdem!«

Als Jenny und Tom gegen Mitternacht bei Christians Party auftauchten, war der Gastgeber ausgesprochen erleichtert. »Siehst du, ich wusste doch, dass es ein Happy End für dich gibt!«, sagte er, als er sie für einen Tanz entführen konnte und die ganze Geschichte gehört hatte.

»Denkst du, die anderen sind auch so glücklich wie ich?«

»Du meinst Antonella, Adrian, Katia und Giovanni?«, fragte er und fügte, als sie nickte, hinzu: »Hey, es ist Weihnachten, da ist alles möglich!« Und lächelnd deutete er auf die beiden Paare, die jeweils eng umschlungen miteinander tanzten.

KAPITEL 18

Höhenflüge

Katia schlug die Augen auf und warf einen Blick auf ihren Wecker. Es war kurz nach halb neun an Silvester, und milchiges Morgenlicht fiel durch die Vorhänge in ihr Schlafzimmer. Sie drehte sich um und kuschelte sich wieder an Giovanni, der noch schlief. Zärtlich fuhr sie durch die dunklen Locken, die seine austrainierte, breite Brust noch männlicher erscheinen ließen. Sie hatte das Gefühl, dass aus all ihren Poren pures Glück strömte, denn die letzten Tage waren mit Sicherheit die schönsten ihres ganzen Lebens gewesen. Seit Weihnachten hatten sie fast jede Minute gemeinsam verbracht – die meiste Zeit davon im Bett –, und alles, wirklich alles hatte sich plötzlich so richtig angefühlt. Im Sommer war es noch ganz anders gewesen. Klar hatte sie ihn gerngehabt, und an der rein physischen Komponente war auch nicht das Geringste auszusetzen gewesen. Doch trotzdem konnte oder wollte sie sich damals nicht völlig auf ihn einlassen. Was nicht an ihm gelegen hatte, denn Giovanni hatte sich ja von Anfang an klar zu ihr bekannt. Sie war einfach so verwirrt gewesen, nach allem, was passiert war. Nach ihrer langen, lieblosen Ehe, nach dem überraschenden Tod ihres Mannes, nach dem Scherbenhaufen, der ihre Existenz danach gewesen war. Schritt für Schritt hatte sie wieder ins Leben gefunden, und irgendwann auf diesem Weg war ihr die Erkenntnis gekommen, dass es wirklich um ihr Leben ging und sie die Einzige war, die tatsächlich dafür verantwortlich war. »Mache das Beste aus Deinem Leben!« Wenn sie an die Worte ihrer Großmutter dachte, brach es Katia immer noch fast das Herz. Sie hatte so lange zugelassen, dass andere Menschen ihr Leben bestimmten, dass sie das wirklich Wichtige fast aus den Augen verloren hatte: sich selbst! Und ihre Familie. Und ihre Freunde. Wie gerne hätte sie mit ihrer Oma noch einmal gesprochen. Und ihre Eltern? Gab es mit ihnen eine Zukunft?

Giovanni legte im Schlaf eine Hand auf ihre Brust und seufzte zufrieden. Sie lächelte. Wieso war sie so blind gewesen? Wieso hatte sie dieses Juwel an ihrer Seite nicht früher erkannt? Und wieso hatte sie diesen irrigen Plan verfolgt, sich irgendwann in absehbarer Zeit wieder in die Trophäensammlung eines reichen Idioten einzureihen? Insofern war die Episode mit Max vielleicht doch gut und wichtig gewesen, immerhin hatte sie ihr erst die Augen und dann das Herz geöffnet. Und jetzt lag er neben ihr, der Mann, der sie im wahrsten Wortsinn bedingungslos liebte, und sie hatte nicht vor, ihn jemals wieder gehen zu lassen. Diese plötzliche Erleuchtung traf sie wie ein Schlag: Giovanni war ihr Mann! Giovanni! War! Ihr! Mann!! Fast hätte sie laut aufgelacht. Sollte sie ihn wecken und ihm von ihrer plötzlichen Einsicht berichten? Sie strich ihm behutsam über das unrasierte, kantige Kinn und küsste ihn am Hals. Dann kratzte es an der Schlafzimmertür, und Olga fiepte. Mist! »Ich liebe dich!«, raunte sie ihm ins Ohr und stand leise auf.

Katia hatte sich nur äußerst ungern von Giovanni losgerissen, aber Olga musste offensichtlich dringend raus. Deshalb hatte sie sich schnell in die nächstbesten Klamotten geworfen und war mit ihrem Hund hinausgegangen. Das Jahr zeigte sich an seinem letzten Tag noch einmal von der besten Seite. Gestern hatte es wieder ein bisschen geschneit, und heute war es eisig kalt, aber sonnig. Die Schneekristalle funkelten mit Katias Augen um die Wette. Ich liebe dich! – Das hatte sie tatsächlich zu ihm gesagt! Und es war schlicht die Wahrheit. Völlig überwältigt von diesem historischen und bislang einzigartigen Gefühl war sie mit einem so ansteckenden Lächeln durch die Straßen gelaufen, dass einige Passanten spontan zu lachen angefangen hatten. Das Leben war einfach schön. Olga sah das offenbar ähnlich, denn sie hatte sich im Park ausdauernd und begeistert im Schnee gewälzt und sah aus wie ein kleiner, dicker Eisbär. Auf dem Heimweg hatte Katia noch Brötchen fürs Frühstück gekauft, und jetzt wollte sie nur noch zurück in ihre Wohnung.

»Kathi! Bist du blind oder taub oder beides??« Katia fuhr herum und sah, dass auf der anderen Straßenseite Antonella stand und ihr winkte. Jetzt lief sie über die Straße und baute sich grinsend vor ihrer Freundin auf. »Und offenbar auch stumm«, fügte sie hinzu, als Katia sie nur leicht verwirrt anstarrte. »Ich habe dich zweimal rufen müssen. Alles klar?«

»Äh, ja, alles bestens. Entschuldige, ich war mit den Gedanken ganz woanders.«

»Ich nehme an, bei meinem Bruder in deinem Schlafzimmer. Stimmt's?«

»Sieht man das?« Katia klang leicht erschrocken.

»Auch, aber vor allem hat man es in den letzten Tagen praktisch nonstop gehört.« Antonella lachte, als Katia rot wurde. »Immerhin wussten wir so, dass es euch gut geht, und inspirierend war es durchaus auch …« Sie zwinkerte ihr verschwörerisch zu. »Aber gut, dass ich dich jetzt treffe, ich wäre sonst später raufgekommen und hätte euch am Ende noch gestört. Ich wollte nämlich fragen, ob ihr heute Abend schon was vorhabt oder ob ihr zu uns zum Essen kommen wollt?«

»Essen? Heute Abend?«

»Ja, du weißt schon, Nahrungsaufnahme und gemütliches Beisammensein im Kreise der Familie anlässlich Silvester.«

»Silvester?«

»Kathi, stehst du unter Drogen, oder hat dir mein Bruder wirklich das letzte bisschen Verstand rausgevögelt?«

»Nein!«, empörte sich Katia. »Alles klar, Essen bei euch. Heute. Silvester. Kein Problem. Wann sollen wir kommen?«

»Wann immer ihr wollt. Aber spätestens um acht, würde ich sagen. Sag mal, bist du sicher, dass alles in Ordnung ist bei dir? Du machst einen etwas, wie soll ich sagen, derangierten Eindruck.« Sie musterte Katia, die eine knallrote Schlabber-Jogginghose trug, deren Beine in lila Lammfellboots steckten. Darüber hatte sie eine riesengroße, dunkelblaue Daunenjacke an, die wohl Giovanni gehörte. Ihr Gesicht, das im Grunde nur aus einem einzigen grenzdebilen Grinsen, roten Wangen und riesigen Strahleaugen bestand, wurde von ihrer wirren roten Mähne eingerahmt, auf der eine grüne Pudelmütze thronte.

»Mir geht's gut!«, versicherte nun Katia, die sich sichtbar zusammenreißen musste, ihr Glück nicht laut herauszuschreien. »Mir geht's sogar sensationell! Antonella, ich liebe deinen Bruder!!«

»Ach, und ich dachte schon, es wäre was Ernstes …«

»Das ist was Ernstes!«

»Ja, aber nichts Neues, Süße.« Antonella legte ihrer Freundin einen Arm um die Schulter und drückte sie. »Aber ich freue mich wirklich sehr, dass es dir jetzt auch klar geworden ist. Und was sagt Giovanni dazu?«

»Der weiß es noch nicht. Ich weiß es ja selbst erst seit einer knappen Stunde, und da hat er noch geschlafen.«

»Also, worauf wartest du noch? Flott nach Hause! Ich gehe jetzt einkaufen. Wir sehen uns heute Abend. Ciao!« Lächelnd machte sie sich wieder auf den Weg und winkte Katia zum Abschied noch mal zu.

»Huch, was ist denn hier los?« Katia machte große Augen, als sie nach Hause kam. In der Küche stand ein frisch rasierter, geduschter und vollständig bekleideter Giovanni und bereitete das Frühstück vor. Es roch nach Kaffee und gebratenem Speck, und der Tisch war schön gedeckt. Alles sehr, sehr ungewöhnlich. In den letzten Tagen hatten sie sich eigentlich nie die Mühe gemacht, am Tisch zu essen, und vollständig bekleidet waren sie das letzte Mal an Heiligabend gewesen. Sie legte die Bäckertüte auf den Tisch, ging zu Giovanni, stellte sich auf die Zehenspitzen und küsste ihn auf die Wange.

»Ich habe mir gedacht, wir machen es heute mal ein bisschen feierlicher.« Er lächelte sie an und zog ihr die Mütze vom Kopf.

»Oh.«

»Ich würde mich nämlich gerne mal mit dir unterhalten, und das geht einfacher, wenn wir nicht nach fünf Minuten wieder im Bett landen.« Seine dunklen Augen blicken zärtlich, aber auch ernst.

»Oh.« Katia wurde mulmig zumute. Unterhalten klang gar nicht gut. »Da mache ich mich wohl besser auch ein bisschen frisch.« Dieser »Unterhaltung« würde sie lieber ebenfalls gewaschen und ordentlich angezogen beiwohnen. »Fütterst du bitte Olga?« Damit verschwand sie im Bad – sehr besorgt und nachdenklich.

Eine halbe Stunde später stand sie, reichlich verunsichert, aber schick, wieder in der Küche. Nach einer Blitzdusche hatte sie etwas Make-up aufgetragen und die Haare locker hochgesteckt. Sie trug ein lilafarbenes Wickelkleid und hochhackige Pumps. Giovanni saß entspannt mit ausgestreckten Beinen auf einem Stuhl, las in der Zeitung und trank Kaffee.

»Wow! Das ist aber sehr feierlich.« Er betrachtete sie anerkennend und stand auf, um Spiegeleier zu braten. »Setz dich.«

Katia saß am Tisch, und schon zum zweiten Mal an diesem

Tag gab es für sie ein erstes Mal. Nach dem »Ich liebe dich«
von heute Morgen war ihr jetzt nämlich komplett der Appetit
verloren gegangen. Allein die Vorstellung von Essen verursach-
te ihr Übelkeit. Ihr Magen krampfte sich zusammen, und ihr
Herz schlug wie ein Artilleriefeuer.

Als Giovanni mit der Spiegeleierpfanne zum Tisch kam und
ihr verängstigtes Gesicht sah, musste er fast lachen. Er legte
ihr zwei Eier auf den Teller und setzte sich dann. »Guten Ap-
petit!«, sagte er und begann mit Begeisterung, seine Eier mit
Speck zu essen.

»Giovanni!«, rief sie bestürzt. »Wie kannst du jetzt essen?«

»Weil ich Hunger habe. Du solltest auch anfangen, sonst
werden die Eier kalt.«

Sie stocherte ziellos auf ihrem Teller herum, konnte sich je-
doch nicht dazu entschließen, einen Bissen zu nehmen. »Jetzt
spann mich doch nicht länger auf die Folter!«, flehte sie ihn
schließlich an.

»Was ist denn los, Kleine?« Er sah sie verwundert an.

»Wie, was ist los?«, jetzt klang sie ein klein wenig hyste-
risch. »Du hast gesagt, dass du dich mit mir unterhalten willst,
und jetzt sagst du nichts!«

Er lachte. »Du hast ja wirklich Angst! Das ist völlig unnötig.
Kathi, ich wollte dir einfach nur etwas sagen, was mir wichtig
ist und was ich nicht kann, wenn du mich mit deinen Verfüh-
rungskünsten ablenkst. Du darfst nicht vergessen, dass ich nur
ein simpel gestrickter Mann bin. Ich kann mich immer nur auf
eine Sache konzentrieren.« Er aß seine Eier auf und nahm sich
dann eine Semmel, die er mit Butter und Marmelade bestrich.

Katia starrte ihn an. Was hatte das nur zu bedeuten?

Giovanni wollte gerade in sein Brötchen beißen, als er ih-
ren panischen Blick auffing. Er legte die Semmel wieder weg
und sagte dann: »Du glaubst mir nicht, dass es nichts Schlim-
mes ist, oder?« Sie nickte. »Na schön, dann sage ich es jetzt,

und wir essen anschließend weiter. Aber du musst mir versprechen, dass du mich nicht unterbrichst. Okay?« Sie nickte wieder und verschränkte ihre eiskalten Hände auf dem Schoß. »Zunächst möchte ich dir gerne sagen, dass die letzten Tage so ziemlich das Schönste waren, was ich jemals erlebt habe. Ich kann mich kaum daran erinnern, wann ich das letzte Mal so glücklich war – und so viel Sex hatte.« Er grinste kurz und trank einen Schluck Kaffee. Dann fuhr er ernst fort: »Wie du weißt, habe ich ja nie ein Geheimnis aus meinen Gefühlen für dich gemacht, und ich möchte betonen, dass das nicht nur für einen Mann an sich ungewöhnlich ist – für *mich* speziell war und ist das ein echtes Novum! Oma Rosi hat schon Recht mit ihrer Einschätzung, dass ich zeit meines Lebens ein ziemlicher Hallodri war und nicht gerade ernstzunehmendes Schwiegersohnmaterial. Und ich muss auch zugeben, dass ich zu den allermeisten der vielen Frauen in meinem Leben wohl ziemlich unfair war. Vorsichtig formuliert. Aber als ich dich wiedergesehen habe, hat sich alles für mich geändert. Plötzlich waren die ganzen jungen Mädels ziemlich uninteressant. Ich habe mich fast sofort in dich verliebt und hatte seitdem nur noch den Wunsch, mein Leben mit dir zu verbringen!« Sie sah ihn an und wollte etwas sagen, doch er legte ihr seinen Zeigefinger auf die Lippen. »Pst. Erst will ich ausreden. Leider war ich mit meinen Empfindungen ziemlich alleine, denn du wolltest ja um keinen Preis eine Beziehung mit einem einfachen Schreiner eingehen. Tja, irgendwann hatten wir dann diese seltsame Affäre, die du als ›Freundschaft mit Extras‹ bezeichnet hast. Ehrlich, darauf hätte ich mich nie einlassen sollen, aber ich hatte die ganze Zeit gehofft, dass du irgendwann meine Gefühle teilen kannst. Doch dann kam deine ›Pause‹, die du prompt mit Mad Max gefüllt hast. Halt, halt, halt!« Er winkte ab, als sie wieder den Mund aufmachen wollte. »Ich weiß, ich habe angefangen und dir die arme Anuschka vor die

Nase gesetzt. Das war eine ganz miese Nummer, vor allem für sie! Aber ich war damals einfach so gekränkt. Und ich weiß, dass es wohl ziemlich pubertär ausgesehen haben muss. Doch als du dann mit diesem Max ankamst, dachte ich wirklich, dass alles verloren war. Du hast ja schließlich immer gesagt, dass du genau das wieder haben willst – teuren Schmuck, exklusive Wochenendtrips im Privatjet usw. Andererseits war ich aber sicher, dass du das alles hinter dir gelassen hattest. Du warst doch so stolz auf dein neues Leben, auf deinen Job, deine Wohnung und jetzt auch noch deine Hundezucht. Wie passte dann so ein Schnösel ins Programm? Weißt du, meiner unwesentlichen Meinung nach brauchst du wirklich keinen Mann, der dich finanziert. Du brauchst einen Mann, der dich liebt, so wie du bist! Du kannst nämlich sehr gut für dich selbst sorgen. Ich würde gerne dieser Mann sein, auch wenn ich dir nicht viel bieten kann außer mich selbst. Ich bin nur ein Schreiner und werde bestimmt nie einen Privatjet haben. Aber ich liebe dich, und für ein nettes Leben wird's wohl auch immer reichen.« Katia hatte inzwischen Tränen in den Augen, und Giovanni lächelte sie liebevoll an. Allerdings war er noch nicht ganz fertig. »In den letzten Tagen ist mir klar geworden, dass ich auf uns nicht mehr verzichten möchte. Allerdings will ich nicht ins neue Jahr gehen, ohne zu wissen, ob es eine Zukunft mit uns hat. Ich will keine Affäre mehr, keine Freundschaft mit Extras. Ich will dich ganz oder gar nicht!« Nun liefen ihr die Tränen über die Wangen, und er konnte ihren Gesichtsausdruck nicht entschlüsseln. »Jetzt wäre eine günstige Gelegenheit, etwas zu sagen. Oder halt, eine Sache noch: Ich habe heute kurz vorm Aufwachen geträumt, dass du ›Ich liebe dich!‹ zu mir gesagt hast. Das war mit Sicherheit der schönste Traum meines Lebens – und hat mich zu dieser langen Rede inspiriert.«

»O Giovanni!« Katia ging nun um den Tisch herum und

warf sich in seine Arme. Sie bebte und schluchzte Unverständliches an seine Brust.

»Wie bitte? Ich hab's nicht verstanden.«

»Du hast es heute Morgen also gehört?«

»Was habe ich gehört?«

»Na, was ich gesagt habe.«

»Was hast du denn gesagt?«

»Du bestehst also darauf, dass ich es wiederhole?«

»Nun, ich würde gerne mitreden können.«

»Aber du weißt es doch!«, jammerte sie frustriert. Sie zitterte immer noch am ganzen Leib.

»Fällt es dir wirklich so schwer, mir im wachen Zustand zu sagen, dass du mich liebst?« Er zog sie fest an sich und streichelte ihr über den Kopf. »Muss ich dafür immer bewusstlos sein?«

»Du warst nicht bewusstlos, wenn du es gehört hast!«

»Kathi!« Er hob ihr Kinn und sah in diese unglaublichen Bernsteinaugen, die immer noch von Tränen schwammen.

Sie holte tief Luft. Und ein weiteres Mal. Dann schluckte sie und sagte schließlich: »Giovanni, ja, ich liebe dich! Und ich wollte es dir gleich nach meinem Morgenspaziergang sagen, aber du hast mir wirklich eine Todesangst eingejagt mit dieser Nummer. Und ja, ich will immer mit dir zusammen sein, und ich brauche weder Schmuck noch eine Yacht oder ein Flugzeug! Nur dich und deine Liebe! Und es wäre schön, wenn du mich jetzt endlich küssen könntest.«

Er tat es. Ausführlich und voller Liebe. »Können wir jetzt weiterfrühstücken?«

»Unbedingt! Ich sterbe vor Hunger.« Unfassbar erleichtert und glückstaumelnd nahm Katia wieder Platz und verschlang ihre kalten Spiegeleier. Olga, die die ganze Zeit quasi unsichtbar in einer Ecke gelegen hatte, kam nun an und stellte sich schwanzwedelnd an den Tisch. Dann stupste sie Giovanni so lange an, bis er ihr etwas von dem Speck gab. »Ich glaube, Olga freut sich auch, dass du ab jetzt immer bei uns bist.«

»Heißt das, dass wir hier wohnen werden?«, fragte er grinsend und kraulte die Hündin, die ihn voller Inbrunst anschmachtete.

»Wo sonst? Etwa in deiner winzigen Zweizimmerbutze?«

»Toll, dann wird meine Schwester also meine Vermieterin. Davon habe ich schon immer geträumt ...«, sagte er mit gespielter Resignation.

»Ach, das hätte ich fast vergessen. Wir sind heute Abend bei ihr zum Essen eingeladen. Ich habe schon zugesagt.«

Er sah auf die Uhr: »Dann haben wir ja noch ein bisschen Zeit ...« und zog sie ins Schlafzimmer.

Am frühen Abend standen sie mit Olga, einer Flasche Champagner und einer Tüte Pralinen eine Etage tiefer vor der Wohnung De Anna-Stern.

»Also damit habe ich wirklich nicht gerechnet, dass ihr jetzt schon kommt!«, rief Antonella erfreut aus, als sie die Tür geöffnet hatte. »Rein mit euch.«

»Wir wollten noch ein bisschen mit Elisa spielen«, antwortete Giovanni und küsste seine Schwester auf die Wangen. »Und da ist sie ja auch schon! Piccola principessa, komm zu deinem Lieblingsonkel!« Er hockte sich hin und fing seine Nichte auf, die sich mit begeisterten »Wanni, Wanni«-Rufen temperamentvoll an ihn heranschmiss.

Gleich darauf war er allerdings schon wieder uninteressant, denn Olga drängte sich dazwischen und wollte auch begrüßt werden. Elisa umarmte den großen Hund und jauchzte ihm ein »Olga, Baby!« ins Ohr.

»Wow, seit wann kann sie denn Olga sagen?«, fragte Katia. »Das letzte Mal war sie noch auf Oda.«

»Seit ein paar Tagen«, erklärte Antonella. »Ihr habt sie vor einer Woche das letzte Mal gesehen, das ist für sie eine Ewigkeit, und sie hat Olga sehr vermisst. Dann haben wir vor drei Tagen den kapitalen Fehler begangen, ihr zu erzählen, dass Olga bald Junge bekommt, und seitdem plappert sie fast ununterbrochen ›Olga Baby, Olga Baby‹. Das interessiert sie erheblich mehr als ›Mama Baby‹.« Sie lachte und sah ihrer Tochter hinterher, die mit Olga im Schlepptau in ihr Zimmer ging. »Jetzt will sie ihr wahrscheinlich ihre neuesten Spielsachen zeigen …«

Als sie später beim Essen zusammensaßen, machte Giovanni eine Ankündigung: »Wir müssen euch was sagen!«

»Oh, ich hab's dir doch gesagt!«, fiel Antonella ihrem Bruder ins Wort und zupfte entzückt an Adrians Ärmel. »Wahrscheinlich hat er ihr einen Heiratsantrag gemacht! Das ist ja so aufregend, wann soll es denn so weit sein? Aber bitte erst, wenn Klein Hugo auf der Welt ist, ich will schließlich gut aussehen bei eurer Hochzeit …«

»Dürfte ich wohl vielleicht mal ausreden?« Giovanni wartete, bis seine Schwester endgültig still war. Dann nahm er Katias Hand und sagte feierlich: »Wir wollten eigentlich nur mitteilen, dass wir ab heute ein richtiges Paar sind! Wir lieben uns und wollen für immer zusammenbleiben.«

»Ach, das ist alles?« Antonella war enttäuscht. »Ehrlich, da hätte ich mir jetzt schon etwas mehr Spektakel gewünscht. Ich meine, dass ihr euch liebt und ein Paar sein solltet, das wissen wir doch schon lange.« Adrian nickte zustimmend.

»Für uns ist es aber etwas Besonderes!« Katia warf Giovanni einen verliebten Blick zu. »Und Heiraten ist definitiv kein Thema, da sind wir uns einig. Ich habe vierzehn Jahre lang in einer freudlosen Ehe gelebt, da möchte ich jetzt einfach nur mit dem Mann, den ich liebe, zusammen sein. Aber wir haben beschlossen, dass von jetzt an Silvester unser Jahrestag sein soll!«

»Nur ein kleiner Hinweis«, warf Adrian ein. »Es ist durchaus möglich, dass man verheiratet ist und sich liebt. Ehe und Liebe schließen sich nicht zwangsläufig aus.«

»Nicht die Spur«, pflichtete ihm Antonella grinsend bei und zerzauste liebevoll sein graumeliertes Haar. »Aber das mit dem Jahrestag ist süß. Wieso haben wir eigentlich keinen Jahrestag?«

»Wir haben doch unseren Hochzeitstag.«

»Ja, aber einen Jahrestag fände ich auch romantisch. Wir haben nie offiziell beschlossen, dass wir uns von nun an lieben und zusammenbleiben wollen.«

»Ich muss dich wohl nicht an unseren komplizierten Beziehungsanfang erinnern, dagegen waren die Komplikationen bei Katia und Giovanni wirklich was für Anfänger.« Adrian zwinkerte den beiden zu. »Also schön, welchen Tag sollen wir also nehmen? Wegen mir gerne den 7. Mai.«

»Was war denn am 7. Mai?« Antonella sah ihn ahnungslos an.

»Ich wusste es! Du hast also keinen Schimmer?« Sie schüttelte den Kopf. »Das, meine Liebe, ist der Tag, an dem wir uns kennengelernt haben.«

»Pah, aber dadurch allein qualifiziert er sich nicht gerade zum Jahrestag. Ich fand dich da nämlich absolut grauenvoll!«

»Aber erst, nachdem du dich lächerlich gemacht hast«, grinste er, »zunächst hast du mich ziemlich angeflirtet.«

»Du träumst wohl. Ich habe dich direkt für einen spießigen Erbsenzähler gehalten. Nie im Leben hätte ich mit dir geflirtet!«

»Gut, dann also der 13. Juli. Komm schon, daran wirst du dich wohl erinnern!«

Antonella dachte ein Weilchen angestrengt nach, dann hellte sich ihr Gesicht auf. »Ich weiß, was da war! Aber der Tag taugt auch nicht. Erster Kuss und erster Sex zählen nicht. Ich hatte eine Gehirnerschütterung, und das Ganze war rein triebgesteuert.«

»Ich finde schon, dass es zählt, schließlich war's doch recht folgenreich. Ohne Gehirnerschütterung hätten wir jetzt keine knapp zweijährige Tochter. Und es war nun wirklich nicht meine Schuld, dass du mir zwei Wochen später den Laufpass gegeben hast und die nächsten Monate bockig warst.« Er schmunzelte.

»Natürlich war es deine Schuld!«, empörte sie sich. »Du kannst doch jetzt nicht einfach anfangen, dir die Vergangenheit schönzureden!«

»Das müssen die Hormone sein. Schwangerschaft und Realitätsverlust gehen ja oft Hand in Hand …«, warf Giovanni gut gelaunt ein und bekam dafür von seiner Schwester ein Stück Brot an den Kopf geworfen.

»Halt du dich da raus! Du hast doch überhaupt keine Ahnung!«

»Einen Termin hätte ich noch«, fuhr Adrian ungerührt fort. »Der 22. Dezember. Da hattest du eine Kugel wie heute«, er streichelte ihren Bauch, »und hast endlich kapiert, dass wir eine richtige Familie werden sollten. Also, welchen Tag willst du nun als Jahrestag haben?«

»Weißt du was? Gegen unseren Hochzeitstag ist doch im Grunde nicht das Geringste einzuwenden, belassen wir's doch einfach dabei.« Antonella gab sich geschlagen.

Adrian lachte. »Gerne, aber wirf mir nicht mehr vor, ich sei unromantisch. Das Romantikdefizit liegt in unserer Beziehung eindeutig bei dir!«

»Sagt mal«, fing nun Katia an, »habt ihr eigentlich schon einen Namen für Nummer zwei? Ihr wollt den Kleinen doch nicht ernsthaft Hugo nennen, oder?«

»Natürlich!«, sagte Antonella.

»Natürlich nicht!«, sagte Adrian. »Wir hatten uns schon auf

Leo festgelegt, ehe Hugo gestorben ist. Und Leo ist wirklich ein schöner Name.«

»Das stimmt«, gab Antonella zu, »aber mein Sohn heißt Hugo! Das bin ich dem armen Hund schuldig!«

Adrian rollte gequält mit den Augen, und Giovanni murmelte grinsend: »Ich sag's doch, Realitätsverlust …«

»Und wenn es ein Mädchen wird?«, gab Katia zu bedenken, »dann soll sie doch wohl nicht Hugine heißen.«

»Es wird aber kein Mädchen! Da war sich der Arzt im Krankenhaus absolut sicher.«

»Was aber auch nur eine unbestätigte Einzelmeinung ist«, warf Adrian ein. »Dein Gynäkologe konnte bisher keine eindeutige Aussage machen. Auch beim letzten Ultraschall vor Weihnachten nicht.«

»Das liegt nur daran, dass der kleine Kerl bei der Untersuchung schüchtern die Beinchen zusammenpresst! Und das ist eindeutig der Beweis dafür, dass es ein Junge wird, denn der Kleine kommt ganz auf seinen Vater.« Antonella grinste ob ihrer makellosen Logik triumphierend in die Runde.

»Wann bitte presse ich verklemmt meine Beine zusammen?«

»Jedenfalls nicht am 13. Juli …«, kicherte Katia und erntete dafür kollektives Gelächter. »Aber mit Namen ist das sowieso so eine Sache. Ich muss mir ja jetzt auch eine Menge Namen ausdenken für Olgas Junge. Und die müssen alle mit A anfangen.«

»Wieso das denn?«, wollte Antonella wissen.

»Weil es der erste Wurf der Fuchsbau-Airdales ist.«

»Fuchsbau?«

»Als ich mich mit Olga als Züchterin registrieren ließ, musste ich einen Zuchtnamen angeben. Und Fuchsbau fand ich irgendwie passend, schließlich ist Fuchs doch mein Mädchenname«, erklärte Katia. »Im Grunde ist das alles kompletter

Blödsinn, aber so sind die Vorschriften nun mal. Olga heißt übrigens offiziell ›Ophelia of Cornwall's Delight‹! Gruselig, nicht?«

»Ach deshalb sind Hunde immer adelig. Hugo hieß ja mit vollem Namen Hugo von Hofmannsthal.«

»Ich fürchte, da irrst du dich«, warf Adrian ein. »Das war der Name, den deine Tante ihm gegeben hat. In seinen Papieren steht, dass sein Geburtsname Herbert von der Marderwiese war.«

»Ehrlich?« Antonella schaute überrascht. »Aber unseren Sohn müssen wir jetzt deshalb nicht Herbert nennen, oder?«

Adrian raufte sich die Haare, und Giovanni sagte lachend: »Tja, Schwager, Chance verpasst. Hättest du gesagt, dass der Mops Leo von Lumpipumpi geheißen hat, wärst du jetzt elegant aus der Nummer raus …«

»Zurück zu Olgas Welpen«, bat Katia. »Da ich ja nicht weiß, wie viele es insgesamt werden und wie viele von welchem Geschlecht, wäre ich für Namensvorschläge dankbar.«

»Ich finde, wir sollten sie einfach nummerieren. A1, A2, A3 – wenn ihnen die neuen Besitzer sowieso andere Namen geben, ist's doch völlig egal.« Giovanni sah das Ganze pragmatisch.

»Du bist eine wahre Hilfe«, seufzte Katia. »Also, ich habe schon August oder Auguste, Albert, Annette, Alba, Amanda und natürlich Adrian und Antonella.«

»Wie wäre es mit Amor, Adonis, Apollo und Aphrodite?«, schlug Antonella vor.

»Griechische Götter kommen mir nicht ins Haus!«, wies Katia den Vorschlag ab.

»Ist Amor nicht römisch?«, gab Adrian zu bedenken.

»Scheißegal. Es gibt keine antiken Götter!«

»Wenn du keine Zahlen und keine Götter willst, könnten wir doch auch Gegenstände nehmen«, meinte nun Giovanni. »Auto, Antenne, Astralleib, Alarmanlage … Autsch!« Katia hatte ihn getreten.

»Was hältst du von Adolf?«, grinste nun Adrian. »Das hat doch einen speziellen Klang: Adolf vom Fuchsbau – da ziehst du gleich eine ganz neue Käuferklientel heran.«

»Ihr seid so albern! Das ist eine ernsthafte Angelegenheit! Stimmt's, Olga?«

»Jetzt finde ich es fast schon schade, dass Försters ausgezogen sind«, seufzte Antonella. Fabian Förster, der Investmentbanker, hatte ein tolles Angebot aus London bekommen, und so war die gesamte Familie inklusive Meerschweinchen kurz vor Weihnachten in die englische Metropole umgesiedelt.

»Warum?«, wollte Giovanni wissen. »Ich dachte, du bist saufroh, dass sie weg sind.«

»Ja schon, aber sie hätten bestimmt noch ein paar schöne Namensvorschläge gehabt. Wo sie doch so versiert in Alliterationen sind …«

Es war ein schöner Abend, und als Mitternacht nahte, holte Adrian die Flasche Champagner aus dem Kühlschrank. Er goss vier Gläser ein. »Ein gutes neues Jahr! Auf die Liebe, auf gesunden Nachwuchs und neue Nachbarn ohne F-Tick!«

KAPITEL 19
Eiszeit

Drei Tage später rief wieder die Pflicht. Nach den äußerst ereignisreichen Feiertagen fiel der Einstieg in den Alltag niemandem besonders leicht, aber immerhin war die Stimmung bei allen Hugo's-Affairs-Mitarbeitern grandios.

»Willkommen an Bord!«, begrüßte Antonella Marie herzlich, als sie an ihrem ersten Arbeitstag pünktlich zum Jour fixe ins Loft kam.

»Ich freue mich wirklich, dass ich bei euch sein darf!«, antwortete die neue Kollegin fröhlich. »Und ich habe gute Nachrichten. Zumindest hoffe ich, dass es gute Nachrichten sind.«

»Dann mal raus damit.«

»Mich hat zwischen den Feiertagen der Vermieter meines Ladens angerufen. Die Freundin seines Sohns will sich mit einem Nagelstudio selbständig machen oder so. Jedenfalls lässt er mich sofort aus dem Mietvertrag raus, und nicht wie geplant erst Ende März. Also, wenn ihr wollt und Verwendung für mich habt, könnte ich ab sofort jeden Tag kommen.«

»Das sind wirklich tolle Neuigkeiten!« Antonella strahlte. »Ich habe mir nämlich vorhin schon mal alle Aufträge und Anfragen angesehen und ehrlich gesagt leichte Panik bekommen. Bei Olga kann's ja jetzt jeden Tag losgehen, und dann fällt Katia erst einmal aus. Und ich würde mich gerne in den nächsten Wochen hauptsächlich um das Hotelprojekt kümmern. Es wäre nämlich nicht schlecht, wenn ich damit vor meiner Babypause weitestgehend fertig wäre.«

»Und vergiss Gesas Wohnung nicht«, warf Jenny ein. »Sie hat vorhin angerufen und angekündigt, dass sie um zwei Uhr vorbeikommt. Angeblich weiß sie jetzt, was mit den letzten Zimmern zu tun ist.«

»Das glaube ich erst, wenn die Wohnung fertig und übergeben ist. Aber vielleicht hat sich ja auch bei der guten Gesa ein kleines Weihnachtswunder ergeben, und sie kommt endlich zu Sinnen«, sagte Antonella skeptisch. »So, und jetzt lasst uns mit dem Meeting beginnen. Christian, du fängst an!«

Nach der Besprechung war es fast Mittag, doch statt mit Katia und Giovanni essen zu gehen, beschloss Antonella, lieber noch einmal sämtliche Entwürfe – verworfene wie umgesetzte – von Gesas Wohnung durchzusehen. Sie wollte gut vorbereitet sein und dieses Projekt endlich abschließen. Schlag vierzehn Uhr rauschte dann Gesa Bergmann-Stanton ins Loft. Wie immer trug sie einen eleganten Business-Hosenanzug, perfekt geföhnte Haare, makelloses Make-up und ein künstliches Lächeln im Gesicht. Diesmal schien ihre gute Laune aber echt zu sein, denn sie flötete: »Happy New Year! Antonella, Sie werden es nicht glauben, aber ich habe fantastische Neuigkeiten! Ich weiß endlich, was wir mit den beiden schwierigen Zimmern machen.«

Antonella glaubte es tatsächlich nicht, bat sie aber an den Konferenztisch. »Da bin ich wirklich sehr gespannt. Kaffee?« Als Gesa nickte, gab sie Jenny ein Zeichen und setzte sich dann mit einem Notizbuch und ihrem Laptop ebenfalls an den Tisch. »Dann schießen Sie mal los.«

»Wir machen Kinderzimmer daraus!«

»Kinderzimmer?«, fragte Antonella überrascht.

»Ja, Kinderzimmer! Ich habe mich an Weihnachten mit meinem Exmann versöhnt, und er wird mit seinen beiden Kindern zu mir ziehen.«

»Ach.« Antonella war platt. »Und was sagt die Mutter dieser Kinder dazu?«

»Ist das für die Ausführung dieses Auftrags etwa relevant?«, kam es scharf von Gesa zurück.

»Natürlich nicht, verzeihen Sie bitte.« Antonella lächelte entschuldigend, auch wenn sie die ganze Sache ziemlich merkwürdig fand. Doch Gesa hatte natürlich Recht, es ging sie nichts an, und außerdem wollte sie dieses elende Projekt endlich fertig bekommen. »Dann müsste ich nur noch wissen, wie alt die Kinder sind und welches Farbkonzept Ihnen vorschwebt.«

»Elisabeth ist fast zwei und Philip noch ein Baby. Und ich möchte es ganz klassisch haben – rosa für das Mädchen, hellblau für den Jungen, dazu die Möbel jeweils in Weiß. Und besorgen Sie auch Spielsachen, damit kennen Sie sich sicher besser aus.«

»Kein Problem. Ich zeige Ihnen jetzt ein paar Möbelkataloge«, Antonella stand auf und holte die Kinderzimmer-Musterkollektionen. »Diese Hersteller können in der Regel innerhalb von drei bis vier Wochen liefern, die anderen brauchen deutlich länger. Wenn es ganz fix gehen muss, könnten wir uns kurzfristig auch mit Ikea behelfen und die Möbel später austauschen.«

»Welche Möbel haben Sie denn für Ihre Kinder?«

»Einige Sachen hat mein Bruder gebaut, und ein paar Dinge haben wir vom Flohmarkt – aber es ist nichts Weißes oder Rosarotes dabei.«

»Ihre Tochter hat Flohmarkt-Möbel?« Gesa klang schockiert.

»Ist das für die Ausführung dieses Auftrags relevant?«, fragte nun Antonella mit leicht ironischem Tonfall. Sie hatte keine Lust, Gesa von dem zauberhaften Metallbettchen zu erzählen, das sie für Elisa aufgearbeitet hatte, und von dem Fünfziger-

Jahre-Schrank musste sie auch nichts wissen. Allein bei dem Gedanken an eine pastellig-weiße Baby-Hölle wurde ihr übel.

Wortlos blätterte Gesa in den Katalogen und entschied sich – natürlich – für die teuersten Scheußlichkeiten. Antonella rief beim Hersteller an und konnte erfreut vermelden, dass die Möbel in spätestens drei Wochen geliefert würden. Sie vereinbarten noch, das Gästezimmer nun für die Nanny, die Gesa einstellen wollte, etwas umzugestalten und dass die Wohnung bis spätestens Ende des Monats fertig würde.

»Ich schlage drei Kreuze, wenn wir damit endlich durch sind und Madame das Geld überwiesen hat. Hoffentlich empfiehlt sie uns nicht weiter!«, stöhnte Antonella, als Gesa nach knapp drei Stunden endlich weg war.

»Die hat echt einen Knall!«, pflichtete ihr Katia bei. »Und ich möchte mir gar nicht vorstellen, was für eine Schreckschraube die aktuelle Gattin des Exmannes sein muss, dass er freiwillig mit seinen Kindern zu Gesa Grauenvoll zurückkehrt …«

»Ich auch nicht! Ich buche jetzt gleich die Handwerker für nächste Woche, damit wir rosa und hellblau streichen und tapezieren können, und dann gehe ich nach Hause. Ich möchte wenigstens am ersten Arbeitstag des neuen Jahres Elisa noch wach erleben, wenn ich heimkomme. Soll ich Olga mitnehmen?«

»Muss nicht sein, danke. Ich bin auch so gut wie fertig. Ich habe Marie alle aktuellen Jobs erklärt, sie sollte also sofort einspringen können, wenn ich meine Welpenzeit nehme. Und dann kann ich eigentlich gleich mit dir mitgehen.«

»Welpenzeit? Ich bin echt beeindruckt, Kathi, du nimmst die Mutterschaft deines Hundes wirklich ernster als ich meine«, schmunzelte Antonella. »Hast du mit Olga schon Schwangerschafts-Yoga gemacht? Und dich zur Hundehebamme ausbilden lassen?«

»Ich habe mich zumindest gründlich informiert, und der Tierarzt hat gesagt, dass er notfalls kommt, wenn es Komplikationen gibt, womit er aber nicht rechnet. Olga wird das bestimmt ganz toll hinkriegen!«

»Daran besteht nicht der geringste Zweifel!«, bekräftigte Antonella und sah zu dem Hund, der vor dem Sofa schlief. »Olga ist die Beste! Sag mal«, fuhr sie mit einem frechen Grinsen fort, »du sagst doch immer, dass du Olgas Mama bist. Dann wirst du jetzt also Oma – und Giovanni Opa.« Sie prustete albern los, und Katia zog es vor, darauf nicht weiter einzugehen.

Drei Tage später klingelte es morgens um halb acht. »Machst du bitte auf!«, rief Antonella aus dem Ankleidezimmer in Richtung Adrian.

»Die Babys sind da!« Giovanni strahlte wie ein stolzer Vater – oder eben Großvater. »Und wir haben gar nichts davon mitbekommen! Olga hat alles alleine gemacht. Als wir vor einer Stunde aufgestanden sind, lag sie entspannt in ihrer Wurfbox mit acht tadellos abgeleckten Welpen an ihren Zitzen. Fünf Hündinnen und drei Rüden. Kathi ist außer sich vor Begeisterung.«

»Und du offensichtlich auch«, stellte Antonella amüsiert fest. »Dann herzlichen Glückwunsch, Opa!«

»Wann dürfen wir denn an die Krippe treten und den Nachwuchs besichtigen?«, wollte Adrian wissen. »Und was bringt man einer frischgebackenen Hundemutter mit? Ein Stück Leberwurst?«

»Ihr könnt gleich mitkommen.« Giovanni lief schon wieder nach oben.

»Na, dann!«, grinste Adrian, verschwand aber erst noch in der Küche und holte tatsächlich etwas Leberwurst.

»Sternchen, komm, wir schauen uns Olgas Babys an.« Antonella nahm Elisa an die Hand, und zusammen gingen sie eine Etage höher.

Olga wirkte tatsächlich sehr zufrieden und stolz, doch das war nichts im Vergleich zu Katia, die überglücklich war. »Darf ich euch die neuesten Hausbewohner vorstellen? Albert, August, Anton und ihre Schwestern Alba, Adria, Adele, Amanda und Adelheid.«

»Goldig«, befand Antonella, »aber warum tragen die denn schon Halsbänder?« Die winzigen Hundebabys hatten tatsächlich schon jeweils ein farbiges Halsband an.

»Damit wir sie auseinanderhalten können. Ich habe sie auch schon alle gewogen und fotografiert.« Sie deutete auf eine Kommode, auf der eine Liste lag, in der fein säuberlich Name, Farbe des Halsbands und Geburtsgewicht eingetragen waren.

»Ich sehe, hier geht alles seinen geordneten Gang«, sagte Adrian grinsend und kniete sich dann hin, um Olga das Stück Leberwurst zu geben. »Braves Mädchen, hast du fein gemacht. Und lass dich nicht von deinen irren Zweibeinern aus der Ruhe bringen.«

Olga war jedenfalls nicht diejenige, um die man sich im Januar Sorgen machen musste. Souverän und geduldig ließ sie die Attacken ihrer prächtig gedeihenden und reichlich frechen Kinderschar über sich ergehen, genauso wie die nicht nachlassende, aufgeregte Begeisterung ihrer Besitzerin und die täglichen Besuche von Elisa, die die »Baby-Wauwaus« am liebsten alle in ihre Spielzeug-Sammlung aufgenommen hätte. Der Besitzer des Welpen-Vaters Otto kam vorbei, als die Kleinen drei Wochen alt waren, und suchte sich Adria, Adele und Amanda aus – als vereinbartes Honorar für die Deckdienste seines Zuchtrüden. Sobald sie acht Wochen alt sein würden, wollte er sie zu sich holen, und Katia brach es schon jetzt schier das Herz, wenn sie daran dachte, dass sie sich von den dreien und ihren Geschwistern würde trennen müssen. Doch klar war auch, dass es sein musste, denn zwei große Hunde waren einfach zu viel. »Aber es wäre schon schön, wenn ihr einen nehmen könntet«, sagte sie eines Tages zu Antonella, die mit Elisa zur täglichen Spielstunde gekommen war.

»Das würde ich ja auch gerne«, antwortete sie und rettete Klein Anton vor den heftigen Liebesbezeugungen ihrer Tochter. Der junge Hund leckte ihr daraufhin erst die Hand ab und biss sie dann übermütig in die Nase. »He, du Frechdachs!« Sie setzte das Tierchen wieder zu seinen Geschwistern und fuhr dann an Katia gerichtet fort: »Adrian will aber nach wie vor nichts davon wissen.«

»Das kapiere ich wirklich nicht, ich meine, wenn Hugo nicht umgebracht worden wäre, hättet ihr doch noch immer einen Hund. Wo ist da der Unterschied?«

»Keine Ahnung, aber apropos Hugo. Die Gerichtsverhandlung gegen Damianos und seinen Spießgesellen ist Mitte Februar. Adrian sagt, dass gute Chancen bestehen, dass dein Stiefsohn in den Knast muss. Wie sich herausgestellt hat, ist er zurzeit auf Bewährung wegen irgendeiner Betrugsgeschichte, und Anstiftung und Beteiligung an einer Straftat sind ganz eindeutig Verstöße gegen die Auflagen. Außerdem wird mir wohl Schadensersatz zugesprochen für den Verlust von Hugo. Ich kann immer noch nicht fassen, dass der Mord an dem Kleinen juristisch gesehen tatsächlich nur eine Sachbeschädigung ist. Ich vermisse ihn immer noch so sehr und Elisa auch. Schau sie dir doch mal an, wie verliebt sie in die Welpen ist. Es würde ihr bestimmt guttun, wenn sie wieder ein lebendiges Kuscheltier hätte. Dann müsste sie vielleicht auch nicht eifersüchtig auf ihren kleinen Bruder werden. Aber Adrian ist absolut stur, er meint, dass das einfach zu viel Stress wäre. Und vielleicht hat er damit sogar irgendwie Recht …«

»Alles in Ordnung?« Katia sah sich ihre Freundin genauer

an und stellte fest, dass Antonella einen ziemlich erschöpften Eindruck machte.

»Ich weiß auch nicht, irgendwie lässt sich das Jahr nicht so gut an, wie ich gehofft hatte. Der Hoteljob ist komplizierter als gedacht, ständig gibt es irgendwelche Änderungen. Morgen muss ich nach Hamburg fahren und mich mit Malte Hansen, dem Hotelier, und dem Architekten treffen. Adrian findet das mal wieder völlig unnötig und sagt, dass ich dieses Projekt niemals hätte annehmen dürfen und blablabla. Aber ganz ehrlich, die Aussicht, morgen und übermorgen jeweils vier Stunden im Zug zu sitzen und nichts tun zu müssen, ist absolut paradiesisch!«

»Und sonst so?«

»Sonst?«, seufzte Antonella. »Sonst läuft es jedenfalls im Job okay. Marie ist ein echter Glücksfall, und wenn nicht noch eine Katastrophe passiert, kann ich Ende der Woche endlich die Akte Gesa schließen und diese verdammte Wohnung übergeben.«

»Ich meine aber nicht die Arbeit. Irgendwie machst du keinen guten Eindruck, und Adrian scheint auch ziemlich angespannt zu sein. Das kann ja wohl nicht nur am Job liegen.«

»Tja, da sage ich nur: Vielen Dank, liebe Schwiegermama!«, entgegnete Antonella sarkastisch. »Seit dem Weihnachtsdesaster versucht sie ständig mit Adrian zu sprechen, quatscht uns den AB voll und belämmert ihn in seiner Kanzlei. Aber zuhause geht er nicht ran, und bei der Arbeit lässt er sie von seiner Sekretärin abwimmeln. Daraufhin hat Brigitte gestern die Taktik geändert und mich im Büro angerufen. Sie hat mir eine tierische Szene gemacht, ich würde einen Keil zwischen sie und ihren Sohn treiben und dass sie mich dafür verantwortlich machen wird, wenn ihre Familie auseinanderbricht. Wirklich ganz großes Kino!«

»Die spinnt doch wohl komplett!«, empörte sich Katia.

»Das kannst du laut sagen.« Antonella massierte sich den schmerzenden Nacken und fuhr müde fort: »Und genau das habe ich ihr auch gesagt. Dass, wenn überhaupt, sie diejenige ist, die einen Keil in die Familie treibt, und dass ich mir ein für alle Male ihre anmaßenden Kommentare verbitte, speziell wenn dabei der Name Gisela fällt. Als sie dann wieder anfing, habe ich einfach aufgelegt. Nun ja, als ich Adrian davon erzählt habe, ist er komplett ausgeflippt, und ich nehme an, dass er seiner Mutter daraufhin ordentlich den Marsch geblasen hat. Jedenfalls hoffe ich das. Alles nicht so der große Stimmungsmacher, kann ich dir versichern. Übrigens hat nicht nur seine Mutter Telefonterror bei ihm veranstaltet, sondern auch ebenjene grandiose Gisela …«

»Nein!«, unterbrach sie Katia mit entsetzt aufgerissenen Augen. »Und das erzählst du mir jetzt einfach so beiläufig, als wäre es dir egal?«

»Natürlich ist es mir nicht egal! Aber was soll ich machen? Ihm verbieten, dass er mit ihr spricht? Angeblich hat er keine Ahnung, was sie von ihm will, und legt es, wie er sagt, auch nicht darauf an, es herauszufinden. Das muss ich ihm wohl glauben. Und die Sache mit seiner Mutter finde ich insgesamt schlimmer. Ich muss aber ehrlich zugeben, dass ich schon mal mehr Spaß hatte«, sagte sie mit resigniertem Tonfall. »Aber jetzt lass uns bitte das Thema wechseln! Wie läuft's bei euch?«

Es war offensichtlich, dass es gut lief, denn Katias besorgtes Gesicht hellte sich umgehend auf, als sie erzählte, wie viel Freude ihr die Welpen machten und wie großartig sich das Leben mit Giovanni gestaltete, der seine Wohnung gekündigt hatte und im Grunde schon komplett bei ihr eingezogen war. »Sobald die Welpen aus dem Haus sind, also ungefähr Mitte März, wollen wir hier renovieren und einige Veränderungen vornehmen. Es soll einfach unser gemeinsames Zuhause werden. Ach, Antonella, ich kann dir gar nicht sagen, wie glücklich ich bin! Dein Bruder ist so ein Goldstück, und es tut mir wirklich leid, dass es bei dir im Augenblick nicht so toll läuft.«

»Das wird schon wieder, ganz bestimmt.« Sie lächelte mühsam und stand auf. »So, Sternchen, jetzt sag gute Nacht zu den Babys! Wir müssen heimgehen und Abendessen machen.«

Am folgenden Montag schlich sich Antonella leise ins Schlafzimmer. »Guten Morgen, mein Liebling, und alles Gute zum Geburtstag!« Sie küsste Adrian zärtlich, und Elisa drückte ihm die Blumen ins Gesicht. »Papa Schenk!«

»Guten Morgen, ihr Süßen.« Verschlafen rappelte er sich hoch und sah auf die Uhr. Es war halb sieben, aber seine Frauen waren offensichtlich schon in Topform. Jedenfalls waren beide bereits angezogen, und Antonella hatte sogar einen kleinen Kuchen in der Hand – mit einer Kerze drauf und einer Vierundvierzig aus Zuckerguss. »Autsch!« Elisa hatte ihn gerade ungestüm umarmt und ihm dabei die Blumen ins Auge gerammt.

Antonella nahm ihr den kleinen Strauß ab und hielt Adrian den Kuchen unter die Nase. »Wünsch dir was!« Er zögerte kurz, dann blies er die Kerze aus und lächelte seiner Frau verschmitzt zu. »Und? Was hast du dir gewünscht?«, fragte sie prompt neugierig nach.

»Kann ich nicht verraten, sonst geht's ja nicht in Erfüllung.« Er schwang sich aus dem Bett und raunte ihr ins Ohr: »Es ist aber was Schönes …« Dann verschwand er im Bad.

Adrian hatte vor, an seinem Geburtstag nur bis mittags zu arbeiten. Anschließend wollte er Elisa aus der Kita abholen und mit ihr einen lustigen Nachmittag verbringen, bis Antonella hoffentlich auch ein bisschen früher nach Hause käme. Antonella war zuversichtlich, dass es klappen würde. Die Wohnung von Gesa hatte sie letzten Freitag endlich übergeben –

und ihre anspruchsvolle Kundin schien vollkommen zufrieden zu sein. »Jetzt kann mein neues Leben beginnen!«, hatte sie recht pathetisch angekündigt und Antonella einen Scheck über einen hohen fünfstelligen Betrag ausgestellt. Es war rund ein Drittel mehr als der Kostenvoranschlag, und Gesa kommentierte ihre überraschende Großzügigkeit mit der lapidaren Aussage: »Passen Sie einfach Ihre Rechnung entsprechend an, es hat ja viele Änderungen gegeben, insofern haben Sie es sich verdient.« Wohl wahr, hatte Antonella gedacht, aber seltsam war ihr die Sache trotzdem vorgekommen. Mit einem Scheck hatte noch keiner ihrer Kunden bezahlt und schon gar nicht, ohne vorher die Rechnung bekommen zu haben. Jedenfalls war sie sofort zur Bank gegangen und hatte den Scheck eingereicht. Tatsächlich war das Geld bereits heute Morgen auf ihrem Geschäftskonto gutgeschrieben worden, wie sie erfreut feststellte. In einer guten Stunde würden Malte Hansen und der Hotel-Architekt bei Hugo's Affairs vorbeischauen. Gemeinsam würde man die neuen Entwürfe durchsehen und anschließend auf der Baustelle die Lage vor Ort sondieren. Sie war optimistisch, dass sie spätestens am frühen Nachmittag fertig sein würde, und dann wollte sie nach Hause und Adrians Geburtstag feiern.

Vergnügt und erleichtert machte sie sich um kurz vor drei auf den Heimweg. Beim Hotelprojekt schienen tatsächlich zwei schwierige Klippen umschifft zu sein, und Katia hatte gerade am Telefon versprochen, heute Abend auf Elisa aufzupassen. Antonella war nämlich nach dem Baustellentermin zufällig bei einer neuen stylischen Mama und-Kind-Boutique vorbeigekommen und hatte sich spontan ein spektakuläres Kleid gekauft. Sie wollte Adrian mit einem romantischen Abend zu zweit überraschen. Jetzt musste sie nur noch einen Tisch in ihrem aktuellen Lieblingsrestaurant reservieren. Schwer bepackt öffnete sie die Tür vom »Piemonte«, einem netten Italiener in der Nähe ihrer Wohnung, und stellte sich an den Tresen. »Ciao Mario, come stai?«, begrüßte sie fröhlich den Wirt, der sogleich herbeigeeilt kam. »Ich brauche heute Abend einen Tisch für zwei.« Täuschte sie sich oder wirkte Mario etwas nervös? »Tutto bene?«, fragte sie deshalb.

»Si, si, tutto bene!«, beteuerte er und griff sich sein Reservierungsbuch. »Ein Tisch für zwei, va bene. Um wie viel Uhr?«

Antonella bekam diese Frage jedoch schon nicht mehr mit, denn sie hatte den Grund für Marios Nervosität ausgemacht. An ihrem bevorzugten Tisch, in einer kleinen Nische am anderen Ende des Gastraums, saß Adrian. An sich nichts Ungewöhnliches, denn er verbrachte oft seine Mittagspausen hier, doch er war nicht alleine. Ihm gegenüber und offenbar bester Dinge saß Gesa! Und hatte Elisa auf ihrem Schoß! Gesa? Adrian? Elisa? In Antonellas Kopf fuhren die Gedanken Achterbahn. Das ergab doch alles keinen Sinn, oder?

Langsam ging sie in Richtung Tisch, und plötzlich fielen sämtliche Puzzle-Teile an den richtigen Platz. Natürlich: Gesa war Gisela!

Sie hatte das Gefühl, wie von einer Glasglocke eingehüllt zu sein. Nur undeutlich nahm sie wahr, was um sie herum geschah. Den verwunderten Gesichtsausdruck von Adrian, als er sie entdeckte, die triumphierende Miene von Gesa. Und je weniger die Außenwelt an sie herankam, desto klarer wurden ihre Gedanken: Gesa wollte ihre Familie stehlen! Ihren Mann, ihre Tochter und ihr noch ungeborenes Kind. Ihr wurde übel, als sie daran dachte, was Gesa ihr letzte Woche noch erzählt hatte. »Die Frau meines Exmannes interessiert sich kein bisschen für ihre Kinder! Außerdem ist sie psychisch labil und hat daher nicht die geringste Chance auf das Sorgerecht!« Und hinter der ganzen Geschichte steckte vermutlich ihre bösartige Schwiegermutter. Antonella hörte, wie etwas zerbrach – allerdings nicht ihre imaginäre Glasglocke, sondern eine Wasserflasche, die sie wohl versehentlich vom Tisch gestoßen hatte.

»Antonella«, fing Adrian an, »darf ich dir Gisela vorstellen …«

»Ich weiß genau, wer das ist!«, zischte sie kalt und würdigte ihren Mann keines Blickes. »Nehmen Sie sofort die Hände von meinem Kind!«, fauchte sie Gisela an, die immer noch ihr Siegerlächeln im Gesicht hatte und Elisa so fest hielt, dass die Kleine zu weinen anfing und nach ihrer Mama jammerte.

»Was ist denn hier los?« Adrian klang ziemlich irritiert, doch Antonella ignorierte ihn völlig. Stattdessen verdrehte sie in glühendem Zorn und mit mehr Gewalt, als nötig gewesen wäre, eine von Gesas Händen und befreite ihre Tochter. »Ihr Plan wird nicht funktionieren!«, schrie sie. Augenblicke später stand sie zitternd mit Elisa auf dem Arm auf der Straße. Die Kleine weinte immer noch, und Antonella stopfte ihre Taschen in den Buggy und trug ihr schluchzendes Kind nach Hause. Die Gefühle, die sie hatte, waren unbeschreiblich – rasende Wut, unendlicher Hass und alles verzehrende Verzweiflung. Wie hatte Adrian ihr das antun können?

»Wie kannst du mir das antun?«, schrie sie unter Tränen, als er ein paar Minuten nach ihr in die Wohnung kam.

»Was bitte schön tue ich dir denn an?«, fragte Adrian betont ruhig. »Ich wollte dich eigentlich das Gleiche fragen. Was genau sollte diese peinliche Szene im Restaurant? Und warum hast du Gisela fast die Hand gebrochen?« Er wollte Elisa auf den Arm nehmen, die nun völlig außer sich war, doch Antonella ging dazwischen.

»Wenn du sie anfasst, vergesse ich mich!«, brüllte sie, und er zuckte zurück. »Ihr habt bei eurem perfiden Spiel die Rechnung ohne mich gemacht!«

»Was für ein Spiel?«, nun wurde auch Adrian laut. »Würdest du vielleicht die Freundlichkeit haben und mich aufklären, worum es eigentlich geht?«

»Worum es geht? Es geht darum, dass sich deine Exfrau Gisela unter dem Namen Gesa eine Wohnung von mir hat einrichten lassen, in die sie mit dir und den Kindern einziehen will! Das habt ihr euch wohl hübsch ausgedacht, oder? Und hinter alldem steckt bestimmt deine Mutter! Blöd nur, dass ich offensichtlich zu früh dahintergekommen bin, denn noch ist ›Philip‹ ja gar nicht auf der Welt, da wird es wohl schwierig werden, mir das Sorgerecht zu entziehen.« Ihre Stimme überschlug sich komplett, und Adrian verstand die Welt nicht mehr.

»Ich verstehe einfach nicht ...« Er lachte auf. »Das ist doch jetzt nichts weiter als ein schlechter Scherz?«

»Ja, ich lache mich auch schon halb tot!«

»Jetzt beruhige dich doch mal.« Er wollte ihr beschwichtigend eine Hand auf die Schulter legen, wurde jedoch unsanft beiseitegestoßen. »Ich weiß ja nicht, was gerade in deinem Kopf vorgeht, aber da musst du irgendetwas völlig falsch verstanden haben. Auf so eine absurde Idee kämen weder meine Mutter noch Gisela.« Er schüttelte den Kopf.

Daraufhin verlor Antonella völlig die Nerven. Während er Mutter und Ex offenbar für wahre Unschuldslämmer hielt, unterstellte er ihr also eine reichlich kranke Fantasie. »Hau ab! Verschwinde von hier! Ich will dich nie wiedersehen!«

»Du kannst mich doch nicht so einfach rauswerfen«, rief er fassungslos.

»Ich kann es, und ich tue es auch!«, sagte Antonella nun mit einem leisen, drohenden Tonfall. »Es sind meine Wohnung und mein Haus. Du hast fünf Minuten, um das Wichtigste mitzunehmen, dann rufe ich die Polizei. Alle anderen Sachen schicke ich dir zu, die Adresse kenne ich ja!« Dann nahm sie die verzweifelte Elisa auf den Arm und ging mit ihr ins Kinderzimmer. Dort versuchte sie, die Kleine zu beruhigen. Währenddessen lauschte sie den Geräuschen in Ankleidezimmer und Bad. Einige Minuten später hörte sie, wie die Wohnungstür zufiel. Adrian war weg.

KAPITEL 20
Hürdenlauf

Auch vier Tage später sah die Welt für Adrian noch nicht besser aus. Antonella hatte ihn vor die Tür gesetzt und ihn mit fast gespenstischer Präzision von ihrem einstmals gemeinsamen Leben ausgeschlossen. In der Kita händigten sie ihm seine Tochter nicht mehr aus – das war vorgestern einer der peinlichsten und schrecklichsten Momente in seinem Leben gewesen –, bereits am nächsten Tag waren sämtliche Schlösser in Haus und Wohnung ausgewechselt, und alle Mitarbeiter von Hugo's Affairs, allen voran Katia und Giovanni, hatten strengstes Verbot, ihn zu kontaktieren. Letzteres wusste er von Giovanni, der sich glücklicherweise nicht daran hielt. Er war erst einmal in Giovannis Wohnung untergekommen und hatte seit gestern auch all seine Sachen bei sich. Wenn es nicht so verdammt traurig wäre, würde er Antonella für ihre Gründlichkeit bewundern. Sie hatte all seine Klamotten, Bücher, CDs und sonstigen Dinge in Rekordtempo zusammengepackt und hätte sie um ein Haar von einer Spedition in Giselas Wohnung liefern lassen. Im letzten Moment war dabei Giovanni dazwischengegangen und hatte ihr gesagt, dass Adrian nicht etwa bei Gisela, sondern in seiner alten Wohnung wohnte. Das schien sie jedoch nicht weiter zu beeindrucken, genauso wenig wie Giovannis Andeutungen, dass die ganze Sache einfach nur ein Missverständnis gewesen sein könnte. Sie wollte ganz eindeutig nichts mehr mit Adrian zu tun haben! Und wenn er ehrlich war, konnte er sie inzwischen sogar verstehen. Er hatte nämlich erst vorhin herausgefunden, dass Antonella – abgesehen von einem wesentlichen Punkt – absolut Recht hatte mit ihrer Annahme, dass Gisela ihre Familie übernehmen wollte. Der wesentliche Punkt war, dass er bis heute Mittag tatsächlich nichts davon gewusst hatte. Natürlich hatte er sofort versucht herauszufinden, was hinter der Geschichte steckte – doch es war gar nicht so einfach gewesen, an profunde Informationen zu kommen. Seine Eltern waren gerade im Skiurlaub und deshalb erstens schwer zu erreichen und zweitens scheinbar ebenfalls völlig ahnungslos. Seine Mutter hatte sich jedoch den Kommentar nicht verkneifen können, dass sie Gisela so etwas unter keinen Umständen zutraute, Antonella jedoch für zu einem derart destruktiven Verhalten in der Lage hielt, damit es zum Bruch zwischen Adrian und seinen Eltern käme. Seinen Hinweis, dass es aktuell eher nach einem Bruch zwischen ihm und seiner Frau aussah, hatte sie leichthin abgetan und ihm empfohlen, sich vielleicht tatsächlich zukünftig an Gisela zu halten. An die Hugorianer kam er nicht ran, und Giovanni hatte von dem »Gesa-Projekt« nicht allzu viel mitbekommen. Adrian hatte krampfhaft versucht, sich an die Details zu erinnern, die ihm Antonella in den schillerndsten Farben geschildert hatte, doch ärgerlicherweise musste er nun zugeben, dass er den Geschichten über die kapriziöse Klientin nie besonders viel Aufmerksamkeit geschenkt hatte. Erst gestern hatte ihm Giovanni, der Katia offensichtlich massiv unter Druck gesetzt hatte, ein paar handfestere Details präsentieren können. Seine Ex hatte sich tatsächlich von Antonella eine riesige Luxuswohnung einrichten lassen und behauptet, sie hätte sich an Weihnachten mit ihm versöhnt. Gisela selbst war nach dem Restaurantdrama komplett von der Bildfläche verschwunden gewesen, und ihm war aufgefallen, dass er nicht einmal eine Telefonnummer von ihr hatte. Es war sowieso alles ziemlich absurd gewesen. Nachdem er ihre Anrufe den ganzen Januar über ignoriert hatte, hatte sie an seinem Geburtstag dann plötzlich vor der Tür gestanden und ihn dazu überredet, mit ihr essen zu gehen. Er hatte eigentlich keine Lust dazu gehabt, aber letztlich doch eingewilligt. Wie konnte ich nur so blöd sein?, fragte er sich seitdem beinahe ununterbrochen. Da er von Giovanni gestern Abend auch die Adresse ihrer Wohnung bekommen hatte, war er schließlich heute Vormittag hingefahren. Ihm wurde heiß und kalt, als er daran dachte, wie selbstverständlich sie ihn mit den Worten »Willkommen in deinem neuen Heim!« begrüßt hatte. Als sei es das Normalste der Welt, hatte sie ihn geküsst und sich auch gar nicht die Mühe gemacht, irgendetwas abzustreiten. »Natürlich will ich mit dir zusammenleben, und da es mit eigenem Nachwuchs wohl nicht mehr klappen wird, werde ich eben für deine Kinder die perfekte Mutter sein. Ich werde sie adoptieren und ihnen ein wirklich schönes Leben bereiten. Arbeiten muss ich ja glücklicherweise nicht mehr. Mein amerikanischer Ex hat sich die Scheidung von mir hübsch was kosten lassen, damit er sich in Ruhe seiner jungen Sekretärin widmen kann. Eine Nanny habe ich übrigens auch schon eingestellt, denn ich habe wirklich keine Lust, nachts für ein Neugeborenes aufzustehen.«

Adrian hatte das Gefühl gehabt, inmitten einer grausamen Kopie von »Eine verhängnisvolle Affäre« zu stecken, nur ohne Glenn Close und ein ermordetes Haustier im Topf. Noch nicht jedenfalls. Mit dem letzten bisschen Selbstbeherrschung, das er aufbringen konnte, hatte er zu ihr gesagt: »Gisela, du bist krank! Du gehörst in Behandlung. Und wenn du dich noch einmal einem Familienmitglied oder einem Mitarbeiter von mir oder Antonella näherst, werde ich aus deinem Leben eine schlimmere Hölle machen als du aus meinem!« Damit hatte er sich umgedreht und wollte gehen. Er hatte jedoch kaum die Treppe erreicht, als ein Schuss knallte und eine Kugel nur

Zentimeter neben seinem Kopf in die Mauer einschlug. »Ich liebe dich! Komm zurück, sonst bringe ich dich um!« Nachdem er sich vorsichtig umgedreht hatte, hatte ihn Gisela mit einem fratzenhaft entstellten Gesichtsausdruck angestarrt. Aus ihren Augen war alle menschliche Vernunft gewichen – aber ihre Hand, mit der sie die Pistole auf ihn richtete, war völlig ruhig gewesen.

An die folgenden Minuten hatte er nur noch schemenhafte Erinnerungen. Irgendwie war es ihm wohl gelungen, ihr glaubhaft zu machen, dass er bei ihr bleiben würde, und schließlich hatte er ihr auch die Waffe abnehmen können. Augenblicke später war die Polizei gekommen, die von besorgten Nachbarn alarmiert worden war. Gisela war daraufhin völlig durchgedreht und in die Psychiatrie gebracht worden. Nachdem Adrian eine ausführliche Zeugenaussage zu Protokoll gegeben hatte – mit allem, was er von der monatelangen Intrige wusste –, war er wieder in sein Büro zurückgekehrt. Dort tigerte er jetzt immer noch komplett geschockt herum und fragte sich verzweifelt, wie er aus dieser völlig verfahrenen Situation jemals wieder herauskommen sollte. Würde ihm Antonella verzeihen können? Er ahnte, dass für sie das Schlimmste an der ganzen Geschichte nicht die Tatsache war, dass Gisela offensichtlich ein massives psychisches Problem mit sich herumtrug und sich diesen ganzen kruden Plan ausgedacht hatte. Das würde sie vielleicht irgendwann einmal einsehen und ihm auch glauben, dass er selbst völlig ahnungslos gewesen war. Nein, das Schlimmste war mit Sicherheit, dass er ihr einfach nicht geglaubt hatte, als sie ihm davon erzählte. Warum hatte er ihr nicht einfach vertraut, sondern war sofort davon ausgegangen, dass mal wieder ihre wilde Fantasie mit ihr durchgegangen war? Warum war er offensichtlich eher bereit, seiner Mutter zu glauben, die Antonella nicht ausstehen konnte, und Gisela, der Frau, von der er sich einst aus gutem Grund getrennt hatte? Eine Antwort wusste er darauf auch nicht. Er wusste nur, dass er etwas tun musste, ehe es zu spät war.

Am nächsten Tag, es war ein Samstag, lag Antonella zuhause auf dem Sofa. Sie konnte nicht mehr. Die letzten Tage hatte sie einfach nur irgendwie funktioniert, hatte getan, was ihrer Meinung nach getan werden musste. Sie hatte kaum gegessen und so gut wie nicht geschlafen – dafür aber so viel geweint wie noch nie in ihrem Leben. Gestern Abend war Giovanni bei ihr gewesen und hatte ihr von Adrian erzählt. Wie verzweifelt er sei, wie untröstlich, und dass Gesa oder Gisela eine kranke Psychopathin war, die auch ihn in eine Falle gelockt und ihn schließlich sogar bedroht hatte. Das wusste sie jedoch schon von der Polizei, die am Nachmittag ins Loft gekommen war, um sie und die anderen Mitarbeiter zum Thema Gesa zu befragen. »Wirklich eine rührselige Geschichte«, hatte sie gesagt, »und was soll ich deiner Meinung nach jetzt tun? Ihn anrufen und sagen: ›Armer Hase, tut mir leid, dass dir so übel mitgespielt wurde. Verzeih mir bitte, dass ich dir jetzt auch noch Stress gemacht habe‹?« Nein, so einfach ging es diesmal wirklich nicht, auch wenn sie der Beinahe-Amoklauf sehr schockiert hatte und sie schon wegen Elisa gerne eine einfache Lösung gefunden hätte. Die Kleine war völlig verstört und vermisste ihren Vater fürchterlich. Allein heute Vormittag war sie mindestens dreimal zu ihr gelaufen und hatte mit hoffnungsvollem Blick gefragt: »Papa heim?« Nein, der Papa würde wohl erst mal nicht wieder heimkommen. Ihr Herz krampfte sich zusammen, wenn sie die traurigen Augen ihrer Tochter sah. Und leider krampfte sich seit fast zwei Stunden mit einer erschreckenden Regelmäßigkeit auch ihr Unterleib zusammen. Das konnte sie nun einfach nicht länger ignorieren und hoffen, dass es von alleine wieder weggehen würde. Sie hatte Wehen, fast zehn Wochen zu früh. Panik machte sich in ihr breit und versorgte sie mit immerhin so viel Energie, dass sie aufstehen konnte. »Komm, Sternchen, wir besuchen die Wauwaus!«

»Mein Gott, du siehst aus wie der Tod!«, rief Katia entsetzt, als sie die Tür öffnete. Elisa war sofort ins Welpenzimmer gelaufen und hatte sich auf die jungen Hunde gestürzt.

»Ich habe Wehen. Ist Giovanni da, damit er mich ins Krankenhaus fahren kann? Sonst rufe ich mir ein Taxi. Kannst du auf die Kleine aufpassen?«

»Wie schrecklich! Aber natürlich fährt er dich! Und mach dir um Sternchen keine Sorgen, ich kümmere mich um sie, solange es nötig ist.« Sie drückte Antonella kurz und rief dann Giovanni, der Zeitung lesend in der Küche saß.

Zwei Stunden später lag Antonella an einem Wehenschreiber angeschlossen und mit einem Tropf am Arm in der Klinik. Die Ärzte hatten sie gründlich untersucht und sich dann vorsichtig optimistisch geäußert. Mit dem Wehenhemmer und absoluter Bettruhe könnte man eine vorzeitige Geburt wahrscheinlich verhindern. Giovanni war die ganze Zeit an ihrer Seite gewesen und hatte ihre Hand gehalten. Jetzt war er nach Hause gefahren, um ein paar Sachen für seine Schwester zu holen. Vorher musste er ihr jedoch hoch und heilig versprechen, dass er keine Silbe zu Adrian sagen würde. Ein Versprechen, mit dem er sich bis zum Abend herumquälte. Katia hatte rasch das Nötigste zusammengepackt, und Giovanni hatte die Tasche plus einige Zeitschriften und reichlich Schokolade wieder ins Krankenhaus gebracht. Er wäre auch bei ihr geblieben und hätte versucht sie aufzuheitern, aber schon nach wenigen Minuten hatte sie ihn wieder nach Hause geschickt. Sie wollte einfach nur alleine sein – schlafen, vergessen.

»Ich werde ihn jetzt anrufen!«, kündigte Giovanni an. Es war inzwischen acht Uhr abends, und mit viel Mühe hatten sie es endlich geschafft, Elisa ins Bett zu bringen. Die Kleine hatte die letzte Stunde fast ununterbrochen nach Mama und Papa gebrüllt und war dann irgendwann völlig erschöpft in Katias Armen eingeschlafen.

»Das kannst du nicht machen. Dafür killt sie dich. Und weitere Aufregung ist wirklich das Allerletzte, was sie jetzt noch braucht«, gähnte Katia groggy. Acht fünf Wochen alte Welpen waren zwar auch anstrengend, aber nichts im Vergleich zu einem knapp zweijährigen Kind, das völlig von der Rolle war, weil sich sein vertrautes Leben ziemlich radikal geändert hatte.

»Aber er hat ein Recht darauf zu erfahren, was Sache ist. Es geht schließlich auch um sein Kind«, insistierte er.

»Meinst du nicht, dass er sich das früher hätte überlegen sollen?« Katia war ganz auf Antonellas Seite und hatte kaum Verständnis für Giovannis Doppelagenten-Status.

»Ach Schätzchen, du hättest ihn gestern Abend erleben sollen. Ich meine, er hatte ja nicht die geringste Ahnung von der Nummer, die seine Ex abgezogen hat. Und glaub mir, es bringt ihn fast um, dass er es Antonella nicht geglaubt hat.«

»Geschieht ihm ganz recht! Und ich finde wirklich, dass du mal deine Loyalität überdenken solltest. Hallo, es geht hier um das Wohl deiner Schwester!«

»Und genau deshalb will ich ihn anrufen. Man kann Adrian sicher eine Menge unterstellen, aber nicht, dass er ein schlechter Kerl ist, der seine Frau im Stich lässt. Die beiden müssen das klären, es geht einfach um zu viel.«

»Das mag schon sein, aber findest du den Zeitpunkt nicht ein bisschen fragwürdig?« Katia regte sich jetzt richtig auf. »Antonella liegt im Krankenhaus und kämpft darum, dass ihr Baby nicht viel zu früh auf die Welt kommt. Und da soll sie ein Klärungsgespräch mit ihrem idiotischen Mann führen? Ich bitte dich!«

»Kathi …«

»Hör mir auf mit Kathi! Wir sollten uns da überhaupt völlig raushalten und uns ausschließlich um Elisa kümmern. Damit helfen wir Antonella im Moment bestimmt am meisten.«

»Ich weiß nicht.« Giovanni kratzte sich ratlos am Kopf. »Ich glaube einfach, dass es das Richtige ist, wenn er es erfährt. Dann kann er entscheiden, was er tut.«

»Und ich glaube, dass es falsch ist! Antonella vertraut nämlich darauf, dass du in ihrem Sinne handelst. Und sie hat explizit gesagt, dass sie nicht will, dass Adrian etwas erfährt.«

»Du hast ja Recht. Vor allem damit, dass Antonella darauf vertraut, dass ich in ihrem Sinn handle!« Giovannis Gesicht hellte sich auf. »Und ja, sie hat gesagt, dass sie ihn nicht sehen will, aber ich weiß auch, wie stur sie sein kann, und ich bin sicher, dass sie sich im Moment nichts mehr wünscht, als dass Adrian bei ihr ist und sie tröstet!« Triumphierend griff er zu seinem Handy.

Katia sah ihn entgeistert an. »Tu, was du tun musst, aber nur fürs Protokoll: Ich bin dagegen! Ich halte es sogar für einen absoluten Irrsinn!!« Damit stand sie auf, um erst nach Elisa und dann nach den Welpen zu sehen. Dieses Gespräch wollte sie nicht bezeugen müssen.

Eine Stunde später klopfte Adrian sachte an die Tür des Krankenhauszimmers. Das kurze Telefonat mit seinem Schwager hatte ihn völlig aus der Bahn geworfen. Noch ein Punkt mehr, den er seiner endlosen Liste der Gründe zur Selbstzerfleischung anfügen konnte. Wenn ihr oder dem Kind irgendetwas passierte, würde er sich das niemals verzeihen können. Er war sofort ins Auto gesprungen und zur Klinik gefahren. Auf dem Weg aber waren ihm Zweifel gekommen – was, wenn sie sich nur noch mehr aufregte? Was, wenn sie ihn wirklich nie mehr sehen wollte? Wäre es nicht besser, bis morgen zu warten, bis sie sich hoffentlich wieder stabilisiert hatte? Doch nach einer halben Stunde des quälenden Abwägens auf dem Parkplatz hatte er sich entschlossen hineinzugehen.

Als auf sein Klopfen keine Reaktion kam, öffnete er vorsichtig die Tür. Antonella war alleine im Zimmer. Sie lag seitlich zusammengerollt in Richtung Fenster und schien zu schlafen. Im Raum brannte nur ein Nachtlicht, und in der schummerigen Beleuchtung wirkte sie unglaublich zerbrechlich. »Antonella, ich bin da«, sagte er mit gedämpfter Stimme, doch sie reagierte nicht. Leise zog er Jacke und Schuhe aus und legte sich behutsam hinter sie aufs Bett. Immer noch keine Reaktion. Sie atmete ruhig und gleichmäßig. Völlig von seinen Gefühlen übermannt, schlang er einen Arm um sie und vergrub sein Gesicht in ihren Haaren. Er streichelte ihren Bauch und dann ihren Arm, an dem ein Schlauch hing. »Es tut mir so leid!« Er wollte ihr so viel mehr sagen, aber statt Worten flossen nun die Tränen bei ihm.

Nach einer Weile fühlte er, wie sie seine Hand drückte. »Ich habe solche Angst«, sagte sie leise. »Um das Baby und noch viel mehr um uns.«

Er zog sie fest an sich. »Ich habe auch Angst, aber jetzt bin ich ja da. Ich verspreche dir, wir kriegen das alles hin!« Er versuchte, optimistisch zu klingen. »Das Wichtigste ist, dass du erst mal wieder auf die Beine kommst und dass das Kleine die nächsten Wochen bleibt, wo es ist. Antonella, ich liebe dich, und ich weiß, dass du mich auch liebst, denn sonst hättest du niemals so reagiert.« Seine Stimme wurde wieder brüchiger. Sie sagte lange Zeit nichts.

»Aber was, wenn Liebe einfach nicht reicht?«, fragte sie schließlich.

»Wie meinst du das?«

»Ach, Adrian, das mit uns war doch vom ersten Moment an schwierig. Du lässt doch selbst keine Gelegenheit aus, mich immer wieder darauf hinzuweisen. Mein Gott, wir hätten niemals sofort mit dem Kinderkriegen anfangen dürfen, so hatten wir ja nicht mal eine Chance, uns richtig kennenzulernen. Unsere Beziehung war doch bisher ein einziger Ausnahmezustand, schließlich war ich die meiste Zeit davon schwanger.« Sie wischte sich ihre Tränen aus den Augen und fuhr dann mit völlig resignierter Stimme fort: »Du siehst in mir immer noch die Chaotin, die ich vor dreieinhalb Jahren war. Dabei habe ich mich so verändert – ich bin Mutter, ich habe ein Geschäft, ich übernehme jeden Tag Verantwortung! Mein Kind und meine Mitarbeiter sind abhängig von mir und vertrauen darauf, dass ich schon alles richtig machen werde. Natürlich bin ich nicht perfekt, aber vieles mache ich richtig – und ich liebe das alles! Doch aus Gründen, die ich nicht verstehe, kannst ausgerechnet du mir nicht vertrauen. Egal, was ich tue oder sage, du rechnest immer mit dem Schlimmsten und bist sicher, dass ich Unrecht habe. Es stimmt, ich habe ein dickes Fell und kann eine ganze Menge verzeihen, aber jetzt geht es nicht mehr. Ich habe einfach keine Kraft mehr, mich alleine gegen deine Mutter oder deine Exfrau zu wehren und mich dann dafür auch noch vor dir rechtfertigen zu müssen.« Sie klang so furchtbar niedergeschlagen, dass Adrian zunächst nichts darauf zu antworten wusste.

»Was ist denn hier los?« Die Schwester war ins Zimmer gekommen, um Tropf und Wehenschreiber zu überprüfen. »Die Besuchszeit ist lange vorbei! Wer sind Sie überhaupt?«, fuhr sie Adrian an.

»Adrian Stern. Ich bin der Ehemann!« Er war aufgestanden.

»Und das soll ich glauben? Vorhin war jedenfalls ein anderer Mann bei Frau De Anna!«

»Das war mein Bruder«, erklärte Antonella leise. Sie hatte sich immer noch nicht umgedreht. »Wie sieht es aus?«, fragte sie nun die Schwester.

»Das Medikament scheint zu wirken, es sind fast keine Wehen mehr nachweisbar. Wie fühlen Sie sich?«

»Müde.«

»Dann schlafen Sie jetzt. Alleine! Und Sie gehen nach Hause!«, befahl sie Adrian. »Sie können morgen wiederkommen.«

»Das werde ich«, sagte er und zog Schuhe und Jacke an. Dann beugte er sich zu Antonella und flüsterte ihr ins Ohr: »Wenn ich darf?« Sie nickte, und er drückte ihr einen kleinen Kuss aufs Haar.

Ehe er jedoch am nächsten Tag wieder ins Krankenhaus fuhr, klingelte er um neun Uhr morgens bei Katia und Giovanni Sturm. Kaum war er in der Wohnung, war er von neun Hunden umringt.

»Du hast Glück, dass Giovanni die Tür aufgemacht hat. Ich hätte dich nicht reingelassen«, sagte Katia kühl, die mit Elisa auf dem Arm aus der Küche kam.

»Papa!«, jauchzte die Kleine und strampelte sich frei.

»Mein Sternchen, ich habe dich so vermisst!«, er nahm seine Tochter auf den Arm, drückte sie fest an sich und musste schon wieder mit den Tränen kämpfen. »Aua!« Einer der Welpen hatte seine nadelspitzen Zähnchen in seine Achillessehne gerammt. Olga, die eine vorbildliche Mutter war, rempelte ihn unsanft weg.

»Erstaunlich«, fing Katia an, »das war Anton, der Liebling deiner Mädels. Der Kleine scheint ein wirklich gutes Gespür zu haben.«

»Kathi, jetzt lass ihn doch in Ruhe«, schaltete sich Giovanni ein. »Die kleinen Biester beißen doch in alles hinein, was sie zwischen die Zähne bekommen.« Er klang gestresst. »Warum sind sie überhaupt im Flur? Ich dachte, sie dürfen nur in ihrem Zimmer sein.«

»Keine Ahnung, ich habe die Tür nicht aufgelassen, ich war mit Elisa in der Küche.«

»Ich wollte euch eigentlich nur sagen, dass ich jetzt wieder ins Krankenhaus fahre«, sagte Adrian.

»Was heißt wieder?«, rief Katia, die gerade August und Adelheid ins Zimmer bugsierte. »Warst du gestern etwa noch bei ihr?« Er nickte. »Und?«, fragte sie misstrauisch.

»Es ist nicht einfach, aber sie ist einverstanden, dass ich heute wiederkomme und mit ihr rede.«

»Mama?«

»Ja, mein Engel, ich fahre jetzt die Mama besuchen.«

»Mit! Mit! Mit!«

»Mäuschen, ich kann dich nicht mitnehmen.« Elisas blaue Kulleraugen füllten sich mit Tränen. »Schau, du musst doch auf die Wauwaus aufpassen. Und später komme ich wieder zu dir. Versprochen!« Er streichelte über ihre dunklen Locken und küsste sie. Dann stellte er sie auf den Boden. »Schau mal, da hinten ist der freche Anton!« Die Kleine lief prompt dem Hund hinterher, und Adrian verabschiedete sich rasch. »Darf ich nachher wiederkommen?«

»Natürlich!«, sagte Giovanni. »Wir sind zuhause. Heute kommen ein paar Interessenten für unsere Höllenbrut.« Er grinste. »Grüß meine Schwester, und sieh zu, dass du alles wieder in Ordnung kriegst!« Dann legte er ihm eine Hand auf die Schulter und schob ihn zur Tür raus, ehe Katia noch etwas hinzufügen konnte.

Als Adrian kurze Zeit später mit einem riesigen Blumenstrauß wieder im Krankenhaus ankam, saß Antonella in ihrem Bett und sah ihn zunächst einfach nur wortlos an, als wolle sie sich darüber klar werden, wie sie nun mit ihm umgehen sollte.

Er lächelte sie verunsichert an. »Wie geht's dir?«

»Etwas besser – wenn man davon absieht, dass ich mich praktisch nicht bewegen darf.« Kein Lächeln, nichts.

Er stellte die Blumen in eine Vase und zog sich dann einen Stuhl neben ihr Bett. »Und wie geht es dem Baby?«

»Das ist munter und fidel.«

»Darf ich?«, fragte er, ehe er seine Hand auf ihren Bauch legte. »Hallo, Kleines, du hast uns einen ganz schönen Schrecken eingejagt.«

»Adrian …« Sie seufzte und sah ihn wieder mit diesem undurchdringlichen Blick an.

»Antonella, ich habe die ganze Nacht über deine Worte nachgedacht. Leider habe ich keine perfekte Lösung gefunden. Aber wahrscheinlich gibt es für manches einfach keine perfekte Lösung. Allerdings sind mir viele Dinge klar geworden. Zuallererst weigere ich mich zu akzeptieren, dass unsere Beziehung nur ein einziger Ausnahmezustand und Elisa Produkt eines Unfalls sein soll. Meine Tochter ist das Beste, was mir je passiert ist. Und ich glaube auch nicht, dass es für uns schlecht war, sofort Eltern zu werden. Nenne es göttliche Fügung oder wie du willst, aber ich glaube fest daran, dass es unsere Aufgabe ist. Und auch, wenn es manchmal schwierig ist, können und werden wir sie meistern! Wir haben nicht nur Verantwortung für bald zwei unschuldige Kinder, sondern doch auch füreinander. Und übrigens: Ich sehe dich wirklich nicht in erster Linie als Mutter meiner Kinder, sondern als die unglaublichste Frau, die ich je getroffen habe. Ich liebe deine unkonventionelle Art, deine übersprudelnde Kreativität, deine mitreißende Energie genauso wie deine Fürsorge. Und dass ich dich darüber hinaus unbeschreiblich schön und sexy finde, muss ich hoffentlich nicht extra erwähnen.« Er sah sie an, und sie erwiderte seinen Blick mit einer ersten Andeutung eines Lächelns.

»Aber was ist mit deinem Vertrauensproblem?«

»Ich kann dir nur sagen, dass ich mit aller Macht daran

arbeiten werde! Ich verspreche dir, dass du nie wieder alleine einen Kampf austragen musst. Bitte gib mir die Chance, mich zu beweisen. Antonella, ich werde alles tun, um unsere Familie zu retten!« Und damit nahm er ihre Hand und drückte sie fest.

»Dann kannst du gleich damit anfangen und mir was Vernünftiges zum Essen besorgen. Dieser Krankenhausfraß ist ja fast so ungenießbar wie der Braten deiner Mutter«, sagte sie, doch die flapsigen Worte konnten ihre Rührung kaum verbergen. Sie schluckte und schlang dann ihre Arme um seinen Hals. »Ich bin so froh, dass du hier bist …«

KAPITEL 21
Endspurt

»Kathilein, ich weiß wirklich nicht, was du damit bezwecken willst? Wir hatten doch vereinbart, dass wir keinen der Welpen behalten! Und die Leute waren doch wirklich nett. Warum willst du ihnen denn Adelheid nicht geben?« Giovanni sah Katia ratlos an. Während der letzten Woche waren etliche Interessenten da gewesen und hatten sich die jungen Hunde angesehen, aber an den meisten hatte Katia etwas auszusetzen gehabt. Gerade eben hatte sie der netten Familie telefonisch abgesagt, die sich gestern in die letzte Hündin verguckt hatte. Drei der Mädels gingen ja an den Züchter, und für Alba hatte sich auch schon ein adäquates neues Zuhause gefunden.

»Ich kann ihnen Heidi nicht geben! Sie ist doch so sensibel, da wird sie mit diesen zwei rüpeligen Teenager-Jungs ganz sicher nicht klarkommen.« Katia kraulte den kleinen Hund, der sich gemütlich auf ihrem Schoß zusammengerollt hatte.

Giovanni rollte mit den Augen. »Also ich fand die beiden Jungs kein bisschen rüpelig, und Heidi ist sicher vieles, aber bestimmt nicht sensibel, die hat's faustdick hinter ihren Schlappohren. Die wären perfekt füreinander!«

Doch Katia blieb hart. Sie fand es schon schlimm genug, dass sie sich überhaupt von den Babys trennen musste – obwohl die achtfache, übermütige Zerstörungswut schon ein bisschen grenzwertig war –, aber wenn es denn unbedingt sein musste, dann sollten die Tiere wenigstens zu den richtigen Leuten kommen. Und wenn sie kein gutes Gefühl bei jemandem hatte, dann würde der auch keinen Hund bekommen. So einfach war das. Basta! »Wir sprechen doch überhaupt nur noch von zwei Hündchen«, beschwichtigte sie ihn nun. »Und die sind doch auch erst sechs Wochen alt. Da haben wir noch massenhaft Zeit, um neue Besitzer für Adelheid und Albert zu finden.« August hatte sie ihrem Friseur untergeschoben, der bis letzten Sommer eine alte Airedale-Hündin gehabt hatte, die dann aber leider gestorben war. Und Anton würde in der Familie bleiben. Adrian hatte nämlich seinen Widerstand aufgegeben und beschlossen, den kleinen Kerl zu adoptieren. Das würde eine schöne Überraschung für Antonella sein, die noch gar nichts davon wusste. Sie war jetzt seit einer Woche im Krankenhaus, und inzwischen ging es ihr deutlich besser, doch die Ärzte waren der Meinung, dass sie lieber noch ein bisschen bleiben sollte.

»Du alte Glucke, dir wäre doch am liebsten, wenn du die beiden auch noch in der Nachbarschaft unterbringen könntest, damit du sie immer im Auge haben kannst.« Giovanni grinste sie an.

»Ja, das wäre wirklich schön«, seufzte Katia und fügte hinzu: »Aber ich bin so froh, dass Adrian nachgegeben hat!«

»Ich glaube, Adrian würde im Moment alles tun, um wieder Land zu gewinnen.«

»Das sollte er auch!« Sie machte ein ernstes Gesicht. »Aber ich bin natürlich sehr erleichtert, dass Antonella ihm verziehen hat – oder ihm zumindest Bewährung gegeben hat. Die beiden gehören einfach zusammen.«

»Apropos Bewährung, ist nicht irgendwann nächste Woche der Prozess gegen deinen Stiefsohn? O nein, nicht schon wieder!« Genervt sprang er auf, denn einer der Welpen hatte gerade ein kleines Bächlein produziert. »Wenn das so weitergeht, wird eine einfache Renovierung der Wohnung nicht reichen, dann müssen wir eine Kernsanierung durchführen …«

Er schnappte sich resigniert einen Putzlappen und wischte das Malheur weg.

Eine gute Woche später saß Adrian vergnügt pfeifend mit Elisa im Auto. Sie waren auf dem Weg in die Klinik, um Antonella abzuholen. Nach dem ganzen Drama hatte er in den letzten zwei Wochen an etlichen Fronten für klare Verhältnisse gesorgt: Zunächst war er wieder zuhause eingezogen, zur großen Freude seiner Tochter und zur enormen Erleichterung von Katia und Giovanni, die er damit von ihrem Dauer-Babysitter-Einsatz befreit hatte. In der Krippe hatte man ihn am ersten Tag noch ein bisschen seltsam angesehen, doch Antonella hatte angerufen und versichert, dass nun alles wieder in Ordnung sei.

Von Gisela selbst hatte er nichts mehr gehört. Von seinem Vater wusste er jedoch, dass sie noch stationär behandelt wurde. Seine Mutter hatte die Exschwiegertochter doch tatsächlich im Krankenhaus besucht, während sie Antonella nicht einmal Blumen geschickt hatte. Das hatte zu einer unschönen Szene geführt, im Zuge derer Adrian seinem Vater empört empfohlen hatte, Brigitte ebenfalls einweisen zu lassen. Seine Mutter selbst hatte daraufhin mehrfach versucht, mit ihm zu sprechen, aber er hatte jedes Telefonat vermieden und stattdessen seinen Eltern einen Brief geschrieben, in dem er ihnen unmissverständlich klargemacht hatte, dass zukünftig seine Frau und seine Kinder immer vor seinen Eltern kämen. Das konnten sie nun entweder akzeptieren oder sich komplett zurückziehen.

Um nicht nur aktuell, sondern langfristig flexibler sein zu können, wollte er sich zukünftig hauptsächlich auf seine Notarsdienste beschränken, und deshalb hatte er für die Rechtsberatung relativ spontan einen jungen Anwalt eingestellt. Daniel Engel hatte vor ein paar Jahren schon als Rechtsreferendar bei ihm gearbeitet, und bei dem Prozess gegen Damianos Kolidis und Panagiotis Xenos Anfang der Woche hatten sie sich wieder getroffen. Er war der Pflichtverteidiger des jungen Pan gewesen, und dank seines Verhandlungsgeschicks kam der Klient, der wohl wirklich eher naiv als ernsthaft bösartig war, mit einer verhältnismäßig glimpflichen Strafe davon. Er wurde zwar wegen schwerer Körperverletzung und Sachbeschädigung verurteilt, musste aber nicht in Haft, sondern durfte auf Bewährung draußen bleiben, wenn er zweihundert Stunden gemeinnütziger Arbeit im Frankfurter Tierheim ableistete. Damianos hatte weniger Glück. Der Staatsanwalt hatte ihm nicht nur die Anstiftung, sondern auch eine Mittäterschaft unterstellt, und die Richterin hatte sich dieser Einschätzung angeschlossen. Und da er bereits eine Bewährungsstrafe wegen diverser Betrugsdelikte verbüßte, durfte er – zur großen Befriedigung von Katia, die im Gericht einen bemerkenswerten Zeugenauftritt hingelegt hatte – in nächster Zeit nun hinter Gitterstäben über sein Leben nachdenken. Adrian war im Prozess als Nebenkläger für Antonella aufgetreten und hatte eine hübsche Summe Schadensersatz und Schmerzensgeld für sie erstritten. Geld, das sie umgehend dem Tierschutzbund spenden wollte, falls sie es denn jemals bekäme. Nach der Urteilsverkündung hatten sich Adrian und Daniel unterhalten. Wie sich herausstellte, war der smarte Junganwalt derzeit auf der Suche nach einer Stelle, bei der er auch seine Promotion vorantreiben konnte. Adrian hatte nicht lange gezögert und ihm sofort ein Angebot gemacht. Zum 1. März würde er anfangen, und wer weiß, vielleicht auch irgendwann Partner werden – der Name »Stern & Engel« wäre für eine Anwaltskanzlei jedenfalls der Renner.

Aber jetzt freute er sich vor allem darauf, Antonella endlich nach Hause zu holen. Als er im Krankenhaus ankam, saß sie bereits abreisefertig und ungeduldig bis in die Haarspitzen auf dem Bett.

»Wir müssen leider noch auf den Arzt warten«, informierte

sie ihn. »Aber ich kann es wirklich kaum erwarten, endlich wieder heimzukommen, und bin schon sehr auf deine Überraschung gespannt.«

»Mama, heim! Omi! Toti!«, plapperte Elisa dazwischen und turnte auf dem Bett herum.

»Wer ist tot?«, fragte Antonella.

»Niemand«, beruhigte sie Adrian. »Sternchen, sei still. Keine Überraschung verraten.«

»Mama, Toti heim! Omi!«

»Mein Schatz, du sprichst in Rätseln.« Sie drückte ihrer Tochter einen dicken Kuss auf die Wange und sagte dann zu Adrian: »Komm, lass uns abhauen. Der gute Doktor erzählt uns bestimmt nur, was ich alles nicht darf. Das will ich gar nicht so genau wissen ...«

»Nichts da, ich bin gespannt, was er sagt. Wie war's denn noch beim Ultraschall? Hat man diesmal was erkennen können?«

»Nein, dein Sohn macht es immer noch spannend. Diesmal hatte er die Nabelschnur zwischen den Beinen. Aber ich weiß ja, dass es ein Junge wird!« Sie tätschelte ihren Bauch. »So wie er randaliert, kann es nur ein Kerl sein!«

»Wie ich sehe, sind Sie schon fluchtbereit.« Der Arzt war gerade ins Zimmer gekommen und deutete lächelnd auf die gepackte Tasche. »Dann will ich es auch kurz machen. Es sieht alles sehr gut aus! Trotzdem heißt die Prämisse für die nächsten drei, besser vier Wochen: Viel Ruhe! Nichts heben, auch nicht Ihre Tochter, kein Jogging, kein Sex. Ab Mitte März ist wieder alles erlaubt, dann wird Ihr Kind weit genug entwickelt sein. Sehen Sie es positiv, Sie werden völlig erholt und entspannt sein. Bleiben Sie in den nächsten Wochen einfach auf dem Sofa, denn Arbeit ist auch tabu. Aber das dachten Sie sich ja sicher ohnehin, oder?«

»O Mann«, sagte Antonella eine Viertelstunde später, als sie endlich im Auto saßen. »Kannst du dir vorstellen, dass ich die nächsten drei Wochen strickend auf der Couch verbringe?«

»Wir werden sehen.«

Eigentlich hatte Adrian sich die Heimkehr etwas feierlicher vorgestellt, aber seine Tochter hatte ihre eigenen Pläne. Während der gesamten Fahrt erzählte sie ununterbrochen was von »Toti und Omi, Wauwau, Mama Schenk, Toti heim«, bis Antonella grinsend feststellte: »Ich weiß, was die Überraschung ist: Zuhause liegt deine tote Mutter – und das ist mein Geschenk.«

»Also wirklich!«, entrüstete sich Adrian.

»Wieso? Fände ich jedenfalls besser, als wenn sie lebendig in meiner Küche steht und ihren Rinderbraten kocht.« Im Treppenhaus roch es nämlich tatsächlich nach Essen. »Mhmm, das riecht lecker! Es kann also nicht deine Mutter sein. Gott sei Dank. Es riecht nach ...« Die Wohnungstür öffnete sich. »Oma Rosi!«

»Mei, Mädel, mager bist du!«, stellte Oma Rosi fest, als sie ihre Enkelin begrüßte. »Da bin ich keinen Tag zu früh gekommen!«

»Omi, ich sehe aus wie ein gestrandeter Wal! Aber ich freue mich, dass du da bist.« Sie umarmte ihre Großmutter. »Bist du meine Überraschung?« Sie zwinkerte Adrian zu.

»Ich werde dir jedenfalls in den nächsten Wochen den Haushalt schmeißen und dafür sorgen, dass an dich wieder was hinwächst! Jetzt kommt rein. Gleich gibt's Essen! Andi, hol mal die anderen!« Sie scheuchte Adrian in den ersten Stock und Antonella samt Elisa an den Esstisch.

In der Küche fiel Antonellas Blick auf einen Hundenapf, der in der Ecke stand, und ein paar verstreute Bälle und Kauknochen. »Was soll das denn?«, fragte sie.

»Toti! Toti!«

»Heute Vormittag war Katia mit zwei von den jungen Hunden hier unten«, erklärte Oma Rosi.

»Wir mussten doch schon mal testen, ob sich Toni überhaupt bei uns wohlfühlt.« Adrian war wieder da und trug Anton auf dem Arm. Das kleine Tier hatte eine riesige blaue Schleife um den Hals und schaute unternehmungslustig in die Welt. »Das hier ist meine Überraschung!« Er drückte seiner Frau den Welpen in den Arm. »Darf ich vorstellen, Anton vom Fuchsbau, genannt Toni, genannt …«

»Toti!«, kreischte Elisa voller Begeisterung. »Mein Toti!«

»Leider sind die Besitzverhältnisse noch nicht völlig zweifelsfrei geklärt, aber vielleicht können wir uns ja irgendwann darauf einigen, dass Toni unser aller Hund ist.« Adrian grinste zufrieden.

Antonella war gerührt und streichelte das Tier, das nun wild zu strampeln anfing und ganz andere Dinge im Sinn hatte, als von seinem neuen Frauchen geknutscht zu werden. Sie setzte ihn auf den Boden und umarmte strahlend ihren Mann. »Wie kam es denn zu diesem unerwarteten Sinneswandel?«

Er zuckte mit den Schultern. »Ich persönlich halte es immer noch für den absoluten Wahnsinn, zumal dieser kleine Kerl ein echter Teufelsbraten ist. Aber da du ja der festen Meinung bist, dass wir das alles schaffen, werde ich dir jetzt einfach mal vertrauen …«

»So, Kinder, jetzt bloß keine Sentimentalitäten, wir essen jetzt! Wo sind Kathi und Hansi?« Oma Rosi hatte eine Hand in der Hüfte aufgestützt und wedelte kämpferisch mit ihrem Kochlöffel.

»Hier sind wir!«, rief Kathi aus dem Flur. »Wir mussten nur die anderen Welpen einfangen und in ihrem Zimmer einsperren.« Sie kamen in die Küche, gefolgt von Olga.

»Olga hat keine Lust mehr auf ihre Kinder«, erklärte Giovanni. »Die sind ihr einfach zu anstrengend. Und ich kann's echt verstehen. Sie hat uns so verzweifelt angeschaut, dass wir sie mitgenommen haben. Hallo, Schwesterchen, übrigens. Schön, dass du wieder hier bist. Was sagst du denn zu deinem neuen Mitbewohner?«

»Ich bin hingerissen!«

»Wart's ab. Hinter seinem putzigen Aussehen verbirgt sich ein gewaltbereites Monster mit einem Zerstörungspotenzial, von dem manche Attentäter nur träumen können.« Er deutete auf Anton, der seine schöne blaue Schleife gerade in ihre atomaren Bestandteile zerlegte.

»Giovanni, du bist so was von geschmacklos!«, empörte sich Katia. »Die Welpen verhalten sich völlig normal und sind altersgemäß sozialisiert.«

»Dir ist aber hoffentlich klar, was für einen Liebesbeweis ich hier erbringe? Eine Wohngemeinschaft mit einer Al-Qaida-Splittergruppe wäre bestimmt nicht jedermanns Sache.« Er ging in Deckung, als sie ihn mit ihrer Serviette verhauen wollte.

»Macht euch keine Sorgen«, sagte Katia zu Antonella und Adrian. »Toni ist ein ganz entspannter Hund. Lange nicht so temperamentvoll und einfallsreich wie Adria und August, die sind wirklich ein bisschen speziell.«

»Hast du das den neuen Besitzern von den beiden auch erzählt?«, wollte Adrian wissen.

»Nein, ihrem Friseur hat sie das Gleiche wie euch erzählt, was für ein netter, ruhiger Hund der gute August doch ist. Und der Züchter hat sich Adria selbst ausgesucht«, petzte Giovanni.

»Glaubt ihm kein Wort! Außerdem sind es beide erfahrene Hundebesitzer, die werden mit den Kleinen schon fertig werden. Können wir jetzt bitte essen?« Katia sah erwartungsvoll zu Oma Rosi, die eine riesige Schüssel mit Knödeln auf den Tisch gestellt hatte und jetzt den Schweinebraten aus dem Ofen holte. »Ich bin am Verhungern!«

In den nächsten Tagen entwickelte sich eine gewisse Routine. Nachdem Adrian morgens mit Elisa aufgebrochen war, Oma Rosi die Aufräumarbeiten beendet hatte und samt Toni in den ersten Stock abgewandert war (»Dort ist es im Moment einfach interessanter!«), schnappte sich Antonella ihren Laptop und arbeitete, brav auf dem Sofa sitzend, an ihren Hotelentwürfen weiter. Alle anderen Projekte schienen auch ohne sie zu laufen, wie Christian und Jenny unisono berichteten. Marie habe gut zu tun, und die Kunden seien von ihrer Arbeit ausgesprochen angetan. Nachmittags holte sie dann, begleitet von Katia, Olga, Toni und einem weiteren Welpen, Elisa von der Kita ab. Das war die einzige Bewegung, die man ihr zugestand, und nach zwei Wochen stand Antonella kurz vorm Lagerkoller. »Oma Rosi, kannst du nicht mal hierbleiben?«, bat sie ihre Großmutter eines Morgens.

»Geht's dir nicht gut?«

»Doch, mir ist nur so fürchterlich langweilig.«

»Langeweile ist kein Grund! Lies halt was, oder stricke noch ein paar Socken.«

»Ich kriege doch keinen Tausendfüßler! Ich habe jetzt schon mehr Socken, als der Kleine jemals wird anziehen können. Komm schon, bleib doch mal hier und nerv zur Abwechslung mal mich. Ich frage mich langsam ernsthaft, was du den ganzen Tag bei Kathi treibst. Die meisten Hunde sind doch inzwischen abgeholt, und erzähl mir nicht, dass du jeden Tag fünf Stunden putzen musst.«

»Wenn du es genau wissen willst, habe ich eine Mission!«

»Eine Mission?«

»Ja, so geht's doch nicht weiter. Es kann nicht sein, dass Kathi immer noch nicht mit ihren Eltern spricht!«

»Also, soweit ich weiß, liegt das diesmal nicht an Kathi. Ihr Vater hat sich am Telefon einfach völlig danebenbenommen. Er hat ihr erklärt, dass sie für ihn gestorben ist, wenn sie nicht zurück nach München zieht. Der Typ ist unmöglich, wenn du mich fragst. Also, wenn überhaupt, müsstest du bei Metzger Fuchs missionieren und nicht bei Kathi. Bleibst du jetzt bei mir?«

»Tut mir leid, mein Schatz, aber ich muss was erledigen!« Rosi zog sich Mantel und Hut an und verschwand. Toni ließ sie zurück, und er und Antonella wechselten irritierte Blicke.

»Tja, Kleiner, wir sind abgemeldet. Lass uns Kathi und deine restliche Familie besuchen.«

»Halleluja, meine Gebete wurden erhört!«, rief Katia erleichtert aus, als Antonella vor der Tür stand. »Wirklich, noch ein Vormittag mit deiner Großmutter und es hätte Tote gegeben. Seit fast alle Welpen weg sind, ist es noch schlimmer geworden. Sie hat nur drei Themen: ›Kathi, warum bist du noch nicht schwanger?‹ ›Kathi, warum heiratest du den Hansi nicht?‹ Und ihr absoluter Favorit: ›Kathi, warum sprichst du nicht mit deinen Eltern?‹ Ich weiß nicht, was ich ihr noch sagen soll.« Sie sah tatsächlich etwas mitgenommen aus. »Aber was machst du überhaupt hier? Du sollst dich doch schonen!«

»Hör mir bloß auf! Und außerdem kann ich mich nicht schonen, wenn der kleine Teufel durch die Wohnung wuselt und jede Sekunde eine Überschwemmung verursachen könnte. Aber das ist ja jetzt egal, ich bin komplett ausgehungert nach ein bisschen Klatsch und Tratsch. Also, warum bist du noch nicht schwanger, verheiratet und eine brave Tochter?« Sie setzte sich an den Küchentisch und sah Katia grinsend an.

»Weil mein Vater ein sturer Depp ist, ich schon mal lange und frustrierend verheiratet war und mit dem Thema Kinder abgeschlossen habe. Mehr gibt's dazu nicht zu sagen, ehrlich!«

»Ist ja gut, ich wollte dich nur ein bisschen aufziehen. Ich sterbe nämlich vor Langeweile. Was ist das denn?« Sie deutete auf einen Aktenordner, der auf dem Tisch lag.

»Das sind unsere Pläne für die Wohnung.« Katia lächelte

ein bisschen verlegen, aber auch stolz. »Das ist natürlich alles nicht so professionell wie von dir, aber ich glaube, es könnte schön werden.«

»Darf ich?« Katia gab ihr den Ordner, und Antonella blätterte durch die Seiten. Für jedes Zimmer gab es einen Lageplan und einige Skizzen. Dazu Farb-, Tapeten- und Stoffmuster. »Das wird toll!«, lobte sie. »Hast du das alles alleine gemacht?« Katia nickte. »Wow, ich bin wirklich beeindruckt! Wenn das so weitergeht, bin ich langsam komplett überflüssig. Marie scheint ja so weit alles im Griff zu haben und du jetzt auch noch.« In diesem Moment klingelte ihr Handy. Antonella sah aufs Display, es war Jennys Büronummer. »Alles klar bei euch?«

»Alles bestens«, antwortete Jenny. »Aber hast du dir gestern die Serie angesehen?« Sie hatte gestern ihrer Chefin eingeschärft, dass sie sich am Abend unbedingt die nächste Episode von »Chaos & Kollegen« anschauen müsse, dabei aber nicht verraten, was genau an der neuen Serie so toll sei.

»Ja, hab ich. War nett, aber so ein wahnsinniges Muss nun auch wieder nicht. Es ist ja ganz witzig, dass es auch mal eine Serie gibt, die sich um ein Architekturbüro dreht«, kommentierte sie mit wenig Enthusiasmus. »Der Hauptdarsteller ist auch ein cooler Typ, und sein Dackel ist niedlich, aber ...«

»Antonella!«, unterbrach sie Jenny. »Darum geht's doch gar nicht. Hast du nicht auf die Musik geachtet?«

»Nein, wieso?«

»Weil das Titellied von Tim ist!«

»Von Georgias Tim?«

»Jaha!«

»Bist du sicher?«

»Natürlich bin ich sicher! Und der Song ist hier inzwischen sogar auf Platz vier der Single-Charts ...«

»Ist doch schön, dass Tim wieder Erfolg hat. In der letzten

Zeit lief es für ihn ja wohl nicht so toll, hat Georgia erzählt«, fiel ihr Antonella ins Wort.

»Jetzt lass mich doch mal ausreden: Ich habe gerade mal ein bisschen recherchiert und festgestellt, dass Tim ab Ende März für drei Wochen auf Deutschlandtour ist!«

»Echt? Und warum weiß ich nichts davon?«

»Das musst du wohl Georgia fragen.«

»Das mach ich sofort. Tschüs, Jenny.« Sie legte auf und sagte empört zu Katia, die sie fragend ansah: »Ich erfahre gerade von meiner Sekretärin, dass der Mann einer meiner besten Freundinnen hier in Deutschland einen Hit hat und demnächst auf Tournee kommt. Warum bitte erzählt mir das nicht Georgia? Ich rufe sie sofort an!«

»Vielleicht, weil sie weiß, dass du in der letzten Zeit ein paar andere Probleme hattest? Es ist übrigens fünf Uhr morgens in New York …«, fügte Katia noch hinzu, doch Antonella hatte schon gewählt.

»Warum weiß ich nichts davon?«, rief sie ins Telefon, als Georgia sich schlaftrunken gemeldet hatte. »Wann kommt ihr? Du und LeRoy, ihr kommt doch mit?«

»So, das wäre nun also auch geklärt!«, stellte Antonella eine halbe Stunde später zufrieden fest.

»Wow, dir muss wirklich sehr langweilig gewesen sein …« Katia wirkte wie erschlagen von dem orkanartigen Aktivitätsschub, den ihre Freundin entfacht hatte. Georgia und LeRoy würden mit nach Deutschland kommen, wollten aber Tim nicht auf der ganzen Tour begleiten, sondern in einem strategisch gelegenen Hotel Hauptquartier beziehen. Das war jedenfalls Georgias Plan gewesen, den Antonella in Millisekunden zunichtegemacht hatte. Frankfurt sei allein von der Lage her aus strategischen Gründen nicht zu toppen, und Hotel ginge ja gar nicht. Schließlich sei die Wohnung im zweiten Stock noch immer frei, und sie würde einfach ein paar Möbel aus dem großen Hugo's-Affairs-Fundus hinaufbringen lassen, damit Familie Devereaux-Holtau ein adäquates Zwischenquartier zur Verfügung habe. Georgia war um kurz nach fünf am Morgen zu keiner nennenswerten Gegenwehr in der Lage gewesen, und so war es beschlossene Sache, dass sie mit ihren Lieben Ende nächster Woche wieder in die Weberstraße ziehen würde – zumindest vorläufig. Antonella hatte anschließend mit Giovanni und Jenny gesprochen und Handwerker und Möbel geordert, damit auch alles rechtzeitig fertig würde.

»Mir war sehr langweilig!«, bestätigte sie. »Aber jetzt freue ich mich!«

Die beiden verbrachten noch einen schönen Vormittag – nur unterbrochen von kurzen, hektischen Ausflügen in den Vorgarten, wenn einer der drei verbliebenen Welpen Anstalten machte, sich zu erleichtern. Pünktlich zur Mittagessenszeit tauchte Oma Rosi wieder auf, wollte aber über Ziel und Grund ihres mysteriösen Ausflugs keine Auskunft geben. Stattdessen machte sie Pfannkuchen und erklärte den beiden Freundinnen beim Essen: »Ich werde am Donnerstag nach München fahren und erst am Sonntagabend wiederkommen. Schafft ihr es alleine ohne mich?«, fragte sie besorgt.

»Unwahrscheinlich!«, sagten beide gleichzeitig und prusteten albern kichernd los.

»Ihr seid unmöglich!«, tadelte sie die alte Frau.

»Was musst du denn so Wichtiges erledigen?«, wollte Antonella wissen.

»Das werdet ihr schon sehen …«

Während des Essens klingelte es. Alle vier Hunde rasten zur Tür, gefolgt von Katia, die gleich darauf wieder zurück in die Küche kam. »Das ist für dich!« Sie reichte ihrer Freundin ein Päckchen.

»Heilige Scheiße!«, entfuhr es ihr. »Das ist von meiner

Schwiegermutter.« Sie sah das Paket skeptisch an und rüttelte leicht daran. Es war ziemlich leicht und machte keine nennenswerten Geräusche. »Ich mache es nicht auf. Es könnte ja eine Bombe drin sein.«

»Sei nicht albern!«, sagte Oma Rosi und nahm ihrer Enkelin die Schachtel aus der Hand. »Wahrscheinlich schickt sie dir was fürs Baby oder so.« Resolut zerschnitt sie das Klebeband und zog ein hübsch verpacktes Geschenk und einen Brief heraus. »Soll ich ihn vorlesen?«

»Nein, gibt schon her.« Antonella öffnete den Brief, las ihn – und war erstaunlich nervös dabei.

Liebe Antonella,
es gibt keine angemessenen Worte, um auszudrücken, was ich Dir gerne sagen möchte. Ich bin fassungslos darüber, was Gisela Dir und unserer ganzen Familie angetan hat. Für das Verhalten anderer Menschen bin ich nicht verantwortlich, wohl aber für mein eigenes. Und ich hoffe, dass Du mir glaubst, wie sehr ich es heute bedaure, Dich manchmal unfair und anmaßend behandelt zu haben.

Es tut mir wirklich leid, wie viel Schmerz und Kummer auch ich Dir bereitet haben muss. Ich weiß, das war unverzeihlich. Trotzdem habe ich die Hoffnung, dass wir uns eines Tages wieder annähern, denn Ludwig und ich würden gerne an Eurem Leben teilhaben dürfen. Gestern ist mir zufällig Adrians Babydecke in die Finger gekommen. Vor über vierundvierzig Jahren, als ich mit ihm schwanger war, habe ich sie gestrickt. Vielleicht wäre sie ja was für das neue Baby?

Alles Liebe,
Brigitte

Antonella nahm das Päckchen und wickelte eine wirklich hübsche grüne Decke aus.

»Das ist doch sehr lieb von ihr«, befand Katia.

»Warten wir's ab, wahrscheinlich hat sie nur Angst, dass sie sonst ihren Sohn nicht wiedersieht.« Antonella blieb skeptisch. Dann fuhr sie über die weichen Maschen und legte sich die Decke auf ihren Bauch. »Mein Süßer, in ein paar Wochen darfst du in Papas Decke kuscheln.«

»Können wir die beiden nicht einfach doch behalten?« Katia hatte fünf Tage später drei weiteren Interessenten für Albert und Adelheid abgesagt, und Giovanni verlor langsam, aber sicher die Geduld.

»Auf keinen Fall! Und das hatten wir schon lange geklärt!«, sagte er bestimmt, nahm sie aber in die Arme, als er merkte, wie geknickt sie tatsächlich war. »Es ist doch nicht so, dass alle Welpen völlig aus der Welt sind. Toni siehst du jeden Tag und August spätestens dann, wenn du zum Friseur gehst.« Katia murmelte nur Unbestimmtes. »Ich verstehe ja, dass du traurig bist«, fuhr er fort, »aber es gibt doch auch vieles, worauf wir uns jetzt freuen können: Ruhe, keine Tretminen, keine Wasserschäden, eine saubere, renovierte Wohnung, keine zerbissenen Hände mehr, ungestörten Schlaf, ungestörten Sex …« Er küsste sie. »Sind das keine überzeugenden Argumente?«

»Mhmm.«

»Jetzt müssen wir nur noch ein perfektes Zuhause für Berti und Heidi finden, dann ist das Paradies ganz nah!«

Wie nah das Paradies tatsächlich war, konnte aber in diesem Moment noch nicht einmal Giovanni erahnen. Oma Rosis Mission schien nämlich tatsächlich Form anzunehmen. »Wenn der Prophet nicht zum Berg kommt, muss der Berg eben zum Propheten!«, hatte sie sich gedacht und war deshalb nach München zurückgekehrt. Wenn sie es nicht schaffte, den unnachgiebigen Metzger Fuchs zum Einlenken zu bringen, wer dann? Zwei Tage lang hatte ihre Belagerung angedauert. Zwischendurch sah sie sich sogar genötigt, schlimme Sanktionen anzudrohen: Sie würde dafür sorgen, dass ihr Enkel Gianluca das Fleisch für sein Restaurant woanders bezog, und sie persönlich würde notfalls nie wieder eine Fuchs-Weißwurst essen. Irgendwann hatte sie ihn so weit, und er erklärte sich bereit, mit seiner Frau nach Frankfurt zu fahren und die verlorene Tochter zu besuchen.

Katia traute ihren Augen nicht, als am späten Sonntagvormittag ihre Eltern vor der Tür standen. »Dürfen wir reinkommen?«, brummte ihr Vater.

»Natürlich! Ich freue mich so!«

Oma Rosi musste magische Kräfte haben, denn der weitere Tag gestaltete sich außerordentlich erfreulich: Herr und Frau Fuchs zeigten sich beeindruckt vom neuen Leben ihrer Tochter, bewunderten ihre schöne Wohnung und freuten sich, dass sie mit Giovanni jetzt einen so bodenständigen Lebensgefährten gefunden hatte. »Ich muss zugeben, dass ich einen Fehler gemacht habe«, sagte ihr Vater. »Es scheint für dich wirklich die richtige Entscheidung gewesen zu sein, in Frankfurt zu bleiben. Ich bin stolz auf dich, dass du dein Leben so gut in den Griff bekommen hast.«

An dieser Stelle warf sich Katia schluchzend in seine Arme. »Papa, ich bin so froh, dass ihr da seid. Ich habe euch so vermisst. Ich weiß, dass man fünfzehn Jahre Funkstille nicht an einem Nachmittag auslöschen kann, aber ich will wirklich dran arbeiten. Ich möchte nur endlich wieder eine Familie haben!«

Sie bekam ihre Familie, denn auch ihre Eltern wünschten sich nichts sehnlicher, als endlich wieder eine Tochter zu haben. Und noch jemand bekam eine neue Familie: Klein Albert hatte das Herz von Ehepaar Fuchs im Sturm erobert. Früher, als Katia noch zuhause gelebt hatte, gab es immer einen Schäferhund in der Familie. »Der letzte hieß Berti«, erinnerte sich Katias Mutter. »Das ist ein Zeichen!« Und so trat Albert vom Fuchsbau am Montagmorgen seine Reise nach München an.

»Hast du gesehen, wie glücklich sie sind?«, fragte Giovanni Katia, als das Auto ihrer Eltern verschwunden war.

»Und Berti ist auch glücklich. So findet sich alles«, stellte sie nachdenklich fest und fing dann zu schmunzeln an. »Vor allem, wenn man bedenkt, dass der Kleine das Enkelkind-Ähnlichste ist, was sie jemals bekommen werden …«

KAPITEL 22
Wenn sie nicht …

»Es ist wirklich unglaublich, zu welchen Aktionen ein schlechtes Gewissen manche Menschen motivieren kann!«, stellte Antonella zufrieden fest. Seit einer Woche durfte sie wieder tun und lassen, was sie wollte, und hatte die Zeit für ein paar Tage in ihrer Firma, einen erhellenden Termin mit einem Hundetrainer und einen ausführlichen Shopping-Ausflug genutzt, denn schließlich brauchten sie noch ein paar Sachen fürs neue Baby. Jetzt saß sie am frühen Freitagnachmittag neben Adrian im Auto auf dem Weg in den Schwarzwald. Seine Eltern hatten den beiden ein Wochenende in einem Romantik-Hotel plus zwei Abendessen im hauseigenen Sterne-Restaurant geschenkt.

»Ehrlich gesagt wäre es mir lieber, es hätte niemals so weit kommen müssen«, entgegnete er.

»Ja, aber da es nun mal passiert ist, sollten wir auch das Beste daraus machen!« Es war ein milder, sonniger Tag Ende März, und der Frühling war mit aller Macht dabei, den langen, ungemütlichen Winter zu verdrängen. Überall zeigte sich erstes, saftiges Grün, und am Straßenrand sprossen Krokusse. Antonella fühlte sich energiegeladen wie schon lange nicht mehr und hatte beste Laune. »Normalerweise wären wir doch niemals jetzt noch weggefahren. Lass uns also das Wochenende so richtig genießen.« Sie strahlte ihn an. »Nur wir beide. Das hatten wir doch schon lange nicht mehr.«

Ebenfalls Teil der Stern'schen Wiedergutmachungsgabe wäre

die Kinder-und-Hunde-Betreuung gewesen, doch so einfach wollten es weder Antonella noch Adrian seinen Eltern machen. Und so war es nicht nur ausgesprochen erfreulich, dass Georgia und Tim mit ihrem Söhnchen seit fünf Tagen im zweiten Stock logierten, sondern auch sehr praktisch. Sie hatten nämlich spontan angeboten, auf Elisa und Toni aufzupassen – und auf Heidi. Denn der kleine LeRoy hatte nicht nur spontan einen großen Narren an der frechen Elisa gefressen, sondern sich auch unsterblich in Olgas letzten Welpen verliebt. Weil die Zuneigung gegenseitig war und selbst Katia nichts an Georgia, Tim und LeRoy als neuen Besitzern ihres edlen Nachwuchses auszusetzen hatte, durfte Heidi zunächst eine Etage höher ziehen und demnächst wohl um die halbe Welt reisen.

»Ich hoffe jedenfalls sehr, dass wir in diesen Tagen auch zu zweit bleiben …« Adrian schielte auf Antonellas Bauch.

»Keine Sorge, ich habe mit Hugo vereinbart, dass er noch mindestens eine Woche Ruhe gibt. Stell dir mal vor, ich bekomme während des feudalen Acht-Gang-Menüs plötzlich Wehen! Dann müsste ich in die Schwarzwald-Klinik zum Entbinden. Ob Professor Brinkmann noch praktiziert?«

»Mehr Sorgen als dein schräger Humor oder ein versautes Mehr-Gang-Menü macht mir wirklich dein Entschluss, unseren Sohn Hugo nennen zu wollen.« Er runzelte leicht die Stirn. »Ich hatte gehofft, der Name sei vom Tisch.«

»Der ist natürlich nicht vom Tisch – und auch nicht verhandelbar! Ich habe beim toten Mops meiner Tante geschworen, dass der Junge Hugo heißen wird.«

Er seufzte. »Wir könnten ihn ja mit zweitem Namen Hugo nennen. Wie wäre es mit Leo-Hugo oder Vittorio Ugo?«

»Wie blöd klingt das denn? Vittorio Ugo Stern? Nein, es bleibt schlicht und einfach bei Hugo. Hugo Stern hört sich sensationell an. Sogar noch besser als Hugo Boss. Da steht dem Kleinen eine große Karriere bevor.« Sie grinste verschmitzt.

»Herr, lass es bitte doch ein Mädchen werden!«, flehte Adrian.

»Es wird ein Bub! Todsicher!! Aber jetzt lass uns nicht streiten, es gibt doch so viele Sachen, über die wir uns freuen können!«

»Da hast du Recht! Das mit deiner Lampe ist wirklich der Wahnsinn.« Letzte Woche hatte Antonella die Nachricht erhalten, dass sie für ihre Lampe einen italienischen Designpreis gewonnen hatte. »Schade ist nur, dass wir dieses Jahr nicht nach Mailand zur Möbelmesse fahren können. Ich würde platzen vor Stolz, wenn ich meine Frau zur Preisverleihung begleiten könnte!«

»Tja, insofern haben wir Hugo wirklich schlecht getimt. Aber vielleicht gibt's ja wieder mal eine Chance. Ich habe einige Ideen für weitere Lampen und auch ein paar Möbelstücke. Und wenn es mit Marie und Katia weiter so gut läuft, kann ich mich zukünftig mehr aufs Design konzentrieren, anstatt Wohnungen für andere Leute einzurichten.«

»Wobei ja von Hugo's Affairs eingerichtete Wohnungen weggehen wie geschnitten Brot, und das für wirklich absurde Summen …« Adrian schüttelte den Kopf. Letzte Woche war nämlich sein neuer Mitarbeiter Daniel Engel bei der Wohnungssuche auf folgende Immobilienanzeige im Internet gestoßen: »Vollmöblierte Luxuswohnung im Westend zu vermieten. Design by Hugo's Affairs.« Sie hatten Antonella den Link zur Anzeige geschickt, und die hatte sofort bei dem annoncierenden Maklerbüro angerufen. Es war die gleiche Maklerin, die vor ein paar Monaten diese Wohnung an Gesa vermittelt hatte. Wie sich herausstellte, hatte Gesa Bergmann-Stanton – angeblich aus beruflichen Gründen – kurzfristig das Land verlassen und war wieder in die USA zurückgekehrt. Jedenfalls hatte der Vermieter die Maklerin damit betreut, das Objekt erneut anzubieten, und das Argument »Design by Hugo's Affairs« war dabei offenbar ein geradezu schlagendes, denn die Wohnung war bereits drei Tage später für einen stattlichen Mietpreis vergeben gewesen. So erfreulich das für die Maklerin und den Wohnungsbesitzer sicher auch war, noch viel positiver kam die Nachricht bei Antonella und ganz besonders bei Adrian an. Gisela hatte sich tatsächlich bei niemandem mehr gemeldet, aber die Tatsache, dass sie nicht nur die Stadt, sondern sogar das Land verlassen hatte, war doch eine Erleichterung. Er und Antonella hatten auf eine Strafanzeige verzichtet, so dass keine weiteren Ermittlungen gegen sie aufgenommen worden waren. Und offensichtlich hatte die Behandlung in der Psychiatrie angeschlagen – oder es hatte sich doch noch ein letztes Fünkchen Anstand in ihrem Leib gefunden …

Am nächsten Tag waren sämtliche Giselas, Gesas, Hugos, Eltern, Schwiegereltern, Lampen, Jobs, Hunde und Kinder meilenweit weg. Das Abendessen am Vortag war köstlich gewesen, und das Hotel hatte alle Wellness-Schikanen auf Lager, die man sich nur wünschen konnte. Das hatten sie jedoch erst am frühen Nachmittag festgestellt, als es dezent an ihre Tür klopfte. Sie hatten sich das Frühstück aufs Zimmer bringen lassen und den gesamten Vormittag im Bett verbracht. Daher war ihnen auch die weitere Überraschung von Adrians Eltern noch gar nicht bekannt.

»Wenn Sie Ihre Anwendungen heute noch wahrnehmen und rechtzeitig vor dem Essen fertig sein wollen, sollten Sie in spätestens einer halben Stunde in unserem Wellness-Bereich erscheinen«, teilte eine Hotelangestellte nun Adrian mit, der sich schnell einen Bademantel übergeworfen und die Tür geöffnet hatte.

»Äh, welche Anwendungen?«, fragte er verwirrt und bekam einen Umschlag ausgehändigt.

»Da steht alles drin.«

»Wow!«, sagte Antonella beeindruckt, als sie durch die Gutscheine blätterte. »Ich habe zwar keine Ahnung, wie ich mich für das ›tibetische Klangschalen-Treatment‹ auf eine Massageliege legen soll, aber das ›Meersalz-Duftöl-Peeling‹ klingt toll, und Mani- und Pediküre fände ich auch sagenhaft.«

»Dann willst du das also alles machen?«, fragte Adrian eine Spur enttäuscht.

»Klar, wäre doch schade drum. Außerdem kann dann der Zimmerservice hier ein bisschen aufräumen«, sie sah sich grinsend das Chaos an, das sie veranstaltet hatten, »und du kannst in die Sauna gehen. Oder halt, für dich gibt's auch ein paar Behandlungen. Du wirst erst mit Reisig ausgepeitscht und dann mit Wurzelbürsten abgeschrubbt«, kicherte sie und wedelte mit seinen Gutscheinen.

»Gib her!« Er schnappte sich die Zettel und stellte fest, dass er ein »Wellness-Bad nach Wahl« nehmen durfte und eine Ganzkörpermassage bekäme. »Na gut, dann lassen wir uns jetzt verschönern und treffen uns beim Abendessen wieder. Aber glaube nicht, dass du mir auch noch den restlichen Abend so billig davonkommst.« Er grinste sie herausfordernd an.

»Ist das eine Drohung oder ein Versprechen?«

»Ich kann mich kaum daran erinnern, wann ich mich das letzte Mal so wenig als Mutter und so sehr als Frau gefühlt habe«, stellte Antonella ein paar Stunden später, nach etwa der Halbzeit des Menüs, strahlend fest. Der Beauty-Trip am Nachmittag hatte sichtlich Wirkung gezeigt. Sie hatte die Klangschalen durch einen Friseurtermin ersetzt, und nun glänzten ihre langen, dunklen Haare mit ihren Augen um die Wette. Ihre Haut wirkte frisch, und Finger- und Fußnägel schimmerten in dunklem Rubinrot. Sie trug das Kleid, das sie eigentlich für

Adrians Geburtstag gekauft hatte, ein ärmelloses, knielanges schwarzes Modell, das so raffiniert geschnitten war, dass der Fokus völlig auf dem Dekolleté lag. Sie fühlte sich nicht nur sexy, sie war es zweifelsfrei auch, was ihr die Blicke der anderen Gäste bestätigten.

»Es war wirklich eine sehr gute Idee hierherzufahren.« Auch Adrian hatte Mühe, seinen Blick zu heben und ihr in die Augen zu schauen. Er nahm ihre Hand. »Nur für den Fall, dass ich es heute noch nicht erwähnt habe, für mich bist du immer in erster Linie Frau und nicht Mutter. Und ich kann es kaum erwarten, bis wir mit dem Essen fertig sind ...« Sein Blick glitt wieder eine Etage tiefer.

Vor dem letzten Gang servierte der Kellner Antonella einen Extrateller. Darauf lag ein kleines Päckchen mit großer Schleife.

»Kann man das essen?«, fragte sie augenzwinkernd.

»Auspacken wäre möglicherweise zielführender.« Adrian lächelte sie an und sah ihr zu, wie sie die Schleife löste und das Papier entfernte. Ehe sie die Schmuckschatulle öffnen konnte, sagte er: »Du wolltest doch immer einen Jahrestag haben, und da habe ich mir gedacht, warum nicht heute?«

Sie öffnete die Schachtel, und auf schwarzem Samt leuchtete ihr ein wunderschönes Weißgoldamulett an einer langen Kette entgegen. »Oh, wie schön!«, entfuhr es ihr gerührt.

»Erst wollte ich einen Ring kaufen, aber dieses Medaillon erfüllt seinen Zweck besser«, erklärte er. »Hol es mal raus.«

Antonella nahm das Schmuckstück in die Hand. Auf der Rückseite war ein Herz eingraviert mit der Inschrift »A+A – 26.3.«. Dann öffnete sie das Medaillon und sah, dass es eine Art Mini-Fotoalbum war – mit Bildern von Adrian, Elisa, Mops Hugo und Terrier Toni. Zwei Plätze waren noch frei. »Warum zwei Bilder?«

»Wer weiß, was uns noch alles passiert ...«

In Frankfurt ging es zur gleichen Zeit deutlich rustikaler zu. Giovanni und Katia waren seit einigen Tagen dabei, ihre Wohnung zu renovieren. Natürlich hätten sie dafür auf den bewährten Handwerkerstab von Hugo's Affairs zurückgreifen können, doch fanden sie es beide irgendwie romantischer, sich ihr Nest selbst zu bauen. Romantisch war allerdings nur die Theorie. Katia konnte es nicht fassen, wie mühsam Bodenschleifen, Streichen und Tapezieren waren. Und wie schwierig. Dabei hatte sie doch keinerlei Probleme, mit Nähmaschine, Nadel und Faden umzugehen, und sämtliche Vorhänge, Kissenbezüge und andere Stoffsachen waren auch bereits fertig und warteten darauf, in den neugestalteten Räumen verteilt zu werden. Ein bisschen Farbe an die Wände zu bringen oder Tapeten zu kleben, das konnte ja wohl kaum komplizierter sein als ihre Näherei, oder? »Vielleicht fehlt mir einfach die nötige Leidensfähigkeit für solche Arbeiten!«, jammerte sie nun. Sie hatten gerade ihr improvisiertes Abendessen – Pizza vom Lieferservice plus Bier – als Picknick in dem Raum eingenommen, der hoffentlich morgen wieder Wohnzimmer sein würde, und machten mit der Arbeit weiter.

»Was dir fehlt, sind Geduld und Präzision, meine Liebe. Wenn du die Tapete nicht gründlich mit Kleister einstreichst, kann sie auch nicht kleben bleiben.« Er zog lachend drei Tapetenbahnen wieder ab, die sie vor dem Essen leicht wellig und schief an die Wand geklebt hatte. Er fand die ganze Aktion großartig, ganz besonders aber ihren aktuellen Look. Er hatte ihr einen weißen Arbeitsoverall besorgt, der inzwischen voller Farbspritzer war. Weil ihr bei der Arbeit so warm geworden war, hatte sie das Oberteil ausgezogen und um die Hüfte geknotet. Das alte Unterhemd von ihm, das sie darunter trug, hatte ebenfalls schon reichlich Farbe und Kleister abbekommen.

»Ich hätte einfach nicht gedacht, dass es so mörderisch anstrengend ist. Mir tut alles weh, und ich sehe aus wie ein Ferkel.«

»Bei echter Arbeit macht man sich halt schmutzig!«

»Und warum siehst du dann aus, als wärst du gerade einem Coca-Cola-Werbespot entstiegen?« Giovannis weißes T-Shirt sah tatsächlich absolut makellos aus.

»Weil ich ein Profi bin!«, neckte er sie. »So, jetzt hör auf mit dem Gejammere, und lass uns weitermachen. Ich wäre nämlich verdammt froh, wenn wir irgendwann in diesem Jahrhundert noch fertig würden.« Er drückte ihr einen Kuss auf die Lippen und den Kleisterpinsel in die Hand. »Du kleisterst die Tapeten ein, ich klebe sie an die Wand. Einverstanden? Schön gleichmäßig.«

Katia nickte ergeben und gab sich jetzt mehr Mühe. Und siehe da, sie kamen immer besser voran. Währenddessen schmiedeten sie Pläne für die Zukunft: wann sie wohin zum Essen gehen würden, wann sie wohin in den Urlaub fahren würden und …: »Weißt du, was ich toll fände?«

»Was denn?«

»Wenn wir irgendwann einmal ein Ferienhäuschen hätten.«

»Ein Rückfall in alte Zeiten? Ein Wohnsitz reicht der verwöhnten Katinka also wieder einmal nicht mehr …«

»Nein, ganz im Gegenteil. Meine Güte, ich war fünfzehn Jahre lang so viel unterwegs, dass ich mich in dieser Zeit nirgendwo richtig heimisch gefühlt habe.« Sie schüttelte sich allein bei dem Gedanken daran. »Erst seit ich hier bin, habe ich wieder richtig Wurzeln geschlagen – was in erster Linie an dir liegt, aber auch an Antonella und ihrer Familie, an meinem Job, an dieser Wohnung hier. Und obwohl ich mich gerade kaum noch bewegen kann und schwitze wie ein Schwein, finde ich es wirklich schön, dass wir die Renovierung hier gemeinsam machen.«

»Und was hat das alles mit einem Zweitwohnsitz zu tun?«,

unterbrach sie Giovanni und strich die nächste Tapetenbahn glatt.

»Wenn du mir nicht ständig ins Wort fallen würdest, könnte ich es dir auch erklären. Ich fände es einfach schön, wenn wir irgendwo auf dem Land einen Rückzugsort hätten, nur für uns oder vielleicht auch mal für unsere Familien. Ein alter Bauernhof wäre toll, den wir auch selbst renovieren – dann ist es vielleicht auch nicht so teuer …«

»Das sind ja sehr bodenständige Träume für das alte Jetset-Gör Katia«, zog er sie auf.

»Du bist so doof!«, rief sie empört und fuchtelte mit dem Kleisterpinsel vor seiner Nase herum. »Ich bin kein Jetset-Gör, jedenfalls nicht mehr, und ich will es auch nicht mehr sein. Ich träume einfach von einem kleinen Häuschen mit Blick aufs Meer …«

»Also, wenn schon, dann in den Bergen!«

»Was hast du gegen das Meer?«

»Gar nichts, aber in den Bergen können wir Ski fahren und mountainbiken.«

»Ich will aber nicht mountainbiken, und Ski fahren war ich das letzte Mal vor ungefähr zwanzig Jahren.« Zwei Wände waren fertig tapeziert, und Katia begutachtete zufrieden ihr gemeinsames Werk. Die beiden anderen Wände würden sie streichen. Sie legte den Kleisterpinsel beiseite und öffnete den Farbeimer.

»Dann wird's ja Zeit!«

»Wofür?« Sie war gedanklich schon wieder weit weg von alpinen Abenteuern und ganz nah bei dem sahnigen Cappuccino-Ton, der gleich an die Wand sollte. Sah aus wie Karamellpudding.

»Na, fürs Skifahren!«

»Ich weiß nicht«, sagte sie skeptisch. »Soweit ich mich erinnere, ist Skifahren auch sehr anstrengend.«

»Aber in den Hütten gibt's Germknödel, Kaiserschmarrn und Käsespätzle!«

»Also wirklich, du tust ja gerade so, als würde ich immer ans Essen denken!«

»Aber das stimmt doch auch! Soll ich dir vielleicht einen Löffel holen?« Er konnte sich sein Lachen kaum noch verkneifen, als er sie beobachtete, wie sie hingebungsvoll im Farbeimer rührte.

Sie warf ihm einen wilden Blick zu, zog es dann aber vor, nicht weiter auf seine Frechheiten einzugehen. »Wir können die Meer-Berge-Frage ja auch erst einmal zurückstellen und stattdessen zunächst das Land aussuchen. Ich wäre ja für Italien. Da gibt es Berge und Meer, und man kann erstklassig einkaufen. Und außerdem ...«

»... gibt es sensationelles Essen!«, fügte Giovanni an.

»Wer bitte schön denkt immer an Essen???«

»Ich habe nur deinen Gedankengang zu Ende geführt.«

»Ich wollte sagen: Und außerdem bist du Italiener, und ich hätte endlich einen Grund, diese tolle Sprache zu lernen!«

»Das ist völlig unnötig. Wie du gerade so treffend festgestellt hast, bin ich ja Italiener und kann die comunicazione übernehmen. Das wird niemandem auffallen. Meine Schwester ist über dreißig Jahre ihres Lebens als Italienerin durchgegangen, obwohl sie kaum einen Teller Nudeln bestellen konnte.«

»Du bist so ein unglaublicher Macho! Ich will mich selbst mit den Leuten unterhalten können! Und ganz ehrlich, wenn ich Griechisch lernen konnte, werde ich ja wohl auch mit Italienisch klarkommen.«

»Kathi, mein Engel, du kommst doch mit allem klar!« Übermannt von einer Welle der Zärtlichkeit nahm er sie in den Arm. Hinter all den lockeren Sprüchen und albernen Witzen war er einfach unglaublich gerührt über ihren Eifer. Sie machte es mit jeder Geste und jedem Satz klar, dass sie ihr Leben mit ihm verbringen wollte. Am liebsten würde er … »Weißt du was?«, sagte er stattdessen. »Es ist schon spät. Ich gehe mit Olga noch mal kurz um den Block, und dann gehen wir ins Bett. Wir können das genauso gut morgen fertig machen.«

Als er gute zwanzig Minuten später wieder zurückkehrte, war sie aber immer noch mit Streichen beschäftigt. »Ich will doch noch weitermachen. Was meinst du, wie wir uns morgen früh freuen, wenn das Zimmer fertig ist?« Sie war jetzt wirklich in Schwung, und so griff sich auch Giovanni seufzend eine Farbrolle und machte mit. »Fertig!«, jubelte sie nach einer Stunde, erschöpft, aber völlig euphorisch. »Was sagst du?«, fragte sie ihn. Er war, seit er von seiner Gassi-Tour zurückgekommen war, ziemlich schweigsam gewesen.

»Ich weiß, dass ich mit dem, was ich gleich sagen werde, die ganze Stimmung killen kann, und ich weiß auch, dass du ganz eindeutige Ansagen zu dem Thema gemacht hast. Aber ich werde es ewig bereuen, wenn ich dich jetzt nicht frage.« Giovanni war ganz ernst geworden. Sollte er es wirklich wagen? »Katia Kolidis, willst du meine …« Er zögerte und sah ihr erschrockenes Gesicht. »… schmutzige Wäsche waschen. Ausnahmsweise?«

»Was???«, schrie sie und fuhr ihm mit dem Farbpinsel durchs Gesicht.

»Ich dachte, wenn du schon Italienisch lernen willst, könntest du doch auch …« Er ging lachend in Deckung, als sie nun bewaffnet mit Farbrolle und triefendem Pinsel auf ihn zugestapft kam.

»Du miese kleine Machokröte! Glaube ja nicht, dass du mit dieser Frechheit durchkommst«, drohte sie. Sie malte ihm ein M auf die Brust. »Macho!!« Dabei zuckte ein kleines Lächeln in ihren Mundwinkeln.

»Du hast mein T-Shirt ruiniert!«, rief er in gespielter Empörung. »Jetzt musst du es auch waschen!«

»Dann soll es sich aber auch lohnen!« Sie holte mit der Farbrolle aus, doch ehe sie ihn treffen konnte, hielt er ihre Hand fest, rang ihr die Rolle ab und jagte sie durchs ganze Zimmer. Schließlich hatte er sie in eine Ecke getrieben. In eine Ecke, die aus einer frisch tapezierten und einer frisch gestrichenen Wand bestand, wie ihr durchaus bewusst war.

»Ergibst du dich?«, fragte er mit grollender Stimme.

»Niemals!«, kicherte sie.

Er kam näher. »Wenn du dich nicht ergibst, ist gleich unsere ganze Arbeit ruiniert.« Er stand so knapp vor ihr, dass ihre Haare an seiner Nase kitzelte. Einen winzigen Augenblick war er unaufmerksam, und sie stupste ihn mit dem Pinsel, den sie immer noch in der Hand hatte, ziemlich unsanft in die Seite und schlängelte sich an ihm vorbei.

»Ich ergebe mich niemals!« Ihre Augen blitzen unternehmungslustig.

»Dann bedeutet das jetzt Krieg.« Mit zwei Sätzen war er bei ihr, packte sie und küsste sie, bis ihr fast die Sinne schwanden.

»Das ist unfair …«, murmelte sie schwach.

»Du hast es nicht anders gewollt, und gleich wird's noch viel unfairer …« Er warf sie über seine Schulter und trug sie ins Schlafzimmer.

»Giovanni?«, sie rüttelte sanft an ihm. Strahlende Sonne schien durchs Fenster.

»Mhmm?«, grunzte er.

»Du hast noch überall Farbe auf der Haut.«

»Und deshalb weckst du mich?«

»Nein. Aber ich habe nachgedacht. Weißt du, mit dieser ganzen Sache da, also mit Ferienhaus in Italien und dem Waschen deiner schmutzigen Wäsche. Das funktioniert nur, wenn wir die Rahmenbedingungen ändern.«

»Aha.«

»Ich kann dann nicht mehr Kolidis heißen.« Sie spielte nervös mit ihren Haaren.

»Dann nenn dich doch wieder Fuchs. Ist doch ein super Name.« Er lächelte sie an und fing an, an einem Farbklecks auf ihrem Oberarm zu kratzen.

»Ich habe eher an De Anna gedacht.« Sie sah Giovanni mit ihren großen, schimmernden Augen erwartungsvoll an, doch der war völlig sprachlos. »Giovanni, ich würde dich gerne heiraten. Willst du mein Mann werden?«

Epilog

Sechs Monate später

Am 10. September schien die frühherbstliche Sonne auf eine Wiese. Unter einem Feigenbaum war ein improvisierter Altar aufgestellt, im Halbkreis darum standen etliche mit bunten Stoffen verhüllte Stühle, auf denen gut gekleidete, fröhliche Menschen die Zeremonie verfolgten.

»Sie dürfen die Braut jetzt küssen!«

Giovanni ließ sich diese Aufforderung nicht zweimal sagen, sondern nahm Katia in den Arm und küsste sie, als sei es das erste Mal. Und in gewisser Weise war es das ja auch, zumindest in ihrer neuen Rolle als Ehepaar. »Katia De Anna, na, wie klingt das?«, murmelte er ihr ins Ohr und strich ihr eine rote Locke aus dem Gesicht. Sie trug ein knielanges, elfenbeinfarbenes Korsagen-Kleid mit weitem Chiffonrock, und er hatte sie noch nie so schön gefunden wie an diesem Tag.

»Es klingt toll«, strahlte sie und küsste ihn erneut.

Die beiden nahmen nichts von dem begeisterten Applaus ihrer Gäste wahr, so sehr waren sie aufeinander konzentriert. Endlich war der Tag gekommen, auf den sie sich seit Monaten gefreut hatten. Und das Schönste daran war, dass sie auf ihrem eigenen Grundstück in Italien getraut wurden. Mit dem Ferienhaus war es nämlich schneller gegangen, als sie es sich erträumt hatten. Kurz nachdem Georgia und Tim sich entschlossen hatten, ihren Hauptwohnsitz nach Deutschland und damit in die Frankfurter Wohnung zurückzuverlegen,*waren die dreisten Welpen Heidi und Toni wieder einmal gemeinsam durchs Haus marodiert. Diesmal fiel eines von Olgas Halsbändern der jugendlichen Zerstörungswut zum Opfer. Als Katia es retten konnte, waren die meisten Strasssteinchen verschwunden und eine Naht aufgerissen. Es war just das Halsband, wegen dem der arme Hugo hatte sterben müssen. Katia wollte es gerade wegwerfen, als ihr etwas Metallisches ins Auge fiel, das aus der offenen Naht hervorblitzte. Ironie des Schicksals: Damianos hatte tatsächlich Recht gehabt mit seiner Annahme, dass es ein Nummernkonto gäbe. Auf dem schmalen Alustreifen im Halsband waren nämlich der Name einer Schweizer Bank und eine lange Nummer eingraviert. Hunderttausend Euro waren es, die Aris als Notgroschen zurückgelegt hatte und die nun als Startkapital für ein Häuschen in Italien dienen würden. Katia und Giovanni hatten gerade begonnen, sich ein wenig umzuhören, als ihnen das Glück erneut hold war: Adrians Schwester lebte seit Jahren mit ihrem Mann und den beiden Söhnen in der Nähe von Alba. Vor ein paar Monaten war ihr uralter Nachbar gestorben, und sein uriger Bauernhof sollte verkauft werden. Charlotte und Riccardo hätten das Grundstück gerne selbst gekauft, konnten es sich aber nicht leisten. Deshalb hatte Charlotte ihren Bruder angerufen, der auch schon immer in die herrliche piemontesische Landschaft verliebt war. Zusammen mit Giovanni und Katia hatten er und Antonella schließlich das Anwesen gekauft.

Das Haus war in einem schlimmen Zustand gewesen, und es würde noch ein ganzes Weilchen dauern, bis es richtig wohnlich sein würde, aber es gehörte ihnen, und der große Garten war für die Hochzeit wie geschaffen. Eigentlich hatten sie hier nur feiern wollen, doch der italienische Pfarrer hatte

* Wie es genau dazu kam, lesen Sie auf www.hugosaffairs.de.

sich geweigert, vier große Hunde in seine Kirche zu lassen. Deshalb wurde spontan umdisponiert und die Zeremonie unter den Feigenbaum verlegt.

»Ich würde am liebsten sofort mit dir in die Flitterwochen fahren, aber ich muss ja noch meinen Taufpatinnenpflichten nachkommen«, sagte Katia und löste sich aus Giovannis Umarmung.

Inzwischen waren auch Antonella und Adrian zum Altar gegangen. Er hatte Elisa an der Hand, und Antonella überreichte Katia ihr Patenkind. »Ich hoffe, unser Herzchen benimmt sich und ruiniert dir nicht das Kleid«, sagte sie eine Spur nervös.

»Keine Sorge, schau doch mal, wie ein Engel!« Katia lächelte das niedliche Baby in ihrem Arm an, das im Moment selig schlief.

Mit Schlaf und Ruhe war es dann allerdings schlagartig vorbei, als der Pfarrer das Weihwasser zum Einsatz brachte und sich der herzige Engel in die bekannt furiose Rosa Stern verwandelte.

Drei Tage nach dem zweiten Geburtstag ihrer großen Schwester Elisa hatte am 4. April die kleine Rosa ihren ersten Schrei getan und seitdem ihr Organ außerordentlich gut trainiert. Adrians Flehen war offensichtlich erhört worden, denn statt eines von Antonella heiß ersehnten kleinen Hugos war die kerngesunde, aber notorisch schlecht gelaunte Rosa in ihr Leben getreten. Und auch wenn Elisa ein ziemlich temperamentvolles und einfallsreiches kleines Mädchen war, im Vergleich zu ihrer kleinen Schwester wirkte sie wie eine zahme Schlaftablette. Mit ihren fünf Monaten hatte die ihre komplette Familie samt Onkel, Tante und allen Vierbeinern fest im Griff und spielte sich auch jetzt wieder gekonnt in den Mittelpunkt. Sie brüllte, als ginge es um ihr Leben, zog ihrer bedauernswerten Taufpatin mit einer Hand in den Haaren und versuchte mit der anderen, ihr die Perlenkette vom Hals zu reißen oder sie alternativ damit zu strangulieren. Der Pfarrer beeilte sich mit der Zeremonie, und Antonella befreite die Braut von ihrer Bürde.

»O Gott, die Hunde!«, schrie sie gleich darauf auf und rannte mit Rosa auf dem Arm, die das wiederum sehr lustig fand, hinter der vierköpfigen Bande her, die reiche Beute gemacht hatte.

Abgelenkt erst von der romantischen Trauung und dann von der deutlich unromantischeren Taufe, hatten die Gäste die Tiere aus den Augen verloren. Ein fataler Fehler, denn Olga und ihre drei halbwüchsigen, schlaksigen Kinder Toni, Berti und Heidi hatten soeben das Buffet gestürmt.

Die darauffolgende wilde, aber letztlich erfolglose Hetzjagd konnte die Stimmung glücklicherweise nicht nachhaltig zerstören. Und statt des mediterranen Buffets improvisierten Antonellas Bruder Gianluca und Adrians Schwester Charlotte ein spontanes Barbecue.

Am späten Abend, als die meisten Gäste tanzten oder in Grüppchen zusammensaßen, trafen sich Antonella und Katia bei den Resten der Hochzeitstorte und ließen den Tag Revue passieren.

»Hast du gesehen, wie dein Vater die ganze Zeit geweint hat?«, fragte Antonella und schnipste einen Brösel von ihrem sonnengelben Kleid. »Er hat angefangen, als er dich zum Altar geführt hat, und erst wieder aufgehört, als er gesehen hat, dass sein Hund das größte Stück Roastbeef im Maul hatte. Ich glaube, das war der glücklichste Tag in seinem Leben. Er ist fast geplatzt vor Stolz, und deine Mutter hat die ganze Zeit gestrahlt wie ein Honigkuchenpferd.«

»Ich bin wirklich so froh, dass wir uns wieder besser verstehen«, antwortete Katia mit vollem Mund.

»Zeichen und Wunder«, lächelte Antonella und schaute in die Gästeschar. »Lauter glückliche Menschen und Tiere!« All ihre Lieben waren da: Katias Eltern, der ganze Stern-Clan, sämtliche De Annas, Georgia, Tim und ihr Sohn und fast alle Hugorianer – nur Marie hielt in Frankfurt die Stellung. Jenny und Tom waren immer noch so verliebt wie am ersten Tag, auch wenn sie gerade eine spektakuläre Show mit Christian aufs Parkett zauberte, dessen Freund Marius amüsiert zusah.

Georgia hatte sich zu den beiden gesellt und deutete lächelnd auf ihre Heidi, die sich mit ihren Geschwistern und Mama Olga unter einem Baum zusammengerollt hatte. Alle vier schliefen tief und fest – und mit kugelrunden Bäuchen voller verbotener Köstlichkeiten. Antonella sah in den Himmel, es war Vollmond, und ein paar Wolken hingen vor der großen blassgelben Scheibe. »Schaut mal«, sagte sie zu Katia und Georgia und deutete auf eine Wolke. »Die sieht aus wie ein Mops. Ich glaube, Hugo sieht uns gerade zu und freut sich mit uns.«

»Natürlich freut er sich«, sagte Georgia, »das hier hätte ihm auch gefallen!«

Katia lächelte und nahm ihre alte und die ganz neue Freundin an den Händen. »Kommt, lasst uns zu unseren Männern gehen und bis in den Morgen tanzen.«

Danke!

Diese Worte werden an einem Freitagabend zu Papier gebracht, an dem der Abgabetermin für das Manuskript schon mittellang überschritten war. Insofern beginne ich nicht mit einem Dank, sondern mit einer Entschuldigung all jenen gegenüber, die ich gleich vergessen werde: Verzeiht mir bitte! Ihr seid nur auf dem Papier vergessen, nicht in meinem Herzen! Ich muss mich jetzt aber wirklich beeilen, denn zuhause warten Mann und Hund auf mich …

Ich danke meiner Lektorin Vera Thielenhaus und meinem Agenten Dr. Harry Olechnowitz für ihre immerwährende Unterstützung – auch wenn sie beide meine Leidenschaft für Geister und Kreuzfahrtschiffe nicht teilen wollen. Daher wird auch in diesem Roman weder gespukt noch gekreuzt, was ich fast ein bisschen schade finde.

Dr. Thomas Wölwer danke ich erneut für seinen juristischen Rat – so weiß ich jetzt, dass eine Attacke mit einem Messer in der Hand schon eine potenziell schwere Körperverletzung ist. Werde es selbst nicht ausprobieren. Versprochen!

Der Anstoß für dieses Buch kam von Vera Thielenhaus – vermutlich weil sie mit meinen Geister- und Kreuzfahrtideen nichts anfangen konnte. Dann lieber noch eine weitere Hugo-Geschichte! Unschätzbare Hilfe beim Entwickeln der Story bekam ich von Sandra Ehegartner, Susanne Bömmel,

Tanja Hoff (ich habe isländisch sortiert!) und Micha Goebig (die Georgia erst nach New York und dann wieder nach Frankfurt geschickt hat). Es ist auch euer Roman! Danke für euren Input und eure Geduld!

Danke auch meinem ersten männlichen Testleser, Claus Melzer, der eigentlich nur mal sein E-Book mit einem »work in progress« füllen wollte, dann aber ehrlich begeistert war.

Besonders aber danke ich meinem Airedale-Terrier Toni, der verhindert hat, dass Olga ein Chihuahua oder ein Pudel wurde, obwohl das manche Testleser gerne gehabt hätten.

Und natürlich Jan, der den gesamten Schreibprozess tapfer ertragen und mich immer und in jedem Aspekt unterstützt hat. Tausend Dank für deine Geduld, deine Ermutigung und deine Liebe! Dafür verzeihe ich dir auch die Frage »Wer ist eigentlich dieser Giovanni¿«, die du nach der Lektüre von Kapitel 13 gestellt hast. Nur ein männlicher Hauptdarsteller, Schatz, den kann man schon mal vergessen … Ich komme jetzt übrigens heim! Wartet auf mich.

DANKE!